suhrkamp taschenbuch 3381

»Es ist, als sei allem etwas entzogen worden, wie durch einen chemischen Vorgang, eine Substanz, die nicht mehr in den Dingen vorhanden sei, obgleich sie doch eigentlich in ihnen vorhanden sein müßte.« Was aber, wenn die Dinge auch zuvor nie von einer Substanz durchdrungen waren? So wie all die Geschichten, die sich um den Niederflorstädter Sebastian Adomeit ranken, der als asketischer Konsumverweigerer und als Daseinssuchender sich stets von der dörflichen Biederkeit und der alltäglichen Infamie absetzte. Auch noch nach seinem Ableben zieht er den Unmut der Dorfbewohner auf sich, indem er kurz vor seinem Tod den Pfingstdienstag, der im Raum Frankfurt traditionell als ›Wäldchestag‹ gefeiert wird, als Tag für die Testamentseröffnung auswählte. Ein Affront gegen die lokalen Gepflogenheiten.Spekulationen der gerüchtebesessenen Dörfler um die Person des intellektuellen Sonderlings setzen ein und stiften Verwirrung, so daß selbst der Erzähler, einer der wenigen Vertrauten des Verstorbenen, zugeben muß, nicht mehr erkennen zu können, »was von dieser ganzen Geschichte tatsächlich passiert sei«.

Andreas Maier wurde 1967 in Bad Nauheim geboren. Im Frühjahr 2002 erschien im Suhrkamp Verlag sein zweiter Roman *Klausen.*

Andreas Maier
Wäldchestag

Roman

Suhrkamp

Umschlagabbildung:
James Ensor, Masken betrachten eine Schildkröte (Ausschnitt), 1894
© VG Bild-Kunst, Bonn 2002

suhrkamp taschenbuch 3381
Erste Auflage 2002
© Suhrkamp Verlag Frankfurt am Main 2000
Suhrkamp Taschenbuch Verlag
Alle Rechte vorbehalten, insbesondere das
der Übersetzung, des öffentlichen Vortrags sowie der Übertragung
durch Rundfunk und Fernsehen, auch einzelner Teile.
Kein Teil des Werkes darf in irgendeiner Form
(durch Fotografie, Mikrofilm oder andere Verfahren)
ohne schriftliche Genehmigung des Verlages reproduziert
oder unter Verwendung elektronischer Systeme
verarbeitet, vervielfältigt oder verbreitet werden.
Druck: Ebner & Spiegel, Ulm
Printed in Germany
Umschlag nach Entwürfen von
Willy Fleckhaus und Rolf Staudt

3 4 5 6 — 07 06 05 04 03

Zur Vorlage an die Kommission
zur Bewilligung von Kuren
auf Beitragsbasis der hiesigen
Kassenstelle

I

Es ist, hat Schossau gesagt, als sei allem etwas entzogen worden, wie durch einen chemischen Vorgang, eine Substanz, die *nicht mehr* in den Dingen vorhanden sei, obgleich sie doch eigentlich in ihnen vorhanden sein müßte. Er könne auch überhaupt nicht sagen, wie er auf diesen Gedanken komme. Eine Substanz in den Dingen könne man nämlich nur dann vermissen, wenn sie vormals dagewesen sei, es sei aber, genau betrachtet, nichts in den Dingen nachweisbar, was auf eine vormalige Anwesenheit hindeuten würde. Genau betrachtet sei es das Wort *nicht mehr,* welches subreptiv verfahre. Aber es verfahre nicht subreptiv, es beschreibe lediglich, es beschreibe aber nicht die Dinge, sondern sein Gefühl. *Meine Gedanken erlegen den Dingen keinerlei Notwendigkeit auf.* Er, Schossau, denke diesen Satz in den letzten Tagen immer wieder. Überhaupt denke er all das eben Angeführte immerfort. Vorhin auf dem Weg hierher habe er auf der Promenade unterhalb der Burg im Gezweig eines Rhododendronstrauchs gestanden und die rosigweißen Blüten betrachtet, und auch dort habe er das ihn erschlagende Gefühl gehabt, es sei diesem Rhododendron etwas entzogen, etwas in ihm fehle, und doch sei nicht der Strauch von diesem Mangel angegriffen, sondern er, Schossau. *Meine Gedanken erlegen den Dingen keinerlei Notwendigkeit auf.* Er habe sich auf die Bank unterhalb des Strauches setzen und für einen Augenblick das Gesicht in seinen Händen bergen müssen.

Er habe jetzt ganz klar gesehen, daß alle diese Wetterauer wahnsinnig seien. Allerdings drehe er neuerdings auch durch. Er könne gar nicht mehr sagen, was von dieser ganzen Geschichte tatsächlich passiert sei, was ihm bloß erzählt wurde oder was er möglicherweise im Verlauf des dauernden Nachdenkens ergänzt oder erfunden habe. Es habe nicht mehr zu reden aufgehört in ihm. Alles habe durcheinander geredet. Er habe auch wieder daran gedacht, wie er vor drei Tagen, am Beginn dieser ganzen unseligen Geschichte, durch den Fichtenwald bei Florstadt gelaufen und mit welchen seltsamen Gedanken er in diesem Fichtenwald beschäftigt gewesen sei. Zum Beispiel: Im Sommer durch einen Fichtenwald laufen sei wider die Natur. Im Sommer laufe man durch einen Laubwald, nicht aber durch einen Fichtenwald. Ein aggressiver innerer Dialog habe sich zwischen ihm und ihm selbst entsponnen. Aber natürlich laufe man im Sommer durch den Florstädter Fichtenwald, denn der Wald dort sei dicht, und infolge dieser Dichtheit des Waldes sei es kühl. Und im Sommer, welcher heiß sei, suche der Mensch die Kühle, das könne man ohne weiteres bei jedem Epikureer nachlesen. Der andere Dialogpartner sei in einen hämischen Ton verfallen und habe sich über das Wort *Dichtheit des Waldes* und insgesamt über die Epikureer lustig gemacht. Im übrigen sei es in jedem Laubwald kühler, und zwar infolge der Atmungsvorgänge der Bäume, und er, Schossau, sei doch so ein Frischluftfanatiker, ein demonstrativer und eingebildeter Frischluftfanatiker, der es in keinem Raum aushalte mit mehr als zwei Menschen darin, ohne daß er das Fenster öffnen müsse. Und dennoch laufe er durch den Fichtenwald, habe der andere Unterredner gesagt, denn nicht alles im Leben lasse sich logisch erklären, im übrigen habe er das Recht ohnehin auf seiner Seite, da er ja im Augenblick *tatsächlich* durch den Fichtenwald laufe und er, der andere Schossau, so hämisch er sich auch gebärde, mitlaufe. In einiger Entfernung habe er einen unbekannten jungen Mann gesehen, der zielstrebig durch den Wald gelaufen sei, offenbar in Eile. Er sei genau unter die Galgeneiche gelaufen und dort stehengeblieben, sich umschauend. Schossau sei diese Verhaltensweise auffällig erschienen, so daß er sich hinter eine Baumgruppe zurückgezogen habe. Der Mann, dem Typus nach kein Wetterauer, sei vielleicht zwanzig gewesen, Schossau habe plötzlich gedacht, es handle sich möglicherweise um jemanden aus der Verwandtschaft Adomeits, den man an diesem Morgen bestattet habe. Schossau habe sich aber nicht erinnern können, diesen Mann auf der Beerdigung gesehen zu haben. Es sei eine dieser Beerdigungen auf dem Land gewesen, zu denen nur diejenigen kommen, die dem Verstorbenen am meisten verhaßt gewesen seien. Wenn der alte Adomeit noch hätte sehen können, wer, an seinem Grab stehend, dort Blumen und Erde hineingeworfen habe, hätte er protestiert. Alle die Menschen, die während seines Lebens keinen Funken Verständnis für ihn gehabt hätten und die ihn, den Wetterauer, immer in die Rahmen und Schemen der landläufigen hiesigen Existenz hätten pressen wollen. Als er krank gewesen sei und seine Schwiegertochter ihm immer die Suppe gebracht habe, habe sie das mit einer so großen, so inszenierten Selbstverständlichkeit getan, obgleich doch das Verhältnis zwischen beiden wie auch das zwischen Adomeit und seinem Sohn immer von Mißtrauen, ja von Abneigung geprägt gewesen sei. Indem sie Adomeit diese Suppe gebracht habe, habe sie ihn zu einem ganz normalen Greis mit einer ganz normalen Bedürftigkeit gemacht, sie habe ihm endlich die Normalität aufzwingen können, die die Leute in ihren begrenzten Begriffen immer an Adomeit vermißt hätten, diese Krankenversicherungsmitglieder *in extenso*, und von daher habe man schließen müssen, daß auch die Schwiegertochter nur zu glücklich über Adomeits Vergreisung und wachsende Unselbständigkeit gewesen sei. Endlich hätten sie Adomeit da gehabt, wo sie ihn immer gewollt hätten. Und wie verwerflich das alles gewesen sei! Adomeit, den er sehr gut gekannt habe, schließlich treffe man nicht oft auf einen solchen Menschen, habe bis ganz zum Schluß am Herd stehen und sich dort eine beliebige Speise zubereiten können, eine Bratwurst, einen Leberkäse mit Zwiebeln, er habe alle diese Speisen sogar noch einigermaßen vertragen. Dennoch sei jedesmal seine Schwiegertochter aus Butzbach gekommen und habe ihm Suppe gebracht. Ich brauche doch keine Suppe, habe er gesagt, das siehst du doch. Sie aber habe gesagt, er sei krank, er müsse sich schonen, er solle sich in den Sessel setzen, eine Decke über seine Beine schlagen, soll die Ruhe, die er habe, nur zu seiner besten Gesundheit genießen und warten, bis sie ihm die Suppe, die sie eigens für ihn gekocht habe, aufgewärmt habe. Deine Lieblingssuppe. Was ist denn meine Lieblingssuppe, habe Adomeit entgeistert gefragt. Fenchelsuppe. Pfui Teufel, habe Adomeit gerufen (er selbst, Schossau, sei bei diesen Szenen oft zugegen gewesen). Wie kannst du nur behaupten, Fenchelsuppe sei meine Lieblingssuppe? Ich habe in meinem ganzen Leben Suppen nur unter großem und größtem Widerwillen hinunterbringen können, das weißt du doch, das muß dir mein Sohn doch erzählt haben. Und dann auch noch Fenchelsuppe! Er solle sich nicht so haben, Fenchelsuppe sei gesund, Fenchelsuppe sei sogar gerade für ihn sehr förderlich. Es fördere seine Gesundheit, gerade ihm als Altem tue sie gut. Sie habe sich eigens eine Broschüre bei der Krankenkasse geholt, so, da sehe er, so kümmere sie sich um ihn. Die Krankenkasse mache jetzt sehr viel, was das Informieren angehe, sie betreibe Aufklärung, da sie sich sage, je mehr die Leute selbst für ihre Gesundheit sorgten und auf diese achteten, desto billiger sei das, und dann könnten die Beiträge sinken, die ja im Augenblick sehr hoch seien. Das sei ihm doch völlig gleichgültig, habe Adomeit gesagt, das sei alles Blödsinn. Das kenne man, so sei es doch schon sein ganzes Leben über gewesen. Gestern Lindenblütentee, heute Fenchelsuppe, morgen womöglich die Urintherapie. Das helfe alles und nichts. Er sei gesund. Er sei lediglich alt. Sie solle erst einmal so alt werden wie er. Er könne, habe die Schwiegertochter gesagt, aber wirklich auf kein einziges Argument hören. Die von der Kasse wüßten doch am besten, was ihm guttue, es seien Spezialisten. Es seien Wissenschaftler, er solle wenigstens einmal diese Broschüre lesen. Woher, habe Adomeit gefragt, wollen die denn wissen, was mir guttut? Die kennen mich doch gar nicht. Die haben mich doch noch nie gesehen! Wie denn die Broschüre heiße? Sie heiße, habe seine Schwiegertochter gesagt, *Gesund durch Natürlichkeit*. Nach solchen Wortgefechten habe Adomeit seine Schwiegertochter dann mehr oder minder höflich hinausgeworfen aus seiner Wohnung in der Unteren Kirchgasse. Zwischenzeitlich hätten sich immer mehr von diesen Broschüren bei

Adomeit auf der Anrichte gesammelt, und Adomeit sei ganz verzweifelt darüber gewesen, daß seine Schwiegertochter, noch mehr als sein Sohn, sich an den Inhalt dieser Broschüren ohne jeden Gedanken darüber gehalten habe, freilich immer nur für zwei bis drei Wochen. Jedesmal habe sie ihm irgendeine neue Therapie oder Ernährungsweise oder auch nur Lockerungsübung, oder wie das heiße, vorgeschlagen und als die absolute Wahrheit verkaufen wollen. Du darfst dich nicht in deinen Sessel setzen, habe es dann geheißen, das schadet deinem Kreuz, du mußt dich auf einen harten Stuhl setzen, um deine Rückenmuskulatur fit zu halten, und zwar absolut aufrecht mußt du dich hinsetzen. Wenn er eine Woche später zufällig auf dem Holzstuhl am Eßzimmertisch gesessen und die Post durchgesehen habe, habe seine Schwiegertochter sofort voller Erschrecken gesagt, er solle sich doch bloß in seinen Sessel setzen, das sei doch viel zu anstrengend für ihn auf dem Holzstuhl; und wenn er sie dann darauf hingewiesen habe, daß sie sich selbst widerspreche, da sie ihm noch vor einer Woche, von einer ihrer Gesundheitskassenbroschüren angeleitet, das Sitzen im Sessel verboten habe, dann habe seine Schwiegertochter immer auf die einzige einem solchen Menschen mögliche Weise reagiert: nämlich gar nicht. Gib doch deinen Widerspruch zu, gib ihn doch endlich einmal zu, habe Adomeit dann gerufen, gib endlich einmal zu, daß deine sogenannten Wahrheiten allein schon dadurch null und nichtig sind, weil du dir dauernd und manchmal sogar binnen der Frist von einer Woche vollständig widersprichst. Die Schwiegertochter aber habe lediglich gefragt, ob sie den Vorhang zuziehen oder lieber das Fenster öffnen solle. Und ob er nun ins Bett gehen wolle oder noch hier sitzen zu bleiben gedenke. Kannst du denn nicht zugeben, daß du dir eben widersprochen hast? Aber wieso denn, habe sie dann regelmäßig gesagt, sie begreife gar nicht, wovon er rede, darin bestehe überhaupt keine Schwierigkeit, es gebe keinen Anlaß, einen solchen Halles zu machen, er sei möglicherweise einfach nur nervös, weil er heute nacht zu wenig geschlafen habe. Ich habe geschlafen wie ein Murmeltier, habe Adomeit gesagt. Aber das freue sie, das sei ja schön, dann wolle er jetzt bestimmt noch ein wenig hier sitzen bleiben, und sie, seine Schwiegertochter, werde ihn dann einmal allein lassen, sie müsse ihre Tochter aus der Schule holen *etcetera*. Ohne irgend etwas zugegeben zu haben, sei diese Schwiegertochter dann gegangen, und Adomeit habe schließlich gesagt, Schossau, ich bitte dich, schütte sofort diese widerliche Terrine Fenchelsuppe in den Abort, ich wage nicht einmal, sie anzufassen. Halt, nein, laß es mich doch lieber selbst machen, schließlich bin ich vollkommen bei Kräften. Anschließend habe sich Adomeit an den Herd gestellt und habe ihm, Schossau, und sich selber den Leberkäse gebacken, den Schossau vorher beim Metzger Zöll gekauft habe. Adomeit habe übrigens kaum etwas mehr gemocht als gebackenen Leberkäse, ein Wort, das sich, solange es Krankenkassen geben wird, niemals in einer dieser Broschüren finden lassen wird, es sei denn im Zusammenhang mit einer Warnung davor. Den jungen Mann im Fichtenwald allerdings habe Schossau weder jemals bei Adomeit in dessen Wohnung noch am Morgen auf dessen Beerdigung gesehen. Er habe ihn nun eingehender beobachtet. Der Mann habe auf dem Waldboden gekniet und sei dabei gewesen, justament unter der Galgeneiche ein Loch zu scharren. Dann habe er ein weißes Tuch aus seinem Hosenbund gezogen, in das etwas eingepackt gewesen sei, ein Gegenstand, den er nun aus dem Tuch geschlagen habe, es habe sich um eine Pistole gehandelt. Der Mann habe die kleine Waffe mit einem munteren Gesichtsausdruck von allen Seiten betrachtet. Dabei habe er auf eigenartige Weise gelacht. Anschließend habe er die Waffe wieder in das Tuch eingeschlagen und im Boden verscharrt. Nachdem er sich die Hände geputzt und die Knie abgewischt habe, sei der Mann noch für eine kurze Weile dort unter der Galgeneiche stehengeblieben und habe sich umgeschaut. Er habe auch den über ihm hängenden Ast gemustert. Anschließend habe er das Schild gelesen, das an der Eiche hänge und ihre heimatkundliche Bedeutung erläutere, habe dabei ein überaus nachdenkliches Gesicht gemacht und immer wieder zu dem betreffenden Ast geschaut, unter dem nun die Waffe vergraben gewesen sei. Dann sei er auf demselben Wege, auf dem er gekommen war, wieder aus dem Wald herausgelaufen, in Richtung Oberflorstadt. So, Schossau, das hast du nun davon, daß du in den Wald gelaufen bist, habe er sich gesagt. Und was machst du jetzt? Willst du diese Waffe hier liegenlassen? Aber warum denn nicht? Ich habe doch mit dieser Waffe gar nichts zu tun! Los, tu was, mach was mit der Waffe, habe der eine Schossau in ihm gesagt, während der andere gerufen habe, nein, laß die Waffe da liegen, was willst du denn damit, sie geht dich doch gar nichts an. Schossau sei nun auf die Eiche zugetreten, ohne deutlichen Entschluß, und habe die Informationstafel gelesen, obgleich er sie schon hundertmal gelesen habe. Dort stehe, daß an dem hiesigen Ort früher der Richtplatz gewesen sei und ein Galgen gestanden habe, daß man in den Wirren etlicher Kriege aber auch immer wieder einmal die daneben stehende Eiche aufgrund ihres starken und massiven Wuchses zum Aufknüpfen benutzt habe, wobei der vordere Ast von Amts wegen mit einem Balken abgestützt worden sei *etcetera*. Es habe sich hierbei um den Ast gehandelt, unter dem der Mann die Waffe vergraben habe. Ob das Zufall gewesen sei? Schossau habe nun seinerseits den Ast gemustert, er sei uralt und knorrig, die Eiche selbst sei von einem gewaltigen Alter und habe schon sehr viel erlebt. Sechshundert Jahre Wetterau habe sie erlebt. Und, was noch verwunderlicher sei, sie habe diese sechshundert Jahre Wetterau sogar (bis auf die Anfügung des Stützwinkels) unbeschadet überdauert und stehe seit dem Krieg unter Denkmalschutz. Er habe sich hingekniet und die Stelle gesucht, wo sich die Waffe befunden habe. Sie sei nur sehr leicht verscharrt gewesen, er habe das Erdreich mit einer Hand wegwischen können. Das heißt also, habe er sich gefragt, du gehst jetzt zur Polizei? Ja, habe er gesagt, ich gehe jetzt zur Polizei. Und warum? Willst du ein Unheil verhindern? Nein, habe er entgegnet, ich habe lediglich Lust, jetzt mit dieser Waffe ins Florstädter Polizeirevier zu gehen, weil das bestimmt ein eigentümliches Erlebnis wird dort auf dem Polizeiamt. Ich habe gern mit Leuten wie Wachtmeister Gebhard zu tun. Der wird das übrigens ganz unglaublich finden. Lokalhistoriker findet Waffe unter der Galgeneiche! Der andere Schossau: Aber nein, laß doch die Waffe lieber hier liegen, es wäre doch wohl viel sinnvoller, den Wachtmeister hierher, also an Ort und Stelle zu führen. Da habe er recht, habe er sich gesagt. Vielleicht habe er sich das auch nur aus einem unguten Gefühl heraus gesagt, er habe nämlich einen Schwindel bei dem Gedanken verspürt, die Waffe tatsächlich in seine Hand zu nehmen, genaugenommen habe er sie gar nicht an sich nehmen können. Er habe noch niemals eine Waffe in der Hand gehabt. Eine seltsame Anziehungskraft sei von der Waffe ausgegangen. Wie wenn man in eine steile Schlucht hinabschaut. Er habe sie also wieder verscharrt und sich davon überzeugt, daß alles nun wieder so aussehe, als sei er niemals hier unter der Galgeneiche gewesen. Dann sei er aus dem Wald herausgelaufen. Oberhalb Florstadts habe Karl Munk auf einer Bank gesessen und die weiten Wiesen betrachtet, die im Sonnenlicht dagelegen hätten. Das ist eine Art, das Pfingstfest zu verbringen, habe Munk gesagt, nein, er könnte sich immer noch ärgern. Adomeit habe abschließend noch einmal allen eins auswischen wollen. Im Grunde sei er ein Störenfried gewesen, er, Munk, wisse, man solle über die Toten nichts Schlechtes reden, jaja. Er wolle auch gar nichts Schlechtes über Adomeit sagen. Jeder sei so, wie er sei. Aber er hat diese Art an sich gehabt, keinen Menschen aus seiner Umgebung in Ruhe zu lassen, und es ist ein widerlicher Einfall von ihm gewesen, mittels seines Notars zu erwirken, daß die Beerdigung ausgerechnet an einem Sonntag, und auch noch am Pfingstsonntag, stattfindet. Er hat vor vier Tagen genau gewußt, so, jetzt sterbe ich, und beerdigt werden will ich am Pfingstsonntag um halb elf Uhr, dann nämlich, wenn alle sich im Augenblick der Besinnlichkeit befinden und eigentlich überaus gern daran gehen würden, ihre wohlverdienten Festtagsspargeln zu essen. Er hat sogar noch den Pfarrer angerufen, das müsse er, Schossau, sich einmal vorstellen. Der Pfarrer hat zuerst gesagt, das sei nicht leicht möglich, im übrigen sei er doch gesund, er könne doch gar nicht wissen, ob er sterbe. Kannst du dir vorstellen, Schossau, was er geantwortet hat? *Natürlich kann ich das*, hat er geantwortet. Ich kann genau wissen, wann ich sterbe, ich bin ja nicht dumm, im Gegensatz zu euch. Er hatte nämlich eine Art, alle zu beleidigen, und auch den Pfarrer Becker. Drei Stunden später sei er tot gewesen. Woher er das denn alles so genau wisse, habe Schossau gefragt und habe sich währenddessen gedacht, daß es sich bei diesem Munk um einen unangenehmen Charakter handle, einen dieser Dorfmenschen, die auf eine an Zauberei grenzende Weise immer sehr schnell über alles Bescheid wüßten. Freilich wüßten sie vornehmlich über gar nicht nachprüfbare Dinge Bescheid, daher könne man nie sagen, ob man den Worten Munks überhaupt trauen kann oder ob er das nicht alles einfach nur erfinde und sich mit seinen Bekannten und Stammtischkollegen über eine sehr kurze Zeit so zurechtgeredet habe. Soweit er, Schossau, wisse, sei Adomeit nämlich den ganzen Donnerstag allein gewesen und sei erst am Freitag von der Putzfrau gefunden worden. Munk: Der Pfarrer habe es ihm nach der Beerdigung im Ossenheimer Jagdhaus erzählt, wo man den Bestatteten totgetrunken habe. Das kann doch nicht sein, habe Schossau gesagt, daß der Pfarrer Becker sich in das Jagdhaus setze und sich abfällig über den Mann äußere, den er eben noch unter die Erde gebracht hat. Ei, wieso denn nicht, habe Munk gesagt. Er, Schossau, hätte doch

auch ins Jagdhaus gehen und dort seine Meinung kund-
tun können, hier werde doch niemandem der Mund
verboten. Aber er sei ja nicht gekommen und habe es
vorgezogen, nach der Beerdigung gleich wieder zu verschwinden, beschäftigt wie er immer sei. Im übrigen,
wenn man *sehr genau* den persönlichen Worten über den
Verstorbenen beim Requiem zugehört habe, die der Pfarrer sich zurechtgelegt gehabt habe, dann seien das sehr
deutliche Worte gewesen. Vor des Herrgotts Gericht
stehe jedermann nackt da, und keines Menschen Sache
sei es, dieses Urteil hier auf Erden vorwegzunehmen.
Seine Schwester, habe der Pfarrer gesagt, habe sich das
niemals angemaßt, und sie solle Vorbild für uns alle sein,
zumal besonders an einem Tag wie heute, da der Heilige
Geist auf die Menschheit gekommen sei. Wieso sei sie
denn überhaupt auf die Beerdigung gekommen, habe
Schossau gefragt, er meine Adomeits Schwester. Na hör
mal, er war doch ihr Bruder, habe Munk gesagt. Und im
Augenblick des Todes verzeihe man alles. Der Herr hat
uns ja auch verziehen. Das seien bewegende Sätze gewesen, die der Pfarrer Becker gefunden habe, er, Schossau,
habe das Requiem doch auch gehört. Kein Mensch könne
auf Erden wissen, wie das, was er tue, dermaleinst bewer-
tet werde, wenn er denn vor seinen Herrgott trete, deshalb sei es nur richtig, wenn wir dem betreffenden Menschen schon hier verzeihen, denn was hätten wir ein
Recht zu richten? Die Jeanette Adomeit habe sich aber
gar nicht überwinden müssen, auf die Beerdigung zu
kommen, für sie sei er nämlich immer ihr Bruder geblieben. Und man müsse sich einmal vorstellen, was sie alles
durchgemacht habe seinetwegen und wie er gegen sie

vorgegangen sei. Wegen des unehelichen Kindes habe er sie aus dem Haus in der Kirchgasse hinausgeworfen. Das nenne ich, Munk, den moralischen Richter spielen! Gerade als die Hilfsbedürftigkeit der Jeanette Adomeit am größten gewesen sei, habe er sie vor die Tür gesetzt, obgleich sie (so heiße es zumindest) ein lebenslanges Nießbrauchsrecht auf den ersten Stock in der Unteren Kirchgasse gehabt habe. Da sie sich aber, nicht so gewieft wie er, um juristische Fußnoten nie gekümmert habe und auch nicht das Geld gehabt habe, sie sich von einem Spezialisten erklären zu lassen, und da sie damals in den fünfziger Jahren sowieso einen schlechten Stand mit ihrem unehelichen Kind gehabt habe, habe er sie ohne weiteres vertreiben können. Seit zwanzig Jahren habe sie ihn nicht einmal besuchen dürfen, sie sei zeitweilig im Ausland gewesen, aber seitdem er krank gewesen sei, habe sie in Bensheim gewohnt und sich von seinem Sohn immer auf dem laufenden halten lassen über ihren Bruder. Sie habe ihn nämlich nichtsdestotrotz geliebt und verehrt und sich gesagt, ihr Bruder könne für sich selbst genausowenig wie jeder andere. Sie habe ihm in den letzten zwei Jahren sogar Geld überwiesen und eine Kur bezahlen wollen, die der Sturkopf aber abgelehnt habe. Daß die Beerdigung für sie das erste Wiedersehen mit ihrem Bruder seit zwanzig Jahren werden würde, das hätte sie sich wohl auch nie träumen lassen. Ob er sie denn erkannt habe heute morgen? Nein, habe Schossau gesagt, er habe überhaupt nicht darauf geachtet, dafür sei er in Gedanken viel zu sehr beim alten Adomeit gewesen, der, wie er meine, völlig überraschend gestorben sei, er habe es bislang genaugenommen noch gar nicht richtig fassen können, er habe allerdings bislang auch noch nicht sehr viel darüber nachgedacht. Jeanette Adomeit sei neun Jahre jünger als ihr Bruder, sie sei also zweiundsechzig, sie habe vorne links in der ersten Reihe gesessen, es sei die Dame mit dem Schleier und der großen schwarzen Feder am Hut gewesen, er habe sie sicherlich gesehen, denn sie habe als das Adomeit nächststehende Familienmitglied dem Pfarrer den Buchszweig gereicht und ihm die Weihwasserschale hingehalten. Schossau: Er meine diese hochgewachsene, schlanke, um nicht zu sagen sportliche Gestalt? Diese Frau soll Adomeits Schwester sein? Er habe die Frau da vorne für vielleicht gerade einmal fünfzig gehalten. Im übrigen habe sie unangenehm auf ihn gewirkt, affektiert. Ihm sei sowieso die ganze Beerdigungsgesellschaft zuwider gewesen. Alle, die immer nur versucht hätten, es ihm schwerzumachen, hätten sich jetzt an sein Grab gestellt, nur um sofort in es hineinzuschimpfen, denn der Alte sei nun wehrlos und habe keine Mittel mehr gegen sie. Na, na, ob er da nicht mal überziehe, habe Munk gesagt. Wir hätten heute ja wohl alle etwas Besseres vorgehabt, als uns ans Grab Adomeits zu stellen. Meine Frau hatte gestern abend eigens eine Rehkeule aufgetaut, und dann habe es plötzlich geheißen, Adomeit werde heute mittag beerdigt. Sollen wir die Rehkeule jetzt also wegwerfen? Das würde dem alten Adomeit so passen. Er, Munk, habe wegen Adomeit heute schon genug Geld ausgegeben. Sie hätten im Jagdhaus essen müssen, nur wegen dieser für alle zu einem so beleidigenden Termin angesetzten Beerdigung. Dreiundfünfzig Mark habe er ausgegeben. Er, Schossau, habe sich das freilich gespart, denn er meine ja nicht, mitkommen zu müssen, wenn ein Florstädter totgetrunken werde. Er, Munk, halte aber auf die Sitten. Wir haben viel zu wenig Sitten heutzutage. Er trinke selbst einen wie Adomeit tot, damit habe er wenigstens vor seinem Herrgott dann keine Probleme. Die Jeanette Adomeit habe im übrigen für den Abend die Trauergäste in die Kirchgasse eingeladen. Sie verbleibe für einige Tage am Ort, habe es geheißen, um die Papiere ihres Bruders zu ordnen und überhaupt einmal zu sichten, was er in den letzten zwanzig Jahren mit seiner eigenartigen Art so alles angerichtet habe. Sie werde seinen Haushalt auflösen. Was, habe Schossau gerufen! Man kann doch diese Frau nicht Adomeits Haushalt auflösen lassen! Das kann doch gar nicht sein! Was sage denn der Notar dazu? Munk: Keine Ahnung. Vermutlich wisse der gar nichts davon. Das Testament sei doch noch gar nicht eröffnet. Schossau: Aha, und da wolle diese Schwester also gleich kurzen Prozeß machen. Es gibt doch eine ganze Reihe von Leuten, die für die Auflösung besser geeignet sind, er zähle sich selbst, Schossau, übrigens auch dazu. Das könne man dem Alten nicht antun, daß auch noch gerade die Person, gegen die er sich sein halbes Leben habe zur Wehr setzen müssen, nun seinen Haushalt auflöse und alles das in die Hand bekomme, das dem Willen des Verstorbenen nach besser in jede andere, aber nicht in ihre Hand hätte fallen sollen. Nun, habe Munk gesagt, immerhin handle es sich hierbei um die leibliche Schwester, aber die familiären Bindungen, die Verwandtschaften werden heute ja von niemandem mehr geachtet. Die Verwandtschaften aber, habe der Pfarrer gesagt, seien von Gott gegeben, denn es könne sich keiner aussuchen, mit wem er verwandt sei. Und da

21

sie nun einmal von Gott gegeben seien, die Verwandtschaften, habe man sie auch als solche zu achten, und
wer es nicht tue, der versündige sich. Daher habe Kain
seinen Bruder erschlagen. Und er, Schossau, sei in keiner
Weise mit Adomeit verwandt gewesen. Adomeit habe ja
mit allen möglichen Leuten etwas zu tun gehabt, nur
nicht mit seiner Familie. Der Mann habe sich immer für
etwas Besseres gehalten und habe den Florstädtern dieses
Gefühl auch immer sehr deutlich vermittelt. Aber was
das denn heißen soll, etwas Besseres, habe Schossau gefragt. Eben, habe Munk entgegnet, das wisse er nämlich
auch nicht. Da hätte man Adomeit fragen sollen. Aber
der sei ja nun einmal tot. Der habe sich nunmehr in aller
Ruhe in sein Grab gelegt und kann nun die anderen zuse-
hen lassen, wie sie es wieder richten. Ihm, Munk, sei das
schon lange deutlich gewesen, daß nämlich Adomeit so
einer sei, dem man, kaum sei er tot, die Unordnung hin-
terherräumen müsse, die er hinterlassen habe. Schossau
habe den Kopf geschüttelt und vorgezogen, dieses Gespräch nicht weiter zu führen. Was gehe diesen Munk
überhaupt der alte Adomeit an? Warum sei der Mann
mit seiner Frau überhaupt auf der Beerdigung erschienen? Was haben alle diese Florstädter denn eigentlich so
plötzlich mit dem alten Adomeit zu tun? Sie seien doch
nur deshalb in so großer Zahl zu der Beerdigung erschienen, um sich auf den Friedhof und in die Kapelle zu stellen, damit sie sich darüber aufregen können, daß er ihnen
zu allem auch noch das Pfingstfest zerstört habe. Dabei
sei doch keiner gezwungen gewesen, zu dieser Beerdigung
zu gehen, sie hätten sich doch alle freiwillig eingefunden.
Er habe Munk auf seiner Bank sitzen lassen und sei wei-

tergelaufen. Von der Stadt her sei Musik ertönt, vom Platz der alten Feuerwache herkommend, wo der Schützenverein einen Frühschoppen ausgerichtet habe, der sich nun in den Nachmittag gezogen habe. Während Schossau in die Stadt hineingelaufen sei, habe er voller Mißmut an die heutige Beerdigung zurückgedacht. Als er vorhin um halb zehn Uhr zum Friedhof gekommen sei, habe Schuster verstohlen an der hinteren Eingangspforte herumgestanden und betrachtet, wie sich die Trauergemeinde in einer beachtlichen Geschwindigkeit versammelt habe. Auch er, Schossau, habe, einem unklaren Beweggrund folgend, vorhin ganz automatisch den Hintereingang benutzen wollen und das Hauptportal gemieden. Gehst du da jetzt wirklich hin, habe ihn Schuster gefragt, der ein überaus ratloses und vom Tod Adomeits überhaupt verwirrtes Gesicht gemacht habe. Ich gehe da nicht hin. Schau sie dir doch an. Jetzt haben sie ihn da, wo sie ihn haben wollten. Wenn man stirbt, könne die Gemeinschaft plötzlich wieder mit einem machen, was sie wolle. Die Beerdigung sei der schlußendliche Wiedereingliederungsakt. Du warst eben immer nur ein Florstädter wie wir alle, und jetzt beerdigen wir dich, wie wir jeden anderen auch beerdigen und wie wir eines Tages auch beerdigt werden, da wir ja eben alle nur die sind, die wir eben sind. Schossau, Schuster, Munk, Adomeit, kein Unterschied. Nein, ich kann da nicht hingehen. Wie es mich aufregt, hier an diesem Zaun zu stehen und mitansehen zu müssen, wie dieser Munk da mit seiner Gattin den Friedhof betritt und sofort auf eine überaus geschäftsmäßige Weise dem Pfarrer die Hand schüttelt, als habe er oder seine Gattin oder dieser Pfarrer jemals etwas anderes getan, als dem Sebastian Adomeit immer nur von Herzen das Allerschlechteste zu wünschen. Schau ihn dir an, diesen glatzköpfigen Munk, der doch überaus an eine Unke erinnert und immerfort auf so dienerhafte Weise nickt. Es gibt doch überhaupt keinen Grund dafür, vor dem Pfarrer auf diese dienerhafte Weise zu nicken, aber für Munk scheint es das Natürlichste von der ganzen Welt zu sein, dieses Nicken. Und seine toupierte Frau daneben! Und in allen ihren Gesichtern steht die Empörung geschrieben: Daß wir uns aber auf so niederträchtige Weise von Adomeit beleidigen lassen müssen! Und der Pfarrer kommt gar nicht auf den Gedanken, diese Munks zu fragen, was sie denn bitte auf dieser Beerdigung hier zu suchen haben. Er macht vielmehr genau dieselben dienerhaften Bewegungen wie Munk selbst, schau es dir nur an. Wie soll ich denn noch einen ruhigen Gedanken fassen, wenn ich mir zu meinen Lebzeiten ausmalen soll, daß auch mir das Dasein so detailliert dieses Schicksal vorschreibt, das da vorne gerade Adomeit erleidet. Ich will nicht, daß diese Wetterauer jeden Tag an meinem Grabstein vorbeilaufen und dabei ihre schmutzigen und hinterfotzigen Gedanken auf mir abladen. Ich sage dir ein für allemal, ich mache das nicht mit. Ich gehe auf Reisen und sterbe unterwegs, an einem Ort, wo mich keiner kennt. In Indien. Oder in Malaysia. Das ist ein beruhigender Gedanke. Ja, das ist ein unglaublich beruhigender Gedanke. Schuster habe aber nicht in Erregung gesprochen, er habe vielmehr geflüstert, derweil beide die Trauergemeinde betrachtet hätten. Er, Schossau, habe sich nun auch daran erinnert, wie die Dame in Schwarz, die Munk als Adomeits Schwester bezeichnet habe, mit einem schwarzen Taschentuch vor dem Gesicht über den Kapellenvorplatz gelaufen sei. Nein, habe Schuster gesagt, abgestoßen von dieser Ansicht, tu mir den einen Gefallen, laß uns uns für einen Augenblick auf diese Bank dort hinten setzen. In diesem Augenblick aber sei der Pfarrer Becker auf sie beide zugelaufen, habe die Gattertür geöffnet und Schuster und Schossau beide Hände entgegengestreckt, um sie auf teilnahmsvolle Weise zu schütteln. Das ist aber eine seltsame Veranstaltung hier, habe Schuster gesagt. Vieles im Leben sei seltsam, habe der Pfarrer entgegnet. Es sei aber gut, daß der alte Mann in ihnen so gute Freunde gehabt habe, denn so sei es im Leben, mit dem einen könne man besser, mit dem anderen dagegen schlechter, es sei nicht alles überschaubar im Leben. Er und Schossau hätten sich auf eine wirklich aufopferungsvolle Weise um den alten Mann bemüht, das werde ihnen einmal vergolten werden. Aber Herr Pfarrer, habe Schuster gesagt, ich habe den Umgang mit Adomeit immer nur sehr genossen, Adomeit sei ein ebenso unterhaltsamer wie wahrheitsliebender Mensch gewesen, das finde man selten, und schon gar in dieser Kombination. Es habe für ihn niemals Aufopferung bedeutet; wenn man sein eigenes Handeln als aufopfernd bezeichnet oder auch nur diese Bezeichnung dafür gelten läßt, dann offenbart man doch *nolens volens* ganz andere Motive. Er, Schuster, habe sich nie für irgend etwas aufgeopfert, und er sei auch weit davon entfernt, es jemals zu tun. Der Pfarrer habe nun von dem schweren Gang gesprochen, der ihnen beiden, Schuster und Schossau, jetzt bevorstehe, aber Schuster habe eingeworfen, es handle sich um überhaupt keinen schweren Gang, was soll denn schwer an ihm sein, dem Gang, Adomeit sei tot, na und, das freue ihn höchstens für diesen. Leben, Tod, daß die Menschen immer so an diesen Begriffen hingen, habe er ohnehin nie verstehen können. Im übrigen habe er gar nicht vor, an dieser Beerdigung teilzunehmen, er sei nur Zaungast. Aha, habe der Pfarrer gesagt, der nun doch etwas aus seiner Rolle gefallen sei und nicht habe verhehlen können, daß er Schuster gerade für sehr anmaßend halte, und was er denn so sehe, als Zaungast? Er sehe zum Beispiel, habe Schuster gesagt, wie diese ganze ehrenwerte Trauergesellschaft immerfort herübergucke, weil er, Schuster, gemeinsam mit Schossau hier an diesem Zaun stehe, ohne ihn zu überschreiten, und wie einige es nicht einmal unterlassen könnten, mit dem ausgestreckten Arm auf sie zu weisen, um ein Gerede über sie anzufangen, genau dasselbe Gerede übrigens, welches auch gerade über Adomeit stattfinde, gerade dort auf Ihrem braven Gottesäckerlein, Herr Pfarrer. Der Mensch, habe Pfarrer Becker gesagt, sei nicht perfekt von Gott geschaffen worden. Er sei ja nur Geschöpf. Man dürfe niemandem zuviel abverlangen, man dürfe niemandem abverlangen, was er nicht zu leisten imstande sei. Schuster: Aha. Gerade Adomeit habe sich aber immer sehr viel abverlangt. Becker: Er könne in das Innere der Menschen nicht hineinschauen. Ob die da drüben nun eine ehrliche Trauer verspürten oder vielleicht aus ganz anderen Gründen herkämen, und möglicherweise sei das bei einigen so, das könne er, Becker, nicht entscheiden, und dafür sei er auch gar nicht da. Er könne nur den Aufruf an jeden einzelnen richten, dem alten Adomeit im nachhinein nichts Unrechtes widerfahren zu lassen und sich angesichts des Todes in den Gedanken darüber zu versenken, wie unzulänglich wir hier unten alle seien. Schuster: Die sehen aber nicht aus, als hielten sie sich für sehr unzulänglich. Wir sollten den Gedanken an den Frieden haben angesichts des heutigen Ereignisses, habe Becker nun gesagt, um das Gespräch abzuschließen, wobei er in eine routinierte Andachtsmiene verfallen sei, die insgesamt auch zu einer Änderung der Körperhaltung bei ihm geführt habe, er habe nun nämlich etwas gebeugter dagestanden und dieselbe dienerhafte Bewegung wie den Munks gegenüber gemacht. Es sei auch nicht klar geworden, was er mit dem *Ereignis des heutigen Tages* gemeint habe, ob die Adomeitsche Beerdigung oder die biblische Verkündigung des Heiligen Geistes, denn es sei ja Pfingstsonntag gewesen. Und indem er das Gatter offengelassen habe, sei er in die Kapelle verschwunden. Ich muß mich sofort auf die Bank setzen, habe Schuster gesagt. Beide hätten sich gesetzt. Auf der Bank hätten sie eine Weile geschwiegen. Schossau sei unentschlossen gewesen, ob er nun mit Schuster für die Dauer der Beerdigung hier auf der Bank sitzen bleiben solle, habe sich dann aber gedacht, daß es wohl vollkommen in Adomeits Geiste wäre, das alles da vorne ganz genau aus der Nähe zu betrachten. Also habe er Schuster auf der Bank sitzen lassen und sei durch das Gatter in den Friedhof eingetreten. Die folgende Viertelstunde während des Requiems habe er sich im Hintergrund der Veranstaltung gehalten und sei anschließend schweigend ziemlich weit hinten hinter dem Sarg hergegangen. Auf dem Sarg habe ein Strauß mit Nelken und ein Kranz gelegen, gestiftet von der hiesigen Pfarrei. Es sei ein überaus sonniger Tag gewesen, ohne eine Wolke am Himmel, so daß die Farben sehr scharf hervorgetreten seien, allerdings habe es auch möglicherweise daran gelegen, daß auf einer Beerdigung die Farben immer scharf hervortreten. Die Nelken hätten geleuchtet wie Mohn, es sei alles überaus eindrücklich gewesen, das schweigende Schreiten auf dem Kiesweg, das Knirschen des Kieses unter den Gummirädern des Leichenkarrens. An der Grabstelle hätten die Friedhofsdiener, die allesamt betrunken gewesen seien, mit wässrigen Augen um den Wagen gestanden, während der Pfarrer noch einige Worte gesprochen habe, dann sei der Sarg vom Wagen gehoben und mit Seilen in das Erdloch versenkt worden, aus dem es frisch und feucht herausgerochen habe. Adomeit habe den Geruch frischer Erde immer sehr gemocht. Es habe zu seinem Tagesablauf gehört, morgens um sieben Uhr einen Spaziergang zu machen, der ihn meistens an den Lauf der Horloff in Richtung auf das Mähried zu geführt habe. Schossau habe ihn schon als Kind dort entlanglaufen sehen, damals, als er noch die Vorurteile seiner Umwelt geteilt habe, die ihn in Adomeit habe einen nutzlosen Charakter sehen lassen wollen. Seltsam sei es, habe er gedacht. Früher, wenn er in der Nähe des Flugplatzes gespielt oder auf die aufsteigenden Sportmaschinen geachtet habe, habe er Adomeit dort vorbeikommen sehen, wie er minutenlang vor irgendwelchen Sträuchern und Bäumen stehengeblieben sei und diese ausgiebig betrachtet habe, und damals sei ihm immer der Begriff *Spinner* eingefallen, mit dem man einen solchen bezeichne, der mit niemandem rede, minutenlang vor beliebigen Sträuchern stehenbleibe und insgesamt eigentümlich sei. Auch die aufsteigenden Flugzeuge habe

Adomeit betrachtet, ihren Bogen in den Himmel verfolgt, bis von ihnen nur noch ein kleiner, blinkender Punkt am Wetterauer Horizont übriggeblieben sei, der leise gesummt habe. Oder Adomeit habe irgendwo unterwegs auf einer Bank herumgesessen, wenn er, Schossau, in kurzen Hosen auf seinem Fahrrad vorbeigeradelt sei, und habe in die Horloff geschaut, ihre Wellen und Muster betrachtend und ihre je nach Lichteinfall unterschiedliche Farbe. Der Adomeit sei immer allein, habe man ihm damals erzählt, er habe es sich mit allen verdorben, ein schwieriger Mensch, von dem man besser seine Finger lasse, habe es damals geheißen. Je mehr er allein sei, desto schwieriger werde er. Das sei immer so. Wer einmal den falschen Weg einschlage! Dennoch sei Schossau schon damals von dem alten Adomeit fasziniert gewesen. Er sage der alte Adomeit, obzwar Adomeit damals erst um die fünfzig gewesen sei, aber Kindern komme das Alter der Menschen ja eigentümlicherweise immer noch sehr viel höher vor. Ihm sei Adomeit damals sogar uralt vorgekommen. Je älter er, Schossau, später geworden sei, desto jünger sei Adomeit geworden. Was macht der denn da die ganze Zeit, wenn er auf der Bank herumsitzt, habe seine Mutter gefragt, wenn sie ihm mittags nach der Schule das Essen aufgetischt und er von der morgendlichen Begegnung mit dem alten Adomeit erzählt habe. Er kann doch nicht stundenlang da herumsitzen, es sitzt doch keiner stundenlang auf einer Bank herum, das ist doch nicht normal. Schossau habe dann erzählt, er wisse nicht, was der da mache, dieser Adomeit, aber er schaue, dort auf der Bank sitzend, morgens um sieben Uhr mit Augen, die sehr konzentriert seien, nicht anders als wenn

Herr Kobiak einen physikalischen Versuch aufbaue und durchführe. Was soll denn das heißen, habe seine Mutter gefragt, was sei denn das für ein komischer Vergleich mit dem Lehrer Kobiak, er, der kleine Schossau, sei ja schon genauso seltsam, wenn er so etwas sage. Was habe denn das Herumsitzen eines Nichtsnutzes dort an der Horloff mit einem physikalischen Versuch zu tun? Nichts, habe Schossau gesagt. Es sei ja nur ein Vergleich. Oder an einen Schachspieler, er erinnere ihn an einen Schachspieler, an einen Menschen, dessen Kopf auf Hochtouren läuft, der alte Adomeit dort an der Horloff, habe er gesagt. Seine Mutter habe ihn damals überhaupt nicht verstanden. Du spinnst ja, habe sie gesagt. Mußt du denn immer zum Flughafen rausfahren, was findest du denn überhaupt an diesen Flugzeugen, spiele doch woanders, mit wem spielst du denn überhaupt da draußen? Hast du denn keine anderen Freunde als diesen Arne Wollitz und diesen Schuster? Das sind doch auch so seltsame Vögel. Mein Gott, was ist nur aus dir geworden? Du bist doch erst zwölf Jahre alt und redest schon so ein komisches Zeug daher. Du rennst an der Nidda auf und ab, hast schon ganz dicke Waden bekommen, das ist doch nicht normal, und das mit dem Schachspielen ist schon gar nicht normal, wie kann man denn nur Schach spielen in diesem Alter? Die anderen gehen in einen Sportverein oder machen sonst etwas Sinnvolles, aber du! Na, nun iß einmal deinen Reibekuchen, wir wollen von etwas anderem reden *etcetera*, habe seine Mutter dann gesagt. Später erst, als er einen Begriff vom alten Adomeit bekommen habe, und das heiße, als er eine Ahnung von dem Adomeitschen Innenleben, dem Innenleben des angeb-

30

lichen Spinners also, bekommen habe, habe er Adomeit dort an der Horloff besser deuten können. Zum einen sei Adomeit ganz einfach ein Naturkundler gewesen, der Gräser verglichen und den Vögeln, die er allesamt habe benennen können, zugehört habe. Adomeit sei der Ansicht gewesen, daß jeder vernünftige Mensch sich irgendwann mit Gräsern und Vögeln beschäftigen müsse. Zwischen der Beschäftigung mit Gräsern und Vögeln und der mit Büchern, Bildern und der Musik habe er keinen Unterschied gesehen, wer das eine wolle, sei auch zu dem anderen verpflichtet, so sei es im Dasein der Menschen, aber das sei ein Gedanke, den man gemeinhin nicht begreife, schon gar nicht in Florstadt. In Florstadt komme man seiner Arbeit nach, das reiche ihnen, dort begreife man gar nichts. Adomeit habe lange Zeit lieber die Gesellschaft der Gräser und der Vögel als die der Florstädter gesucht. Er habe aber auch gern in die Horloff hineingeblickt, aber nicht einmal den landläufigen Grund für das Hineinblicken in einen Fluß hätten sie verstanden, die Florstädter. Daß das Dasein sein ideales Abbild in einem Fluß habe, und zwar nicht nur als abstrakte Idee, sondern als konkrete, mitverfolgbare Ausformung in jedem Augenblick, das verstehen sie nicht, die Florstädter. Sie verstehen lediglich, ihre Abwässer in die Horloff hineinzuleiten und ihren Müll zu nächtlicher Stunde in diese hineinzuwerfen, um nicht gesehen zu werden. Adomeit, an der Horloff sitzend, habe immer beides gesehen, den Fluß als Abbild des Seins und als Verwüstung desselben durch die Wetterauer. Daher sei er morgens auch immer zum Flugplatz gelaufen. Morgens um sechs Uhr sei er aufgestanden und habe es zu seiner ersten Tagesübung gemacht, zum Flugplatz zu laufen, denn er habe Flugzeuge gehaßt und es als die größte Verschandelung der Florstädter Senke angesehen, daß dieser Flugplatz überhaupt existiert. Ein Flugplatz ohne jede Notwendigkeit, denn es handle sich um einen Sportflugplatz, von dem aus die Piloten lediglich zur Verbringung ihrer Freizeit starten. Mit welchem Geldaufwand die Wetterauer sich über die Zeit bringen, das sei ihm, Adomeit, allzeit Anlaß zur Verwunderung gewesen, er selbst habe zeitlebens sehr sparsam gewirtschaftet. Schon die Geräusche der Sportflieger beim Starten seien ihm ein großer Schmerz gewesen, ihm, dem Vogelliebhaber, der auf so perfekte Weise den Ruf der Amsel habe nachmachen können, aber gerade deshalb habe er den Flughafen jeden Morgen aufgesucht, das heiße, zumindest sei er in dessen Nähe spaziert und habe mit konzentriertem Blick alles betrachtet, das Herausrollen der Maschinen aus dem kleinen Hangar, das Auftanken, die Piloten mit ihren Checklisten *etcetera*. Aus und vorbei, nun liege Adomeit bereits seit zwei Stunden unter der Erde. Und während Schossau damit fortgefahren sei, die Beerdigung und überhaupt den ganzen Adomeit in seinem Kopf noch eine Weile hin und her zu wälzen, sei er auf seinem Weg durch Florstadt in die Obere Kirchgasse gelangt. Dort sei ihm Anton Wiesner entgegengekommen. Wiesner habe auf einem Moped gesessen, habe es aufheulen lassen und sei mit der für das aufgemotzte Moped größtmöglichen Geschwindigkeit an ihm vorbeigefahren. Wiesner habe dabei einen Gesichtsausdruck gemacht, als sei er auf eine bestimmte Sache konzentriert und habe es sehr eilig, irgendwohin zu kommen. Übrigens habe es geschienen, als nehme er Schossau gar nicht wahr. Er sei mit einem laut knallenden Lärm in Richtung auf die Mauergasse abgebogen. Frau Weber habe im Vorgarten ihres Hauses gestanden und nachdenklich ihrem Enkel hinterhergeschaut, während sich das lärmende Geräusch des Mopeds im Hall der verwinkelten Gassen verloren habe. Ach, Schossau, habe sie gesagt, jetzt habe ihr Enkel Anton sein Abitur gemacht, aber er sei immer noch genauso wie vorher. Er werde einfach nicht erwachsen. Er sitze immer noch die ganze Zeit auf seinem Moped und mache nur Unsinn. Er trinke viel zu viel. Ein richtiger Schluri sei aus ihm geworden. Schossau habe die alte Frau angeschaut. Sie habe eine Kittelschürze getragen. Er habe ein handwerkliches Geschick, das wisse sie, er bastele draußen auf dem Buceriushof mit seinem Freund an Motoren herum. Dann soll er doch eine Ausbildung machen. Warum macht er denn keine Ausbildung? Kurt Bucerius macht ja auch eine Ausbildung! Und dann das mit China. Schossau, sag einmal selbst, was ist das überhaupt für eine Idee! Mit diesem Bus nach China! Wenn man keine richtige Beschäftigung habe, komme man immer auf falsche Gedanken. Auf dem Baumarkt in Reichelsheim arbeite er jetzt, das sei keine ordentliche Beschäftigung für ihn. Nein, habe Schossau gesagt, das sei es sicherlich nicht. Sie: Er sei ein intelligenter Bub, der Anton, auch als Kind sei er immer sehr intelligent gewesen. Und jetzt? Jetzt verwahrlose er. Na ja, habe Schossau gesagt. Dann sei er weitergelaufen und habe dieser Begegnung übrigens keinerlei Bedeutung beigemessen. Er sei in den Schlag gebogen und von dort in die Untere Kirchgasse. Wie oft in den letzten zehn Jahren sei er durch diese Straße gelaufen, immer auf dem

Weg zum Adomeitschen Haus. Unzählige Erinnerungen verbinde er mit der Unteren Kirchgasse. Ohne weiteres Nachdenken, vielmehr nur einem undeutlichen Antrieb folgend, sei er vor das Adomeitsche Haus getreten und habe es aufgeschlossen. Unter Knarren sei er die Treppe in den ersten Stock hinaufgestiegen. Alles dort habe sich befunden wie vordem. Die Kleider Adomeits hätten im Kasten im Arbeitszimmer gehangen, die Zeitungen, von der Putzfrau hereingeholt, auf dem Tisch in der Stube gelegen. In der Küche habe es ausgesehen, als könne Adomeit ohne weiteres noch auf dem Stuhl neben der Anrichte sitzen und dort seine Bohnen schnippeln. Schossau habe sich ein Glas aus der Anrichte genommen, habe es unter dem Hahn gefüllt und sei damit in die Stube getreten, wo er sich an das Fenster gestellt und auf die Gasse geblickt habe. Überall hätten sie dort in den letzten zwei Jahrzehnten neue Türen, neue Fenster, neue Butzenscheiben, neue Vertäfelungen aus Kunststoffstein an den Häusern angebracht. Das einzige Haus in der Unteren Kirchgasse, dessen hölzerne Verschläge noch erhalten seien, sei das Adomeitsche. Der liebe Gott habe dem Menschen eines nicht gegeben, das Selbstgenügen. Da habe Sebastian Adomeit recht gehabt. Aus der ihnen gegebenen Unruhe heraus laufen die Wetterauer in die Außeneinrichtungshäuser und suchen sich im Katalog neue Butzenscheiben aus, um sie dort anbringen zu lassen, wo vorher die alten Butzenscheiben gewesen sind, die es noch Jahrzehnte getan hätten. Aber der Wetterauer brauche Beschäftigung und denke daher, er brauche neue Butzenscheiben. Spätestens nach fünfzehn Jahren komme er auf den (ihm notwendig scheinenden) Gedanken, es müßten sämtliche Fenster im Haus erneuert und der *modern-sten* Fenstertechnik angepaßt werden. Alle zehn Jahre sei die gelobte neue Küche plötzlich zu einer alten, deren man sich schäme, geworden, also werde der Sperrmüll bestellt, werde ein Küchengeschäft aufgesucht, werde dort eine Beratung eingeholt, anschließend werde die Küche installiert, anschließend wird dasselbe gekocht in ihr wie in der vorherigen. Leberknödel. Schnitzel. Das Haus Untere Kirchgasse vierzehn zum Beispiel habe folgende Geschichte: Früher sei es ein taubenblaues Haus mit grauem Sockel gewesen. Der Sockel sei vor sechzehn Jahren aus irgendwelchen vermeintlichen Gründen zuerst mit Diabas ummauert worden. Dann habe man plötzlich die ganze Vorderfront mit einer Holzvertäfelung versehen. Vor fünf Jahren sei die Holzvertäfelung von dem neuen Besitzer wieder abgenommen worden, das Haus rot gestrichen. Derselbe neue Besitzer, der die Vertäfelung an der Front abgenommen habe, habe nun den bereits ummauerten Sockel plötzlich vertäfelt. Für die Handelnden scheinen ihre Handlungen immer völlig folgerichtig zu sein. So sei denn über den Zeitraum von zehn, fünfzehn Jahren, während deren er, Schossau, die Untere Kirchgasse so häufig aufgesucht habe, die Gasse ständig von dem mal näheren, mal weiter entfernten Hämmern und Bohren und Sägen und Klopfen ihrer Bewohner erfüllt gewesen, dem Lebensgeräusch der Kirchgassenbewohner, einem Geräusch, mittels dessen Adomeit sich immer seiner Umwelt und ihrer unruhigen und unbewußten Eigenart versichern habe können. Adomeit habe sich ein Amüsement aus der Spekulation über die Handlungen seiner Kirchgassennachbarn gemacht. Paß auf, Schossau,

35

habe er gesagt, in der Kirchgasse zwanzig war es nun schon ein halbes Jahr ruhig, die Kirchgasse zwanzig ist überfällig, sie ist so reif wie ein Apfel im Herbst, ich sehe dem Herrn Geibel schon richtiggehend an, wie sich alles in ihm danach drängt, etwas auszuhecken, ich tippe auf die Sanierung seiner Naßzellen. Tatsächlich seien zwei Wochen später die Spenglerei Klump aus Friedberg und der Malermeister Olschewski aus Schwalheim gekommen und hätten die Naßzellen saniert. Aber Herr Geibel, habe Adomeit den Mann auf der Straße angesprochen, das ist ja interessant, Sie sanieren Ihre Naßzellen! Ja, habe Geibel gesagt, in der Tat, das sei dringend notwendig gewesen, er habe sich schon die ganze Zeit mit diesem Entschluß getragen, seine Naßzellen zu sanieren, er habe nur die ganze Zeit nicht gewußt, durch wen. Wenn er, Adomeit, wüßte, was das für eine Arbeit sei, Kostenvoranschläge einholen, Angebote durchrechnen, sich auf *die richtige* Weise beraten lassen. Jetzt kommen endlich die rosa Kacheln aus dem Badezimmer heraus, habe Geibel gesagt, ich kann gar nicht verstehen, wie ich vor fünfzehn Jahren diese Kacheln dort habe hineinmachen lassen können. Rosa, wie unzeitgemäß. Er hätte schon damals weiße hineinmachen sollen. Er wolle ein helles Bad haben, seine Frau übrigens sei die treibende Kraft gewesen. Das Zeug sei ja schließlich auch so lange benutzt, habe Geibel gesagt, während die Arbeiter der Firma Klump eine Badewanne an den beiden Unterrednern vorbeigetragen hätten. Das dort sei die neue Wanne, habe Adomeit gefragt. Ja, habe Geibel gesagt, das sei die neue Wanne. Das ist aber eine schöne Wanne, eine große Wanne, habe Adomeit gesagt, Geibel habe ihm zugestimmt, seine Frau, die doch etwas füllig sei, habe sich eine große Wanne gewünscht. Im übrigen, man müsse diese Wanne nur anschauen, da bekomme man doch gleich eine Lust, in ihr zu baden, so neu und groß und sauber, wie sie sei. Er, Adomeit, sehe also, habe Geibel freudig gesagt, ganz verschiedene Gründe hätten zu dem notwendigen Entschluß geführt, insgesamt die Naßzellen zu sanieren, und während er dies gesagt habe, hätten sie beide den Arbeitern nachgeblickt, die die betreffende Wanne nicht in das Haus hinein, sondern aus diesem herausgetragen und vor dem Haus auf den Sperrmüll geworfen hätten, denn es habe sich in der Tat nicht um die neue, sondern um die alte, eben herausgerissene Wanne gehandelt. Einer wie Geibel lasse sich freilich durch so einen Vorgang nicht über sich selbst beunruhigen. Unter dem dahingeflachsten Satz, das Geld müsse eben einmal ausgegeben werden, dafür sei es ja da, habe damals das Gespräch zwischen Adomeit und Geibel sein Ende gefunden. Er, Schossau, habe nun gesehen, wie ein Kleinlastwagen durch den Schlag in die Untere Kirchgasse eingebogen sei, mit einer Firmenaufschrift auf der blauen Plane, und unterhalb des Fensters angehalten habe. Das Auto habe eine Heppenheimer Nummer gehabt. Ein Mann mittleren Alters sei ausgestiegen und habe sich in der Straße umgeblickt, die Arme in die Seiten stemmend, so, als habe er einen Tatvorsatz. Dann aber habe der Mann begonnen, auf und ab zu laufen, und habe immer wieder abwechselnd zu dem anderen Straßenende und auf seine Uhr geblickt. Dann habe er an der Fassade des Adomeitschen Hauses emporgeschaut. Der Mann habe dabei ein unternehmungslustiges Gesicht gemacht und sei mit seiner Hand über den Putz des Hauses gefahren, habe dabei ein wenig Mörtel in die Hand bekommen und diesen interessiert zerrieben. Dann habe er einige Schnüre an der Plane des Kleinlastwagens geöffnet und sie probeweise beiseite geschlagen, wobei er nachdenklich die Ladefläche des Lasters betrachtet habe. Anschließend habe er wieder auf seine Uhr und auf das andere Straßenende geschaut. Dort sei nun eine Frau von vielleicht neunzehn oder zwanzig Jahren erschienen. Der Mann habe gestikuliert, als die Frau an ihn herangelaufen sei, offenbar habe es sich um die Tochter des Heppenheimer Kleinlastwagenfahrers gehandelt. Tatsächlich habe Schossau nun durch die offengelassene Wohnungstür hören können, wie der Mann unten einen Schlüssel in die Haustür gesteckt und diese aufgeschlossen habe. Wieso lasse sie ihn denn hier eine Viertelstunde warten, wieso sei sie denn nicht gleich mitgefahren, habe der Mann unten auf dem Treppenabsatz gefragt. Achte doch einmal darauf, wie es hier riecht, es riecht muffig, habe der Mann gesagt. An diesem Treppenhaus sei ja eine Ewigkeit nichts gemacht worden. Das sei eine Altbauwohnung, so rieche es nun einmal in einer Altbauwohnung, habe die junge Frau gesagt. Und wie diese Stufen knarren, habe der Mann gesagt, höre dir das bloß an, wie diese Stufen knarren, bei jedem Schritt, da bekommt man ja Angst, am Ende bricht man da noch durch und landet im Keller. Zumal die Stufen glatt sind. Alles riecht überdies nach Bohnerwachs. Was glaubst du, der alte Mann hat doch hier nicht etwa bis zum Schluß gebohnert? Von Hand gebohnert, auf seinen Knien? Was für Zustände! Man könne die Wohnungen nicht vermieten, wenn das Treppenhaus sich in einem so heruntergekommenen Zustand befinde. Der Vermieter verletze seine Verkehrssicherungspflicht, jeder Mieter hätte sofort einen Grund, die Miete zu mindern. Das Treppenhaus, habe die Frau gesagt, sei nicht heruntergekommen, es sei lediglich alt. Früher habe man Treppen nicht aus Stein gebaut, nicht in solchen Häusern. Holztreppen knarrten immer so. In der Wohnung sei vermutlich Dielenboden, der werde auch so knarren. Das ganze Haus knarre vermutlich auf dieselbe Weise. Vermutlich, habe der Mann gesagt. Er habe daraufhin noch einmal die Frage erneuert, wieso sie, Katja, denn nicht gleich bei ihm mitgefahren sei und wieso sie überhaupt immer so umständlich sei. Sie: Sie habe lediglich spazierengehen wollen, im übrigen habe sie sich diese Ortschaft mit Namen Florstadt näher betrachtet, wenn ihm das umständlich erscheine, dann sei das nicht ihr Problem. Sie habe mit der ganzen Sache ohnehin nichts zu tun, sie sei bloß aus Höflichkeit mitgekommen, allerdings bereue sie es bereits. Hätte sie gewußt, daß er nicht mit seinem Auto, sondern gleich mit einem Lastwagen komme, das sei doch peinlich, das müsse er zugeben. Und daß ihm seine Mineralwasserfirma auch noch so mir nichts dir nichts einen solchen Laster ausleihe! Sie sei vorhin fast umgefallen, als sie in diesem … wie hieß es … Friedberg? … aus dem Bahnhof herausgekommen sei, und da stehe plötzlich der Laster vor ihr, *Bensheimer Quell – das gesunde Wasser.* Sie könne ihm gar nicht sagen, wie ärgerlich sie das mache. Darauf habe die Tochter geschwiegen, beide hätten noch immer im Treppenhaus gestanden. Tatsächlich nur eine Wohnung auf jeder Etage, habe der Mann gesagt. Das sei ein sehr kleines Haus. Er habe das aber offenbar nur gesagt, um die unangenehme Pause, die im Gespräch mit seiner Tochter entstanden sei, zu überdekken. Die Tapeten müßten herunter, und wenn man die Stufen wenigstens mit einem Teppich belegte, würde das Knarren vielleicht deutlich leiser. Sie: Erstens störe das Knarren keinen vernünftigen Menschen, und zweitens sei Holz viel schöner. Sie hätten doch zu Hause schon alles mit ihren Teppichen zugedeckt, wo eine freie Stelle sei, komme sogleich ein Teppich hin. Er: Du weißt doch genau, warum ich diese Teppiche gekauft habe. Sie: Ja, in der Tat, das wisse sie. Und jedesmal, wenn sie, Vater und Mutter, in den Urlaub führen, müßten alle diese Teppiche zusammengerollt und zum Nachbar in Obhut gegeben werden, denn er, ihr Vater, könne die Teppiche ja nicht versichern, sie seien nämlich nicht auf Rechnung gekauft worden, und irgendwo habe er ja mit dem Geld hingemußt, als in den verschiedenen Ländern seine hier beim Finanzamt verschwiegenen Anlagen ausgelaufen seien, jaja, sie kenne die Geschichte. Er: Aber er habe das doch nur wegen ihr, seiner Tochter, gemacht. Soll er denn Zehntausende von Mark an den Fiskus abführen? Sie werde ihm später noch dankbar dafür sein. Er mache das alles nur wegen ihr, ihm sei das Geld doch gleichgültig, sie müsse sich einmal vorstellen, wie er aufgewachsen sei, das müsse sie sich einmal vorstellen. Seine Eltern hätten kein Geld gehabt. Sie hätten damals noch Hühner im Garten gehalten. Heute könnten sie die Eier im HL kaufen, früher hätten sie das nicht gekonnt. Wie einfach hätten sie es heute gegen damals. Waschmaschinen! Oder zum Beispiel die modernen Küchengeräte. Das hätten sie alles nicht gehabt, keiner habe das gehabt. Videorecor-

40

der, undenkbar. Fernsehen sowieso nicht. Alles das habe es früher nicht gegeben, und alle diese Dinge stellten doch eine große Erleichterung dar, aber sie kosten Geld, und das müsse man erst einmal haben. Sie: Was bitte stelle der Fernseher für eine Erleichterung dar? Jetzt habe er sich aber zu einem ganz schönen Unsinn hinreißen lassen. Er müsse sein Geld nicht in Seidenpersern anlegen, nur damit sie, Katja, sich später die so wichtige Lebenserleichterung durch einen Fernseher verschaffe, also bitte. Er: Sie werde schon noch lernen, wie es im Leben wirklich zugehe. Katja: Na, da haben wir es ja wieder einmal. Wieder sei eine Gesprächspause entstanden, das Vatertochterpaar habe sich augenscheinlich dauernd an der Grenze zur Verstimmtheit befunden. Sie seien die Treppen nun weiter hinaufgestiegen, Schritt für Schritt habe man das Knarren der alten Stufen gehört ... Daß man heute noch seinen Boden bohnere, unvorstellbar! ... So, nun laß uns aber einmal eintreten in die Adomeitsche Wohnung, habe die näher kommende Stimme Harald Mohrs gesagt. Beide seien in die Diele gelaufen. Sie halte das nicht für gut, habe die Tochter gesagt, sie habe ein schlechtes Gewissen dabei, die Wohnung eines Toten zu betreten. Was hätten sie denn schließlich hier zu suchen? Kaum sei dieser Adomeit tot, liefen sie schon in seine Wohnung hinein. Dabei habe ihn keiner von ihnen gekannt. Er, ihr Vater, habe diesen Adomeit doch nie zu Gesicht bekommen. Du mußtest ja nicht mitkommen, habe Harald Mohr gesagt. Sie, nachdenklich: Wer wisse, welche Menschen hier in dieser Wohnung verkehrt hätten. Dieser Adomeit habe doch mit Sicherheit Bekannte gehabt. Er: Er soll ein Einzelgänger gewesen sein, übrigens nur kurze Zeit verheiratet, wenig Kontakt zu seinem Sohn, und ein so schwieriger Charakter habe vermutlich nicht sehr viele Bekannte. Sie, Katja, habe ja vorhin gehört, in diesem, diesem Waldhaus oder wie es heiße, wie man über den alten Adomeit geredet habe. Früher habe Adomeit das Erdgeschoß bewohnt, als aber seine Eltern gestorben seien und er seine Schwester, die Oma, herausgeworfen habe, sei er in den ersten Stock gezogen, da er nämlich das Untergeschoß vermietet habe und fortan davon gelebt habe. Er habe das alles sehr rücksichtslos betrieben, ein gebildeter und musischer Mensch, der von Anfang an nur für seine Vorlieben habe leben wollen, schnöselhaft jedem Angestelltenverhältnis gegenüberstehend, bei dem er sich Menschen, denen gegenüber er sich so überlegen gefühlt habe, hätte gleichstellen oder gar unterordnen müssen, das habe so einer geistigen Person wie ihm nicht gelegen, das in etwa sei die Zusammenfassung dessen, was in diesem Waldhaus erzählt worden sei. Ein ganz und gar rücksichtsloser Charakter, der auf Kosten seiner Umwelt gelebt habe. Katja: Aber wieso denn auf Kosten seiner Umwelt? Er habe doch seine Mieteinnahme gehabt. Mohr: Ja, schon, aber er habe sie nur gehabt, weil er so gegen seine Schwester vorgegangen sei und diese nicht habe in seinem Haus wohnen lassen. Katja: Das verstehe ich nicht, ich verstehe das überhaupt nicht. Sie bekomme ständig etwas anderes erzählt. Soweit sie wisse, sei doch die Oma damals in England gewesen, und Mutter habe ihre ersten Jahre in Chesterton verbracht. Sie sei doch selbst ausgezogen aus der Unteren Kirchgasse hier in Niederflorstadt, die Oma. Wie könne man da denn von einem Hinauswurf reden? Er: Die Oma habe diese Jahre nur in England verbracht, weil er ihr verweigert habe, in das Haus hier zurückzukommen, obgleich sie, wie sie sagt, ein Anrecht darauf gehabt habe, das sie sich aber nicht vor Gericht habe erstreiten wollen. Der eigenen Schwester in so einer schwierigen Lage die Tür vor dem Gesicht zuzuschlagen, dazu gehöre schon einiges. Und daher sage er, Mohr, daß Adomeit natürlich auf Kosten seiner Umwelt gelebt habe, nämlich auf Kosten seiner Schwester. Alles füge sich bei Adomeit ins Bild, der alte, grantelnde Mann, der alle Fäden in der Hand halten will, der überall Rechte sieht, wo andere zuerst an ihre Pflichten denken, und der sogar noch aus irgendwelchen Gründen auf den Gedanken kommt, sich als der moralisch Erhabene zu empfinden, denn er habe immer schlecht von der Oma gesprochen, das habe sie, die Katja, ja wohl vorhin im Waldhaus gehört. Ja, habe sie gesagt, das habe sie gehört, im übrigen heiße die Gaststätte nicht *Waldhaus*, sondern *Jagdhaus*. Und das beste sei, habe Mohr gesagt, daß der alte Herr Adomeit nicht einmal krankenversichert gewesen sei, das müsse sie sich einmal vorstellen. Was für ein Risiko! Ich werde doch nicht krank, soll er dazu gesagt haben, also warum soll ich mich krankenversichern? Um mich, wenn ich krank werde, noch kränker machen zu lassen von den Ärzten? Was für ein Eigensinn, habe Mohr gesagt, was für ein Starrsinn, dabei hätte Adomeit das Geld dazu doch gehabt, und wenn nicht, hätte das Sozialamt gezahlt. Man müsse sich nur einmal vorstellen, er hätte ins Krankenhaus gemußt, Krankenversicherung hin, Krankenversicherung her, da koste so ein alter Mann dann in seinen letzten Lebenswochen gleich noch einmal die Allgemeinheit ein paar zehntausend Mark. Und in Wahrheit habe dieser Adomeit ja gar nie wissen können, ob er nun nicht doch einmal krank werde oder nicht. Er, Mohr, sei der Meinung, man müsse die Leute dazu zwingen, eine Krankenversicherung abzuschließen, er sei für eine Zwangsversicherung, denn zum Schluß zahlten doch wieder die anderen. In unserer Gesellschaft herrsche das Prinzip der gemeinschaftlichen Solidarität, da habe dieser Adomeit meinen können, was er wolle, zum Schluß sei es doch nur wieder die Gemeinschaft, die zahle bei solchen. Sie: Aber sie wisse gar nicht, warum er sich so aufrege. Tatsächlich sei Adomeit nicht krank gewesen, tatsächlich sei er niemals im Krankenhaus gewesen, und der beste Beweis dafür sei, daß er hier in der Wohnung gefunden worden sei, von seiner Putzfrau, und nicht in einem Krankenhaus gestorben sei zu einem Tagessatz von sie wisse nicht wieviel Mark. Er: Ja, aber wieso sei er denn um Gottes willen nicht ins Krankenhaus gegangen, wahrscheinlich würde er dann noch am Leben sein. Der Alte habe sich mit seiner eigenen Bockigkeit doch nur selbst ins Grab gebracht. Wäre er krankenversichert gewesen, dann wäre ihm der Aufenthalt im Krankenhaus bezahlt worden; und daher plädiere er, Mohr, für eine Zwangsversicherung. Es könne doch nicht sein, daß die einen, wie er, Mohr, achthundert Mark im Monat zahlen, und die anderen, die anderen … Sie: Die anderen *was*? Ihr Großonkel sei nun einmal nicht im Krankenhaus gewesen und habe es offensichtlich auch gar nicht gewollt. Weiter gebe es da nichts zu reden. Ach, es sei ja auch völlig gleichgültig, habe er gesagt. Es sei zwecklos, mit ihr zu reden. Sie begreife ja nichts. Das seien alles doch nur die Ideen Ben-

44

nos. Der Benno habe ihr alle diese Flausen in den Kopf
gesetzt. Sie sei völlig anders geworden, seitdem sie den
Benno kennengelernt habe. Sie: Jetzt laß aber den Benno
aus dem Spiel. Der gehöre nun wirklich nicht hierher. Er:
Jaja. Er sage ja nichts. Er meine ja nur. Aber komm, jetzt
wollen wir uns doch einmal die Wohnung anschauen.
Das scheint aber karg eingerichtet zu sein hier, habe
Mohr gesagt. Tatsächlich, Dielenboden. Das hier ist wohl
die Küche. Sie liegt ziemlich dunkel, wo ist denn hier der
Lichtschalter, am Ende gibt es hier gar kein elektrisches
Licht, doch, hier. Das Licht in der Küche sei angegangen,
es habe sich durch die geöffnete Küchentür in die Diele
geworfen und bis in die Stube gereicht. Er, Schossau,
habe weiter dem Gespräch zwischen den beiden Ein-
dringlingen zugehört. Mein Gott, was für eine schöne
Küche, habe Katja Mohr gerufen, als das Licht angegangen sei. Schau mal, ein Spülstein. Und die schöne Lampe
mit dem Zuggewicht! Er: Wie in einem Museum ist es
hier. Der Spülstein sei ja nicht einmal an das Abwasser
angeschlossen. Sie: Und die schöne Anrichte mit den Tel-
lern! Hier habe sich überhaupt nichts verändert. Sie verstehe diesen Adomeit immer besser. Sie bereue jetzt sogar,
ihn nie kennengelernt zu haben. Wenn sie sich vorstelle,
daß sie als Kind hätte in dieser Küche herumsitzen können, mit dem alten Mann, ihrem Großonkel … Mein
Gott, habe sie wiederholt, wie schön hier alles sei. Er:
Wenn sie möchte, könne sie aus dieser Küche haben, was
sie wolle. Sie, die Mohrs, hätten ja zu Hause schon eine
Küche. Und herumstehen lassen könne man das Zeug
hier nicht. Sonst müsse man es auf den Trödelmarkt geben, aber er, Mohr, habe keine Lust, sich auf einen Antik-

markt zu stellen und dort alte Teller anzupreisen. Im übrigen habe sie recht, hier habe sich nichts verändert, die Küche seiner Großmutter aus Michelstadt habe ebenfalls so ausgesehen. Da sei der Spülstein aber immerhin an das Abwasser angeschlossen gewesen. Ihm sei es schon damals in der Küche seiner Oma immer vorgekommen wie in einem Heimatkundemuseum, nichts in dieser Küche habe sein Interesse wecken können, es habe keine Maschinen gegeben, nicht einmal einen elektrischen Rührbesen. Und es habe darin immer nach Kohl gestunken oder nach ausgelassenem Speck oder nach den herumliegenden Schlachthühnern *etcetera*, ekelhaft. Sie habe ja auch keinen Kühlschrank gehabt, nur eine Kammer, und so ein Huhn rieche, wenn es herumliege. Mal sehen, was sich bei diesem Adomeit in der Kammer findet. Mohr habe jetzt die Tür der Kammer, welche sich neben dem Tisch befunden habe, geöffnet und sei in die kleine Kammer getreten. Leer, habe er gesagt, fast leer. Katja: Vermutlich habe die Putzfrau ausgeräumt, was verderben könne. Er: Was gehe das denn die Putzfrau an? Am Ende habe die Putzfrau die ganze Speisekammer ausgeräumt. Speck, Dosen, Gewürze, Honig, nichts davon da. Nein, habe Mohr gesagt, er habe sich geirrt. Dort stehe ein Kanister, und tatsächlich hänge hier oben ein Stück Speck. Da unten sei ein Topf. Kartoffeln. Aber was sei denn in diesem Kanister, einen Moment, ich werde ihn einmal aufschrauben, er sieht aus wie ein Benzinkanister. Igitt, es ist Apfelwein. Ekelhaft. Daß aber auch alle hierzulande diesen Apfelwein trinken. Hast du gesehen, vorhin in diesem Waldhaus, alle haben sie Apfelwein getrunken, auch deine Großmutter. Das Zeug ist so sauer, daß es mir die gesamte Peristaltik umdreht. Das muß einem doch den Magen ganz dauerhaft ruinieren. Sie: Die Oma sage, man müsse den zweiten Apfelwein trinken, erst dann schmecke er. Er: Von ihm, Mohr, aus hätte die Putzfrau Adomeits diesen Kanister ebenfalls mitnehmen können. Er wolle so etwas nicht im Haus haben. Übrigens habe er vorhin im Waldhaus vergessen, der Putzfrau, wie heiße sie überhaupt ... der Putzfrau den Schlüssel abzunehmen, habe sie nicht Strobel geheißen? Hm, jetzt müßte wer bei dieser Strobel vorbeifahren, um ihr den Schlüssel abzunehmen, denn man könne diese Frau nicht die ganze Zeit mit einem Schlüssel des Adomeitschen Hauses herumlaufen lassen, wer weiß, am Ende komme sie noch auf den Gedanken, hier einzudringen und sich nach Dingen umzuschauen, die sie gar nichts angehen. Eigenartig übrigens, daß dieser Adomeit eine Putzfrau gehabt habe, zumal er doch jedes Angestelltenverhältnis so verabscheut haben soll, und daß er dazu auch noch ein so gutes Verhältnis zu der auf ihn, Mohr, übrigens sehr gewöhnlich und unterdurchschnittlich wirkenden Frau gehabt habe, sie habe öfter bei ihm gegessen, heiße es, und überhaupt habe er sich gern mit ihr unterhalten, das habe die Strobel freilich nicht selbst erzählt, die habe gar nichts gesagt, aber die anderen hätten es erzählt dort in diesem Waldhaus. Ausgerechnet mit der Putzfrau habe er sich verstanden. Was wolle denn ein so gebildeter Mann, der er angeblich gewesen sein soll, mit einer Putzfrau? Kannst du dir das vorstellen, Katja, habe Mohr gesagt, wie er hier gesessen hat mit seiner Putzfrau, hier an dem Tisch, und diese Wetterauer Speisen wie Handkäse oder Fleischwurst gegessen und mit seiner Putzfrau Apfelwein aus diesem Kanister getrunken hat? Worüber sie sich wohl unterhalten haben? Worüber unterhalte sich ein Mensch der Bücher, der jeden Tag mit Spazierengehen verbringt, mit einem Menschen des Putzeimers und des Wischlappens, der jeden Tag putzen geht? Die Strobel sei so alt wie Adomeit, habe sich aber, was die körperliche Verfassung angehe, noch gehalten. Schließlich seien einundsiebzig Jahre kein Alter bei der heutigen Medizin. Aber sie sehe aus wie ein uraltes Hutzelweib, kaum Haare, dieser gebogene Mund, diese Hakennase, wie aus Schnitzholz. Und reden habe man mit ihr nicht können im Waldhaus, denn sie habe dauernd geheult und habe ja auch nur an dem hinteren Tisch gesessen, mehr oder minder absolut allein, und sei nach der kürzesten Zeit betrunken gewesen, weil jeder mit ihr habe einen Schnaps auf den Toten trinken wollen. Er, Mohr, könne sich, wenn er ehrlich sein soll, überhaupt nicht vorstellen, mit einer solchen Person wie der Strobel Sätze zu wechseln, wahrscheinlich würde er kein Wort verstehen, er habe sowieso größte Mühe, den hiesigen Dialekt, das Wetterauische, zu verstehen. Wie sie schon dieses Wort Wetterau aussprechen! Es klinge wie *Werla*. Irgendwie englisch klinge das alles hier. Er komme sich, von der Sprache her, fast so vor, als befinde er sich hier gar nicht in Deutschland. Dann aber, wenn er sich freilich dieses Waldhaus anschaue, oder meinetwegen Jagdhaus, jaja, das sei doch ganz gleich, dann komme er sich so vor, als sei er genau mitten im tiefsten Deutschland. *Im Wald und unter Jägern.* Diese Hirschgeweihe, diese Gewehre, diese Trophäen an der Wand, und überall die mit Zigarren und Zigaretten angefüllten Aschenbecher, dazu die Glashumpen, und überall komme die blöde volksnahe Musik aus den Lautsprechern, zu deren Taktschlag alle ihre Apfelweingläser oder Schnapshumpen heben. Er habe das nie gemocht. Da seien sie, die Mohrs, nicht primitiv genug. Und Adomeit ist ja auch in dieses Waldhaus gegangen, er soll ja sogar sehr oft da gewesen sein, der Intellektuelle. Habe sich in diesen ganzen Muff und Mief hineingesetzt, und in der Tat habe es ihm dort gefallen, er habe sich dort wohl gefühlt, habe es geheißen, und man habe dort sogar Gespräche mit ihm führen können, nur dort, Gespräche allerdings über Beiläufigkeiten, so daß die Florstädter doch immer auch gedacht hätten (so habe es der Pfarrer Becker ihm, Mohr, gegenüber ausgedrückt), Adomeit nehme dort im Waldhaus lediglich auf arrogante Weise ein Bad in der Wetterauer Menge. Er habe die Leute über ihre politischen Ansichten ausgefragt, soll aber selbst schon seit langen Jahren keine solchen Ansichten mehr von sich gegeben haben. Er sei auch nicht zur Wahl gegangen, zu keiner Wahl, seit mindestens zwei Jahrzehnten. Oder er habe dort im Waldhaus über Straßenbauprojekte gesprochen, die das Land Hessen in der hiesigen Region durchführe, darüber habe sich Adomeit immer mißlaunig geäußert. Er habe sehr fachmännisch Gespräche mit den Jägern geführt, obgleich er nie jagen gegangen sei. Er habe sich für das Jagen sehr interessiert, er soll sich in den Wörtern und Ausdrücken der Waidmannsprache gut ausgekannt haben, aber auch das habe die Florstädter immer verunsichert, sie hätten sich auf den Arm genommen gefühlt, hätten dieses Gefühl im Verlauf eines solchen Gespräches mit Adomeit aber alsbald wieder vergessen, denn Adomeit soll, wenn er gewollt

habe, ein guter und freundlicher Redner gewesen sein, so
daß man im Gespräch außer acht gelassen habe, inwie-
weit er normalerweise seine Putzfrau Strobel allen anderen vorgezogen und meistenteils auf der Straße die
Florstädter nicht einmal gegrüßt habe. Er, Mohr, könne
sich gar nicht vorstellen, wie man sich als vernünftiger
Mensch für die Jägerei interessieren könne. Adomeit sei
mit Vorliebe auch immer dann in das Waldhaus gegangen, wenn die örtliche Parteifraktion des Bürgermeisters
dort getagt habe *etcetera* ... Mohr habe irgendwas weitergesprochen, und Schossau habe sich an die Szenen erinnert, die sich dort in der Ossenheimer Wirtschaft zwischen Adomeit und dem Bürgermeister abgespielt hatten.
Adomeit habe sich immer genau an den Nachbartisch
gesetzt und dort seine Fleischwurst gehäutet, und während die kommunalen Politiker ihre Gespräche geführt
und Reden gehalten hätten, habe Adomeit begeistert zugehört und immer wieder den Claqueur gemacht. *Hört*
hört, habe er zum Nachbartisch hinüber gesagt. Das sei
allen immer unerwünscht gewesen. Oder *eine sehr inter-*
essante Darlegung, Herr Fraktionsvorsitzender. Habe der
Bürgermeister über die Abfallmißwirtschaft des Kreises
gesprochen, die Niederflorstadt soundsoviel Zehntausende von Mark im Jahr koste und die durch die wirt-
schaftliche Unfähigkeit und ideologische Verblendung
der Kreistagsregierung begründet sei, und sei der Bürgermeister in der ihm üblichen Weise (er sei ein Pykniker)
in Erregung gekommen, habe Adomeit gesagt *wichtig,*
sehr wichtig. Aber immer, wenn der Bürgermeister sich
auf ein Gespräch mit Adomeit eingelassen habe, habe
Adomeit ihn mit seiner Rede- und Begründungsfertigkeit

nach wenigen Minuten als den dastehen lassen, der er sei, nämlich als einfachen, unbedarften Mann vom Lande, politisch großgeworden in den hiesigen Wirtschaften und Bürgerhäusern bei Bier und Schnitzeln und auf den Fortbildungskursen seiner Partei bei Ausflügen in den Schwarzwald oder nach Thüringen und an die Mauer *et-cetera*. Warum sind Sie Bürgermeister, Herr X, habe Adomeit den Bürgermeister X ab und an im Jagdhaus gefragt, wenn er Lust gehabt habe, sich zu amüsieren mit dem Bürgermeister X als leichte Beute. Der Bürgermeister X habe sich auf die Frage, warum er Bürgermeister geworden sei, tatsächlich eingelassen, da Adomeit ihm ja nicht gesagt habe, welchen Fehler er begehe, wenn er sich auf sie einlasse. Der Bürgermeister X habe auf die ihm mögliche Weise geantwortet und sei dabei immer mehr auf dünnes Eis geraten, auf dem er alsbald hingeschlagen und mit vollem Gewicht eingebrochen sei. Die erste Antwort sei immer gewesen, er sei Bürgermeister, weil er dazu gewählt worden sei. Und warum, habe Adomeit gefragt, sei er dazu gewählt worden? Nach Angabe des einen oder anderen beliebigen Grundes habe Bürgermeister X es unter dem strengen Gesprächsregime Adomeits immer auf die Formel gebracht, er sei deshalb Bürgermeister von Florstadt, weil er *der Beste und der Bestgeeignete* für dieses Amt sei oder zumindest dafür gehalten werde, eine Aussage, die augenscheinlich so unsinnig gewesen sei, daß sogar die anderen Anwesenden im Ossenheimer Jagdhaus hätten über X lachen müssen. Adomeit habe weitergefragt, ob, im Falle daß er nicht der Beste und Bestgeeignete sei, es denn richtig wäre, das Amt anzutreten, nur weil man dafür gehalten werde, also den Anschein dem Sein vorziehend, das wäre doch nicht richtig, das wäre doch sozusagen sogar unmoralisch, finden Sie nicht, Herr Bürgermeister, ein Amt anzutreten, obgleich man weiß, daß man nicht der Beste und Bestgeeignete dafür sei, sondern nur fälschlicherweise von allen dafür gehalten werde. Dann müßte man seine Umwelt und Wählerschaft doch über die Wahrheit aufklären, oder etwa nicht, Herr Bürgermeister. Doch, natürlich, habe der Bürgermeister tatsächlich geantwortet. Damit bleibt also, habe Adomeit geschlossen, als die letzte und einzige tatsächliche Begründung Ihres Amtsantrittes die Tatsache, daß Sie der Beste sind, und darüber hinaus der Bestgeeignete, und nicht alleine nur dafür gehalten werden. Der Bürgermeister habe sich geschlagen gegeben und zugestimmt. Ich habe Ihnen eine demokratische Niederlage zugefügt, habe Adomeit dann vom Nachbartisch über seiner Fleischwurst zum Bürgermeister gesagt, ich habe Ihrer Demokratie eine Niederlage erteilt. Sie vertreten sie schlecht, aber vermutlich kann man sie nicht besser vertreten, Ihre Demokratie, prost! habe Adomeit gesagt und dem Bürgermeister, der ihm alles das übrigens gar nicht übelgenommen habe, da er es nämlich nicht verstanden habe, zugeprostet ... Im Ort, habe Mohr seiner Tochter gesagt, sei Adomeit weniger beliebt gewesen als im Ossenheimer Waldhaus. Vielleicht sei Adomeit auch deshalb immer wieder ins Waldhaus gegangen, weil es dort viele Ossenheimer gebe, zu denen er, da sie ihn und seine Position in Florstadt nicht kannten, einen unkomplizierteren Zugang gehabt habe. Er könne nur sagen, habe Mohr gesagt, derweil er die Speisekammer unter dem Quietschen der Angeln geschlossen habe, es habe sich bei Ado-

52

meit offensichtlich um eine unangenehme Erscheinung gehandelt, die in alles ihre Nase hineingesteckt habe. Wo ist denn hier eigentlich die Stube? Wir müssen einmal schauen, ob es hier überhaupt genügend Geschirr für den Totenschmaus gibt. Zähle einmal die Teller dort in der Anrichte, und ich schaue nach den Bestecken hier in der Tischlade, dann gehen wir hinüber in die Stube. Und während die Mohrs nun begonnen hätten, die Schubläden auf eine polternde Weise aus den Küchenschränken herauszuziehen, habe er, Schossau, die Adomeitsche Wohnung unbemerkt verlassen. Von der Gasse aus habe er noch einmal zu der Wohnung emporgeblickt. Dort oben werde alles Adomeit Betreffende schon in wenigen Tagen nicht mehr anzutreffen sein. Alles, worin Adomeit gelebt habe, werde aufgelöst. Zersetzt. Das sind die selbstreinigenden Kräfte des Lebens ... Aber du kommst nicht dahin, darüber nachzudenken, nein, Schossau, dahin kommst du nicht. Du denkst nicht darüber nach! Nicht darüber, nicht an dem heutigen Tage, an dem der liebe Herrgott uns die Feuerzünglein aufs Haupt geschlagen hat. Denn heute ist alleweil Pfingsten, und du hörst es ja bereits lustig herüberklingen vom Alten Feuerwachenplatz, und wenn ich du wäre, Schossau, habe der eine Schossau gesagt, ginge ich schnurstracks dorthin und genehmigte mir ein Bier oder auch mehrere. Denn die Sonne ist heiß, es ist trocken, die Gasse liegt in einem einzigen, stickigen Glast, es verhält sich sozusagen atmosphärisch gerade völlig umgekehrt zu den frischen, kühlen Mineralwasserbläschen, die da auf der Plane des Kleinlastwagens von Harald Mohr aufgemalt sind und eine solche Erquickung suggerieren wollen hier mitten

in der heißen Unteren Kirchgasse. *Bensheimer Quell –
das gesunde Wasser.* Er sei daraufhin zum Alten Feuerwachenplatz gelaufen. Schon aus einiger Entfernung
habe man hören können, daß zur Zeit keine Kapelle auf
der Bühne musiziert habe, sondern Musik vom Band gelaufen sei. Schossau sei auf den gepflasterten Platz getreten und habe sich vor das alte Postgebäude unter eine
kleine Platane gestellt. Ohne einen bewußten Vorsatz sei
er zuerst allerdings nur von der Platane in Anspruch genommen gewesen. Er habe nämlich gedacht, daß die Platane eine angenehme Kühle spende, beinahe so kühl wie
die Mineralwasserbläschen auf dem Lkw des Heppenhei-
mers Mohr. Zeichen seien in sie hineingeritzt gewesen,
ein durchbohrtes Herz, einige Namen, Elke und Hans,
Ali und Dilek, dazu ein etwas windschief geratenes
Hakenkreuz, wie immer falschherum. Auf dem Platz sei-
en Biergartengarnituren aufgestellt gewesen, ausgeliehen
beim Getränkeverleih Dolek, der sämtliche hiesigen Feste
mit Bier beliefere, mit weißem Papier oder Plastiktuch
abgedeckte Tische und lange Bänke. Linkerhand eine ein-
fache Holztheke mit Zapfanlage und Foliensäcke voller
Plastikbecher. Ein munterer Betrieb habe geherrscht.
Vorne, mehr zum Tanzboden zu, hätten die jungen Leute
vom Ort gesessen, die die Alten noch *Bursche* und *Mäd-
scher* nennen, in der Mitte des Platzes die Senioren mit
ihren Stumpen und ihren für das Getränk mitgebrachten
Deckelchen. Insgesamt habe ein Geruch nach Grill, Ta-
bak und Bratfett über dem Platz gelegen, und man hätte
diesem Geruch auch noch einige hundert Meter in die
Gassen rings um den Platz hineinfolgen können. Der ty-
pische Pfingstgeruch der Florstädter Senke. Im Verlaufe

der beiden folgenden Tage, bis zum Abend des Dienstags, des Wäldchestages, werde sich dieser Geruch in einer immer dickeren Wolke über die Florstädter Senke legen, wie jedes Jahr, und werde am Abend des Dienstags seine größte Dichte erlangt haben, wenn überall in den Schrebergärten und im Ossenheimer Wäldchen Tausende Wetterauer damit beschäftigt sein werden, die Würstchen auf den Grillrosten zu wenden und die Kohle darunter zu belüften und das Steak mit Bier abzulöschen *etcetera*. Immerhin, wäre nicht der Grillgeruch das, was die Pfingstluft dominiert, dann wäre es der Uringeruch, denn die Bewohner der Florstädter Senke trinken in diesen drei Tagen in ihren Gärten und im Wäldchen eine so unglaubliche Menge von Licher Bier in sich hinein, daß die gesamte Senke sich in eine einzige Seihgrube verwandelt. Aber nein, Schossau, nein. Deine Gedanken legen den Dingen keinerlei Notwendigkeit auf. Das ist alles nicht notwendigerweise so … Auf der gegenüberliegenden Seite des Platzes habe er Schuster erblickt, der, noch immer schwarzgekleidet, mit mißgelauntem Gesicht herumgestanden und die Szenerie angewidert betrachtet habe. Vorne, ganz am Rande einer Tischreihe unweit der Bühne und des Lautsprechers, noch vor der Jugend, habe die Strobel gesessen, nicht in ihrer Kittelschürze, die sie sonst immer trage, sondern mit einem jägerförmig geschnittenen schwarzen Hut mit Feder und in einem schwarzen Kostüm bis knapp unter die Knie. Sie sei ausstaffiert gewesen: Brosche am Kragen, weißes Hemd, schwarze Schleife. So habe die betrunkene Strobel mutterseelenallein dort vorne gesessen und immer wieder in kleinen Schlucken an ihrem Bier getrunken, das auf eine völlig armselige Weise vor ihr auf dem Festtisch gestanden habe. Unter der Jugend habe er Anton Wiesner gesehen, der immer wieder seinem Freund Kurt und einigen anderen Florstädtern seines Alters zugeprostet und dabei den Leuten auffordernd gegen die Schultern geschlagen habe. Er habe mit großen Gesten geredet und auf eine Weise geraucht, daß man habe sehen können, er halte sich für einen Abenteurer und weltbewanderten Menschen. Er habe eine Landkarte auf dem Tisch liegen gehabt und sei mit Erklärungen beschäftigt gewesen. Auch Karl Munk habe mit seinen Stammtischgenossen aus dem Grünen Baum auf dem Platz gesessen, nun endlich zufrieden beim eigentlichen Fest. Im Augenblick habe er sich in seiner Männergesellschaft einem aggressiven Gelächter hingegeben. Er habe einen vom Bier und der Sonne roten Kopf gehabt und ebenfalls geraucht, Overstolz. Besonders ihn habe Schuster von der anderen Seite des Platzes immer wieder entgeistert angestarrt. Dann habe er Schossau erblickt und sei, die Hände in den Hosentaschen, quer über den Platz zu ihm gelaufen. Schuster habe einen hoffnungslosen Eindruck gemacht. Los, habe er gesagt, wir setzen uns jetzt hier hin, wir setzen uns mitten unter sie, genau hier in den Frühschoppen hinein, den der Schützenverein veranstaltet. Sie nennen es Frühschoppen, aber es dauert jedesmal am Pfingstsonntag bis in die späte Nacht. Wir setzen uns dort unter die kleine Linde, da scheint es zum einen schattig zu sein, und zum anderen fallen wir dort nicht auf, denn es ist der Platz zwischen den Jungdörflern und den Senioren, und wir sind inzwischen, ja Herrgott! wie alt sind wir denn nun eigentlich? Wir sind dreißig, habe Schossau gesagt. Schuster: Ich habe Durst. Ich unterscheide mich nicht soweit von ihnen, als daß ich nicht ebenfalls Durst hätte. Schau mal, wie sie gucken. Uns hätten sie hier nicht erwartet. Zum Beispiel der Munk da, schau nur. Ganz kritisch guckt er und kann mit der Situation nichts anfangen, wird richtiggehend nervös, weil er sich jetzt beobachtet fühlt, obgleich er doch gerade zur völlig ungestörten Verkostung seines Biers hergekommen ist, da ihn doch schon der tote Adomeit den ganzen Tag bislang davon abgehalten hat. Ja, Schossau, wir stören. Wir haben schon immer gestört, habe Schuster gesagt, derweil sie nun unter der Linde unweit Wiesners Ansammlung Platz genommen und zwei Glas Bier gebracht bekommen hätten. Sag einmal, habe Schossau gefragt, hat Adomeit tatsächlich ein Testament hinterlassen? Er hat mit mir nie davon gesprochen, ich meine, nie konkret, nur immer in Form eines Gedankenspiels. Ich mußte übrigens erfahren, daß die Schwester Adomeits bereits angereist ist, um die Auflösung des Haushalts vorzunehmen. Ja, stelle dir das einmal vor, kaum ist er tot, ist seine Schwester schon da, sie heißt übrigens Jeanette, und bringt ihre gesamte Verwandtschaft mit. All die fremden und mir unbekannten Leute sind mir auf der Beerdigung gar nicht aufgefallen, ich war offenbar zu gedankenversunken. Überhaupt ist das heute ein sehr eigentümlicher Tag. Es sind so viele fremde Leute hier. Vorhin ist mir einer von diesen Auswärtigen sogar im Wald begegnet ... Aber was er eigentlich habe fragen wollen: Habe Adomeit ein Testament gemacht oder nicht? Schuster: Es existiere zumindest ein Schriftstück. Das wisse er zufällig. Er sei nämlich während des Requiems in die Linde gegangen und habe dort den Notar Weihnöter beim Bembel angetroffen. Und da es an diesem Tag, sehr zum Leidwesen der meisten, nur ein Thema gebe, nämlich den toten Adomeit, habe auch der Notar Weihnöter von Adomeit gesprochen. Weihnöter habe lange erzählt und sich den toten Adomeit richtig von der Seele geredet, wie es ja am Tag der Beerdigung üblich sei. Allerdings habe Weihnöter nicht an der Beerdigung teilnehmen wollen, lieber, habe er gesagt, gehe ich in die Linde als auf die Beerdigung eines Mandanten. Die ganze Trauergesellschaft ein einziges Mal zu Gesicht zu bekommen, nämlich bei der Testamentseröffnung, reiche ihm völlig. Was er, Weihnöter, nicht schon für Testamentseröffnungen erlebt habe! Auf dem Lande gehe es dabei besonders rabiat zu. Man streite sich noch um die Schuhe des Verstorbenen, der eine sagt, die Schuhe seien ihm versprochen, der andere sagt, das sei eine Lüge, die Schuhe seien vielmehr ihm versprochen, am Ende stelle sich dann heraus, daß niemand die Schuhgröße des Verstorbenen hat, und plötzlich verzichten alle. Gerade die alten Frauen etwa, solche, die von ihren seit Jahren oder noch im Krieg verstorbenen Gatten ein Haus besitzen und also überhaupt keinen Mangel leiden, können geradezu gewalttätig werden bei diesen Testamentseröffnungen. Sie schleppen ein ums andere (im übrigen völlig nichtssagende) Dokument an, um zu beweisen, was alles an sie zu fallen habe. Warum nur? Sie seien doch selbst schon so alt. Er, Weihnöter, nenne das den Besitztrieb. Er habe sich manches Mal mit Adomeit darüber unterhalten. Evolutionär sei der Besitztrieb vermutlich aus dem Beutetrieb zu erklären, sei aber dessen völlige Perversion. Die Menschen unterstellten immerfort, sie lebten ewig.

Er, Weihnöter, habe immer gedacht, eine Testamentseröffnung müßte doch für die Teilnehmenden etwas von einem *memento mori*, etwas von *vanitas vanitatum* haben, aber im Gegenteil, ihre Lebenskräfte spannten sich auf das höchste konzentriert an im Augenblick der Testamentseröffnung. Da sei der Selbstversorgungsgedanke auf seinem absoluten Höhepunkt, gerade hier auf dem Lande, er selbst, Weihnöter, sei ja ein Städter, er sei in Darmstadt aufgewachsen. Er habe viele interessante Gespräche mit Adomeit darüber geführt. Weihnöter habe erzählt, daß er mit Adomeit schon vor gut fünfzehn Jahren zum ersten Mal zu tun gehabt habe. Es habe sich im Verlaufe der Zeit eine, er könne ruhig sagen, Art von Bekanntschaft zwischen ihnen entwickelt, das Wort Freundschaft wäre zu hoch gegriffen. Mitunter seien sie gemeinsam hier in der Linde gewesen und hätten beim Schoppen gesessen, es hätten auch gemeinsame Spaziergänge stattgefunden, Adomeit sei ein passionierter Spaziergänger gewesen, aber das werde er, Schuster, freilich besser wissen. Adomeit sei ein Mensch gewesen, der sich viele Gedanken gemacht habe, daher sei er ein guter Gesprächspartner gewesen, im übrigen mit einem guten Draht zu einem Städter, wie er, Weihnöter, es sei. Daß er nicht aus der Wetterau weggegangen sei, sei für ihn, Weihnöter, unverständlich. Aber die ganze Person Adomeit sei ein so ungeheuer kompliziertes Werk, vielleicht komme er, Weihnöter, im Laufe seines Lebens noch dahinter, wieso Adomeit nicht weggegangen sei. Er sei ja nicht einmal verreist. Früher sei er verreist, er sei in England gewesen, in Italien, er habe auch den Balkan bereist, aber er habe das Reisen mit einem Mal eingestellt, in den fünfziger Jahren, und sei fortan nur noch in der Wetterau geblieben, abgesehen von einigen Ausflügen an den Rhein oder an die Mosel. Adomeit habe den dortigen Wein gemocht. Aber was rede er, habe Weihnöter gesagt, er, Schuster, wisse das alles besser. Weihnöter habe sich ein Zwiebelschnitzel bestellt. Er sei ein Genußmensch, und bislang habe er immer gedacht, er könne einen Genußmenschen klar von demjenigen trennen, der *kein* Genußmensch sei? Aber war Adomeit ein Genußmensch? Er könne es nicht sagen. Habe Adomeit sein Leben genossen? Er wisse es nicht. Normalerweise hätte man ihn doch für den unglücklichsten Menschen von allen halten müssen, aber das sei er ebenfalls nicht gewesen. Auch kein Asket. Nichts von alledem. Er, Weihnöter, habe bis heute kein Wort, das auf Adomeit zutreffe. Kann man sagen, er habe sein Leben durchrationalisiert? Keinesfalls. Er habe das Leben ja immer als das chaotische Zusammenspiel von Unordnung und Notwendigkeit, das es sei, akzeptiert, und er war ein Ideologiehasser, er haßte Ideologien jedweder Art, auch sogenannte Lebensregeln. Obgleich er wiederum bis zu einem gewissen Grad solche Lebensregeln hatte. Man kann vielleicht sagen, er habe sein Leben in eine bestimmte innere Fassung gebracht, oder auch: Er habe versucht, dem Leben gegenüber seine eigene Hoheit nicht aufzugeben. Ach, Gerede, habe Weihnöter gesagt. Das Schnitzel hier in der Linde sei überaus gut, es schmecke ganz vorzüglich, auch Adomeit habe es gern gegessen. Meistens mit Zwiebeln, hin und wieder mit Jägersoße, aber nur, wenn die Pilze frisch gewesen seien ... Übrigens, diese Gesprächswendung, die er eben gemacht habe, diese plötzliche Kehrtwendung mitten im Gedanken, habe Adomeit auch immer wieder gemacht. Immer wieder, wenn er, wie er es genannt habe, *zu sehr ins Abstrakte*, manchmal habe er auch gesagt, *zu sehr ins Hohe* abgeglitten sei, habe er sich plötzlich von dem zu Abstrakten und dem zu Hohen abgewendet und sich irgendeinem Ding der Empirie zugewendet. Vielleicht sei das der Grund dafür gewesen, daß Adomeit, wenn er gesprochen habe, auch meistens mit der Ausführung einer Tätigkeit beschäftigt gewesen sei, zu der er sich im Reden immer wieder im Sinne einer Kehrtwendung habe hinwenden können, immer zurück aus dem zu Hohen und zu Abstrakten zu der gegenwärtigen Tätigkeit hin, sei es das Schnippeln von Bohnen gewesen, das Wichsen seiner Schuhe oder das Nachschlagen einer auf dem Spaziergang gefundenen eigenartigen Blume im Führer. Oder ein Zwiebelschnitzel. Sie sehen, Schuster, habe Weihnöter gesagt, ich bin ein analytischer Mensch. Vielleicht hat es gerade daher ganz gut geklappt zwischen mir und Adomeit. Er war das Rätsel, ich versuchte es zu lösen. Mir war immer klar, daß Adomeit ein ebenso chaotischer wie systematischer Mensch gewesen war und daß man ihn in einem hellen Moment bis auf den Punkt genau durchdenken und feststellen können würde, daß er, der ganze Adomeit, sich schlüssig lösen läßt und jedes Teil an ihm plötzlich im Lichte der anderen verständlich wird, und dies nicht als Beschreibung seiner Natur, sondern seiner Lebensführung, die ja etwas von einem Kunstwerk gehabt hat. Oder von einem philosophischen System. Denken Sie bloß an Kant! Nehmen Sie einen Apfelwein! Wissen Sie, mit Adomeit habe ich davon reden können, zwei-, dreimal im Jahr haben wir hier in der

Linde gesessen und davon gesprochen. Ich bin nämlich kantbegeistert, habe der Notar gesagt. Ich maße mir zwar nicht an, ihn zu verstehen, den Kant, aber dennoch bin ich kantbegeistert. Wenn ich ihn lese, verstehe ich, ja, aber ob ich Kant verstehe, ob ich erfasse, was er meinte im Augenblick der Niederschrift, das weiß ich freilich nicht. Adomeit hat meine Kantbegeisterung immer als etwas sehr Liebenswertes empfunden. Aber ich möchte nicht von mir reden, ich wollte vielmehr einen Gedanken äußern am Beispiel Kants. Kant hat für sein System gewisse Begriffe benutzt, die er teils selbst entwickelt, meistenteils aber der Philosophiegeschichte entnommen hat, und insgesamt ist seine Philosophie eine Beantwortung von allerlei Fragen, die im Verlaufe dieser Philosophiegeschichte anhand dieser und anderer Begriffe aufgetaucht sind. Manchmal also glaube er, und darauf habe er hinausgewollt, daß Adomeit in genau derselben Weise ein großes und eindrucksvolles Werk in sich erzeugt habe, und zwar sich selbst, ein in allen seinen Teilen ebenso vollständiges Werk wie das Kants, aber nicht in Begriffen vorhanden, oder zumindest doch nur zu einem vergleichsweise geringen Teil in Begriffen vorhanden, und daß Adomeit als hauptsächliches Material für dieses Werk nicht irgendwelche Terminologien und in der Geschichte entwickelten Fragestellungen genommen hat, sondern schlicht und einfach sein Wetterauer Sein. Die Frage, wie habe ich hier zu leben, das sei seine Grundfrage gewesen, auch wenn er diese nie geäußert habe. Erkenne dich selbst, erkenne das Sein, Kant hat es gemacht, Adomeit ebenfalls. Aber Sie entschuldigen mich, jetzt habe ich mich ein wenig in Hitze geredet. Weihnöter habe daraufhin ein Taschentuch aus seiner Hosentasche gezogen und sich den Schweiß von der Stirn gewischt. Der Wirt habe währenddessen das Schnitzel gebracht. Weihnöter habe es unternehmungslustig gemustert. Kauend: Ihm scheine das Leben übrigens ganz wunderbar ... Er habe ja auch nie diese große Verantwortung dem allen gegenüber verspürt wie Adomeit. Zu sein, eine Aufgabe. Ja, möglicherweise. Er wisse es nicht. Er wisse ohnehin gar nichts. Wie auch immer, habe Weihnöter gesagt, zumindest sitze er lieber hier in der Linde beim Essen, als dort auf dem Friedhof zu stehen unter dieser Trauergesellschaft. Er habe sich schon heute morgen gesagt, bevor du zu dieser Beerdigung gehst, setzt du dich lieber in die Linde und läßt den guten alten Adomeit noch einmal gemeinsam mit dir selbst über einem oder mehreren Schoppen auferstehen. Ein Testament, ja, ein Testament habe er tatsächlich gemacht, er vermute es wenigstens, zumindest habe er ihm ein Schriftstück ausgehändigt, habe Weihnöter gesagt. Er habe es ihm in einem verschlossenen Kuvert der Größe Din A 5 überreicht, ihm, Weihnöter, sei der Inhalt allerdings nicht bekannt. Tatsächlich sei Adomeit noch am Montag bei ihm gewesen, es sei schon eigenartig, wie dieser Mann habe seinen Tod voraussehen können. Allerdings, wenn es die Indianer könnten, und die könnten es, jedes Tier könne es überdies, dann sehe er freilich keinen Grund, warum nicht auch Adomeit es gewußt haben soll. Adomeit sei aufgeräumt wie immer gewesen, er habe lediglich müde gewirkt, er sei recht allergisch gegen das helle Licht gewesen am Montag und habe immerfort die Augen schließen müssen. Sie hätten noch einmal abschließend über das Haus in der Unteren

Kirchgasse gesprochen, welches ja zeitlebens von einer großen Bedeutung für ihn gewesen sei. Adomeit sei in diesem Haus geboren. Nun sei er in ihm gestorben. Er habe zwischen der Stube und der Diele auf dem Boden gelegen, neben ihm ein zerbrochenes Wasserglas, allerdings seien seine, Adomeits, Züge entspannt gewesen, nicht verkrampft. Möglicherweise habe das Wasser seinem Herzen oder seinem Kreislauf einen kleinen Schock versetzt, der zu seinem Ableben geführt habe, erst zu einer Ohnmacht, dann zum Tod. Der Arzt habe sofort auf eine natürliche Ursache den Totenschein ausgestellt. Adomeit habe fünf Meter von dem Punkt entfernt gelegen, an dem er vor einundsiebzig Jahren zur Welt gekommen sei, Adomeit sei nämlich in dem kleinen Gästezimmer hinter der Stube zur Welt gekommen, welches jetzt immer abgeschlossen sei. Von seinem bevorstehenden Ableben habe er am Montag bei seinem Besuch übrigens gar nichts gesagt, er habe ihm nur das Kuvert überreicht mit den Worten *im Falle meines Ablebens.* Auf dem Kuvert habe er eine Notiz hinterlassen, nämlich daß dieses zu öffnen sei am zweiten Morgen nach seiner Beerdigung, und zwar um sieben Uhr in seiner, Weihnöters, Kanzlei. Sieben Uhr, das sei freilich eine Schikane, eine Schikane Adomeits an den Hinterbliebenen ... er habe immer wieder erzählt, daß seine Schwester das Frühaufstehen hasse wie die Pest. Weihnöter habe ihn gefragt, ob er den Inhalt dieses Briefes beurkunden solle, aber Adomeit habe geantwortet, das sei ihm gleichgültig, das koste nur Geld. Er könne diesen Brief dann später dem Nachlaßgericht übergeben, aber vorher wolle er, Adomeit, sie alle noch einmal beisammenhaben. Daher soll das Schriftstück am zweiten Morgen nach seinem Tod um sieben Uhr in seiner, Weihnöters, Kanzlei geöffnet und vorgelesen werden (Adomeit habe immer nur von einem Schriftstück, nicht aber von einem Testament gesprochen). Das bedeute ja, habe er, Schossau, gemeint, daß diese ganze Adomeitsche Sippschaft bis zum Dienstag hier in der Wetterau bleiben müsse. So sei es, habe Schuster gesagt und nachdenklich an seinem Bier getrunken. Heute abend nach dem Totenschmaus werden sie also die Linde und den Grünen Baum besetzen, all die Schwestern und Nichten und Neffen und weiß Gott wer, und bis zum Wäldchestag hier abwarten. Bist du denn auf den Totenschmaus eingeladen? Schossau: Nein, natürlich nicht. Ihm habe keiner was gesagt. Und du? Schuster: Das wisse er nicht, er könne es sich nicht vorstellen. Sie wolle doch keiner dabeihaben, er würde übrigens auch niemals hingehen. Er habe mit all dem schon abgeschlossen. Wie viele Jahre seien sie im Haus in der Unteren Kirchgasse verkehrt, wem hätte dieses Haus so ans Herz wachsen können wie ihnen, Schossau und Schuster. Er könne zwar nur für sich sprechen, aber er sage, die entscheidenden Jahre seines Lebens habe er im Adomeitschen Haus verbracht. Und nun sei es weg. Vermutlich wird es der Sohn erben, denn die Schwester hat ja nach unserem Recht kein Anrecht darauf, und anschließend wird die Schwester es für einen Appel und ein Ei kaufen, denn der Sohn hat natürlicherweise kein Interesse an einem Haus in Niederflorstadt und kann es sich auch gar nicht leisten. Und für sie, Adomeits Bekannte, wird es so sein, als habe es das Haus niemals gegeben. Das Haus werde erst einmal entkernt, dann werden schicke Mietzellen daraus gemacht, mit weißem

Fliesenboden, im dörflichen Ambiente für die ruhebe-
dürftigen Pendler nach Frankfurt *etcetera*, ihm, Schuster,
sei es schon mehrfach ganz schlecht geworden bei diesem
Gedanken. Ach, Frau Wienand, habe er der Frau des
Schützenvereinsvorsitzenden Wienand gesagt, ansonsten
Hausfrau, heute Bedienung beim Frühschoppen auf dem
Alten Feuerwachenplatz, bringen Sie uns doch bitte noch
zwei Gläser Bier. Die dicke Wienand habe mit Stolz und
Begeisterung über ihre Aufgabe die beiden leeren Gläser
abgeräumt und *sofort sofort die Herren* gesagt, habe
dann aber erschrocken *also so was!* gerufen, als sie am
Nachbartisch habe vorübergehen wollen und Wiesner gerade zornig aufgesprungen sei. Mit der Ute habe das
nichts zu tun, habe Wiesner gebrüllt. Überhaupt nichts
habe das mit der Ute zu tun. Im übrigen gehe das keinen
was an. Er fahre, wann er wolle und wohin er wolle. Er
habe das für sich allein entschieden, es gebe keine Hinter-
gründe für diesen Entschluß, wie er, Schmieder, denn
dazu komme, so etwas zu behaupten, um welche Hinter-
gründe soll es sich überhaupt handeln? Schmieder: Er soll
sich bloß wieder abregen. Im übrigen seien das doch alles
Hirngespinste. Er, Wiesner, wisse doch ganz genau, wie
es sich verhalte: Immer, wenn es mit der Ute nicht so sei,
wie er es sich vorstelle, fahre er sofort auf den Buceriushof und beginne zu trinken und an dem VW-Bus herum-
zuzimmern, schon seit einem halben Jahr. Das Ganze sei
lediglich ein blödsinniges Fluchtunternehmen. Und wenn
er zwei Wochen gehämmert habe, verliere er auch daran
wieder die Lust und wolle von seiner Reise gar nichts
mehr wissen. Wiesner habe geantwortet, er habe bereits
Verträge abgeschlossen, die könne er ihm zeigen, er sei

gebunden, sonst müßten sie Konventionalstrafen zahlen, und wo sollte er das Geld dafür hernehmen? Er müsse reisen, bald, schon aus finanzieller Notwendigkeit. Sie hätten auch schon eine genaue Route. Schmieder: Was denn für Verträge? Wiesner: Werbeverträge. Er habe schon fünf Verträge. Mit dem Marktring Gedern. Mit der Firma Offenbacher Landhauswurst. Mit der Licherbrauerei. Mit ... was rechtfertige er sich hier überhaupt? Wie komme er denn dazu, sich vor ihm, Schmieder, zu rechtfertigen? Schmieder solle doch erst einmal dahin kommen, wo er, Wiesner, sei. Schmieder: Ach, und wo bist du? Du sitzt mir doch gerade hier gegenüber. Wiesner habe ihn wortlos und erzürnt angeschaut, habe sich dann abgewendet und sei mit den Worten gegangen, er komme gleich wieder, er habe zuviel getrunken. Kurt Bucerius, der Sohn des Bauern, auf dessen Hof sich die Werkstatt mit dem VW-Bus befinde, habe gesagt, er, Frank, soll Wiesner doch in Ruhe lassen. Nein, habe Schmieder gesagt, das werde er nicht tun, dafür habe er der Ute gegenüber viel zuviel Verantwortung. Wiesner gehe nicht gut mit ihr um, aber die Ute selbst dürfe sich keinerlei Stimmungen erlauben, im übrigen sei Wiesner schrecklich eifersüchtig, das merke man jedem seiner Worte an. Er, Schmieder, mag diese Eifersucht nicht, die sich immer nur auf die andern erstreckt, einen selbst aber vor nichts zurückhält. Wenn die Ute mit einem anderen weggeht, dann ist er gleich hinterher. Die Ute geht ja auch schon gar nicht mehr weg, im Grunde sitzt sie nur noch zu Hause herum und weiß nicht, wie sie sich verhalten soll. Und dann immer diese Drohung mit der Reise. Bucerius: Sie will ihm die Reise ausreden. Schmieder: So kann man das

aber nicht ausdrücken. Ihr seid doch so verrückt, daß ihr
gleich ein ganzes Jahr wegbleiben wollt. Was soll sie denn
solange zu Hause herumsitzen und auf Wiesner warten,
ohne zu wissen, was dann ist, denn er lege sich ja nicht
fest? Auf den Gedanken, sie mitzunehmen, kommt ihr
natürlich auch nicht. Bucerius: Also Frauen können wir
doch wirklich keine mitnehmen. Stelle dir mal vor, mit
der Ute durch den Iran. Nein, unmöglich. Schmieder: Die
Ute ist jetzt neunzehn Jahre alt, sie möchte auch endlich
einmal wissen, woran sie sei, sie könnten nicht immer
weiter in so einer Schülerbeziehung leben, wo man nicht
weiß, was morgen kommt. Eben, habe Bucerius gesagt,
das sei es ja, was Wiesner so auf die Nerven gehe. Wiesner wisse doch nicht einmal bei sich selbst, woran er sei
und was morgen komme, wie soll er es dann in bezug
auf die Ute wissen? Schmieder: Die Ute ist so ein ver-
flucht gutes Mädchen, es mache ihn einfach wütend.
Nein, verdammt, er habe jetzt keine Lust mehr. Daraufhin sei auch Schmieder aufgestanden. Ihr werdet schon
noch alle sehen, was daraus wird. Das Leben ist einfach
zu kurz, um so einen Mist daraus zu machen. Ich gehe
jetzt. Ich muß mich abregen. Bucerius, dem abgehenden
Schmieder hinterher: Wir schicken dir dann eine Karte
aus Teheran. Aber was ist denn in die beiden gefahren,
hätten die Umsitzenden am Tisch gefragt. Bucerius habe
eine ratlose Geste gemacht. Schmieder habe schon immer
eine Antenne für die Ute gehabt, beide kommen aus
Oberflorstadt, sind fast Nachbarskinder, früher waren sie
wohl so etwas wie Bruder und Schwester, ihr wißt schon,
über alles reden undsoweiter, Vertrauenspersonen. Nein,
Schmieder sei schon ein guter Kerl, er sei eben zu hart zu

ihm gewesen, das mit der Karte aus Teheran hätte er nicht sagen sollen. Schmieder mache sich halt Sorgen. Aber was solle er, Bucerius, tun? Wiesner sei nun einmal sein Freund. Bucerius habe anschließend von einem Gespräch erzählt, das sich gestern abend zwischen Wiesner und Ute entsponnen hatte. Sie hatte Wiesner vorher angerufen und gesagt, daß sie zu Hause bei ihm vorbeikomme, aber als sie unten geklingelt habe, sei er einfach auf seinem Bett sitzen geblieben, rauchend und lediglich zur Dachluke hinausstarrend. Seine Mutter habe ihn gerufen, er habe nicht reagiert. Dann sei die Ute in sein Zimmer eingetreten und habe gesagt, er habe doch gewußt, daß sie komme, er hätte sie an der Tür begrüßen können. Er sei nicht eben höflich, er sei auch am Telefon nicht höflich gewesen. Wiesner habe entgegnet, sie wisse genau, daß er in seinem Zimmer sei, dann solle sie eben heraufkommen, es hindere sie ja keiner daran. Wieso bist du die ganze Zeit über so, habe sie gefragt. Er: Wie bin ich denn? Sie: Du bist immer so extrem. Einmal bist du ganz abweisend, wie heute, dann wieder ist es dir so ungeheuer wichtig, mich zu sehen, daß es keinen Aufschub duldet, wie gestern. Ich konnte ja nicht wissen, daß du in Oberflorstadt warst und auf mich gewartet hast. Du hättest ja im Laden anrufen und es mir sagen können. Statt dessen klingelst du andauernd bei meinen Eltern und stehst dann auch noch den halben Abend, als hättest du nichts Besseres zu tun, unten auf der Straße vor unserem Haus herum. Er: Na und, er sei nervös gewesen, er habe sie halt sehen wollen. Sie: Sie sei bei der Elke gewesen, ob er denn gar nicht auf diesen Gedanken gekommen sei, er hätte doch bei der Elke vorbeischauen können.

Statt dessen stehe er auf der Straße herum und klingele alle halbe Stunde an der Haustür, die Eltern hätten das ziemlich seltsam gefunden, vor allem diese Ausdauer, zwei Stunden auf der Straße herumzustehen, er müsse doch zugeben, daß das auf ihre Eltern seltsam wirken müsse. Er: So, seltsam! Das sei ihm aber völlig egal, was die Familie Berthold für seltsam halte. Immer diese spießigen Familien, die alles für seltsam halten, dabei seien sie selbst doch das Seltsamste von der Welt. Er habe keine Lust auf dieses Gespräch. Wenn sie nur hergekommen sei, um ihm eine Predigt zu halten, könne er gern darauf verzichten. Sie: Also so was! Sie sei doch bloß hergekommen, weil er sie gestern so dringend habe sehen wollen … Das sei doch nicht normal, wie er sich verhalte … Er: Normal, normal! Er lasse sich nicht normieren. Er könne dieses Wort *normal* nicht hören. Sie: Immer versuche sie, es ihm recht zu machen, und nie mache sie es ihm recht. Sie mache ja ohnehin nur noch das, was er von ihr wolle, sie selbst sei schon gar nicht mehr vorhanden. Er: Jetzt wirst du also wieder hysterisch. Sie: Nein, das werde ich nicht. Sie habe aber doch die Hände vor ihrem Gesicht zusammengeschlagen und zu weinen begonnen. Er: Jetzt weinst du wieder. Immer weinst du. Aber sie könne ihn damit nicht beeindrucken. Er sei ein *argumentierender* Mensch, und immer, wenn sie nicht mehr gegen ihn ankomme, fange sie an zu weinen. Er könne es aber nicht ertragen, wenn sie weine, das wisse sie doch. Scheusal, habe sie gesagt. Mein Gott, habe Wiesner gerufen, er habe keine Ahnung, wieso das alles so kompliziert sein müsse. Ihn nerve das. Er wolle allein sein. Die Ute habe ihre Jacke genommen, habe den Kopf geschüttelt und ge-

sagt, sie wisse einfach nicht mehr, was aus ihnen beiden
werden solle. Wiesner sei plötzlich sehr zornig geworden
und habe gebrüllt, dann wisse er eben auch nicht, was
aus ihnen werden solle. Was solle denn schon aus ihnen
werden? Was solle das überhaupt heißen, etwas werden.
Er könne diesen Unsinn nicht mehr hören, sie solle ihn
endlich in Ruhe lassen. So eine Unverschämtheit, habe
die Ute gesagt. Dann: Er sei doch nur deshalb so schlecht
gelaunt, weil er eifersüchtig sei. Weil sie am Mittwoch
mit dem Michael Köbinger ins Zweitausend gegangen
sei. Dabei sei er letzte Woche selbst zweimal dort gewesen mit dieser Türkin aus dem Reisebüro, mit dieser Günes. Er: Aber das kümmere ihn doch überhaupt nicht, sie
solle hingehen, wohin sie wolle und vor allem mit wem
sie wolle. Wiesner habe nun plötzlich gebrüllt, sie solle
doch mit dem Köbinger und mit diesem Schmieder und
mit all diesen Oberdörflern hin, wohin sie wolle, das
kümmere ihn nicht, sie soll ihn nur damit in Ruhe lassen,
in Ruhe, ob sie das nicht verstehe? Die Ute sei daraufhin
gegangen. Was sei denn mit dem Köbinger gewesen, hätten die Umsitzenden am Tisch gefragt. Bucerius: Der Köbinger habe die Ute am Mittwochabend abgeholt, um
mit ihr ins Zweitausend zu fahren. Wiesner habe alles
das sehr genau in Erfahrung gebracht. Ihr müßt wissen,
am Köbinger hat Wiesner schon immer alles gestört. Der
Köbinger sei ihm zu geleckt. Am meisten störe ihn, daß
Köbinger immer guter Laune sei. Selbst wenn er damals
auf der Schule seine Fünfer bekommen habe, sei der Köbinger noch bis zur Unterwürfigkeit gut gelaunt und glatt
gewesen anschließend auf dem Pausenhof. Wiesner fahre
Moped, der Köbinger fahre Honda, jeden Samstag stehe

Köbinger im Hof seiner Eltern in der Garage und wienere seine Honda blank mit dem Lederlappen und dem Chromreiniger, das kotze Wiesner an. Im übrigen sei Wiesner davon überzeugt, daß der Köbinger was von der Ute wolle, schon seit Jahren. Wiesner sage, wenn sie tanzen wolle, dann soll sie doch mit dem Schmieder ins Zweitausend fahren. Er sage, die Ute finde es natürlich toll, hinten beim Köbinger auf der Honda durch die Wälder über die Landstraße zu rasen, den Wind im Gesicht, ja, das beeindrucke sie, so naiv sei sie, sage er. Und dann rede sie immerfort so schwärmerisch von dem Abendhimmel über dem Land und über den Feldern. Köbinger habe vermutlich gedacht, an diesem Abend könne es etwas werden mit ihr und ihm, sie müsse vermutlich nur ein paar Gläser trinken und sich müde tanzen, und dann werde sie sicher soweit sein. Man müsse dazu sagen, daß die Ute den Köbinger wirklich nur wegen seines Motorrads als Mitfahrgelegenheit benutze, sich selbst immer abfällig über ihn äußere und nicht zuletzt die lächerliche Geschichte, die sich an diesem Abend im Zweitausend ereignet habe, ihm, Bucerius, am nächsten Tag sofort erzählt habe. Im *Club Zweitausend* angekommen, habe sich die Ute zunächst einmal zu ihrer Freundin Elke an den Tisch gesetzt und mit dieser ein Bier getrunken, Köbinger habe währenddessen abseits gestanden und einen verlorenen Eindruck gemacht. Er habe an der Theke gelehnt und immer wieder aus den Augenwinkeln zur Ute hinübergeschielt, das sei allgemein beobachtet worden. Überhaupt sei Köbinger am nächsten Morgen Tagesgespräch gewesen, und es hätte nicht viel daran gefehlt, daß Wiesner zu ihm hingefahren wäre und sich mit ihm geprügelt hätte. Also, habe Bucerius gesagt, folgendermaßen müßt ihr euch das vorstellen: Die Ute sitzt mit der Elke am Tisch hinten in der Ecke neben dem Lichtprojektor und unterhält sich mit dieser, indem sie die Köpfe zusammenstecken, und Köbinger steht an der Theke und wird ganz nervös, weil die Ute sich da hinten sehr wohl zu fühlen scheint. Gehe ich hin oder bleibe ich hier an der Theke stehen, fragt er sich natürlich. Bleibe er hier, dann habe er keine Chancen, der Ute näherzukommen, aber gehe er hin, stoße er sie möglicherweise infolge seiner Aufdringlichkeit ab. Denn, so denkt er, sie wird es ja, wo sie doch so vertraulich da hinten mit ihrer dämlichen und störenden Freundin zusammensteckt, als Aufdringlichkeit empfinden, wenn ich jetzt ankomme und ein Gespräch beginne, das nur aufgesetzt wirken kann. Und wovon soll ich reden? Soll ich Sätze sagen wie: Aber das ist ja voll heute hier? Oder: Findet ihr nicht auch, die Musik ist ein bißchen lahm? Oder einfach: Habt ihr nicht Lust zu tanzen? Nein, im letzteren Fall würde er zu hören bekommen: Wenn wir Lust haben, dann werden wir schon tanzen. Köbinger habe sich, je länger er dort an der Theke abgemeldet herumgestanden habe, immer peinlicher gefühlt, und infolgedessen habe er ein paar Gläser Asbach getrunken, um sich Mut zu machen. Zwanzig Minuten später habe er auf der Tanzfläche herumgestanden und sehr eng mit einer Elftklässlerin getanzt, er sei schon merklich in Fahrt gewesen. Die Schülerin sei einigermaßen abgestoßen gewesen, zumal er ihr von seinem Motorrad erzählt habe und den echten Kerl gespielt habe, dabei freilich immer zur Ute hinüberblickend. Für seine doofen Spielchen stehe sie ihm nicht zur Verfügung, habe die Schülerin gesagt, denn sie habe gemerkt, daß Köbinger nicht bei der Sache gewesen sei. Köbinger aber habe den Schwung des Augenblicks mitnehmen wollen und sei zu dem Tisch hinübergelaufen, an dem die Ute nun schon eine halbe Stunde gesessen habe. Sie habe, wie er plötzlich habe feststellen müssen, Tränen in den Augen gehabt, und als er sie habe fragen wollen, was denn mit ihr sei, habe sie ihn angeschrien, er solle sie bloß in Ruhe lassen, sie habe mit ihm nichts zu tun, was ihn das denn bitte schön angehe? Köbinger sei daraufhin zurück an die Theke, habe einige weitere Gläser Asbach getrunken und sich wieder mit der Schülerin unterhalten, die dort mit einigen Altersgenossen herumgestanden habe. Die Ute sei deshalb mit den Nerven fertig gewesen, weil sie von Elke erfahren habe, daß Wiesner mit der Türkin letzte Woche draußen vor dem Club herumgeknutscht habe. Sie sei darüber in Tränen ausgebrochen, zumal ihr Wiesner natürlich alles völlig verheimlicht hatte und sie nur wieder so eine Ahnung gehabt habe. Die Kameraden der Schülerin hätten sich inzwischen allesamt über Köbinger lustig gemacht, da dieser betrunken gewesen sei und beim Reden der Schülerin immer wieder in die von ihr gestellten Fallen getappt sei, so daß er permanent als eine peinliche und zudem noch schwärmerische Person dagestanden habe, die begeisterte Blicke auf das knappe T-Shirt der Schülerin und auf ihr hübsches Gesicht geheftet habe. Im übrigen habe Köbinger nach wie vor in seinen Lederklamotten für das Motorrad dort herumgestanden, unförmig und mit einem Entenhintern. Er habe lange Zeit nicht gemerkt, daß er schon längst das Gespött des betreffenden Abends gewesen sei. Die Schüler und die Schülerin hätten das Zweitausend nach einer Weile verlassen, und auch die Ute habe unterdessen einiges getrunken gehabt und sich nun in einer trotzigen Stimmung befunden. Sie habe ihre Jacke ausgezogen, habe sich eine Zigarette entzündet und sich auf die Tanzfläche gestellt. Bei der Ute sei es so, daß sie immer erst langsam anfange, aber mit der Zeit immer mehr ins Tanzen hineingerate und dabei alles um sich herum vergesse, sie sei dann sehr ausgelassen, und möglicherweise habe das Köbinger einfach falsch interpretiert, so daß man nicht einmal sagen könne, er habe die Situation auszunutzen versucht, vielmehr habe er sie gar nicht verstanden, sei möglicherweise auch schon viel zu betrunken gewesen, zumindest habe man ihn von der Tanzfläche heruntergeholt, ihm einige Ohrfeigen verpaßt, ihn übel beschimpft, und alsbald habe er draußen im Schlamm gelegen. Dann, während die Ute, die sich inzwischen wieder beruhigt hatte, auf ihn eingeredet habe (er sei aber zu betrunken gewesen), habe er versucht, auf sein Motorrad zu steigen und es anzulassen, sei aber mit dem ganzen Gerät wiederum in den Matsch geschlagen, da er kein Gleichgewicht mehr gehabt habe, und die versammelte Kundschaft des Zweitausends habe dabei vor dem Eingang gestanden und vor Begeisterung geklatscht. Ihr seid wirklich ekelhaft, ihr seid alle absolut ekelhaft, habe die Ute gerufen. Sie habe ein Taxi kommen lassen und sei für über fünfzig Mark mit der Elke und dem zuletzt völlig blauen Köbinger zurück nach Oberflorstadt gefahren. Köbingers Honda sei über Nacht im Schlamm liegengeblieben, Wiesner habe freilich am nächsten Tag, dem Donnerstag, von dem ganzen Vorfall erfahren und sei darüber sehr schlecht gelaunt gewesen. Am Freitag habe er die Ute zur Rede stellen wollen, aber sie sei bei ihrer Freundin gewesen, so daß er sie nicht habe antreffen können. Jetzt wißt ihr also auch, wieso Wiesner an dem Abend die ganze Zeit vor ihrem Haus auf und ab gelaufen war. Die Umsitzenden hätten gefragt, wie die Geschichte weitergegangen sei. Bucerius habe erzählt, gestern morgen sei Wiesner auf dem Wochenmarkt in Friedberg dem türkischen Mädchen begegnet, dadurch sei seine Stimmung plötzlich wie ausgetauscht gewesen. Beide hätten in der Dunkel gesessen und gemeinsam eine Fleischwurst gegessen. Sie habe ihm erzählt, der Name Günes bedeute *Morgensonne*. Wiesner sei davon ganz begeistert gewesen. Er selbst habe später in einem schwärmerischen Tonfall von der gemeinsamen Fleischwurst in der Dunkel erzählt, und immerfort habe er dabei die Vorzüge der Türkin geschildert. Mit der Ute übrigens hätte er schon seit Jahren niemals seine Fleischwurst geteilt, denn Wiesner sei ein Einzelkind, ein Einzelkind teile nicht, und wenn so jemand plötzlich zu teilen beginnt, dann habe das etwas zu bedeuten. In der Tat sei die Türkin hübsch, ja, aber die Ute sei auch hübsch, ihm, Bucerius, sei das übrigens vollkommen egal. Wiesner solle tun, was er wolle. Er tue ja ohnehin immer, was er wolle. Die Umsitzenden: Aber weiß denn die Türkin überhaupt, daß Wiesner eine Freundin habe? Bucerius: Er habe keine Ahnung. Wiesner verabrede sich jetzt öfter mit ihr, man sehe sie bisweilen draußen über die Felder laufen und reden, Wiesner fahre mitunter nach Reichelsheim, wenn sie Mittagspause habe in ihrem Reisebüro, aber davon dürfe die Ute natürlich nichts erfahren. Aber sie werde es ja ohnehin erfahren, denn Wiesner selbst könne seinen Mund auf Dauer nicht halten und rede immerfort in Begeisterung von dem Mädchen. Wiesner sage, er sei beziehungsgeschädigt, es reiche ihm einstweilen, er wolle keine neue Beziehung, und die Günes wolle auch keine. Ihn, Bucerius, wundere schon sehr, daß Wiesner neuerdings das Wort *beziehungsgeschädigt* und *Beziehung* verwende. Offensichtlich seien genau solche Worte in den Gesprächen gefallen, die Wiesner mit dem Mädchen geführt habe. Mein Gott, stellt euch vor, habe Bucerius gesagt, da laufe Wiesner mit dieser hübschen und sexy Türkin aus dem Reisebüro über die Felder Florstadts und spreche in genau den Sätzen, über die er sonst immer so lache. So flirten sie wahrscheinlich. Oder auch gestern abend in der Linde, da habe Wiesner ihm gegenüber von Beziehungen und Nichtbeziehungen, von Freiraumlassen und Eingeschränktsein gesprochen und habe dabei ganz leuchtende Augen gehabt. Ihm, Bucerius, sei das schwer auf den Senkel gegangen, und Wiesner habe eine Weile und einige Schnäpse gebraucht, bis er sich dieses Gefasels bewußt geworden sei und es habe sein lassen. Anschließend hätten sie endlich wieder einmal von ihrer Reise gesprochen, von der Route, die sich übrigens immer mehr konkretisiere, und Wiesner sei bald wieder in bester Laune gewesen. Allerdings sei es dann noch zu einer ziemlich eigenartigen Begegnung gekommen dort in der Linde, und diese Begegnung habe Wiesner die Laune gleich wieder nachhaltig verdorben ... Wiesner sei anschließend nicht nur sehr nachdenklich, sondern sogar eifersüchtig gewesen. Es habe sich um einen Südhessen gehandelt, der zufällig in der Linde erschienen sei. Mit diesem Südhessen

seien sie ins Gespräch gekommen. Sie hätten über irgendwelchen Kram gesprochen, wie üblich, aber irgendwann
habe der Südhesse begonnen, von seiner Reise hierher zu
erzählen, von seiner Ankunft in Friedberg, von irgendeinem Bahnschaffner, alles sei sehr zusammenhangslos gewesen … Der Südhesse habe überhaupt immer sehr viel
geredet, aber nur stoßweise, denn er habe auch wieder
längere Zeit geschwiegen, das habe einen eigenartigen
Eindruck gemacht. Wiesner sei darüber sehr ungehalten
gewesen, denn es habe ihn überhaupt nicht interessiert,
was der Mann erzählt habe, bis zu dem Punkt in seinem
Bericht, da der Mann auf der Höhe der Zuckerfabrik per
Anhalter in einen braunen Golf eingestiegen sei und sich
in diesem ein türkisches Mädchen befunden habe, das
gerade Unterlagen aus einem Friedberger Reisebüro geholt habe, um sie in die Reichelsheimer Filiale desselben
Reisebüros zu bringen. Der Mann habe dem Mädchen
ein paar Fragen nach den jeweiligen Ortschaften gestellt,
durch die sie hindurchgefahren seien, habe von sich erzählt, sie habe ihn gefragt, was er hier in der Wetterau
mache, er habe allerdings keine genaue Antwort darauf
geben können. Er habe sehr euphorisch über die Begegnung mit der Türkin geredet, sie sei überaus freundlich
gewesen, gleich der erste Mensch in der Wetterau sei
so überaus freundlich zu ihm, das habe er sofort als
außergewöhnlich empfunden, denn er sei nicht mit der
Erwartung in die Wetterau gefahren, hier einen so außergewöhnlich netten und freundlichen Menschen kennenzulernen. Die Türkin habe ihm bereitwillig alle die
Ortschaften gezeigt, habe vor der Ossenheimer Kirche
angehalten, sei mit ihm kurz aufs Feld gegangen, um ihm

von der Ossenheimer Anhöhe aus Friedberg vorzuführen mit seiner Kirche und dem Adolfsturm *etcetera*, sie habe ihm auch eine Ortschaft mit einem Wasserschloß gezeigt, mit Schwänen im Schloßgraben, er könne sich an den Namen der Ortschaft nicht erinnern. Das sei wohl Staden gewesen, habe Wiesner entgeistert gesagt. Ja, genau, habe der Mann euphorisch entgegnet, so habe die Ortschaft geheißen, Staden. Staden, habe Wiesner gesagt, liege aber hinter Florstadt, die Türkin, die ihn mitgenommen habe, sei also einen Umweg gefahren. Das wisse er nicht, habe der Mann plötzlich nachdenklich gesagt, er habe eine schlechte Orientierung. Wenn er einen Weg gehe, und er laufe denselben Weg zurück, dann ... dann erkenne er ihn zumeist nicht wieder, es sei denn, er strenge sich sehr an ... und versuche sich schon auf dem Hinweg darauf zu konzentrieren. Das sei ... sehr seltsam bei ihm. Im übrigen verwechsle er auch immer rechts und links. Er müsse sehr lange darüber nachdenken, bis ihm bewußt werde, wo rechts und wo links sei. Irgend etwas da oben funktioniere nicht richtig bei ihm. Der Mann sei plötzlich nachdenklich geworden und in Schweigen gefallen. Wiesner habe sich infolge dieser Ausführungen bereits in ganz und gar übler Laune befunden und habe gefragt, ob er so einen Kram auch der Türkin erzählt habe. Er frage das nur, weil er, Wiesner, ihn in Verdacht habe, daß er dieses verwirrte Zeug von *rechts* und *links* undsoweiter einzig und allein aus dem Grund schwafele, um sich damit interessant zu machen, also wolle er wissen, ob er sich auch vor dem Mädchen damit interessant gemacht habe. Der Mann habe nachdenklich auf den Tisch geblickt. Ja, er glaube schon, daß das Mädchen ihn interessant gefunden habe, die meisten finden ihn interessant, zumindest anfänglich. Daher vermutlich habe das Mädchen ja auch den Vorschlag gemacht, in diesem Wasserschloß einen Kaffee zu trinken. Wiesner: So! Ja, denn das Mädchen habe gesagt, es habe eigentlich noch recht viel Zeit, es müsse nur noch bis heute abend die Prospekte nach Reichelsheim geschafft und das Telefonband abgehört haben, mehr habe sie nicht zu tun, denn das Büro sei schon geschlossen. Wiesner: Das habe er sich aber detailliert gemerkt. Der Mann: Er habe sich das aber nur ganz zufällig gemerkt. Wiesner: Und was sei nach dem Kaffeetrinken passiert? Der Mann: Nichts. Sie hätten eine ganze Weile dagesessen, sie hätten auch noch auf einer Bank draußen vor dem Graben gesessen und das Wasser und die Schwäne betrachtet. Das Mädchen habe immer wieder gesagt, wie gern sie Schwäne möge, überhaupt möge sie den Sommer, sie möge Wärme, sie möge die Sonne, das sei das Südländische in ihr. Übrigens sei ihr Name Günes, das bedeute auf deutsch Morgensonne. So, das wolle er sich aber nicht weiter anhören, habe Wiesner gerufen und vor Wut mit dem Fuß auf den Boden gestampft, Schwäne, Morgensonne, was sei das denn für eine Geschichte, die überdies auch völlig uninteressant sei, wahrscheinlich erfinde er, der Südhesse, diese ganze Geschichte, und zwar wiederum einzig und allein aus dem Grund, um sich interessant zu machen. Der Mann: Er erfinde nichts, er habe überdies auch gar keinen Grund dazu. Aber wenn er, Wiesner, es wolle, schweige er lieber. Nein, habe Wiesner gesagt, er solle doch lieber weitererzählen, und zwar möglichst ausführlich. Der Mann habe nun allerdings gesagt, das, was er mitteile, sei völlig unwichtig, er habe es nur so erzählt, gleichsam aus einer Nachlässigkeit heraus, denn so sei es: man gehe in eine Gaststätte und erzähle etwas, und alles das geschehe nur aus Nachlässigkeit, denn es gebe für diese Erzählung und überhaupt für alle die in den Gastwirtschaften stattfindenden Erzählungen gar keinen Grund. Gar keinen Grund, habe Wiesner wie von Sinnen gerufen, gar keinen Grund! Er rede wie ein Philosoph, er sei überhaupt nicht zu verstehen. Er wolle auch diese Allgemeinheiten nicht hören, er wolle etwas über diese Türkin hören. So, vom Sommer also habe sie geredet, aha, von der Morgensonne, das sei ihm, dem Südhessen, also sehr romantisch vorgekommen, nicht, so sei es doch gewesen, es sei ihm ganz und gar romantisch vorgekommen! Und was sei denn überhaupt weiter passiert? Wenn er schon einmal anfange, diese zusammenhangslose Geschichte zu erzählen, müsse er sie auch zu Ende erzählen. Alles müsse zu Ende erzählt werden. Radikal und rücksichtslos müsse alles zu Ende erzählt werden! Wiesner sei zu diesem Zeitpunkt schon sehr betrunken gewesen, aber er habe plötzlich seine Aggressionen gegen den Mann aufgegeben und begonnen, sehr freundlich gegen ihn zu sein. Wahrscheinlich habe er sich gedacht, da dieser Südhesse schon einen so mächtigen Eindruck auf seine türkische Geliebte gemacht habe, sollte er sich mit ihm lieber erst einmal gutstellen. Er habe nun den Mann möglichst lange im Gespräch zu halten versucht, er habe ihn mit großer Anteilnahme nach seiner Herkunft, nach seinem Leben gefragt, habe sich überhaupt begeistert darüber geäußert, daß ein Fremder nach Florstadt komme, Fremde kämen nur äußerst selten nach Florstadt, es gebe genaugenommen nichts Fremdes in Florstadt, hier sei alles immer dasselbe, eines um das andere Mal wiederhole sich alles immer nur, er, Wiesner, sei dem seit einiger Zeit überdrüssig ... Im folgenden habe er dem Fremden sogar von der projektierten Reise erzählt und von Marco Polo, seinem Vorbild als Geschäftsmann. Wiesner habe sich immer mehr betrunken, habe aber auch ständig dem Südhessen Apfelwein und Korn bestellt, um ihn im Gespräch zu halten, denn solange er mit dem Südhessen im Gespräch stehe, habe er eine gewisse Macht über ihn, habe er gedacht. Alles das habe dazu geführt, daß Wiesner immer herzlicher gegen den Mann geworden sei, ja, am Ende habe er sogar in völliger Begeisterung über das interessante Gespräch, das er hier mit einem Reisenden führe, noch eine Flasche *Alde Gott* bestellt, aber der Mann sei nun aufgestanden und habe gesagt, er sei wirklich schon sehr müde und betrunken, darüber hinaus habe er einen unangenehmen und peinlichen Tag hinter sich, er habe sich ein Zimmer in einer etwas entlegenen Pension genommen und würde sich jetzt sehr gern, wenn es ihnen nichts ausmache, zu Bett begeben. Was denn für einen peinlichen Tag, habe Wiesner gebrüllt, was soll denn an seinem Tag peinlich gewesen sein, hä, Wiesner habe schon erhebliche Koordinationsprobleme und Schwierigkeiten mit der Sprache gehabt, genaugenommen habe er schon gelallt, aber sie seien allesamt inzwischen schon sehr betrunken gewesen, und so hätten sie noch gemeinsam die Schnapsflasche getrunken. Unterdessen habe auch der Lindenwirt bei ihnen am Tisch gesessen, und Wiesner habe vom Thema Reisen nicht ablassen wollen, seine Freundin sage jetzt immer, reisen, reisen, er rede von nichts anderem, immer nur vom Reisen, sage sie, das mache sie fertig, sie habe Angst um ihn, aber er reise nun einmal, so sei es, es sei ausgemacht, keiner reise, er, Wiesner, reise aber, das sei der Abenteurer in ihm. Wiesner sei ein Abenteurer, ganz bestimmt sei er ein Abenteurer, habe der Wirt ausgerufen, er sei ebenfalls betrunken gewesen, und immer, wenn er betrunken sei, ereifere er sich für ihr Reiseprojekt. Bucerius sei ebenfalls ein Abenteurer. Er, der Wirt, habe die Wetterau allerdings noch niemals verlassen, er sei kein Abenteurer, er sei nur ein Wirt, er verlasse die Wetterau nicht. Der Südhesse habe geäußert, er komme von der Bergstraße, dort sei er geboren, er habe aber niemals eine Veranlassung gehabt, irgendwohin zu gehen. Das habe Wiesner verwundert. Man müsse doch die Welt kennenlernen! Der Südhesse: Er sei oft in Rumänien gewesen, er sei auch hin und wieder in Jerusalem gewesen. Aber das waren immer irgendwelche Besuche, er habe dort Verwandtschaft. Die Bergstraße sei ihm schon fremd genug, nichts sei ihm fremder als sie. Die Heimat sei immer das Fremdeste. Wer die Welt kennenlernen will, sollte lieber daheim bleiben. Zuhause, das ist immer die ganze Welt. Niemand müsse verreisen, um die Welt kennenzulernen. Er glaube sogar, auf Reisen könne man die Welt gar nicht kennenlernen. Wiesner habe ihn angeschaut. Es habe geschienen, als sei der Südhesse ebenfalls völlig betrunken, Wiesner habe sich immerfort auf den Oberschenkel geschlagen und gerufen, er sei ein Philosoph, tatsächlich ein Philosoph, was er sage, sei nicht zu verstehen, es sei alles völliger Unsinn, keiner, weder Bucerius noch der Wirt, könnten ihn verstehen, aber es sei natürlich interessant, was er erzähle, sehr interessant, er solle nur weitererzählen, was habe er denn in Jerusalem gemacht, Jerusalem, sehr gut, sehr gut! Warum nicht Istanbul, er könne doch genausogut, wenn er doch so zusammenhangslos rede, von Istanbul erzählen, wenn er doch heute schon dieser Türkin, hahaha, wie heiße sie, Morgensonne, haha, begegnet sei, dann sei er doch vielleicht auch in Istanbul gewesen, Türkinnen seien im übrigen sehr attraktiv, ob er nicht finde, sie hätten zwar alle Bärte, aber die meisten Mädchen rasieren sie ab, einige sogar haben gar keine, inzwischen sei die Flasche *Alde Gott* leer gewesen, und der Südhesse habe die Möglichkeit genutzt, das Lokal zu verlassen und sich schlafen zu legen. Auf dem Heimweg sei Wiesner in Rage gewesen, er habe sehr über den Südhessen geschimpft, er habe ihn als arrogant und eingebildet bezeichnet, es handle sich bei dem Südhessen um einen, der genau wisse, wie er seinen Effekt erziele, man müsse diesen Menschen im Auge behalten, er sei vorhin eigens auf die Toilette gegangen, als der Südhesse auf der Toilette gewesen sei, und habe dem Südhessen gesagt, er solle sich morgen unbedingt auf dem Alten Feuerwachenplatz einfinden, denn dort feierten die Florstädter ihr Pfingstfest, möglicherweise treffe er dort seine Morgensonne wieder, die ihn doch offensichtlich so beeindruckt habe, und der Südhesse habe über dem Pissoir gesagt, er hege keine Hoffnung, dem Mädchen noch einmal zu begegnen, es sei ihm auch ganz gleichgültig. Bucerius habe sich jetzt umgeschaut, wo Wiesner denn bleibe. Tatsächlich habe Wiesner schon seit einigen Minuten an einer Schnapstheke vor dem alten Gerberhaus gestanden und mit jemandem Schnaps getrunken. Schossau habe in der Person, mit der Wiesner dort gestanden habe, den Mann aus dem Fichtenwald erkannt. Es habe sich herausgestellt, daß es sich bei dem Mann um den Südhessen von der Bergstraße gehandelt habe. Wiesner habe sich mit dem Mann wieder zu Bucerius an den Tisch gesetzt. Er sei wiederum sehr freundlich gegen den Mann gewesen, sie hätten sich gerade mitten in einem Gespräch über das bei Polo beschriebene Land X befunden. Wiesner habe einige gewagte Thesen über dieses Land X gemacht, schwärmerische Thesen, der Südhesse hingegen sei von einem scharfen Verstand gewesen und habe die Reisebeschreibungen Polos ebenfalls gekannt. Allerdings habe er unruhig gewirkt und sei bald wieder gegangen. Nach einigen Minuten, der Wiesnertisch sei nun dabeigewesen, ein paar Lieder anzustimmen, mit denen sie die Lautsprechermelodien zu übertönen versucht hätten, *Schön war die Liebe im Hafen*, sei die Familie Mohr auf dem Plan erschienen, Vater, Mutter und Tochter. Schuster habe hilflos sein Bier angestarrt. Noch so welche, habe er gesagt. Da, da ist ein Schattenplatz, es ist aber auch zu heiß, habe Mohr gerufen und sich mit einem Taschentuch die Schweißperlen von der Stirn gewischt. Er habe auf die freien Plätze am anderen Ende des Tisches unter der kleinen Linde gewiesen, genau Schuster und Schossau gegenüber. Was für ein anstrengender Tag! Und was für eine anstrengende Verwandtschaft! Schon auf der Autofahrt hierher sei es so heiß gewesen, und Tante Lenchen habe immerfort geredet, sie, Katja, könne froh sein, mit dem Zug gekommen zu sein. Katja Mohr: Tante Lenchen rede immer viel. Frau Mohr habe währenddessen mit einem Tuch vor ihrem Gesicht gewedelt, um sich Luft zuzuführen, und habe gesagt, Tante Lenchen sei in der Tat unerträglich gewesen. Und immer habe sie diesen forschen, beleidigenden Tonfall, als hätten wir ihr allesamt etwas angetan. Und immer, mein lieber Gott, ja, *immer* dieselben Geschichten. Ihr Mann ist ja nun schon bestimmt mindestens dreihundertmal im Krieg gefallen, und wie oft sie, die Mohr, das Wort Lubize höre, immerfort höre sie das Wort Lubize, kaum sehe sie das Tante Lenchen, höre sie schon dieses Wort Lubize. Sie wisse gar nicht, wo dieses Lubize liegen soll, und ihren, Tante Lenchens, Mann kenne sie auch nicht, diesen Heinzgeorg, er sei fünfzehn Jahre vor ihrer Geburt gefallen. Natürlich, klar, sie nehme Anteil, die Anteilnahme, das ist selbstverständlich, aber *immer* diese Geschichte anzuhören, das gehe über ihre Kräfte! Und der Arbeitsdienst … und die Fluchttransporte … und der Onkel Eduard in Budapest … und das *die ganze Fahrt* von Heppenheim hierher, *zwei Stunden*. Gut, daß sie das Tante Lenchen jetzt im Hotel gelassen hätten. Er: Hotel nennst du das? Das sei eine Pension. Eine Dorfpension. Katja: Ihr tut, wie ich finde, dem Tante Lenchen absolut unrecht. Im übrigen erzähle sie nicht immer dasselbe. Sie erzähle es zumindest immer anders. Das sei eben der Erinnerungsprozeß. Die Mutter: Ja, mein Gott, aber man müsse sich doch nicht *dauernd* erinnern. Wenn sie sich vorstelle, daß sie selbst einmal achtzig Jahre alt sein werde und sich dann auch dauernd *erinnern* werde, so vor allen Leuten, ohne Rücksicht, ohne Schamgefühl. Harald Mohr: Aber es ist doch nun einmal eine alte Frau. Sie: Jaja. Aber sie frage sich manchmal schon, wie geht das, sie meine, *es einfach nicht zu merken*. Katja: *Was* nicht zu merken? Sie: Einfach nicht mehr zu merken, daß man zuviel quatscht. Es handle sich hierbei ja nicht um einen Vorwurf, nur um eine Beobachtung. Sie habe dem Tante Lenchen nichts vorzuwerfen, das Tante Lenchen dagegen werfe ihnen ständig etwas vor, das habe sie früher auch nicht gemacht, nicht in dem Maße. Was meint sie eigentlich, kommen wir etwa alle hierher, um Leichenfledderei zu betreiben? Warum sollten wir sie dann überhaupt mitnehmen? Ihr, sagt sie, ihr wart schon immer als erste zur Stelle, wenn es etwas zu holen gab. Ihr, dem Tante Lenchen, sei das immer egal gewesen, sie habe nie etwas gewollt. Seitdem ihr Mann Heinzgeorg anno neununddreißig gefallen ist, übrigens als einer der ersten, schon am zweiten Kriegstag, also dem zweiten September, bei Lubize, seitdem habe sie nichts mehr gewollt. Sie sei vielmehr in den Arbeitsdienst gegangen und habe die Ärmel hochgekrempelt, sie sei vielmehr immer dann als erste zur Stelle gewesen, wenn es etwas zu *tun* und nicht etwas zu *holen* galt. Früher habe es eben Arbeit gegeben, heute gebe es keine Arbeit mehr, heute sei schon alles da, niemand müsse mehr etwas tun, im Gegensatz zu damals. Was wäre das Reich ohne den Arbeitsdienst gewesen! Sie seien damals ganze Nächte hindurch mit ihren Holzschuhen mitten durch den kalten Herbst gelaufen, um dem und dem Bauern bei der und der Tätigkeit frühmorgens zur Hand zu gehen, ihnen dagegen, den Mohrs, sei es sogar eine Last, eine winzige und dabei überaus bequeme Fahrt von zwei Stunden zu machen, an deren Ende sie mit einer ganzen Hauseinrichtung belohnt werden. Also Helene, habe sie, Frau Mohr, da rufen müssen, wie komme sie denn überhaupt zu dieser Behauptung? Ach ja, habe das Tante Lenchen gesagt, es seien immer nur Behauptungen, immer nur Behauptungen, aber warum führen denn heute alle in diese, diese Wetterau oder wie sie heiße, wenn alles nur eine Behauptung sei? Doch nicht wegen des Verstorbenen! Den kenne doch überhaupt niemand. Für den habe sich doch nie jemand interessiert, für den alten Mann, der hier ganz allein habe leben müssen, ohne Familie, nicht unähnlich ihr, Helene, aber kaum sei er tot, fahren sie alle hin. Die Mohr: Also Tante … Und ja fahren sie alle hin, habe das Tante Lenchen auf der Rückbank gebrüllt! Und sie, das Tante Lenchen, habe das Tante Lenchen gesagt, werde sowieso nur mitgenommen, um diesem Beutezug den Anstrich einer Trauerfahrt zu geben. Sie trauere aber nicht. Wieso sollte sie trauern, sie kenne doch diesen Mann überhaupt nicht, sie habe ihn noch nie in ihrem Leben gesehen und werde ihn auch nie sehen, denn er sei tot, und darüber könne er, so wie sie die Lage beurteile, auch froh sein, heilfroh, bei so einer Verwandtschaft. Sie: Tante Lenchen, wir hören uns das nicht länger an. Wir haben dich mitgenommen, weil du mit wolltest, das ist der alleinige Grund. Tante Lenchen: Ja genau, weil ich es mir anschauen möchte, weil ich alle meine Theorien, die ich über euch habe, bestätigt haben möchte, ihr dürft das im übrigen nicht persönlich nehmen, denn es handelt sich hierbei um eine ganz gewöhnliche Sache, die man an jeder Familie beobachten kann, ich beobachte es auch an der Jeanette. Im übrigen: Mitgenommen habt ihr mich nur deshalb, damit die Jeanette ohne mich mit dem Herrn Halberstadt mitfahren kann, sie könnte es nämlich nicht ertragen, zwei Stunden in einem Auto mit mir zu sitzen, sie kann es nicht ertragen, weil ich ihr nämlich zuviel rede, und also mußte ich erst einmal beseitigt werden, bevor sie sich zu Herrn Halberstadt in den Wagen setzen kann. Daß es mir keinen Spaß macht, hier in diesem polternden und lauten Lastwagen herumzusitzen, das könnt ihr euch ja wohl denken. Erklärt mir doch einmal, wieso eigentlich ein Lastwagen? Wieso sind wir nicht mit Haralds Pkw unterwegs? Seht ihr, ihr schweigt! Nein, habe das Tante Lenchen gesagt, ihr mache diese Fahrt keine Freude, gar keine Freude. Irgendwann fahre sie nach Lubize. Irgendwann fahre auch sie nach Lubize. Sie, Katja, sehe, die Fahrt mit dem Tante Lenchen sei anstrengend gewesen, habe Harald Mohr gesagt. Sie habe keinen Moment Ruhe gegeben, und als er sich verfahren habe und bei Bad Vilbel herausgekommen sei, habe sie sogar triumphierend und auf eine gehässige Art gelacht. Das Tante Lenchen bestehe eben aus zwei Seiten, der angenehmen, denn oftmals sei sie ja wirklich charmant und entzückend, und der weniger netten Seite. Heute abend werde sie bestimmt wieder ganz entzückend sein, so sei es immer bei ihr, und gerade in Gesellschaften zeige sie sich immer von ihrer besten Seite, auch noch mit achtzig. Und diese Rüstigkeit! Katja: Sie könne das alles nicht verstehen, sie habe immer das beste Verhältnis zum Tante Lenchen gehabt. Sie sei zwar eine alte Nationalsozialistin, und daran störe sich jeder, aber ihr, Katja, sei das egal. Harald Mohr: Wirst du wohl still sein, Kind! Das Tante Lenchen war kein Nationalsozialist, das weißt du doch, darüber haben wir doch schon so oft gesprochen. Katja: Sie verstehe gar nicht, wie er dazu komme, das zu sagen. Das Tante Lenchen war Parteimitglied, das wisse jeder, also war sie auch eine Nationalsozialistin, das liege doch im Begriff. So wie er, Harald Mohr, ein Sozialdemokrat sei, weil er in der Sozialdemokratischen Partei sei, so sei sie ein Nationalsozialist gewesen. Oder wolle er etwa behaupten, daß er kein Sozialdemokrat sei? Er: Wie kannst du denn so etwas nur vergleichen, Sozialdemokratie, Nationalsozialismus? Das habe doch nichts miteinander zu tun, im Gegenteil! Sie: Sie vergleiche es ja auch gar nicht. Sie stelle nur fest, daß das Tante Lenchen in der NSDAP war, und also war sie eine Nationalsozialistin. Er: Aber sie wisse doch, das ging damals alles gar nicht anders als nur mit einem Parteibuch; und nur weil man in der Partei war, war man doch noch längst kein überzeugter Nationalsozialist. Sie habe doch Arbeit finden müssen, eine Familie ernähren müssen. Katja: Wieso rede er jetzt von *überzeugter* Nationalsozialist, das werde ja immer verwickelter. Warum kompliziere man das so? Da streitet es das Tante Lenchen bis heute nicht ab, daß sie in der Partei war, vielmehr hat sie sogar nichts dagegen, es zuzugeben, sie hat sogar immer noch ihren Ausweis und zeigt ihn überall herum, und jetzt willst du Nachgeborener dich hier hinstellen und sie gegen ihr eigenes Gewissen verteidigen. Wenn das Tante Lenchen sagt, sie war eine Nationalsozialistin, dann soll sie das bitte auch behaupten dürfen, oder? Die Mohr: Aber wie redest du denn mit deinem Vater! Nachgeborener, was sind denn das für Worte, es handle sich doch um ihren Vater und nicht um irgendeinen Nachgeborenen. Sie: O Mann! Frau Mohr: Und selbst wenn das Tante Lenchen es früher mit den Nazis, also, sie wolle sagen, selbst wenn sie in der Partei gewesen sei, dann könne es ja durchaus sein, daß sie daran nicht selbst schuld gewesen sei, sie, Frau Mohr, glaube vielmehr daran, daß ihr Mann, der Heinzgeorg, mitsamt seiner Familie da einen schlechten Einfluß auf sie hatte. Katja: Ach, aber sie kenne ihn doch gar nicht, diesen Heinzgeorg, das habe sie doch eben selbst noch gesagt, er sei, habe sie eben gesagt, fünfzehn Jahre vor ihrer Geburt gefallen, und trotzdem wisse sie jetzt plötzlich etwas von einem schlechten Einfluß. Frau Mohr: Aber irgendwoher muß es doch gekommen sein, wenn das Tante Lenchen in der Partei war. Katja Mohr: Ich glaube, wir sollten dieses Gespräch beenden. Ihr könnt doch das Tante Lenchen nicht so entmündigen. Die Familie habe nun für einige Minuten aneinander vorbeigeschaut und schlechtgelaunt am Tischende gesessen, während die Bedienung Bier und Brezeln gebracht habe. Wie jedes familiäre Gespräch habe auch das der Familie Mohr darin bestanden, immer wieder Dinge zu behandeln, die schon abgehandelt seien, bei denen man aber dennoch immer wieder nachhake, so daß es zu Streitereien komme. Also habe die Mutter nun gesagt, derweil sie das Salz von der Brezel abgerieben habe, der Benno hätte doch wohl mitkommen können, wieso denn der Benno nicht wenigstens zu dieser Beerdigung mitgekommen sei? Katja: Ich habe keine Lust, darüber zu reden. Die Mohr: Aber wieso meidet er es denn so, mit uns in Kontakt zu kommen? Katja: Er meide es doch gar nicht, er lege es lediglich nicht darauf an. Die Mohr: Aber seid ihr denn nicht gern zusammen? Katja Mohr sei der Zorn ins Gesicht gestiegen. Mutter, habe sie gesagt, sie führe dieses Gespräch nicht weiter. Sie, ihre Mutter, habe schon vor drei Tagen am Telefon alle diese eigenartigen und letzten Endes nicht sehr freundlichen Fragen gestellt, und auch das habe bereits mit einem Streit und großer Schreierei geendet. Sie, Katja, wolle sich nicht aufregen. Im übrigen könne sie es gar nicht glauben, da sei sie jetzt gerade einmal drei Stunden mit ihnen zusammen, und es sei schon wieder so, als sei sie niemals ausgezogen. Sie wohne jetzt aber in Würzburg, sie wolle das tägliche Schlaganfallklima der Familie Mohr nicht haben, punktum. Frau Mohr habe ganz erstaunt geschaut, was ihre Tochter da sage, sie habe sogar den Kopf geschüttelt, so als verstehe sie es gar nicht, und habe einfach weitergeredet. Hundert Kilometer seien doch keine lange Fahrt, sie, Katja und Benno, hätten es doch als einen schönen Ausflug ansehen können. Sie hätten zuerst gemeinsam nach Heppenheim kommen können, und dann hätten sie alle zusammen, als Familie, gemeinsam mit dem Tante Lenchen hierherfahren können. Katja: O ja, ein sehr schöner Ausflug. Die Mohr: Ja, genau. Schön essen hätten sie gehen können, ein bißchen spazierengehen. Und sie, die Mohrs, hätten sich auch wieder einmal ein bißchen mit dem Benno unterhalten können, wann schließlich hätten sie schon einmal eine Gelegenheit dazu? Bestimmt sei der Benno dagegengewesen. Oder? Sei es nicht so, habe Frau Mohr plötzlich scharf gesagt: natürlich sei der Benno dagegengewesen, er habe nicht mit der Familie Mohr, die er nämlich verachte, einen Ausflug unternehmen wollen. Harald Mohr: Also Erika, bitte. Die Mohr: Nein nein, das müsse einmal gesagt werden. Der Benno sei schon von Anfang an so gewesen. Ein paarmal sei er zum Essen erschienen, habe sich zu ihnen an den Tisch gesetzt, bis er sich ein Bild von ihnen gemacht habe, und dieses Bild sei jetzt abgeschlossen, und seitdem laufe der Benno mit diesem Bild durch die Gegend, mit dem abschließenden Bild der Familie Mohr. Wann hätten sie ihn zum letzten Mal gesehen? Das sei doch wohl schon drei oder vier Monate her. So einer wie der Benno, der sich für etwas Besseres halte, mache sich immer irgendwann ein abschließendes Bild von jemandem, und anschließend glaubt er sich im Besitz der Wahrheit, das wisse sie. Wenn sie mit ihm spreche, merke sie genau: er redet gar nicht mit ihr, sondern mit dem abschließenden Bild, das er sich von ihr und überhaupt der ganzen Familie Mohr gemacht habe. Und dieses Bild sei kein gutes. Er hält uns nämlich alle für dumm, und ich muß sagen, daß das sehr arrogant ist, und sie frage sich, wie er überhaupt zu dieser Ansicht komme. Sie, die Mohrs, machten es sich nicht so einfach wie Benno Götz. Sie seien immer höflich, sie laden ihn dauernd ein, sie halten nicht weiß Gott was Negatives von ihm. Sie, die Mohrs, lassen den Menschen ihre Freiheit und ihre Art. Sie habe doch auch überhaupt kein Recht, so abschließend über jemanden zu urteilen. Aber wie der Benno darauf kommt, daß er meine, er habe dieses Recht, das würde sie schon gern einmal wissen. Katja: Das sei alles Unsinn, Benno habe überhaupt nichts gegen die Familie Mohr. Er habe genausoviel für die Familie Mohr übrig wie für alle sonstigen Familien auch. Die Mohr: Ja, nämlich gar nichts. Nichts habe er für sie übrig. Und wieso? Was hätten sie ihm denn getan? Schließlich sei sie, Katja, ihre Tochter. Stell dir einmal vor, ihr heiratet irgendwann, wie soll das denn vonstatten gehen? Wie sollen sie, die Mohrs, sich denn mit der Familie Götz an den Tisch setzen können, wenn der Götzsche Sohn einen so seltsamen Eindruck von uns bei seinen Eltern erweckt. Katja: Aber wieso denn einen seltsamen Eindruck? Benno vermittle doch keinen seltsamen Eindruck, er vermittle vielmehr gar keinen Eindruck. Die Mohr: Ja! Ja! Genau das ist es ja! Was denken denn seine Eltern von uns, wenn er überhaupt keinen Eindruck von uns vermittelt! Und wieso lernen wir selbst die Familie Götz nicht kennen? Die Familie Götz scheint das übrigens gar nicht zu interessieren, ich kann mich nicht erinnern, bis heute mit Frau Götz mehr als zwei- oder dreimal telefoniert zu haben. Keine Einladung, kein Treffen, nichts. Und seitdem sie, Katja, in Würzburg wohne, sei es zu gar keinem Kontakt mehr mit der Familie Götz gekommen. Sie, die Mohr, frage sich manchmal, ob sie, Katja, überhaupt noch zusammensei mit dem Benno. Zusammensein, das sei so ein Wort, habe Katja Mohr gesagt. Aha, ihr seid es also nicht, habe die Mohr gefragt. Katja: Sie könne mit diesem Wort nichts anfangen, und der Benno auch nicht. Und wann, habe die Mohr gefragt, habt ihr euch zum letzten Mal gesehen. Katja: Vorgestern. Was soll die Frage? Die Mohr: Na, dann hättest du ihn doch zu diesem Ausflug einladen können. Du hast ihn doch zu diesem Ausflug eingeladen? Katja: Erstens handle es sich nicht um einen Ausflug, sondern um eine Beerdigung, und zweitens habe sie ihn nicht eingeladen. Warum hätte sie das tun sollen? Sie habe ihm bloß gesagt, daß sie hierherfahre. Die Mohr: Aber wir haben dich doch darum gebeten! Katja: Sie habe ihn nicht eingeladen. Sie habe ja selbst nicht einmal gewußt, ob sie mitfahren soll. Sie sei nur aus Höflichkeit mitgefahren. Stellt euch doch nur einmal vor, Benno wäre jetzt hier und würde sich dieses blödsinnige Gespräch anhören: wozu, frage ich euch, sollte er das tun? Es reicht ja, wenn ich es tun muß. Die Mohr, beleidigt: Nun, wenn es dir zu anstrengend ist, mit deiner eigenen Familie einmal einen Nachmittag zu verbringen ... Katja: O Mann, ihr seid wirklich anstrengend. Im übrigen widersprecht ihr euch dauernd, fällt euch das nicht auf? Und könnten wir jetzt einmal von etwas anderem als nur von Benno reden. Benno hat wirklich keine Probleme mit euch. Er selbst ist halt nicht einfach. Die Mohr: Aber warum ist er denn so kompliziert? Sie wisse, er mache sich das Leben oft selbst schwer, lasse den Kopf hängen, warum denn? Er ist doch nicht krank? Er ist doch nicht etwa schwermütig? Dann würde ich mir das aber noch mal überlegen mit dem Benno, denn mit einem schwermütigen Menschen durchs Leben gehen, das würde ich mir dreimal überlegen. Er sehe auch immer so nachdenklich und in sich gekehrt aus, im übrigen laufe er immer so nachlässig, niemals gerade, und er rauche viel zu viel. Ist er nervös? Harald Mohr: So, Erika, das geht uns nun aber wirklich nichts an, findest du nicht. Erika Mohr habe sich beleidigt nach hinten gelehnt. Wenn man nicht einmal mehr erfahren dürfe, mit was für einem die eigene Tochter zusammensei. Aber sie sage ja nichts, nein nein, sie sage nichts. Sie sage jetzt gar nichts mehr. Harald Mohr: Das ist jetzt aber mal eine gute Idee. Wieder habe die Familie geschwiegen. Da, habe plötzlich die Mohr gerufen. Beide anderen, erschrocken: Was ist denn? Die Mohr: Na da, da! Da war doch der Benno, ich habe ihn ganz deutlich gesehen. Oder habe ich mich jetzt getäuscht? Da hinten bei dieser Gasse hat er gestanden, da, neben dem Schild. Aber das kann ja eigentlich gar nicht sein. Puh, jetzt habe ich doch wirklich gedacht, da hinten habe der Benno Götz gestanden. Seht ihr, soweit ist es jetzt schon mit mir! Daran seid wirklich nur ihr schuld. Katja Mohr habe sich begeistert auf die Schenkel geschlagen und gerufen, Mutter, du bist einfach super. Einmalig. Das sei so was von grotesk, das habe sie noch nicht erlebt. Auch die Mohr habe jetzt gelacht, die ganze Familie habe gelacht und habe in Richtung des Schlages geblickt, um sich gegenseitig zu versichern, daß der Freund der Tochter dort natürlich nicht herumgestanden habe und daß der Einfall von Frau Mohr wirklich zu komisch gewesen sei. Spätestens seit diesem Lachen habe Wiesners Aufmerksamkeit der Erscheinung Katja Mohrs gegolten. Er sei an seinem Tisch immer schweigsamer geworden und habe auf eine möglichst unauffällige Weise zu der jungen Heppenheimerin hinübergeschaut. Schossau sei alsbald gegangen. Am Abend sei er durch die Untere Kirchgasse gelaufen und habe zu den Fenstern von Nummer fünfzehn hinaufgeblickt, hinter denen bereits Licht gebrannt habe. Pfarrer Becker habe in der Haustür gestanden und dort mit dem Stadtverordneten Rudolf geraucht. Oh, Schossau, habe der Pfarrer gesagt. Ich hätte Frau Adomeit, natürlich … ich habe es ganz vergessen. Nein, also, daß ich das habe vergessen können! Aber sagen Sie, wo ist eigentlich Ihr Freund Schuster? Eigentlich habe ich ihn erwartet. Es ist mir wirklich überaus peinlich, daß ich nicht darauf gekommen bin, bei Frau Adomeit auf Sie und Ihren Freund zu verweisen! Nein nein, das sei schon gut, habe Schossau gesagt, er gehe nur spazieren, eigentlich sei er nur zufällig vorbeigekommen. Nicht wahr, habe Becker gesagt, es gehe einem so einiges durch den Kopf an einem solchen Tag, so daß man gern dabei spazierengeht. Es sei ein so eigentümliches Pfingstfest. Zuerst die Beerdigung. Und dann dieses heiße Wetter. Der Stadtverordnete Rudolf habe sich nun wieder an den Pfarrer gewendet: Übrigens habe er heute morgen eine Konferenz mit dem Landrat gehabt, er wisse, er versündige sich, da Sonntag sei und auch noch Pfingsten, aber es gehe um die Ortsumgehung Ossenheims. Die Konferenz war wegen der Planungskommission für die S-Bahntrasse. Die sei leider zu einem abschlägigen Ergebnis gekommen. Becker: Ach. Rudolf: Die Florstädter Senke wird nicht einbezogen. Der Kollaps ist programmiert. Becker: Ja, der Verkehr sei schlimm. Rudolf: Nun ja, zumindest sei es ihm, Rudolf, infolge der Konferenz mit dem Landrat, Herrn Dr. Binding, nicht möglich gewesen, an der Beerdigung des Adomeit teilzunehmen, obgleich es sich bei ihm bestimmt um eine verdiente Person dieses Gemeinwesens handle. Oh, guten Tag, Herr Breitinger, habe Pfarrer Becker gesagt, derweil Rudolf sich geräuspert habe. Guten Abend, habe Breitinger gesagt und seinen Hut gezogen. Guten Tag, Herr Rudolf! Daraufhin sei Breitinger im Hauseingang verschwunden. Wer sei denn das, habe Rudolf gefragt. Das, habe Becker gesagt, sei doch der Herr Breitinger, der alte Lehrer aus der Oberen Kirchgasse. Rudolf: Breitinger? Nie gehört. Becker: Es handle sich hierbei um den Zeitungsbreitinger. Der doch immerfort die Leserbriefe an den Wetterauer Anzeiger schreibe. Rudolf: Ach so, der Zeitungsbreitinger! Das sei der Zeitungsbreitinger, aha. Noch nie gesehen. In der Tat, zu allen anstehenden Fragen könne man jederzeit einen Brief von ihm im Wetterauer Anzeiger lesen. Habe er nicht letztes Weihnachten in der Frage des Ossenheimer Kindergartens mit den Halbmonden überhaupt, er meine, habe der Breitinger nicht diese ganze Affäre erst ins Rollen gebracht? Ein, ähem, in der Tat eigenartiger Mann, habe Rudolf gesagt und seine Zigarette ausgetreten. Aber der Islam sei ja ein wichtiges Thema, er beunruhige die Bevölkerung. An sich sei es Aberwitz, aber doch verständlich, meinen Sie nicht, Herr Pfarrer? Becker: Was sei Aberwitz, er verstehe jetzt nicht recht. Rudolf: Nun, da basteln die Kinder dieses Kindergartens Weihnachtsschmuck für ihre Fenster, unter anderem einen Halbmond, und da bemerken ein paar Ossenheimer Mütter, daß auch türkische Kinder diesen Kindergarten besuchen, und schon haben wir die Islamisierung zwar noch nicht der ganzen bundesdeutschen Gesellschaft, aber doch immerhin dieses Ossenheimer Kindergartens, und ein großes öffentliches Geschrei, angefeuert noch durch die hysterischen Ausführungen des Zeitungsbreitingers dazu. Neulich hat er sich über die Müllgebühren ausgelassen. Haben Sie's gelesen? Im Grund ist es eine Beleidigung der ganzen Kreisregierung. Wie Sie wissen, hege ich gewisse Ambitionen hin zum Kreis, ich kandidiere im nächsten Februar bei der Kommunalwahl für den Kreistag. Von der Stadt, ja, in den Kreis. Man brauche schließlich Perspektiven, auch was die Gestaltung angehe. Becker nickt. Rudolf: Man brauche perspektivische Gestaltung, nicht nur oder gerade auch für das eigene Leben. Wenn einmal der Stillstand eintritt, ist es bereits der Rückschritt. Und wer sind eigentlich Sie, habe er gefragt, sich an ihn, Schossau, wendend. Das, habe Herr Becker gesagt, sei ein guter Bekannter des Verstorbenen.

Herr Schossau sei Heimatforscher. Aha, habe Rudolf gesagt, sehr interessant. Was sei denn das, ein Heimatforscher? Schossau: Er sei eigentlich Historiker. Er arbeite für die Wetterauer Geschichtsblätter. Rudolf: Jaja, in der Tat, die Geschichte. Geschichte müsse täglich gemacht werden. Dann kommen andere und schreiben sie nieder. Was machen Sie denn dann so, wenn Sie für die Geschichtsblätter arbeiten? Sie sitzen in Archiven, vermute ich? Oder graben Sie auch? Nein, habe Schossau gesagt (er habe überlegt, ob er dieses Gespräch tatsächlich führen soll), er grabe nicht. Im Augenblick forsche er für einen Beitrag zur Reihe *Napoleonische Truppen in der Wetterau*, diese Reihe erscheine in den Wetterauer Geschichtsblättern. Rudolf: Aha, und wer zahlt das? Er meine, das sei doch eine Arbeit, die, er möge ihn recht verstehen, also zumindest nur eine sehr geringe Minderheit interessieren dürfte, obgleich es an sich ja hochinteressant sei, Napoleonische Truppen in der Wetterau, so, seien die also bis in die Wetterau gekommen. Aha, und was hätten sie gemacht, hier in der Wetterau, er meine die Napoleonischen Truppen? Schossau: Im Augenblick arbeite er über die Schlacht um den Johannisberg. Rudolf, plötzlich auflachend: Was, um den Johannisberg habe es eine Schlacht gegeben, haha! Das könne er ja gar nicht glauben. Das sei doch nur ein Hügel! Schossau: Strategisch sei der Johannisberg nicht unwichtig. Rudolf: Und da werde diese Schriftenreihe wahrscheinlich aus den Mitteln des Kreises finanziert? Schossau: Zum einen aus diesen, zum anderen auch vom Bundesministerium für Wissenschaft und Forschung. Rudolf: Das ist ja sehr interessant. Sie sehen, es ist schlichtweg übertrieben, wenn hier jemand behaupten wolle, wir lebten nicht im totalen Wohlstand. So, mein lieber, mein lieber ... Bekker: Schossau. Rudolf: Ja, mein lieber Schossau, sehen Sie, solange Sie über Ihren Hügel und Ihren Napoleon arbeiten, kann es uns ja nicht so schlecht gehen. Haha, in zweihundert Jahren schreibe man dann in den Geschichtsblättern von den Schlachten um die Müllpolitik und die Ossenheimer Ortsumgehungsstraße. Wenn man dann noch das Geld dafür hat. Denn so sei es: Nichts werde billiger. Schauen Sie einmal, was alleine ein Bauarbeiter heute verdient und was er kostet. Schauen Sie sich den Grafen Matuschka-Greiffenklau an, der läßt sich seinen Wasserturm renovieren von ein paar Arbeitern, und anschließend ist er pleite, stellt sich des Nachts auf seinen Weinberg und erschießt sich. Becker: Herr Adomeit habe immer sparsam gelebt. Ja, habe Rudolf gesagt, seines rednerischen Schwunges plötzlich beraubt und nun nachdenklich zur Hausfassade hinaufschauend, das sehe man, daß der Mann sparsam gelebt habe ... Wenn das alle so machten, sehe die Wetterau bald aus wie Unteritalien. Nun, wie es auch sei, habe Becker gesagt, sich die Hände reibend, wissen Sie, Schossau, da man offenbar wohl einfach vergessen hat, Sie einzuladen, obgleich doch niemand so sehr hier an diesen Ort gehört wie Sie, würde ich sagen, kommen Sie doch einfach mit hinein, ich stelle Sie der Schwester vor. Der Pfarrer habe nun ins Haus gehen wollen. Rudolf habe gefragt, wer denn dieser Adomeit überhaupt gewesen sei. Der Pfarrer sei stehengeblieben. Adomeit sei ein Pensionär gewesen. Jaja, habe Rudolf gesagt, natürlich, er sei ja auch über siebzig gewesen, da sei man normalerweise Pensionär. Aber woher habe er denn seine Rentenansprüche gehabt? Man müsse erst einmal etwas in die Rentenkasse einzahlen, bevor man etwas ausgezahlt bekommt. Womit habe er das denn gemacht? Becker, den Blick hilfesuchend an Schossau wendend: Ja, ehrlich gesagt ... Eine staatliche Rente habe er nicht gehabt. Er habe vielmehr dieses Haus hier besessen, er habe früher einen Stock vermietet. Rudolf: Aber davon könne man doch nicht leben. Becker: Nun, Sie müssen sehen, es habe sich bei Adomeit um einen eigentümlichen Menschen gehandelt. Er habe sehr streng gelebt, asketisch, möchte man fast meinen, und überaus sparsam. Allerdings habe er nie Mangel gelitten. Rudolf: Sie wollen doch nicht etwa sagen, daß dieser Adomeit überhaupt nichts getan hat? Becker: Doch, gewiß. Er hat in Frankfurt zeitweilig in einer Bibliothek gearbeitet. Er war auch schriftstellerisch tätig, da hatte er ein paar Tantiemen. Rudolf: So, was hat der denn geschrieben? Heimatromane? Nein, habe Becker gesagt, er habe an ein paar Büchern zur, äh, Vogelkunde mitgearbeitet. Übrigens habe er ein paar Jahre lang Frankfurter Studenten Unterricht erteilt. Rudolf: In Vogelkunde! Becker: Nein, mehr geistig. Und sprachlich. Er habe das Lateinische beherrscht. Außergewöhnlich gut sogar. Rudolf: Wieso ist er dann nicht Lehrer geworden? Das wäre doch das Allerbeste, so wenig Arbeitszeit, alle Nachmittage frei, dazu die drei Monate Ferien, eine tolle Altersversorgung. Ja, habe Becker gesagt, das stimme, aber (zu Schossau blikkend) irgendwie habe man sich Adomeit so gar nicht vorstellen können. Ihm sei die Unabhängigkeit immer sehr wichtig gewesen, er meine, Unabhängigkeit von allem. Rudolf: Ach, das sei Papperlapapp. Unabhängigkeit koste nur Geld. Am Ende zahle immer das Solidarsystem. Schauen Sie sich allein dieses Haus an! Natürlich, es ist nicht geradezu baufällig ... aber wie gehe es damit weiter? Das Haus werde vererbt, und der Erbe müsse sofort sein Geld in dieses Haus hineinstecken, weil *er* es in diesem Zustand bestimmt nicht haben möchte. Er zahle also einfach das, was der sparsame Herr Adomeit versäumt habe. Könne es sein, daß es sich bei diesem Adomeit einfach um einen Nichtsnutz gehandelt habe? Becker, in seine nickende Haltung verfallend und in einen plötzlichen Singsang: Sehet die Vögel am Himmel, sie säen nicht, sie ernten nicht, und Gott ernähret sie doch. Das Urteil des Menschen sei klein. Die Wahrheit liege nur in Gott, und das Urteil Gottes werden wir auf Erden nicht ermessen. Nun ja, in der Tat, habe Rudolf gesagt und sei voran die Treppe hinaufgeschritten. Becker habe Schossau eine Geste gemacht, die bedeutet habe, er möge dem Stadtverordneten verzeihen. Gottes Schafe, habe er geflüstert, seien nicht alle gleich, aber auf jeden Fall Schafe. Dann seien auch sie die Treppe hinaufgeschritten. Becker habe gesagt, er sei mit Adomeit ja gar nicht so schlecht zu Rande gekommen, gestört habe ihn nur dessen Besserwisserei. Natürlich habe Adomeit mit allem auch irgendwie recht gehabt, aber er habe alles zu rigoros gesehen, er habe den Menschen nicht zugestanden, was doch der Kern des Glaubens sei, nämlich daß der Mensch sich immer nur auf dem Weg befinde, aber nie ankomme, denn es wäre doch vermessen, wenn der Mensch behaupte, angekommen zu sein. Gott hat uns geschaffen in seiner Liebe, und als Geschaffene streben wir hin zu ihm, das ist alles. Immerhin habe er sich mit Adomeit streiten können, und solange das Gespräch nicht abreiße, zeige sich, daß immer noch etwas vorhanden sei, daß da immer noch ein Suchen sei, daß der Gedanke an Gott noch immer lebendig sei in der betreffenden Person. Darf ich Ihnen, Frau Adomeit, Herrn Schossau vorstellen. Die Frau, die mit einem Sektglas im Flur gestanden und sich mit Breitinger unterhalten habe, habe ihn, den Ankömmling, mit warmen und freundlichen Augen angeblickt. Oh, Herr Schossau, von Ihnen habe ich schon so viel gehört, habe sie gesagt und ihm die Hand gereicht. Leider habe sich am Vormittag nicht die Gelegenheit ergeben, einander vorgestellt zu werden. Er sei doch auf der Beerdigung gewesen? Schossau: Ja. Ach, habe sie gesagt, es sei schön gewesen, genauso schön, wie sie es sich gewünscht habe. Pfarrer Becker habe wunderbare Worte gefunden. Es sei richtig, wenn wir den Toten doch wenigstens im Tode freisprechen von allen falschen Ansichten und weltlichen Verblendungen, mit denen wir uns ein Bild von den Lebenden zu machen pflegen. Sie habe einen guten Bruder gehabt, er sei immer der viel einfühlsamere von ihnen beiden gewesen. Oftmals habe sie gedacht, daß ihr Bruder darunter leiden müsse, in einer Welt von so anderen Menschen zu leben. Den Kopf neigend: Er hat nicht gut von ihr gesprochen, sie wisse es. Schossau: Er habe gar nicht von ihr gesprochen. Ja, habe Jeanette Adomeit gesagt, das Leben gehe stets seinen eigenen Weg. Anfangs sei es wie ein gemähter Rasen, später dann wie ein wilder Garten. Ihr Bruder übrigens habe die Natur geliebt. Breitinger, der noch dabei gestanden habe, sei nun unter einer kurzen Verbeugung in die Stube gegangen. Sie zu Schossau: Er habe die Natur gezeichnet. Schon als Zehnjähri-

ger sei er immer mit einem kleinen Zeichenblock für die
Tasche draußen gewesen, und als sie, die Jeannie, vier
gewesen sei, habe er sie mitgenommen, dann hätten sie
draußen an der Horloff gesessen, sie erinnere sich genau.
Vielleicht hätte sie ohne ihren Bruder niemals die Natur
so *intensiv* wahrzunehmen gelernt, ja, intensiv sei das
richtige Wort. Wie aus dem Bilderbuch habe er Gänse-
blümchen gezeichnet, Ehrenpreis, Schlüsselblumen, und
er habe der Vierjährigen alle Teile der betreffenden
Pflanze erklärt und ihre Funktion beschrieben. Auch
Schmetterlinge. Er habe ihr erklärt, sie wisse es wie
heute, daß man nie von der Sonnenseite her auf einen
Schmetterling zugehen darf, denn er flattere immer vor
dem Schatten davon. Sie sei allerdings so jung gewesen,
daß ihr das meiste dort draußen an der Horloff zu einem
bloßen Eindruck von Farben, Blüten und Düften ver-
schmolzen sei. Damals habe es sich um einen bloßen Erd-
weg gehandelt am Ufer, heute gebe es dort inzwischen
einen Flughafen, das müsse ihren Bruder wohl sehr getroffen haben. Herr Rudolf, rauchen Sie doch bloß hier,
es gibt doch keinerlei Grund, vor die Haustür zu gehen,
meine Damen und Herren Herrschaften, habe Jeanette
Adomeit gesagt, zur Küche und zur Stube gewandt, sie
weise darauf hin, daß selbstverständlich im Hause geraucht werden dürfe, und man dürfe so viel essen und so
viel trinken, wie man nur möchte, heute gebe es genügend für alle. Die Adomeit habe übrigens mit dieser Wendung Schossau genauso stehenlassen, wie sie fünf Minuten zuvor den Zeitungsbreitinger stehengelassen habe,
und habe sich mit ihrem Sektglas in der Hand einer anderen Gruppe zugewandt. Schossau habe sich ebenfalls ein

Sektglas von einem Tablett auf dem kleinen Garderoben-
tischchen genommen, eines der alten Sektgläser Adomeits
aus der Anrichte, und sei damit in die Küche geschlen-
dert. Dort sei die Familie Mohr im Gespräch mit Familie
Berthold gewesen, den Eltern von Anton Wiesners Freun-
din. Wir haben auch eine Tochter in Ihrem Alter, habe
Frau Berthold zu Katja Mohr gesagt. Ach, habe Katja
Mohr gesagt. Ja, sie heiße Ute. Sie arbeite dort und dort.
Sie müßten sich einmal kennenlernen! Herr Berthold:
Aber wieso sollten sich die beiden denn kennenlernen,
Herta, also! Offenbar sei Frau Berthold bereits betrunken
gewesen. Nun laß mich doch, habe sie empört gesagt.
Katja Mohr habe einigermaßen angewidert gelächelt.
Auch Munk habe in der Küche gestanden und sich mit
dem Pfarrer unterhalten. Seine, Munks, Frau habe eine
Rehkeule für den heutigen Mittag aufgetaut gehabt, man
hätte diese Beerdigung doch wohl verschieben können,
morgen sei sie zäh. Sie stamme vom Jäger Kopp. Kopp
habe das Reh im Ossenheimer Wäldchen geschossen, im
letzten Herbst. Sei das denn überhaupt erlaubt, an Pfingsten zu beerdigen? Aber warum sollten sich die beiden
denn nicht bekannt machen, habe Frau Berthold gefragt.
Herr Berthold: Die Ute ist doch gar nicht hier, wie sollen
sich denn die beiden bekannt machen, im übrigen gebe
es dafür überhaupt keinen Grund. Frau Berthold: Aber
die jungen Leute wollen immer untereinander sein, das
sei doch ganz üblich. Nicht wahr, habe Frau Berthold
gesagt, so sei es doch, die jungen Leute wollten immer
untereinander sein, und sie hätten ja allen Grund dazu,
denn die Alten wollten ja auch unter sich sein. Katja
Mohr habe höflich gelächelt. Nun sagen Sie doch etwas,

habe Frau Berthold gesagt. Die jungen Leute heutzutage sagen gar nichts mehr, es sei ihnen zu peinlich, sie schweigen immerfort. Hätten sie früher immerfort geschwiegen, sie hätten nie irgendwen kennengelernt. Beim Kennenlernen gerade komme es doch darauf an, nicht zu schweigen. Ich will doch überhaupt niemanden kennenlernen, wie kommen Sie denn darauf, habe Katja Mohr gesagt. Hör dir das an, habe Frau Berthold zu ihrem Mann gesagt. Sie wolle niemanden kennenlernen. So sei das heutzutage: sie wollen alle und jeden, die Mädchen, aber dann wollen sie plötzlich niemanden kennenlernen. Katja Mohr: Sie sei übrigens kein Mädchen, im übrigen sei das ganze Gerede unangenehmer Blödsinn. Ich finde, habe Frau Mohr zu ihrer Tochter gesagt, du könntest dich etwas höflicher benehmen. Nein, das ist doch gar kein Problem, habe Herr Berthold gesagt, sie müßten entschuldigen ... So, da kommen Sie also aus Bensheim. Herr Mohr: Nein, aus Heppenheim. Seine Firma sei in Bensheim, er komme aus Heppenheim. Herr Berthold: Ah ja. Herr Mohr: Kennen Sie Heppenheim? Herr Berthold: Nein, leider. Er sei zwar schon oft daran vorbeigefahren, aber es habe sich leider nie die Zeit finden lassen, er verstehe. Herr Mohr: Heppenheim habe eine schöne Altstadt, teuer saniert, und vor allem ein Rathaus mit Fachwerk, auf einem sehr schönen Platz, die Touristen gingen gern ins Eiscafé neben dem Rathaus, besonders Japaner, die ziehe es ja besonders überall dahin, wo es Fachwerk gebe. Die Japaner kennen offenbar kein Fachwerk und auch keine Weinreben, und deshalb gehen sie nach Deutschland, weil sie dort beides haben. Frau Mohr: Aber Harald, jetzt redest du wirklich Unsinn. Herr

Mohr: Aber wieso denn? Es sei doch wirklich alles voller Japaner in diesen Städten mit historischem Stadtkern. Herr Berthold: Und in den nicht sanierten sei alles voller Türken. Herr Mohr: Ja, das auch. In Bensheim gebe es ein Viertel vor dem Bahnhof, das nennten sie immer Anatolien. Aber es sei ganz ungefährlich. Die Türken seien nette Leute. Wohnen allerdings wolle er da nicht. Es sei zu eng. Herr Berthold: Er finde, es habe zwar immer etwas von einem Ghetto, aber natürlich seien die Türken auch eine Bereicherung. Katja Mohr: Hier, sagt mal, von was redet ihr eigentlich? Mohr: Er rede davon, daß es eine Bereicherung sei, wenn es ausländische Mitbürger gebe. Und er meine damit nicht nur das Essen. Er meine überhaupt. Es seien sehr höfliche Leute. Absolut zuvorkommend. Sie haben überhaupt keine Ressentiments. Nirgendwo werde er höflicher bedient als im türkischen Gemüseladen. Katja Mohr: Höflichkeit sei keine Bereicherung, Höflichkeit sei höchstens der Normalzustand. Frau Berthold: Ja, die jungen Leute wüßten heute oftmals gar nichts mehr von Höflichkeit. Neulich hätten drei junge Türken zu ihr auf der Straße gesagt *Was willst du deutsche Frau*. Das müßten sie sich mal vorstellen! Und in diesem Tonfall, wie die jungen Türken eben sprechen, wenn sie deutsch sprechen, so mehr ein Gebell. *Was willst du deutsche Frau*. Das sei in Frankfurt gewesen, beim Einkaufen, in Sachsenhausen. Sie sei gleich weggegangen, als die das gesagt haben. Deutsche Frau! Und das in Deutschland! Was solle sie denn sonst sein als eine deutsche Frau! Was hast du denn dagegen, wenn ich einmal ein Glas Sekt trinke. Herrgott, kann man denn nicht einmal tun, was man will. Herr Berthold: Aber es sei doch nun schon das vierte Glas Sekt. Sie: Na und! Sie trinke, soviel sie wolle, und wenn er es genau hören wolle, sie tue es nur, weil er etwas dagegen habe. Er: Wirklich sehr höflich. Und was machen Sie denn bei der Firma Bensheimer Quell, Herr Mohr? Sie sind also als Abteilungsleiter in der Buchführung tätig, ja, das sei interessant. Katja Mohr habe sich nun aus dieser Gruppe gelöst und an den herumstehenden Schossau gewendet. Die Frauen finden alles schön, und die Männer finden alles interessant, habe sie gesagt. Das, habe Schossau gesagt, ist mir auch schon aufgefallen. Das dient dazu, nichts bezeichnen zu müssen. Ja, da haben Sie recht, habe Katja Mohr gesagt und sei an ihm vorbei weiter in die Stube gelaufen. Er könne sich gar nicht vorstellen, habe Munk gesagt, wie dieser Adomeit hier habe leben können. Man lasse die alten Leute allein, und es tue sich bei ihnen nichts mehr. Am Ende seien ganz schnell dreißig, vierzig Jahre vergangen, das sei bei einer Tante von ihm auch so gewesen, in Wörlitz, er erinnere sich genau an die Plastikfolie, mit der das Brett in der Anrichte beklebt war, diese Folie sei zum Schluß über dreißig Jahre alt gewesen, völlig vergilbt, mit so einer Schicht darauf, mit einer Schicht von dreißig Jahren, ganz ekelhaft, und auf dem Brett hätten alle ihre Gläser gestanden. Irgendwann merke man es nicht mehr. Obwohl, sauber und reinlich sei es ja hier. Er sei an den Vorratsschrank getreten. Das sei sogar frisch gewachst. Becker: Adomeit habe sich um seine Möbel gekümmert. Er habe das ganze Holz selbst abgeschliffen. Munk: Warum denn? Wieso hat er das Zeug nicht einfach weggeschmissen? Becker: Adomeit hat seine Gegenstände gemocht. Sie waren ihm wichtig.

Er hat sich mit ihnen beschäftigt. Munk, desinteressiert: So. Was gebe es denn eigentlich zu essen? Drüben in der Stube auf dem Tisch, habe der Pfarrer gesagt, sei ein Buffet angerichtet. Na, dann wolle er sich das Buffet doch einmal betrachten gehen, habe Munk gesagt, habe sich ein Bier eingeschenkt und den Raum verlassen. Sehen Sie, Schossau, habe der Pfarrer gesagt, so sei das. Adomeit habe immer gesagt: Ihre Christen sind gar keine Christen. Aber er habe einen zu absoluten Begriff an den Tag gelegt. Wir sind alle missionierte Christen. Irgendwann sind die Missionare hier in den Norden gekommen und haben uns Germanen missioniert, und mehr oder weniger mißlaunig oder begeistert habe der jeweilige Germane den Glauben angenommen, mit mehr oder minder großer Bedeutung für ihn, manchen ist es wohl auch ganz gleich gewesen, man hat es genommen, wie der Mensch so allerlei, was ihm geschehe, eben hinzunehmen pflege. Und in der Tat, Herr Munk denkt hauptsächlich an seine Rehkeule und das Buffet, und er erinnert mich damit tatsächlich wirklich ungemein an so einen alten, etwas mißlaunig missionierten Germanen. Aber es ist nicht unsere Sache, ihm das übelzunehmen. Möglicherweise denkt ja auch er, schau dir mal diesen Pfarrer Becker an, im Grunde hat er das allerbequemste Leben, kennt jede Menge Menschen, futtert sich überall durch, hält hier und da eine Messe, wird bis zu seinem friedlichen Ende von der Kirche versorgt, hat sich um Rente und Lebensversicherungen und Steuererklärungen gar nicht zu sorgen, und alles das wird schon sein gewichtiges Wörtchen mitgeredet haben, als sich der Becker überlegt hat, gehe ich jetzt zur Kirche und werde Priester oder nicht. So steht der missionierte Germane dem Missionar gegenüber und mag sich denken: Auch nur so ein missionierter Germane. Tja. Wir sollen uns eben kein Bild vom anderen machen. Schossau: Hier mache sich aber gerade jeder sein Bild, und vor allem von Adomeit, und daß seine, Beckers, Ansprache heute *bildlos* gewesen sei, könne er auch nicht behaupten. Becker: Er habe zur Gemeinde gesprochen, das dürfe Schossau nicht vergessen. Schossau: Nein, er habe nicht zur Gemeinde gesprochen, er habe zur Trauergesellschaft gesprochen. Er habe ihnen das Bild Adomeits vorgehalten und habe ihnen gesagt, werdet so nicht, das sei der Kern seiner Rede gewesen, jeder habe das so verstanden. Mein Gott, habe Becker gesagt, Sie sind ja wirklich schon wie Ihr alter Freund. Man müsse den Menschen, das sei die Aufgabe der Kirche, in jedem Augenblick Vorbilder geben, gerade heute. Und sei es nur, daß man den Menschen sagt, sie sollten die Gemeinschaft stärken und das Leben achten, sie sollten einander nicht vergessen und füreinander dasein, sie sollten sich mit gegenseitiger Wertschätzung begegnen. Schossau: Alles das habe Adomeit also nicht gemacht, wolle er das sagen? Becker: Nun, wenn schon er, Schossau, das so sehe. Schossau: Nein, so sehe er das in der Tat nicht. Becker: Die ausgeprägte Streitkultur Adomeits hat in Ihnen beiden (er habe mit dem anderen Schuster gemeint) wirklich schätzenswerte Erben gefunden, auch in Ihrem Freund Wollitz, aber der ist ja nun schon länger fort. Er habe ihm auf die Schultern geklopft. Sie wissen ja, eigentlich stehen wir auf einer Seite. So, habe er gesagt, und jetzt muß ich mich noch einigen anderen Schafen zuwenden. Frau Mohr: Wo ist denn die Katja hin? Herr Mohr:

Wo soll sie denn hinsein? Sie ist wohl rübergegangen zum Tante Lenchen und zu Deiner Mutter. Ach, habe Frau Mohr zu den Bertholds gesagt, haben wir Sie schon meiner Mutter vorgestellt? Es handle sich hierbei um die Schwester Adomeits. Das sollten wir aber jetzt einmal tun. Und während sie die Bertholds vor sich her aus der Küche geschoben hätten, habe die Mohr ihrem Mann ins Ohr geflüstert: Wieso seien die eigentlich eingeladen, diese Bertholds? Die kannten den Adomeit doch gar nicht, und Harald Mohr habe zurückgeflüstert, Berthold sitze in der Kirchengemeinde, im übrigen habe ihre, Erikas, Mutter seine, Bertholds, Großmutter gekannt, die hatte früher einen Gemischtwarenladen oder so was. Sie: Also wegen eines Gemischtwarenladens, mein Gott. Da könne ja jeder kommen! Schossau habe sich ans Fenster gestellt. Herr, lehre uns bedenken, daß wir sterben müssen, auf daß wir klug werden, habe der Pfarrer am Morgen in seiner Ansprache gesagt. Jeder Wortlaut sei in sein Gegenteil umdrehbar. Meine Gedanken erlegen den Dingen keinerlei Notwendigkeit auf. Alle reden, die ganze Welt sei ein einziges Gerede, und jede Rede sei jederzeit umdrehbar, und irgendwann haben sich die Leute daran gewöhnt. Ein Ja sei dir ein Ja, ein Nein ein Nein. Auch beliebig einsetzbar. Als sei allem die Substanz entzogen. Und, was denken Sie, habe Katja Mohr gefragt, die plötzlich wieder neben ihm gestanden habe. Ich denke, daß allem, was hier passiert und geredet wird, die Substanz entzogen ist. Ich weiß allerdings selbst nicht, was ich mit diesem Begriff *Substanz* meine. Möglicherweise ist es nur ein Wort. Sie: Na, das hätten Sie einem anderen hier im Haus wohl nicht gesagt. Nein, habe Schossau gesagt, da haben Sie wohl vollkommen recht. Es sei übrigens ein völlig abwegiger Gedanke. Er versuche permanent, sich solche Gedanken gerade nicht zu machen. Im übrigen, wenn er es genau bedenke, amüsiere ihn das hier alles sehr. Es widere ihn zwar irgendwie auch an, aber es amüsiere ihn zugleich. Und am meisten würde alles, was hier geschieht, Sebastian Adomeit amüsiert haben. Ach, dann sind Sie einer von diesen drei Freunden, die der alte Mann gehabt habe. Ja, woher sie das denn wisse? Sie: Darüber sei doch ebenfalls permanent geredet worden. Adomeit umgebe sich mit jungen Leuten, mit einer Jüngerschar. Ach so, Sie wissen davon gar nichts? Natürlich redet man über Sie. Schossau: Er habe wirklich keine Ahnung. Sie: Na, das wird daran liegen, daß die Leute natürlich nur hinter Ihrem Rücken darüber reden. Sagen Sie, haben Sie nicht heute Mittag auch auf dem Festplatz gesessen? Sie haben doch sogar am selben Tisch mit uns gesessen. Schossau habe genickt. Und hätten ihre Eltern da nichts über Adomeit und seine Bekanntschaften gesagt? Er: Nein. Katja: Ja, man stelle ihn dar, den alten Adomeit, als grantelnden Greis, der mit niemandem zurechtgekommen sei, der aber seine abwegigen Ansichten wie Gift habe unter die Jugend setzen wollen. Und er habe sich von ihnen verehren lassen, so etwa wie ein alter Philosoph, wie ein Pythagoras von seinem Zirkel der Eingeweihten, autos epha *etcetera*. Das alles werde, wenn auch nicht ausdrücklich, so doch sehr hämisch dargestellt. Adomeit habe die Jugend verdorben, habe sich schmeicheln lassen, und sei darüber hinaus ganz nutzlos gewesen. Schossau: Er sei dreißig Jahre alt. Sie: Na ja, die Leute reden ja sowieso jede Menge Quatsch. Man muß sie reden lassen. Sie tun es ja ohnehin. Kommen Sie, ich stelle Sie dem Tante Lenchen vor, das ist so eine Verwandte meiner Großmutter, sie ist wirklich witzig. Sie seien daraufhin in die Stube hinübergegangen. In der Stube sei es überaus voll gewesen, vielleicht zwanzig Mann hätten dort herumgestanden oder gesessen, schon habe beißender Tabakqualm im Raum geschwebt, Bierflaschen hätten herumgestanden. Schossau hätte nicht für möglich gehalten, daß so viele Leute in den Raum hineinpassen. Auf dem Ohrensessel neben der Couch habe der Zeitungsbreitinger gesessen und den Wetterauer Anzeiger vom Samstag durchgeschlagen, möglicherweise auf der Suche nach einem eigenen Leserbrief. Er habe sich währenddessen im Gespräch mit Adomeits Straßennachbarn, dem Herrn Geibel, befunden. Auf einem Stuhl vor dem Geburtszimmer Adomeits habe die Strobel gesessen, wortlos und in sich gekehrt, wie abgestellt in ihrer großen Verzweiflung und Betrunkenheit. Das Tante Lenchen habe neben dem Tisch gesessen, auf einem der beiden Lehnstühle. Frau Adomeit habe dahinter gestanden, die Familien Mohr und Berthold um dieselben herum. Rudolf habe mit einigen Herren, die allesamt Bierkrüge in der Hand gehalten hätten, im Raum unter der Lampe gestanden und sich über Politik unterhalten. Sie verstehe das überhaupt nicht, was da immerfort geredet wird, habe das Tante Lenchen gesagt. Man versuche ihr diesen Adomeit immer als so unsympathisch hinzustellen. Dabei mache alles hier genau den gegenteiligen Eindruck. Nur weil der Mann nicht den ganzen Quatsch mitgemacht habe, den heutzutage jeder mache. Eine überaus reinliche Person, für eine Männerwirtschaft sei das doch sagenhaft. Man schaue sich nur dieses sympathische Spitzendeckchen an, das dort an der Wand hänge. Da, dort, wie schön es sei! Frau Mohr habe einen begehrlichen Blick auf das Deckchen geworfen. Ja, habe Jeanette Adomeit gesagt, halb zur Öffentlichkeit sprechend, dieses Deckchen sei ihrer Mutter aus Venedig mitgebracht worden, von ihrem Schwager aus Fulda. Dieser Schwager habe ihre Mutter sehr verehrt. Früher habe es übrigens zwei Photoalben gegeben, Moment einmal, sie haben immer hier in diesem Schrank hinter dieser Klapptür, nanu, sie geht ja gar nicht auf. Es sei eine Schiebetür, habe Schossau gesagt. O ja, vielen Dank. Ha! Hier seien sie ja, die Alben. Ein rotes und ein blaues. Genau wie früher. Sie habe sie aufgeschlagen. Erschrocken: Jetzt stellt euch einmal vor, er hat kein einziges neues Photo hineingeklebt. Also so was! Frau Adomeit sei regelrecht entgeistert gewesen, fast am Rande der Fassungslosigkeit. Die letzten Bilder seien die, die der damalige Vikar Pobisch von der Beerdigung ihres Vaters gemacht habe, da steht es, am dritten August neunzehnhundertvierundfünfzig. Sie habe das Datum damals selbst eingetragen. Hier sei übrigens Sebastians damalige Frau Annette. Sie habe sich gut mit ihr verstanden, sie habe hier im Haus gewohnt. Ja, vieles sei früher sehr schön gewesen. Sie hätte die alte Zeit doch manchmal gerne zurück, und eine intakte Familie. So ein Quatsch, habe das Tante Lenchen gesagt. Alle wollen sie immer die alte Zeit zurückhaben und machen doch immer alles aus dieser kaputt. Seitdem sie die moderne Zeit hätten, wolle jeder in die alte Zeit zurück. Aber wer hat sie denn gemacht, die moderne Zeit, wenn nicht genau dieselben Leute, die in die alte Zeit zurück wollen. Du gehst nach England und heiratest einen reichen Industriellen, der eine halbe Ortschaft in sein Firmengelände verwandelt, und redest von den alten Zeiten. Jeanette Adomeit: Sie habe damals weggehen müssen. Und George habe sie mit dem Kind genommen, wer hätte das sonst gemacht? Das Lenchen: Ach, erfunden. Das sei doch alles erfunden. Das sei doch alles völlig zurechtgelegt. Über Jahre hinweg zurechtgelegt! Gib mir bitte noch ein Stück kalten Braten. Ja, und ein Glas Bier. Doch, sie möchte jetzt ein Bier. Natürlich, ja, redet doch in aller Öffentlichkeit von meiner Verdauung. Unverschämtheit. Sie habe keine Verdauungsschwierigkeiten. Jeanette Adomeit: Niemand habe Verdauungsschwierigkeiten. Gebt dem Tante Lenchen noch ein Stück kalten Braten und ein Glas Bier, dann ißt sie wenigstens und schweigt. Das Tante Lenchen: Das könnte dir so passen. Ich schweige erst, wenn ich tot bin. Ich leiste Widerstand, bis zum letzten. Und wozu denn überhaupt dieser kalte Braten? Und das Hähnchen undsoweiter? Hätten es nicht auch Schmalzstullen getan für diese komische Trauergesellschaft hier, bei der übrigens niemand traure. Frau Adomeit: Aber wie kannst du das denn nur sagen. Sie: Sie hätte Schmalzstullen hingestellt, oder gesalzene Butterstullen und eine Flasche Schnaps, so gehöre sich das, und nicht ein Buffet für achthundert Mark von einem ausländischen Gasthof. Mohr: Ausländischer Gasthof, wie klinge das denn! Sie: Aber es seien doch Ausländer. Dürfe man denn nicht einmal mehr das Wort Ausländer in den Mund nehmen? Das Wort Juden dürfe man ja auch nicht in den Mund nehmen. Die Familie Mohr und Jeanette Adomeit hätten sich bestürzt umgeschaut und sogleich

115

alle Mühe darauf verwendet, das Tante Lenchen zum Schweigen zu bringen. Sie aber habe beharrt: Also dürfe man das Wort Ausländer in den Mund nehmen oder nicht? Das wolle sie jetzt wissen. Der Zeitungsbreitinger habe von dem Ohrensessel aus herübergeblickt und die Zeitung sinken lassen. Jeanette Adomeit: Nein, sie dürfe das Wort nicht benutzen. Es heiße ausländischer Mitbürger, und nicht Ausländer. Sie: Sie lasse sich doch nicht für dumm verkaufen. Das seien alles Italiener gewesen, sie habe es genau gesehen, und in der Küche Pakistaner. Jeanette Adomeit: Es sei völlig gleichgültig, wo jemand herkomme. So ein Blödsinn, habe die Tante gesagt. Es sei doch noch nicht einmal gleichgültig, ob ich von der Weinstraße oder aus der Wetterau komme. Die Adomeit: Ja, aber es ändere doch nichts am Wert der Menschen. Lenchen: Wert, wie komme sie denn auf Wert? Sie habe doch überhaupt nichts von Wert gesagt. Was denn für ein Wert? Sie habe doch nur das Wort Ausländer gesagt. Die Adomeit: Jetzt höre aber bitte auf damit und sprich nicht weiter. Wir sind unter Leuten. Lenchen, rufend: Ausländer, Ausländer, Ausländer! Sie lasse sich doch nicht für dumm verkaufen. Diese widerwärtige Gleichmacherei! Das habe sie alles schon einmal erlebt, daß man die Worte vorgeschrieben bekommt. Erst habe man guten Tag in Heil Hitler übersetzt, dann habe man Heil Hitler wieder in guten Tag zurückübersetzt, und gleichzeitig habe man das Wort Hitler verboten. Die Umstehenden: Aber das Wort Hitler sei doch nicht verboten. Sie: Und ja sei das Wort Hitler verboten! Genauso wie das Wort Ausländer. Und das Wort Jude. Überall verbotene Worte. Nein, ich höre nicht auf zu reden, und ich lasse mir überhaupt nichts verbieten, damit ihr es ein für allemal wißt. Mein Heinzgeorg ist nicht bei Lubize geblieben, nur damit ich heute meine Worte verboten bekomme. Und jetzt Schluß damit. Tatsächlich habe das Tante Lenchen sich jetzt seinem Braten gewidmet, und als Katja Mohr nun Anstalten gemacht habe, ihn, Schossau, mit dem Lenchen bekannt zu machen, hätten die Umstehenden abgewiegelt, man solle sie, da sie nun einmal schweige, lieber erst mal in Ruhe lassen. Wissen Sie, habe Herr Rudolf gesagt, der unvermittelt auf ihn und Katja Mohr zugetreten sei, was dieser Adomeit hätte einzahlen müssen, um nur überhaupt einen Mindestrentenbetrag zu erhalten? Schossau: Nein. Rudolf: Na, dann rechnen wir das doch mal durch. Ich sage nämlich immer, zeige mir, was du für Rentenansprüche hast, und ich sage dir, wer du bist. In der Bibliothek hat er gearbeitet, hat es geheißen. Schossau: Aber nur für ein Jahr. Rudolf: Sonst hat er von sich aus ja wohl eingezahlt. Schossau: Soweit er wisse, nicht. Rudolf: Ungeheuerlich. Also ein Jahr. Rentenanspruch erfolgt sowieso erst nach fünf Jahren Beitragszahlung. Meine Herren, da hätte dieser Adomeit ja fünf Jahre lang den Höchstbetrag einzahlen müssen, er hätte fünf Jahre lang so um die, na, was ist der Höchstsatz, achtzehntausend Mark im Jahr, so um die eintausendfünfhundert Mark einzahlen müssen, wohlgemerkt monatlich, dann hätte er, nach geltendem Recht, Moment, das wären dann gerade einmal, fünf Jahre mal siebzig Mark, das wären dreihundertfünfzig Mark monatlich. Also eigentlich nichts. Bei fünf Jahren maximaler Beitragsleistung! Bei Mindestleistung sieben Mark, mal fünf, also fünfunddreißig Mark. Im Monat. Unglaublich

… Was muß das für ein Armleuchter gewesen sein. Daraufhin sei Rudolf von dannen gegangen und habe ein Gespräch mit dem Pfarrer und dem Schreinermeister Mulat begonnen. Unterdessen sei Herr Breitinger in einen immer schärferen Ton verfallen dort auf dem Ohrensessel neben der Couch, nach wie vor mit dem Wetterauer Anzeiger auf seinen Beinen. Ich lasse mich doch nicht von Ihnen belehren, habe Geibel empört von der Couch aus gesagt. Breitinger: Das habe mit belehren nichts zu tun. Das Gemeinwesen sei gemein, und wer an ihm nicht teilnehme, mit dem sei es nicht gemein. Geibel: Aber ich nehme doch am Gemeinwesen teil. Breitinger: Alle, so sei es doch, zahlten ihre Steuern unwillig. Er, Breitinger, willig. Rohr, Inhaber der Spenglerei Rohr, von der Gruppe unter der Lampe herüber: Wenn ich alle meine Einkünfte versteuerte, könnte ich morgen Konkurs anmelden. Allgemeines Gelächter. Breitinger: Da sehen Sie es, Geibel. Jeder mache mit dem Gemeinwesen, was er wolle, dabei sei es doch *gemein*. Geibel: Das sei eine Unverschämtheit sondergleichen. So etwas lasse er sich nicht bieten. Geibel habe einen immens roten Kopf gehabt und ein Kirschwasser trinken müssen. So etwas lasse er sich nicht bieten. Genau, habe das Tante Lenchen herübergerufen. Nichts bieten lassen! Lenchen, habe Herr Mohr gesagt, du hast doch überhaupt nicht verstanden, worum es geht. Laß doch die beiden streiten. Breitinger: Er streite nicht, er argumentiere. Mulat: Vielleicht könne er auch einfach die Leute nicht in Ruhe lassen. Lenchen: Genau! Nicht in Ruhe lassen, niemanden und nichts in Ruhe lassen! Sie werde auch nie in Ruhe gelassen, und deshalb lasse sie auch nie jemanden in Ruhe. Katja, mein Kind, dich lasse

118

ich in Ruhe, gell, denn du läßt mich auch in Ruhe und versuchst nicht andauernd, mir etwas einzureden. Katja Mohr habe nun Schossau der Dame vorgestellt. Sehr erfreut, habe er gesagt. Oh, sind Sie das wirklich, erfreut, habe das Lenchen gefragt. Da wären Sie neben meiner Katja aber der einzige. Der Schwiegersohn meiner Freundin hier hat mir heute gesagt, ich sei doch oft so entzückkend, ja wirklich, entzückend sei ich, hat er gesagt, denn er wollte mich milde stimmen für den heutigen Abend, ich habe es genau durchschaut. Ich bin heute abend aber nicht entzückend. Schossau: Das meine ich aber ganz im Gegenteil. Sie: Ach, wie galant. Endlich ein galanter Herr. Ich habe sonst nämlich nur diese Bauern um mich herum, diese Mohrschen und Adomeitschen Bauern, und dazu diesen Halberstadt, den da drüben, der meiner Freundin dauernd den Hof macht. Mit vierundsechzig! Sie müssen wissen, mein Mann Heinzgeorg ist nämlich schon am zweiten Kriegstag ... Am zweiten Kriegstag in Lubize im Krieg geblieben, habe die Familie im Chor ergänzt. Unverschämtheit, so eine Unverschämtheit, habe das Tante Lenchen gerufen. Jeanette Adomeit: Aber das interessiert den Herrn doch überhaupt nicht. Sie: Was wolle sie denn wissen, was den Herrn interessiert? Sie soll doch zu ihrem Halberstadt gehen, da drüben stehe er und schiele dauernd herüber. Zu Schossau: Dieser Halberstadt sei eine ganz unangenehme Person. Samstags erscheine er in Tenniskleidung, mit einer Tenniskappe, und hat den Schläger unter den Arm geklemmt. Abscheulich. Und sie gehen dauernd in Konzerte. Ebenfalls abscheulich. Denn nichts interessiert dich weniger als Musik, Jeannie, das mußt du doch zugeben. Also daß du, habe die Adomeit gesagt, nichts mit Musik anfangen kannst, dafür können wir nun wirklich nichts. Du mußt nicht auf alles neidisch sein. Sie: Ihre beste Zeit sei der Reichsarbeitsdienst gewesen. Die Adomeit, entsetzt: Tante, um Gottes willen, was redest du denn da? Sie: Nein, sie wolle jetzt vom Reichsarbeitsdienst erzählen. Also, wie war denn nun eigentlich Ihr Verhältnis zu meinem Bruder, habe Frau Adomeit gesagt, indem sie sich direkt an Schossau gewendet habe. Sie wolle jetzt vom Reichsarbeitsdienst reden, habe das Tante Lenchen gerufen, fast geschrien. Sofort und auf der Stelle möchte sie diesem netten Herrn vom Reichsarbeitsdienst erzählen, und sie könne ihm auch genau sagen, warum. Weil sie es nämlich immerfort verboten bekomme. Sie bekomme alles verboten. Und sie lasse sich das nicht bieten! Katja, zur Adomeit: Oma, nun wirklich. Laß sie doch. Die Adomeit: Also was macht das denn für einen Eindruck? Als hätten wir einen Nationalsozialisten in unserer Familie. Das Tante Lenchen sei hierauf in ein schreiendes Gelächter ausgebrochen, das niemand verstanden habe, und habe sich auf die Oberschenkel geschlagen. Herr Mohr flüsternd zu Frau Adomeit: Gleich holt sie ihren Parteiausweis heraus. Die Adomeit: Nein, ich habe ihr die Handtasche weggenommen. Tante Lenchen: Wo ist denn meine Handtasche? Wo ist meine Handtasche! Ich möchte diesem netten jungen Mann doch einmal meinen ... In dem Augenblick habe Frau Adomeit Schossau am Arm genommen, eine Kehrtwende gemacht und sei mit ihm von dieser Gruppe fortgeschritten. Das Lenchen sei schon etwas verdattert, habe Frau Adomeit gesagt. Man wisse gar nicht, wovon sie dauernd rede. Aber ich möchte jetzt doch wirklich einmal erfahren, wie Sie zu meinem Bruder denn eigentlich gestanden haben. Sebastians Sohn, der sie bisweilen besuche, habe ihr schon einiges von einem Herrn Schossau erzählt, er sei ihr immer als eine so nette und hilfsbereite, überhaupt freundliche Person geschildert worden. Sebastians Sohn habe es ja auch nicht so leicht gehabt mit seinem Vater. Ja, Mißverständnisse könnten sich schnell einschleichen in eine Familie, ach, wissen Sie, von Schuld zu reden, das steht ja niemandem zu. Ihr Neffe habe früher oft im Streit gelegen mit seinem Vater, genaugenommen habe dieser mit der Zeit nichts mehr mit seinem eigenen Sohn zu tun haben wollen, es stehe ihr allerdings nicht an, darüber zu richten. Ihr Neffe sei eine so freundliche, so natürliche Person, er kümmere sich auf eine ganz liebenswerte Weise um seine Familie und um seine Kinder, aber Sebastian, glaube sie, habe ihn nicht ertragen. Nicht, weil er sein Sohn gewesen ist. Es war wohl vielmehr so, daß er für ihn ein ganz x-beliebiger Mensch war. Sebastian hielt nicht viel auf Familie. Man muß sich einmal die Situation vorstellen, Sebastian und sein Sohn in einem Raum, und der Sohn beginnt von seiner Arbeit bei der Oberhessischen Stromversorgungs AG zu erzählen, dabei konnte doch Sebastian solche Gespräche auf den Tod nicht leiden. Ich glaube, er hat seinen Sohn einfach für dumm gehalten. Und seine Dummheit hat er nicht ertragen. Seine Schwiegertochter dagegen, wie Sie ja wissen, hat ihn öfter besucht, gerade am Ende, und hat sich sehr um ihn gekümmert. Aber das wissen Sie ja alles. Und ich wollte ihm noch eine Kur bezahlen. Ich hatte mir schon einen hübschen und netten Ort im Schwarzwald für ihn ausgesucht, wo er sich hätte ein wenig schonen und ku-

rieren können. Schossau: Von was denn kurieren, er sei
doch nicht krank gewesen. Sie: Aber hören Sie mal! Vielleicht hat er Ihnen ja nicht alles gesagt. Er hatte noch im
Winter eine Lungenentzündung, haben Sie davon nichts
gewußt? Schossau: Doch, freilich habe er von der Lungenentzündung gewußt, aber bei seiner, Adomeits, robu-
sten Verfassung und dank seiner Methode, sich durch
Bett und Wickel und Honigtee zu kurieren, habe er nicht
einmal einen Arzt aufsuchen müssen. Wir haben lediglich
einmal den Doktor hier am Ort kommen lassen, um ihn
abzuhorchen. Sie: Hat er sich denn wenigstens röntgen
lassen? Er: Aber nein, wieso denn. Der Doktor hatte ja
zweifelsfrei festgestellt, daß es sich um eine Lungenentzündung gehandelt hat. Sie: Das sei aber eigentümlich.
Er: Das finde er nicht. Anschließend habe sich noch eine
Diskussion, man müsse sogar sagen, ein Streit zwischen
Adomeit und dem Doktor entwickelt, weil dieser ihm unbedingt habe ein schweres Medikament verschreiben
wollen. Adomeit habe darauf bestanden, er nehme kein
Medikament, er habe schon einmal als Achtzehnjähriger
eine Lungenentzündung gehabt, da habe es weder einen
Arzt noch ein Medikament gegeben, vielmehr habe er damals mehrere Wochen im Wald verbracht, im Februar
und März. Er verspreche ihm, dem Doktor, wenn er sich
ins Bett lege und das Fieber ausschwitze, sei er in zehn
Tagen kuriert. Dann habe er den Doktor aus dem Haus
gejagt. Frau Adomeit: Wie kam es denn zu dieser Lungenentzündung? Schossau: Er habe sich erkältet beim
Spazierengehen. Er sei zum Vogelsberg gelaufen, es habe
geregnet, später gefroren, und da sei es passiert. Er sage
ihr, Adomeit sei rüstig gewesen. Und die Besuche seiner

Schwiegertochter habe er nur aus Höflichkeit über sich ergehen lassen. Kommst du, kommt wenigstens dein Mann nicht, habe er ihr gesagt. Und wenn sein Sohn Klaus dagewesen sei, habe Adomeit eine Stunde auf dem Sofa gesessen, habe die Mundwinkel verzogen, hektisch und nervös mit dem Fuß gegen das Tischbein geklopft, eine Stunde lang, bis sein Sohn wieder gegangen sei, dann habe er immer sehr hilflos dreingeschaut. Mein Sohn ist ein Idiot, habe er dann gesagt. Er arbeitet bei der Oberhessischen Stromversorgungs AG und spricht und denkt in den Begriffen der Oberhessischen Stromversorgungs AG. Immerfort rechnet er Zahlen. Er läuft im Zimmer auf und ab und sagt mir, was die Kilowattstunde kostet und wieviel Kilowattstunden die Energiesparlampe, die man bei der Oberhessischen Stromversorgungs AG bekommt, einspart. Auf den Pfennig rechnet er es mir vor. Ich sitze auf meiner Couch, ziehe eine Schnute, klopfe gegen das Tischbein, und er läuft durch den Raum und rechnet es mir auf den Pfennig aus. Er kommt in den Raum hinein und fängt sogleich an zu reden. Und nur von der Oberhessischen Stromversorgungs AG. Nicht einmal von seiner Familie, nicht einmal von seinen Söhnen Patrick und Florian, sondern von seiner Firma. Später einmal, sagt er, sollen auch meine Kinder bei der Oberhessischen Stromversorgungs AG anfangen. Es gebe Ausbildungsstellen, und die Kinder der Betriebsangehörigen werden immer vorgezogen. Frau Adomeit: Aber das ist ja erniedrigend, wie er von Klaus gesprochen hat! Daß er hat so bös reden können von seinem eigenen Sohn! Nein, vielleicht hat er Ihnen gegenüber nur übertrieben, er hat ja immer zu solchen Übertreibungen geneigt, wis-

123

sen Sie. Immer dieser grobe Humor. Sitzt da auf der Couch und zieht eine Schnute, so hat er es schon früher immer gemacht, das war einfach sein Humor. Hinten sei es wieder laut geworden. Wir müssen uns aber doch ständig daran erinnern, habe Harald Mohr gesagt, welches große Unrecht wir den Menschen angetan haben, das sei doch unsere geschichtliche Verantwortung, uns immer wieder daran und an unsere Schuld zu erinnern. Tante Lenchen: Aber wie soll sie sich an etwas erinnern, was sie überhaupt nicht erlebt hat? Dauernd soll sie sich an etwas erinnern, was sie nicht erlebt hat, und an das, was sie erlebt hat, soll sie sich nicht erinnern und soll auch nicht davon reden, nämlich vom Reichsarbeitsdienst. Er: Aber es komme doch darauf an, *wie* sie davon rede. Sie: Wie rede sie denn davon? Sie sage doch nur, was sie erlebt habe beim Reichsarbeitsdienst. Was solle sie denn da lügen oder erfinden? Sie habe doch alles selbst erlebt. Der Reichsarbeitsdienst sei ihre beste Zeit gewesen. Alle ihre Freundinnen, die jetzt tot seien, habe sie im Reichsarbeitsdienst kennengelernt, und Parteilieder hätten sie auch nur in Pommern gesungen, in Thüringen hätten sie Volkslieder gesungen, und die hätten ihr übrigens auch viel besser gefallen. Morgens beim Appell schon Parteilieder, das habe ihr nicht gelegen, da habe sie lieber Volkslieder gesungen, und die seien in Thüringen ja auch sehr schön. Das ganze Reich habe sie durch den Reichsarbeitsdienst kennengelernt, es sei das beste für sie gewesen, schließlich sei ihr Mann ja schon am zweiten Kriegstag, am zweiten September, bei Lubize gefallen, also sei sie zum Reichsarbeitsdienst gegangen. Harald, habe Frau Adomeit gesagt, du weißt doch, je mehr man ihr wider-

124

spricht, desto mehr redet sie davon. Sie möchte uns nur ärgern. Harald, zum Lenchen: Und dabei kannst du doch so entzückend sein. Sie: Sie sei aber nicht entzückend. Das habe sie schon dem jungen Mann vorhin erklärt, den man gewaltsam von ihr weggeschleppt habe, daß nämlich alle wollen, daß sie entzückend sei, sie wolle aber nicht entzückend sein, das hier sei eine ganz üble Gesellschaft von Menschen, die in eine fremde Wohnung hineinstürmen, die sie überhaupt nichts angehe, überhaupt, hier trauere ja gar niemand, alle essen und trinken und trauern nicht, nur der junge Herr da, der trauere, man sehe es ihm an, niemandem sonst sehe man es an, denn das hier sei eine verlogene und widerwärtige Gesellschaft. Jeanette Adomeit habe die Augenbrauen hochgezogen und sich nervös auf die Mundwinkel gebissen. Die Familie Mohr habe sich untereinander angeblickt. Herr Breitinger habe nach wie vor interessiert von dem Ohrensessel herübergeschaut. Der Ausfall der Tante sei aber nicht weiter aufgefallen, denn es hätten die Stimmen von mindestens zwanzig Damen und Herren im Raum gelegen. Schossau sei in die Küche gegangen und habe sich ein Bier aus dem Eisschrank geholt. Er habe dabei einen Blick durchs Fenster geworfen und gesehen, wie dort unten ein um das andere Mal Anton Wiesner durch die Straße gelaufen sei und immer zu den Fenstern der Adomeitschen Wohnung hinaufgeblickt habe. In der Stube habe sich jetzt ein Gespräch zwischen Frau Rudolf und Herrn Breitinger ergeben. Herr Breitinger habe nach wie vor im Ohrensessel gesessen, Frau Rudolf habe mit einem Likörgläschen neben ihm auf der Couch gesessen und sei reichlich beschwipst gewesen. Sie: Männer wollten sich immer streiten, sie meine, sie sollten alle lieber auf den Fußballplatz gehen, auf den Bolzplatz, die ganze Politik sollte auf den Bolzplatz, aber die Männer seien jetzt zu alt und könnten nicht mehr auf den Bolzplatz, also gingen sie in die Politik. Wie habe eigentlich der Adomeit gestanden, sie meine, politisch, sie habe ihn ja gar nicht gekannt, aber er habe einen vorzüglichen Likör dort drüben in dem Schränkchen, wie sie eben entdeckt habe. Frau Rudolf habe gekichert und sich noch ein Gläschen eingeschenkt. Letzte Woche habe sie zwei Tage nur Mineralwasser getrunken. Zwei Tage, von Dienstagmorgen bis Mittwochabend. Was für eine Selbstzucht! Aber heute dürfe sie ja. Das ist ja sogar Rosenthalporzellan, von dem ich hier gerade diese köstlichen Lachsschnittchen esse. Jetzt fällt mir auch noch die Mayonnaise herunter. Wo hat denn dieser Adomeit so ein Porzellan her? Man sehe es den Leuten aber auch nicht an. Alle geben sich arm und seien doch immer reich. Der Adomeit habe sich sein ganzes Leben lang arm gestellt, und in Wahrheit habe er immer größere Reichtümer angehäuft. Breitinger: Adomeit sei, um ihre Frage von vorhin zu beantworten, ein Sozialist gewesen, möglicherweise sogar ein Kommunist. Sie: Ach! Das hätte sie gar nicht gedacht. Wie er denn darauf komme? Breitinger: Er habe das im Gefühl. Adomeit sei nicht koscher gewesen. Sie: Jetzt reden Sie ja schon jüdisch. Die Strobel rede auch immer jüdisch. Die Strobel sage immer: So ein Schlamassel! Hahaha! Gell, Frau Strobel! Frau Strobel, trinken Sie doch ein Gläschen Orangenlikör mit uns, Sie sollen doch auch etwas vom Leben haben. Frau Strobel habe unter von der Erschöpfung und vom Rausch schweren Lidern fast bewußtlos

126

herübergeschaut und die Flasche angestarrt. Es kostet nichts, habe Frau Rudolf gesagt. Frau Strobel sei wieder in ihre vorige Haltung zurückgeglitten und habe geschwiegen. Wäre sie nicht so erschöpft gewesen, hätte sie Haß und Abscheu verspürt. Mein Gott, die Frau muß ja irgendwer nach Hause bringen, die sei ja völlig hinüber. Naja, jeder nach seiner Fasson. Wenn sie sich so zurichte! Direkt unästhetisch. Was habe er eben gesagt, der Tote sei ein Sozialist gewesen? Karl-Heinz! Karl-Heinz! Hast du das gehört! Adomeit war ein Sozialist. Rudolf: Sie solle nicht soviel trinken. Sie: Herr Breitinger habe gesagt, Adomeit sei sogar ein Kommunist gewesen. Nicht, Herr Breitinger, das haben Sie doch gesagt. Er: Er wisse ja, daß es niemanden kümmere. Es habe unsere Gesellschaft ja nie gekümmert ... Frau Munk: Sie habe immer gedacht, Adomeit sei ein Nazi gewesen. Herr Munk: Wie sie denn darauf komme. Frau Munk: Nun, er habe immer so ausgesehen. Das habe schon ihre Mutter immer gesagt. Wie der Prototyp des Nationalsozialisten. Blond sei er gewesen, blauäugig, und so streng. Immer ganz streng, hart könne man eigentlich sagen. Pfarrer Becker: Hart zu sich selbst. Sie: Im übrigen sei er verschwiegen gewesen. Wer verschwiegen sei, habe etwas zu verschweigen, und er habe doch genau zu dieser Zeit gelebt, über die alle schwiegen. Rudolf: Wer schweige denn? Mulat: Aber Adomeit sei doch kein Nationalsozialist gewesen, wie komme sie denn darauf? Adomeit sei vielmehr ein streitbarer Demokrat gewesen, er sei immer gegen alle Ideologien gewesen. Rudolf: Im Jagdhaus habe sich Adomeit aber manchmal ganz anders geäußert. Er glaube nicht, daß Adomeit ein Demokrat gewesen sei. Vielleicht sei er

Monarchist gewesen. Rohr: Oder Anarchist. Er habe heute doch das eine, morgen das andere gesagt. Er habe sich nie festlegen wollen. Becker: Diese Ansicht könne er gar nicht teilen. Adomeit habe feste Ansichten gehabt. Rohr: Welche denn? Breitinger: Viele, die früher Nationalsozialisten gewesen seien, seien später Sozialisten gewesen, das liege nicht weit auseinander. Mulat: Aber was habe denn Hitler mit Marx zu tun? Breitinger: Sehr viel. Solche wie Adomeit wüßten genau, was sie wollten, aber nach außen verwischten sie ihre Spuren. Das Gespräch, welches hier geführt werde, zeige doch ganz eindeutig, wie Adomeit verfahren sei. Er habe gewußt, wie man Spuren verwischt. Mulat: Wie verwischt man denn Spuren? Breitinger: Indem man Spuren nach überallhin legt. Kommunisten seien geschult. Man wisse nie genau, wer Kommunist sei, das sage alles. Allgemeines Gelächter. Mulat: Aha, einen Kommunisten erkennt man also daran, daß man ihn nicht erkennt! Wieder Gelächter. Breitinger: Wer einmal vom Kommunismus geschult worden sei, der komme seinem Auftrag nach, das funktioniere wie beim Pawlowschen Hund. Rudolf: Diese Frage sollten Sie einmal in der Zeitung erörtern. Tosendes Gelächter. Anschließend hätten sich alle sehr intensiv über die neue Kreismüllverordnung unterhalten. Frau Rudolf habe wieder ein Lachsschnittchen in der Hand gehalten, Mayonnaise sabbernd. Wissen Sie, Frau Munk, habe sie gesagt, ich bewundere das, ich könnte das nicht, einen ganzen Abend über Müll und Verordnungen sprechen, da würde mir gar nichts zu einfallen. Frauen sind für Politik nun einmal gänzlich ungeeignet. Und wie sich unsere Männer verstehen! Stehen da unter der Lampe und reden über Müll. Wirklich bewundernswert. Mein Gott, jetzt habe ich aber einen Witz gemacht. Frau Adomeit sei unterdessen als Gastgeberin herumgegangen, habe sich immer wieder zu den einzelnen Gruppen gesellt, für einige Minuten deren Unterhaltung beigewohnt und hier und da mit einem Satz oder einer interessierten Frage ihre sozusagen für alle gleichermaßen vorhandene Präsenz kundgetan. Ein Gastgeber, habe sie Schossau im Vorübergehen ins Ohr geflüstert, sei überall und leider zugleich nirgendwo. Kommen Sie doch herüber zu meiner Tante, dieser Herr Breitinger scheint ein gar nicht angenehmer Zeitgenosse zu sein. Diese Leute, die immer bezichtigen müssen. Es gebe Menschen, die müßten immer bezichtigen. Und nehmen Sie sich um Gottes willen noch Sekt, es ist reichlich vorhanden. Mit meiner Enkelin sind Sie ja bereits bekannt. Zur Katja: Wie schade, daß Benno nicht da ist, ich meine, nicht daß es ihn amüsiert hätte, aber es wäre für ihn interessant gewesen, einen anderen Teil deiner Verwandtschaft kennenzulernen. Sie müssen wissen, lieber Herr Schossau, der Freund meiner Enkelin erinnert in manchem an meinen Bruder. Er beobachtet gern. Sebastian hat auch gern beobachtet. Als Jugendlicher konnte er manche Personen aus dem Dorf *perfekt* nachmachen, es war ein richtiges Kabarett. Und er hat ja auch das Wetterauische, besser gesagt, das Florstädtische ganz genau beherrscht, während sie, Jeanette, eigentlich nie so richtig hat babbeln können. Beide, Benno wie Sebastian, das dürfe nicht verschwiegen werden, hätten aber auch etwas Düsteres in ihrem Wesen, auch hierin liege eine Gemeinsamkeit. Vielleicht hast du ganz recht, Katja, daß Benno nicht mitgekommen ist, es hätte ihn angestrengt und ermüdet, denn Gesellschaft ermüdet ihn, er haßt sie zuweilen richtiggehend. Ich war immer ein Gesellschaftsmensch, Sebastian war das genaue Gegenteil. Aber vielleicht teilt es sich immer so unter zwei Geschwistern auf. Hätten wir noch ein drittes Geschwisterchen gehabt, wer weiß, vielleicht wäre es dann zu einer anderen Verteilung gekommen. Das ist nämlich meine Theorie, zwei Geschwister seien mit Notwendigkeit immer gegensätzlich. Katja: Das ist aber eine eigenartige Theorie. Frau Adomeit: Du kannst das aber gar nicht wissen, denn du bist ein Einzelkind. Einzelkinder haben wiederum auch ihre Eigenart. Sie sind ichzentriert. Zwei Geschwister stehen in dauernder Konkurrenz zueinander, ein Einzelkind habe gar keinen Konkurrenten. Katja: Das sei ein seltsamer Begriff, den sie da verwende, Konkurrenz. Habe sie denn mit ihrem Bruder konkurriert? Um was denn? Frau Adomeit: Ach Katja, du hast das ja nie am eigenen Leib erfahren, wenn sich jemand so verhält wie er. Sie wolle auch gar nicht davon reden. Sie habe ihren Bruder immer sehr geliebt, aber damals habe er sich so verändert, und man habe diese Veränderung gar nicht bemerkt, das sei das Beängstigende gewesen, man habe gar nichts dagegen machen können. Als sei die ganze Zeit über ein anderer Mensch in ihm herangereift, der ganz plötzlich zum Vorschein gekommen sei, als man diesen Prozeß nicht mehr habe rückgängig machen können. Die ganze Angelegenheit mit dem Haus war wirklich scheußlich. Scheußlich! Ihr Bruder habe sich damals schlimm aufgeführt, und allen Beteiligten wäre lieber gewesen, er hätte es nicht getan und wäre so geblieben, wie er vorher gewesen sei, offen, liebevoll, den Menschen zugetan und nicht allein dem Besitz. Katja Mohr: Aber wie kann denn der Mann, der hier in dieser Wohnung gewohnt hat, dem Besitz zugetan gewesen sein, schau dich doch um! Frau Adomeit: Er hat dieses Haus zu seiner Lebensgrundlage machen wollen, und er hat es gemacht. Sie müsse sich einmal vorstellen, für einen einzigen Menschen dieses ganze Haus, denn ich, die Schwester, bin ja nur eine dumme Gans und nicht der geistige Sebastian Adomeit, ich kann ja arbeiten für das Geld und mir eine Wohnung suchen, bei mir kommt es ja nicht darauf an, ob ich in der Gosse lande oder sonstwo, denn ich stehe ja mitten im Leben und bin wie jeder andere, der Herr Sebastian Adomeit aber ist nur mit Glacéhandschuhen anzufassen, und selbst sein Starrsinn ist noch Sensibilität. Er wußte, mit diesem Haus ist er wirtschaftlich so gut wie unabhängig, und diese Unabhängigkeit, die ihn frei gemacht hat, war ihm das Wichtigste, er hat dafür alles geopfert, die ganze Familie. Bei den Griechen habe nur der als frei gegolten, der nicht für seinen Broterwerb habe aufkommen müssen. Das habe ihr Bruder früher immer erzählt. Wie böse habe sich dieser Satz später gegen sie gewendet. Gut, sie sei nicht sehr intelligent, das gebe sie zu und habe es schon immer zugegeben. Aber es gebe auch noch etwas anderes im Leben. Schließlich habe sie Kinder großgezogen, das, würde sie sagen, sei auch eine nicht geringe Leistung, wenn es nicht unziemlich wäre, allzuviel Aufhebens von Dingen zu machen, an denen wir uns ein Verdienst zuschreiben dürfen. Aber meine Lieben, warum reden wir denn immerfort von so Unangenehmem? Ich habe ihm verziehen, ich habe ihm aus ganzem Herzen verziehen, und nicht erst heute, schon seit Jahren. Hätte es nicht das Haus in Florstadt gegeben mit ihrem Bruder darin, wäre sie möglicherweise nicht einmal mehr aus England zurückgekehrt, denn man lebt sehr gut in England, und seit der Zahlung der Abfindung durch ihren ehemaligen Gatten habe sie wirtschaftlich keine Probleme mehr. Schossau: Sie sind geschieden? Frau Adomeit, zu Boden blickend: Ja. Schon seit zwanzig Jahren ist sie geschieden, habe das Tante Lenchen herübergerufen. Weil ihr Mann angeblich seine Sekretärin ... Wegen einer Sekretärin! Wer es glaubt, der wird selig. Natürlich lebe man gut in England, wenn man sich scheiden lasse und eine solche Abfindung bekomme wie sie. Ist gut, Lenchen, habe Frau Adomeit gesagt. Sie wissen ja, lieber Herr Schossau, wer den Schaden hat ... Tante Lenchen: Ach, immer die alte Leier, sie könne es nicht mehr hören, sie sei dessen überdrüssig, alles zurechtgelegt, alles über Jahre und Jahrzehnte hinweg zurechtgelegt, sie kenne alle diese Geschichten schon bis zum Überdruß auswendig, und alles sei zurechtgelegt. Frau Adomeit habe den Blick erneut zu Boden gesenkt, habe verständnisvoll mit dem Kopf geschüttelt und sachte in den Mundwinkeln gekaut. Sei freundlich zu uns, habe sie gesagt. Zu Schossau und Katja: Ich kann mich übrigens noch genau erinnern, als ich Benno zum ersten Mal begegnet bin, das war in einem Park, ich bin dort spazierengegangen mit der Tante; erinnerst du dich, Tante Lenchen, als wir dem Benno zum ersten Mal begegnet sind, im Fürstenlagergarten, es war Herbst! Tante Lenchen: Es sei ihr verboten worden, sich an etwas zu erinnern. Frau Adomeit: Aber daran darfst du dich erinnern. Tante Lenchen: Ein sehr angenehmer junger Mann. Aufrichtig, offen, ehrlich, gerade heraus, wie es sein muß für einen Herrn. Glauben Sie ihr kein Wort, Schossau, habe das Tante Lenchen gesagt, denn alle sagen immerfort, der Benno sei genau das Gegenteil, er sei kompliziert, er sei verbohrt, er sei hintenrum, alles Quatsch. Dich allerdings, Jeanette, hat er von Anfang an nicht riechen können. Du ziehst nämlich so eine Witterung hinter dir her, die einem gesunden Menschen wie dem Benno sofort auffällt. Deshalb knurren dich ja auch alle Hunde an. Du bist die Heimlichkeit in Person, und Personen wie der Benno riechen das. Frau Adomeit: Wenigstens nennst du mich nicht hinterhältig. Lenchen: Gut, nenne ich dich eben auch hinterhältig. Du hast ja schon deinen Juristen auf Abruf, mit dem du übermorgen das Haus in Besitz nehmen willst. Fünfundvierzig Jahre hast du darauf warten müssen, und jetzt willst du es dir nicht mehr nehmen lassen. Herr Halberstadt: Aber ich verstehe schon die ganze Zeit nicht, wie Sie auf diese absurden Vermutungen kommen, Frau Novak. Sie kennen doch unser Erbrecht, die Geschwister haben in einem solchen Fall wie diesem gar keine Ansprüche, und Herr Adomeit wird doch wohl kaum seine verhaßte Schwester in seinem Testament bedacht haben. Tante Lenchen zu Schossau: Da sehen Sie es! Die haben sich bereits mit allem genau befaßt. Herr Halberstadt sei übrigens Jurist, müsse er wissen. Halberstadt, zu Schossau: Gestatten, Halberstadt, Bekannter Frau Adomeits, sehr erfreut. Schossau, ihm die Hand reichend: Schossau. Herr Halberstadt habe Schossau sogleich am Arm genommen und sei mit ihm durch den Raum spaziert. Sie werden sich, habe er gesagt, sicherlich wundern über die Art des Umgangs, den die beiden Damen miteinander pflegen. Dabei sei die eine

keinesfalls der anderen abgeneigt, vielmehr seien beide
aufeinander angewiesen und steckten immerfort zusammen, sie seien die besten Freundinnen. Es handle sich bei
Frau Novak übrigens eher um eine recht weitläufige Verwandtschaft. Frau Novak sei eine, wenn er sich recht erinnere, Taufpatin eines Bruders von Herrn Mohr gewesen. Nun seien Frau Adomeit und Frau Novak schon seit
zwanzig Jahren die besten Freundinnen und besuchten
sich gegenseitig zum Tee. Freilich müsse er folgendes bedenken: Frau Novak stamme aus sehr kleinen Verhältnis-
sen, sie habe auch keine Familie, der Krieg, Sie wissen,
alles das Übliche; ihren Mann hat sie übrigens schon
recht früh verloren, sie ist Kriegswitwe. Wie auch immer.
Das alles sei übrigens sehr langweilig. Zumindest sei sie
immer recht mißgünstig, denn die kleinen Verhältnisse
sind auf die etwas größeren immer neidisch, Sie kennen
das. Und im Alter werde man zudem immer verstockter.
Was er hier erlebe an Keiferei, das sei noch gar nichts.
Keine Beleidigung, die sie ihrer Freundin nicht schon an
den Kopf geworfen hätte. Und nun die Sache mit dem
Haus, das ist natürlich auch wieder so ein weites Feld.
Frau Novak nennt es Häusersammeln. Frau Adomeit,
sagt Frau Novak, sammle Häuser, damit habe sie schon
in England begonnen. Das ist natürlich Unsinn. Das
Haus in Chesterton ist ein Geschenk ihres Gatten, der sie
schwer verletzt hat. Sie müssen sich einmal die Beleidigung für Frau Adomeit vorstellen. Beiseite, mit gesenkter
Stimme: Die Geschichte mit der Sekretärin ist tatsächlich
erfunden, sie hat nie stattgefunden. Eine Sekretärin hat
es zwar gegeben, aber es handelte sich damals um etwas
ganz anderes. Die Wahrheit aber ist so beschämend, daß

Frau Adomeit sich aus Mitgefühl mit ihrem Mann George auf diese herabgemilderte Version mit der Sekretärin einigte. Ihr Mann ist von großer Unzucht gewesen. Ein Kerl so groß wie ein Auerochse, Sie verstehen. Und mit einer so seltsam hohen und feinen Stimme. Das Haus in der Lindenallee in Heppenheim ist Frau Adomeit nur überschrieben worden, weil es zwischen der Familie Mohr und den Geschwistern Mohrs seit Jahrzehnten Erbstreitigkeiten wegen dieses Hauses gab, und Frau Adomeit genießt uneingeschränktes Vertrauen in dieser Familie. Das Haus in Bensheim habe sie sich von ihrem eigenen Geld gekauft. Alles sei immer in für jeden ersichtlicher Weise mit rechten Dingen zugegangen, und dennoch höre Frau Novak nie auf, vom Häusersammeln zu sprechen. Was das Haus von Herrn Adomeit betreffe, so sei auch die hier gefundene Regelung in jeder Hinsicht rechtens. Schossau: Welche Regelung denn? Man kenne doch noch gar kein Testament. Halberstadt: Jaja. Man habe sich vorsorglich mit dem Sohn Klaus geeinigt, denn der sei der einzige in direkter Linie. Schossau: Er glaube, er verstehe ihn im Augenblick nicht recht. Was sage er da gerade von Adomeits Sohn? In diesem Augenblick sei, überaus freundlich lächelnd, Frau Adomeit zu den beiden getreten. Trinken Sie doch noch ein Glas Sekt, meine beiden Herren. Übrigens sollten wir einmal lüften, finden Sie nicht? Valentin, habe sie zu Halberstadt gesagt, kann ich dich einmal einen Augenblick, ganz kurz ... Sie entschuldigen uns doch für einen Augenblick. Selbstverständlich, habe Schossau gesagt, derweil er sich nun wieder in der Nähe des Tisches und der beiden Lehnstühle befunden habe. Sehen Sie einmal, habe das Tante Lenchen ihm zugerufen, da reden Sie nur fünf Minuten mit diesem Juristen und sind schon kreideblaß. So ist es recht. Diese Gesellschaft von Dieben! Was hat er Ihnen denn gesagt, der schöne Herr Halberstadt? Sie habe nach seinem Arm gegriffen und ihn zu sich an den Lehnstuhl gezogen. Wissen Sie, habe sie gesagt, alle sind ja so gut zu mir, so gut. Auf so uneigennützige Weise kümmert sich meine Freundin um mich, obgleich ich so beleidigend bin. Die Wahrheit ist, sie könnte mich nicht sitzenlassen, niemals, und wissen Sie auch warum? Ich will Ihnen sagen warum. Weil sie mir dadurch recht geben würde. Triumphierend: Recht in allem würde sie mir damit geben, recht in allem! Und das wagt sie sich nicht, deshalb ist sie auf mich angewiesen. Ich weiß zuviel. Begeistert: Katja, dieser Herr Schossau versteht mich. Er läßt sich nicht täuschen. Er hat diese ganze Sippschaft sofort durchschaut. Bravo. Halberstadt sei nun zurückgekommen und habe eine wesentlich sachlichere Miene als vorher zur Schau getragen. Ähem, sagen Sie doch einmal, habe er gefragt, in welchem Verhältnis haben Sie eigentlich zu Herrn Adomeit gestanden? Passen Sie auf, Schossau, habe das Tante Lenchen gerufen. Halberstadt: Aber auf was, Frau Novak, soll denn der Herr aufpassen? Sie, zu Schossau: Sagen Sie ihm nichts, sagen Sie ihm nichts, es kann nur Ihr Unglück sein! Nun, habe Herr Halberstadt gesagt, sich an ihn, Schossau, wendend, wir sollten wieder durchs Zimmer gehen, so können wir uns in mehr Ruhe über Ihr Verhältnis zu Herrn Adomeit unterhalten. Er habe da übrigens einige Fragen. Ganz belanglose Fragen, nichts weiter. Schon habe Halberstadt nach seinem Arm greifen wollen, um mit ihm loszugehen. Schossau habe Halberstadt angeschaut. Der Mann habe plötzlich einen überaus offiziellen und geschäftsmäßigen Gesichtsausdruck gehabt. Gehen Sie nicht, gehen Sie nicht, habe das Tante Lenchen gerufen und Schossau am Arm festgehalten. Schon zum zweiten Mal an diesem Abend will man mir diesen Herrn mit Gewalt entreißen, ich dulde das nicht. Der junge Herr bleibt hier. Schossau zu Halberstadt: Er bleibe selbstverständlich bei der Dame, wenn dieses ihrem Wunsch entspricht. Nun, wie Sie wollen, habe Halberstadt gebrummelt, ihn langweile das alles ohnehin nur. Anschließend habe er sich sehr abrupt Katja Mohr zugewandt und sei mit dieser hinausgegangen. Sehr gut, habe Frau Novak gesagt. Ich habe Sie gerettet. Dieser Halberstadt will was von Ihnen, das habe ich ihm gleich angesehen. Vor solchen wie Halberstadt müsse man sich in acht nehmen. Ihm hinterher: Vor solchen Beutelschneidern! Lassen Sie sich eines gesagt sein: Nichts zu haben ist das einzige Glück auf dieser Welt. Ich habe gar nichts. Damit bin ich gegen Halberstadt resistent. Und nun geben Sie mir bitte noch ein Glas Bier. Wissen Sie, meine Bekannten hier haben mir meine Handtasche entwendet. Jetzt habe ich nicht einmal meine Leberpillen und sitze da, den Magen voll mit kaltem Braten und Schwarzbrot. Frau Novak sei sehr nachdenklich geworden. Mit dieser Welt ist nichts mehr in Ordnung. Sehen Sie, seitdem mein Mann am zweiten Kriegstag bei Lubize gefallen ist, denke ich oft, eines Tages fährst auch du nach Lubize ... ja, nach Lubize. Und dann bleibst du in Lubize, denn da gehörst du hin, schon seit dem zweiten September neunzehnhundertneununddreißig gehörst du da hin. Lubize ist bestimmt ein schöner Ort ... Sie

stelle sich ihn immer voller Birken und Holunder vor, sie
wisse überhaupt nicht, warum. Immer nachdenklicher:
Birken und Holunder ... Ja ... wie komme sie nur darauf
... wie komme sie eigentlich darauf? Plötzlich habe die
alte Frau ihn mit ganz und gar jungen und völlig begei-
sterten Augen angeschaut: Mein Gott, wissen Sie, was
ich jetzt tun werde? Ich habe Ihnen ja noch gar nicht von
meiner Zeit, von meiner *wunderbaren* Zeit beim Reichsarbeitsdienst erzählt ...

II

Wiesner habe sich von dem großen Eindruck, den Katja
Mohr beim Frühschoppen des Schützenvereins auf ihn
gemacht habe, nicht mehr lösen können. Noch Stunden
nach dieser Begegnung sei er verwirrt gewesen. Er sei
lange herumspaziert, zum Schützenstand und an die Horloff, dann habe er den Grünen Baum aufgesucht. Wieso
er nicht in die Linde gegangen sei, habe er später nicht
mehr sagen können. Möglicherweise habe er einfach
nachdenken und allein sein wollen. Im Grünen Baum
habe er erfahren, daß dort eine Familie Mohr zu Gast
sei, wegen der Beerdigung des alten Adomeit. Auch von
einer jungen Tochter sei die Rede gewesen, aber der
Name des Mädchens sei nicht gefallen, nur daß sie in
Würzburg studiere. Wiesner sei später wieder zurück an
die Horloff gelaufen, und an dieser entlang zum Flughafen. Dort habe er sich in eine Cessna gesetzt, die im
Hangar gestanden habe. Er habe einige Verhandlungen
geführt mit dem dortigen Diensthabenden unter Verheh-
lung der Tatsache, daß er betrunken sei. Wiesner habe
nämlich den Flugschein und sei berechtigt zum Fliegen.
Allerdings habe er kein Flugzeug mieten, sondern sich
lediglich in eins hineinsetzen wollen. Er sei ja verrückt,
habe der Diensthabende gesagt. Wiesner habe gesagt,
sein Flugschein sei demnächst abgelaufen, er habe kein
Geld, ihn zu erneuern, er komme nicht auf seine Stunden,
er wolle sich lediglich hineinsetzen in die Maschine, solange er noch im Besitz seines Scheines sei. Er dürfe aber
keinen Unsinn machen, habe der Diensthabende gesagt,
er gebe ihm keine Starterlaubnis. Er brauche auch keine

Starterlaubnis, habe Wiesner erwidert. In der Cessna sitzend, habe er den Motor angelassen, und der Diensthabende habe durch den Funk gedroht, er werde sofort veranlassen, daß er, Wiesner, seinen Schein verliert, wenn er nicht sofort wieder den Motor ausstellt. Wiesner sei sogar aus dem Hangar und auf die Startbahn gerollt, er habe gesagt, er starte nicht, er wolle nur einmal kurz über die Startbahn. Dann habe er Gas gegeben, aber nur für einen Augenblick, er habe nicht einmal die Nase gehoben, und am Ende der Startbahn habe er gewendet und sei zurück in den Hangar gerollt. Du siehst, habe er dem Diensthabenden gesagt, ich bin nicht gestartet. Der Diensthabende habe geantwortet, er gebe ihm, wenn er wolle, anderntags gern eine Maschine, er wisse das, denn er fliege zu wenig, er müsse mehr fliegen, sein, Wiesners, Vater habe teures Geld für diesen Flugschein gezahlt, und jetzt kümmere Wiesner sich in keiner Weise mehr um seine Fliegerei. Ach was, habe Wiesner erwidert. Er wolle nicht kostenlos eine Maschine haben. Entweder er habe Geld, eine zu mieten, oder er habe kein Geld. Und da er kein Geld habe, fliege er auch nicht, das sei nur konsequent. Nichts sei ihm so wichtig wie Konsequenz. Konsequenz müsse sein. Auch wenn niemand und nichts konsequent sei, er, Wiesner, sei konsequent, das habe er sich ein für allemal geschworen. Der Flugschein sei ihm überdies völlig egal. Er habe nur wieder einmal in einer Maschine sitzen wollen. Der Diensthabende: Er soll die Fliegerei doch nicht ganz und gar aufgeben. Er habe früher soviel Mühe darauf verwendet, er sei ein guter Flieger gewesen, und noch so jung. Allerdings habe er ihn jetzt in Verdacht, daß er betrunken sei. Eigentlich müßte er diesen

Vorfall melden. Er, Wiesner, könne sich nicht einfach in ein Flugzeug setzen und auf die Bahn rollen, das sei ja Wahnsinn. Wahnsinn, ja in der Tat, habe Wiesner gesagt, möglicherweise sei das Wahnsinn. Aber auch das sei konsequent. Im übrigen sei er in der Tat betrunken. Aber das kümmere ihn nicht, er könne auch betrunken eine Maschine steuern, der Dienstführer wisse das doch genau. Der Diensthabende habe ihm versichert, wenn er, Wiesner, wolle, solle er doch morgen kommen, oder am Mittwoch, auch da habe er Dienst, dann gebe er ihm eine Maschine, sie könnten das mit dem Geld schon irgendwie regeln, er selbst habe noch ein paar Freiflüge infolge seines Dienstes, Wiesner brauche nur den Sprit zu zahlen. Wiesner habe gesagt, er brauche keine Almosen. Der Diensthabende habe gesagt, es handle sich auch nicht um Almosen. Flieger müßten zusammenhalten. Ach was, habe Wiesner gesagt. Anschließend sei er in Richtung Stadt zurückgelaufen. Eine Zeitlang sei er durch die Horloffgärten geschlendert, hin und her und ganz versonnen, mit den Händen in den Hosentaschen. Immer wieder sei er stehengeblieben und habe die Schrebergartenbesitzer bei ihren Tätigkeiten beobachtet. Dann sei er wieder weitergelaufen. Plötzlich habe er vor dem Garten seines Vaters gestanden. Sein Vetter habe dort aufgeräumt, um Platz für das Grillfest zu schaffen, das am morgigen Montag dort habe stattfinden sollen. Ob er denn nicht auf dem Alten Feuerwachenplatz sei, habe Georg Wiesner seinen Vetter gefragt. Doch, er sei dagewesen, habe Wiesner gesagt, aber er habe die Lust verloren. Er habe auf alles das keine Lust, nicht auf das Grillfest morgen … nicht auf den Wäldchestag. Was soll das alles? Er habe

anderes zu tun. Der Vetter: Was soll was? Eine Feier ist
dazu da, daß man feiert. Die Leute feiern gern. Wiesner:
Ja, aber er habe nun einmal die Lust verloren. Überhaupt
diese Spießertypen da … mit ihren Anstellungen und Ver-
einen und Lebensversicherungen … er könne diese Leute
nicht mehr sehen. Der Vetter: Aha. Eine Gesprächspause
sei eingetreten, beide hätten sich angeschaut. Der Vetter
habe natürlich gewußt, daß ihn Wiesner ebenfalls zu diesen Spießertypen rechnet. Nun, und wie läuft es in eurer
Werkstatt? Wiesner: Wie bitte? In der Werkstatt … in
der Werkstatt läuft alles normal. Wie soll es schon laufen? Der Vetter: Er habe da irgendwas an der Zündung,
das könnten sie mal nachschauen. Magst du ein Bier?
Willst du hier mithelfen? Wir räumen gerade auf, für
morgen. Wiesner: Nein nein, kein Bier. Er sei nur gerade
zufällig vorbeispaziert. Klar könnten sie das machen, er
meine das mit der Zündung. Er soll am Mittwoch vorbeikommen, beim Bucerius draußen … Hallo Anton, was
redet ihr gerade vom Bucerius, habe der mit einem Stapel
Plastikstühle hinzutretende Hanspeter Gruber gefragt.
Gruber sei ein ehemaliger Schulkamerad von Georg und
habe gerade seinem Freund beim Herrichten des Schrebergartens geholfen. Wiesner habe ihn sofort finster und
mißgelaunt angeblickt. Er rede überhaupt nichts, habe er
gesagt, sein Vetter rede. Georg, lachend: Wir reden in der
Tat über nichts. Ich packe die Stühle erst einmal in den
Verschlag. Mein Gott, hier hinten ist ja alles voller Torf-
säcke … Wiesner habe Gruber immer noch finster angeblickt, dieser allerdings habe sich eine Bierflasche geöffnet, eine Zigarette entzündet und Wiesner ebenfalls eine
angeboten. Beide hätten Wiesners Vetter bei dessen Be-

schäftigung mit den Torfsäcken zugeschaut. Ja und? habe Wiesner immer ungeduldiger gezischt. Was ja und, habe Gruber gefragt. Wiesner: Was solle er jetzt bitte schön sagen? Das sei doch zu dämlich. Er hätte nicht hierherkommen sollen. Es sei einfach zu blöde. Wiesner habe leise gesprochen, aber völlig entnervt. Irgendwann wirst du es ihm erzählen. Irgendwann bist du so betrunken, daß du es ihm erzählst. Denn ihr seid gute Freunde, du und mein Vetter, also erzählst du es ihm. Und mein Vetter ist so scheißordentlich. Gruber habe gesagt, er sehe da überhaupt kein Problem. Allerdings habe er recht, er könnte das Geld langsam auch wieder mal gut gebrauchen. Wiesner habe es jetzt drei Monate über die Zeit. Wiesner: Über die Zeit, ja. Aber was soll er machen? Er könne nicht einfach tausend Mark herbeizaubern, er müßte es sich schon anderweitig leihen. Gruber habe gesagt, er hätte ihm das Geld nie in die Hand geben dürfen. Aber die Ute habe ihm damals so sehr in den Ohren gelegen. Verrückt von der Ute. Wiesner: Er solle die Ute aus dem Spiel lassen, von der wolle er jetzt gar nichts hören. Im übrigen hätten sie die Autos nicht so verkaufen können, wie sie gewollt hätten. Das Autohaus in Dorheim habe eine Finanzprüfung gehabt, das sei überaus schwierig gewesen. Die Papiere dürfe man sich nicht so genau anschauen. Er habe allerdings nichts damit zu tun. Er habe nur Kapital für seine Werkstatt gebraucht, eine ganz normale Werkstatt. Er hantiere nur an den Motoren herum. Er verkaufe die Autos nicht. Das mache alles Y***. Es springe sowieso kein Geld dabei heraus, das habe er jetzt schon gemerkt. Es sei zum Kotzen. Er könne ihm das Geld jetzt nicht zurückgeben. Hanspeter Gruber habe gesagt, ihn interessiere das alles überhaupt nicht, er könne reden, was er wolle. Hätte er gewußt, für was dieses *Kapital* von tausend Mark dienen soll, hätte er sowieso nie etwas gegeben. Wisse denn die Ute eigentlich, was dort beim Bucerius in der Garage passiere? Wiesner: Die Ute, immer rede er von der Ute. Er soll doch endlich mit der Ute aufhören! Übrigens sei er mit ihr gar nicht mehr zusammen, ja genau, er habe diese Freundschaft beendet ... Gruber habe gelacht. Wenn dein Vetter wüßte, habe er gesagt, was der kleine Wiesner hier für krumme Dinger macht. Mir hat die Ute damals gesagt, ihr wolltet eine Werkstatt aufmachen, im kleinen, und dafür bräuchtest du tausend Mark. Dann hat sie mir jede Menge Sicherheiten vorgehalten, und warum das Geld alsbald garantiert wieder da sein werde *etcetera*. Warum habt ihr eigentlich nicht eure Werkstatt im kleinen aufgemacht? Wiesner: Aber wir haben sie doch aufgemacht. Er mache doch gar nichts anderes als diese Werkstatt im kleinen. Jedoch unter der Hand. Deshalb gehe er *pro forma* noch in den Baumarkt. Das sei auch alles ganz zufällig so gekommen. Einer vom Echzeller Autohaus Gößwein, den Bucerius über einige Ecken kennt, war damals auf ihn zugetreten und hatte ihm dieses Angebot gemacht. Er, Wiesner, meine, es schade ja auch niemandem, oder? Die Motoren, die sie aufmöbelten, seien wie neu. Gruber habe gemeint, im Grunde habe er, Wiesner, ihn belogen, aber nicht nur das, er habe auch die Ute belogen, er habe alle belogen. Er habe nicht einmal jemanden direkt angelogen, er habe nur alles der Ute gegenüber so und so und auf eine geschickte Weise dargestellt, die habe es dem nächsten gegenüber wiederum so dargestellt, wie sie es aus seinem, Wiesners, Munde verstanden habe, also schon irgendwie falsch, und so sei dann dieses ganze Lügengebäude entstanden. Es wäre ihm, Gruber, lieber gewesen, er hätte von diesen krummen Geschichten nie etwas erfahren. Wiesner: Wieso denn krumme Geschichten? Die Motoren, sage er, seien wie neu, wie neu, es mache keinen Unterschied. Geh doch einmal in die Autowerkstatt heutzutage, da bekommst du doch auch nur denselben Mist. Wie viele Leute aus wie vielen Autohäusern hätten sie inzwischen schon kennengelernt, die die Sachen verschieben! Es laufe doch alles so! Du meinst, du bringst deinen Opel zum Opelhändler, und wenn du einen neuen Vergaser brauchst, holt der dir den aus der Pappschachtel und macht ihn rein? Du hast ja einen Vogel, so läuft das nicht. Er wisse das. Gruber: Es sei nicht legal. Wiesner: Er könne den Mist jetzt nicht mehr hören. Es sei doch alles Unsinn. Gruber: Ja, aber es ist mein Geld, dein Unsinn. Wiesner sei von dieser Begegnung ganz und gar unangenehm berührt gewesen und sei sogleich wieder gegangen. Er sei in die Linde gelaufen, habe dort Bucerius getroffen und in Erfahrung gebracht, daß am Abend die oben bereits beschriebene Feierlichkeit im Adomeitschen Haus stattfinde. Er sei anschließend unruhig umherspaziert, habe den Abend abgewartet und sich dann in die Untere Kirchgasse gestellt. Dort habe er wohl über ein Päckchen Zigaretten geraucht, immer wieder habe er zu den erleuchteten Fenstern hinaufgeblickt, er habe sich auch mehrfach überlegt, ob er nicht hinaufgehen solle, denn das beste sei es, und er habe damit immer den größtmöglichen Erfolg gehabt, einem Mädchen mitten ins Gesicht zu sagen, daß er sie kennenlernen wolle. Nichts sei seiner Ansicht nach so unvorteilhaft wie Aufgesetztheit und Unnatürlichkeit, und je länger man warte, bis man ein Mädchen anspreche, desto unnatürlicher und aufgesetzter werde man dabei und habe also immer weniger Aussicht auf Erfolg. Er werde dort oben nicht einmal auffallen, jeder stehe dort herum, und wenn er, Wiesner, da oben erscheine, wird überhaupt niemand etwas dabei finden. Wiesner habe allerdings alsbald die Lust an diesen Gedanken verloren, denn sie hätten zu nichts geführt, er sei nicht hinaufgegangen in die Adomeitsche Wohnung. Einmal habe er sogar das Gefühl gehabt, jemanden auf der anderen Straßenseite zu sehen, und dieser Jemand sei damit beschäftigt gewesen, ebenfalls auf das Adomeitsche Haus zu blicken und es genau zu beobachten. Er habe aber zuerst nicht auf diese Person geachtet, so verstiegen sei er in seine eigenen Gedanken gewesen, und als er plötzlich darauf aufmerksam geworden sei und hingeschaut habe, sei die betreffende Person nicht mehr dagewesen. Das war doch dieser Südhesse, habe er sich gesagt. Was will denn der hier? Er habe wieder Zigaretten geraucht und sich Gedanken über diesen Südhessen gemacht. Der Südhesse sei eine solche Person, die ihre Natürlichkeit völlig verloren habe, die überhaupt keine Unmittelbarkeit aufbringe, der Südhesse könne jedem nur unangenehm sein. Er habe sich in jeder Hinsicht zerdacht, diese Personen seien unangenehm, die sich in jeder Hinsicht zerdacht hätten. Dann wieder habe er sich plötzlich gesagt, daß es sich doch vielmehr bei ihm, Wiesner, um eine Person handle, die neuerdings alles zerdenke, alles dauernd zerdenke, bis nichts übriggeblieben sei, und also sei er doch genauso unangenehm. Nein, Blödsinn, habe er gedacht, er, Wiesner, denke überhaupt nicht, er sei unmittelbar. Wer, wenn nicht er, sei unmittelbar? Er sei konsequent, also unmittelbar. Dann wieder habe er gedacht (und er habe später gesagt, daß ihn alle diese Gedanken, die sich übrigens völlig ohne sein Zutun ergeben hätten, sehr nervös gemacht hätten, er habe überhaupt nicht gewußt, wieso er sie denke) – dann wieder also habe er gedacht, daß alles, was er eben über den Südhessen formuliert habe, auf den Südhessen gar nicht zutreffe, der Südhesse sei gar nicht unnatürlich, er sei vielmehr überaus rätselhaft, und der Südhesse sage ja selber, daß er bei Frauen immer Erfolg habe. So einer wie der Köbinger mit seiner Honda, gut, der sei nicht unmittelbar, der sei nicht natürlich, sondern der sei schwach, denke über alles nach und sei deshalb peinlich. Der Südhesse aber sei nicht peinlich. Ja, das ist komisch, habe er gedacht, der Südhesse ist nicht peinlich. Auf den Südhessen mußt du dein Augenmerk richten, der Südhesse könnte dir gefährlich werden. Er ist dir schon bei der Günes gefährlich geworden. Wieso eigentlich gefährlich? Er könne ihm doch nur gefährlich werden, wenn er, Wiesner, etwas von der Türkin wolle. Aber wolle er denn etwas von der Türkin? Nein, daran zu denken habe ich jetzt wirklich überhaupt keine Lust. Hat denn dieser Südhesse tatsächlich eben dort an der Häuserecke gestanden? Was soll der denn hier gewollt haben? Und wenn, dann ist er wohl nur spazierengegangen! Vielleicht war es ihm einfach unangenehm, mir zu begegnen. Ja genau, so wird es gewesen sein, das ist nämlich naheliegend, daß es ihm unangenehm ist, mir zu begegnen. Einen Moment, Wies-

147

ner, habe er sich gesagt, was sollte ihm denn unangenehm daran sein? O könnte ich doch nur diese verfluchten Gedanken abstellen und würde dort in dieses verdammte Haus hineingehen! Ein paar Augenblicke später sei der Südhesse auf ihn zugetreten. Was für eine seltsame Begegnung, habe Wiesner gesagt. Wieso denn seltsam, habe der Südhesse gefragt. Ach so, seltsam, er verstehe. Nun, in der Tat sei es wohl seltsam. Vieles sei seltsam. Andererseits sei dieses Niederflorstadt aber auch sehr klein. Er habe auf die erleuchteten Fenster gewiesen. Das sehe aus, als finde dort oben gerade ein Fest statt. Andauernd erscheinen andere Schatten hinter den Gardinen, es wird geraucht, alle sind gut gelaunt. Immer hört man jemanden lachen und sehr laut reden. Es sei kein Fest, ein Niederflorstädter sei gestorben, habe Wiesner gesagt und den Südhessen überaus prüfend angeschaut, während er von einem auf den anderen Fuß getreten sei. Der Südhesse: Aber wieso sei man dann so lustig da oben? Wer denn verstorben sei? Wiesner: Er habe Sebastian Adomeit geheißen, er sei, glaube er, Wissenschaftler gewesen, schon lange pensioniert. Komisch eigentlich, der alte Mann habe immer allein gestanden, und jetzt, wo er verstorben sei, zeige sich, daß er jede Menge Bekannte gehabt habe. Es stimmt, alle seien sehr lustig. Der Südhesse habe gesagt, diese Gesellschaften funktionierten wie Spiegel, in denen sich jeder anblicke, daher sei jeder so geschminkt und herausgeputzt wie ein Pfau. Weißt du, was die Leute gemeinhin für vernünftig halten, halte ich keineswegs für vernünftig, und ich glaube, sie halten es nicht einmal selbst für vernünftig, ich komme nur darauf, weil die Damen und Herren dort oben jetzt bestimmt herumstehen und meinen, sie redeten weiß Gott was Vernünftiges. Aber sie haben sich darauf geeinigt, daß alle so reden, sie haben eine Art von Nichtangriffspakt geschlossen, die ganze Gesellschaft hat diesen Nichtangriffspakt geschlossen, tust du mir nichts, dann tu ich dir nichts, also bin ich freundlich, so daß du auch freundlich bist, und am Ende bleibt nur die Maske, unter der die Menschen so nichtig geworden sind, so leer ... Reiße die Maske herunter, und du siehst – nichts. Aber warum dann noch der Nichtangriffspakt? Soll man nichts nicht angreifen? Das frage er sich oft. Soll man etwas, was nicht ist, nicht angreifen? Wenn ich so ein Nichts angreife, was ist dann? Er meine, was ist dann geschehen? Ist dann etwas geschehen? Ist etwas geschehen, wenn mit einem Nichts etwas geschehen sei? Wiesner habe den Südhessen erstaunt angeschaut. Und wenn ich selbst ein solches Nichts bin? Vielleicht merke ich ja gar nicht, daß ich selbst ein solches Nichts bin. Das könnte doch sein. Oder vielleicht weiß ich vielmehr schon seit langer Zeit, daß jeder so ein Nichts ist, und daß also auch ich ein ebensolches Nichts bin, was auch immer irgendeine Eitelkeit in mir über andere denken mag, denn man neigt ja dazu, sich von anderen unterscheiden zu wollen, auch wenn man sich in keiner Weise von ihnen unterscheidet. Und wenn ich dieses Nichts, also mich, angreife, ist dann etwas geschehen? Ist etwas geschehen, wenn ein Nichts, also ich, Hand an ein Nichts legt? Das sei vielleicht ein überaus logisches Problem. Wiesner: Hahaha, was seien das für Gedanken! Das seien ja wieder genau solche Gedanken, wie er, der Südhesse, sie gestern abend in der Linde dahergefaselt habe, genauso philosophisch, genauso unsinnig, er verstehe überhaupt nichts. Wiesner habe sich vor Lachen schütteln müssen, er habe plötzlich eine riesige Überlegenheit in sich gespürt, der Südhesse sei ihm als absoluter Dummkopf erschienen. Hahaha, was habe er gestern abend noch gesagt, was war es noch gleich? Ah ja: Man müsse reisen, um nicht zu reisen, oder habe er gesagt: Man müsse nicht reisen, um zu reisen? Oder was war es denn jetzt? Wie sei das alles zum Lachen. Und wieso denn überhaupt Reisen? Wie seien sie denn gestern auf Reisen gekommen, das sei doch in keiner Weise naheliegend. Wiesner sei ganz außer Atem gewesen und habe mit nasser Stirn zu dem Fenster hinaufgeblickt. Er habe jetzt eine unbändige Wut in sich aufsteigen fühlen über die Rede des Südhessen. Plötzlich habe er voller Abscheu gedacht, was müsse dieser Südhesse jetzt hier erscheinen und seinen Plan zunichte machen? Er erscheine einfach hier in dieser Gasse, genau jetzt, als habe ihn irgendein verfluchter Teufel mit Absicht genau jetzt in die Untere Kirchgasse geschickt, um seinen Plan zu vereiteln, wobei er sich übrigens habe sagen müssen, daß es völlig unausgemacht sei, um was für einen Plan es sich denn handle. Genaugenommen habe er nämlich gar keinen Plan. Er sei vielmehr nur mit einem sehr undeutlichen Vorsatz in die Kirchgasse gegangen; er habe zwar jede Mühe darauf verwandt, herauszubekommen, wo sich dieses Mädchen aus dem Adomeitschen Anhang heute abend aufhalte, aber warum er jetzt schon seit über einer Stunde hier herumstehe und was er überhaupt vorhabe, könne er gar nicht deutlich sagen. Ja, freilich, sein Vorsatz sei, in das Haus hineinzugehen und sie anzureden. Aber er gehe ja nicht hinein! Auch eben, als

150

der Südhesse erschienen sei, habe er doch keineswegs Anstalten gemacht, in das Haus hineinzugehen. Dennoch
habe seine Wut auf den Südhessen nicht nachgelassen.
Er habe ihn zutiefst gestört, er habe ihn ganz und gar
angewidert. Er habe beispielsweise gedacht: Jeden Augenblick könne dieses Mädchen, diese Mohr, deren Vornamen er nicht einmal kenne, durch die Tür kommen,
und dann stehe er hier mit diesem Idioten herum, er
könnte sie dann weder anreden, noch könnte er sich verkrümeln und in den Schatten dort hinter die Hausecke
treten. Und am Ende rede der Südhesse selbst das Mädchen an und tische ihm seine unsinnigen und unverständlichen Gedanken auf, wie er es ja auch schon bei der
Günes gemacht habe und wie er es eben bei ihm selbst,
Wiesner, wieder gemacht habe. So was von dem Hinweg,
der anders sei als der Rückweg, oder einen ähnlichen
Kram. Alles eitler Kram. Er habe sich sogar voller Wut
gesagt, daß das alles unmännlich sei und daß er nie habe
verstehen können, wieso so viele Mädchen gerade von
dem angezogen würden, was in einer so offensichtlichen
Weise unmännlich sei. Dennoch habe er nicht davon abgelassen, den Südhessen im Gespräch zu halten. Er sei
plötzlich auf einen noch viel seltsameren Gedanken verfallen und habe den Südhessen gefragt, was er wohl
glaube, warum er, Wiesner, hier gerade in dieser Gasse
herumstehe. Jetzt wird er antworten, habe er sich gesagt,
du stehst hier herum, um zu rauchen, du stehst hier
herum, um auf die Fenster des verstorbenen Adomeit zu
schauen, oder auch: du stehst hier vermutlich völlig
grundlos herum. Der Südhesse aber habe sofort und in
völliger Offenheit gesagt, er glaube, Wiesner stehe des

halb hier herum, weil er auf ein Mädchen warte. Wiesner habe einen regelrechten Wutanfall über diese Äußerung bekommen, er habe von diesem Augenblick an aber auch eine fast ehrfürchtige Abscheu vor dem Südhessen gehabt und endgültig beschlossen, sich mit dieser Person freundlich zu stellen, da er sich gesagt habe, dieser Südhesse ist dir in jeder Hinsicht überlegen. Und mit einem, der einem überlegen ist, stelle man sich tunlichst nicht schlecht. Das ist immer ein Wechsel auf die Zukunft, habe er sich gedacht. Aber im nächsten Augenblick sei er noch viel schlechterer Laune gewesen, weil er gemerkt habe, daß das gar nicht sein eigener Gedanke gewesen sei, sondern daß er ihn vielmehr von seinem Vater übernommen habe, der das nämlich auch immer sage. Und ihm, Wiesner, sei das immer als die ekelhafteste der Unterwerfungen vorgekommen. Was denn für ein Mädchen, habe er, Wiesner, gefragt, auf was denn für ein Mädchen soll er warten, wie komme der Südhesse denn überhaupt darauf, er biete ihm, glaube er, doch überhaupt keinen Anlaß für solche Vermutungen. Der Südhesse: Er habe ihn gefragt, und er habe lediglich auf seine Frage geantwortet. Ob er denn nicht auf ein Mädchen warte? Wiesner: Auf was denn für ein Mädchen, wieso denn überhaupt ein Mädchen? Der Südhesse: Auf ein Mädchen dort oben hinter den Fenstern des Verstorbenen natürlich. Das sei doch ganz naheliegend. Wiesner: Er, der Südhesse, sei wirklich ein komischer Vogel. Der Südhesse sei plötzlich zusammengefahren und überaus nachdenklich geworden, er habe sogar auf Wiesners Worte hin schmerzhaft das Gesicht verzogen. Er habe sich abgewendet und Anstalten gemacht, davonzugehen. Hör mal, habe Wiesner gesagt, was ist denn jetzt wieder los? Ich habe dich doch nicht beleidigen wollen. Er kenne ihn ja gar nicht, er könne ja nicht wissen, womit er ihn beleidige. Der Südhesse habe traurig gesagt, er habe ihn nicht beleidigt, aber er wolle jetzt gehen. Er ... er habe recht, er sei wohl ein komischer Vogel. Es sei ihm übrigens völlig egal, ob Wiesner das über ihn meine. Viele meinten, er sei ein komischer Vogel ... Er habe eine Freundin ... Das heiße, er habe sich immer etwas darunter vorzustellen versucht, was das sei, eine Freundin, aber er wisse es überhaupt nicht. Nein, er wisse es in keiner Weise. Wie auch immer. Sie heiße Katja ... Aber das könne er gleich wieder vergessen, es sei überhaupt nicht erheblich. Vielleicht heiße sie auch Marion. Oder Elke. Völlig egal. Alles sei hypothetisch. Also er wolle sie seine Freundin nennen, nur um überhaupt einen Begriff zu haben. Verstehst du, denn ohne einen Begriff, ohne einen solchen Begriff ... könne man gar nichts sagen! Jaja, habe Wiesner gesagt, er solle bloß zum Punkt kommen. Zum Punkt, ja, zum Punkt, habe der Südhesse wie in Panik gesagt. Er habe nur sagen wollen: Die Eltern seiner Freundin, um diesen Begriff zu gebrauchen, hielten ihn für einen komischen Vogel, für sehr komisch ... Wiesner, gekünstelt: Aber wieso denn? Der Südhesse: Er habe ... immer wenn er zu reden anfange, habe er ... so ein Vertrauen zu dem, der ihm zuhört, er wisse gar nicht genau, woher das komme ... Auch zu ihm, Wiesner, habe er plötzlich ein solches Vertrauen, wenn er mit ihm rede, obgleich es nicht sehr naheliegend sei, zu ihm ein Vertrauen zu haben. Wiesner: Jaja, so was hast du ja gestern auch schon über diese Türkin oder was sie war erzählt, das ist mir ganz gleich. Der Südhesse: Er traue nieman-

153

dem und habe zu allen gleich dieses Vertrauen, das sei ein Problem, ein wirkliches Problem. Folgendes habe er eigentlich sagen wollen (Wiesner habe während dieses Gefasels einen wahren Veitstanz auf der Gasse aufgeführt, Benno, der Südhesse, habe allerdings gewirkt, als nehme er davon überhaupt nichts wahr). Der Südhesse habe aber nun überraschenderweise gar nichts mehr gesagt, sondern völlig nachdenklich auf einen genau definierten Punkt vor sich auf den Gassenboden gestarrt. Sein Gesicht sei währenddessen überaus düster gewesen, dann wieder habe es sich plötzlich erhellt, der Südhesse habe nun sogar fröhlich ausgesehen, nur um im nächsten Augenblick in noch größere Düsterkeit zu verfallen. So sei es eine Weile mit ihm hin- und hergegangen. Wirklich ein komischer Vogel, habe Wiesner gedacht. Jetzt steht er hier herum und durchlebt seine Welten. Ja, er sieht wirklich so aus, als durchlebte er ganze Welten. Was für ein dichterischer Ausdruck, Welten durchleben, wo habe ich das bloß her? Das habe ich doch neulich erst gehört. Ach, die Türkin hat diesen Ausdruck gebraucht, sie hat ihn aus einem Buch zitiert. Ja, sie liest Bücher. Aber wie kommt er denn jetzt auf diese Türkin? Sie beschäftigt sich mit orientalischer Kultur, sie liest sogar Goethe. Beschäftigen, auch so ein Ausdruck. Und ich befinde mich hier in dieser Gasse, und dieser idiotische Südhesse steht da immer noch direkt neben mir und macht gar nichts mehr, steht da nur herum und starrt diesen beschissenen Punkt auf dem Gassenboden an. Was ist denn da unten? Er redet nichts mehr, er läuft aber auch nicht davon. Herrgott, wie lange soll das denn so weitergehen? So etwas habe er aber auch noch nicht erlebt. Ich weiß in keiner Weise, was es hier zu tun gilt. Plötzlich habe der Südhesse beinah einen Jubelschrei getan und sich aus seiner eigentümlichen Haltung gelöst. Er sei nun völlig euphorisch gewesen, sei auf und ab gelaufen und habe wieder irgendeine Rede begonnen, habe sich auch sogleich für nachher in der Linde mit ihm, Wiesner, verabredet; er gehe sogleich in die Linde, genau, in die Linde, das sei ein guter Einfall, das sei sogar ein sehr guter Einfall. Wieso ich darauf nicht früher gekommen bin, habe der Südhesse immer wieder gerufen, ich hatte es einfach vergessen, einfach vergessen ... dabei war es doch vormals mein Vorsatz, verstehst du! Wiesner habe gesagt, er verstehe nichts, wenn es sein, des Südhessen, Vorsatz gewesen sei, in die Linde zu gehen, dann habe ihn doch wohl nichts daran gehindert, diesem Vorsatz nachzukommen. Aber nein, habe der Südhesse begeistert gesagt, es ist alles gleichgültig, ganz gleichgültig, das meine ich doch gar nicht, ich rede doch gar nicht von der Linde, ich rede doch ... *davon!* Entschuldige, nein, ich rede einfach so, das kannst du nicht verstehen. Nein, du kannst es nicht verstehen, denn ich rede ja ganz unklar. Aber wir reden ja immer alle so unklar. Daher kommt ja alles nur zustande, weil wir alle immerfort so unklar reden! Weil der eine nie weiß, was der andere will, auch wenn er sich sein Leben lang an den Aberglauben gewöhnt, er wisse, was der andere wolle! Alle halten alles für so einfach, dabei sei alles völlig kompliziert, und wenn das alle einsähen, wenn sie diese Kompliziertheit sähen, die ja nur deshalb da ist, weil alle meinten, es sei alles so einfach, dann, ja dann wäre wirklich alles ganz einfach, denn in Wahrheit gibt es nur die Einfachheit, davon sei er, der

Südhesse, schon ganz lange überzeugt. Es ist alles ganz einfach, aber keiner wisse es, weil es jeder schon meine, bevor er es wisse. Nein, das sei nicht zu verstehen. Der Südhesse habe wie im Fieber geredet, er, Wiesner, habe geglaubt, einen völlig Betrunkenen vor sich zu haben. Es ist egal, habe der Südhesse dann leise gesagt. Plötzlich habe er Wiesner ernüchtert angeschaut. Du hältst mich für verrückt, habe er gesagt. Wiesner: Nein nein, um Gottes willen. Der Südhesse, insistierend: Doch, doch, du hältst mich für durchgedreht. Ich habe aber kein Fieber, ich bin auch nicht betrunken. Ich sehe vielmehr, glaube ich, alles jetzt sehr deutlich. Es kommt auf *alles* an, und *alles ist egal*. Alles ist gleich. Es hat mit dem, was ich sage, nichts zu tun. Mit keiner Sprache hat es etwas zu tun. Es gibt kein Ja und Nein. Es hat sie nie gegeben. Wiesner: Es gibt immer ein Ja und ein Nein. Der Südhesse: Nein. Es ist, wie wenn du auf den Mond fliegst, und weil du unterwegs stirbst, brauchst du plötzlich deine Rakete nicht mehr. Verstehst du? Wiesner habe gesagt, er verstehe überhaupt nichts mehr. Der Südhesse habe sich auch bald nachdenklich abgedreht und sei aus der Unteren Kirchgasse herausgelaufen. Wiesner habe ihm lange nachgeblickt und den Kopf geschüttelt. Was für ein Spinner, habe er gedacht. Später am Abend habe Wiesner tatsächlich noch Gelegenheit gefunden, Katja Mohr anzusprechen, aber nicht mehr in der Unteren Kirchgasse, sondern bereits wieder auf dem Weg zum Alten Feuerwachenplatz, in der Korngasse … Katja Mohr habe nach dem Ende des Leichenschmauses eine Weile damit zugebracht, den Fragen des Juristen Valentin Halberstadt auszuweichen. Er sei dabei überaus zudring-

lich vorgegangen. Offenbar habe Halberstadt zuvor beobachtet, daß Katja Mohr mit dem Antragsteller (Schossau) im Verlaufe des Leichenschmauses mehrfach im Gespräch gestanden habe, und daraus geschlossen, Katja
Mohr könne ihm näheren Aufschluß über das Verhältnis
dieser Person zu dem Erblasser Adomeit geben. Natürlich
sei die Verhaltensweise des Juristen für das Mädchen
ganz und gar widerwärtig gewesen. Halberstadt sei Katja
durch mehrere Gassen nachgelaufen und habe ihr immer
wieder angeboten, sie nach Hause zu bringen, das heiße
in die Pension. Sie allerdings habe ihm gesagt, es interessiere sie weder das Adomeithaus noch überhaupt der
ganze Besitzstand ihrer Großmutter, sie sei kein Infor-
mant, sein Verhalten sei der Gipfel der Geschmacklosig-
keit. Er laufe ihr durch die Gassen hinterher, wie peinlich
das sei, er solle das lassen. Halberstadt sei ihr aber weiter
hinterhergelaufen und habe gefragt, ob dieser Schossau
etwas von Schlüsseln erzählt habe? Frau Adomeit wolle
wissen, wer alles einen Schlüssel zu dem Haus habe. Das
ganze Haus sehe eigentümlich leer aus, möglicherweise
sei bereits gestohlen worden, zum Beispiel habe er kein
einziges elektrisches Gerät gesehen, das sei ihm gleich
aufgefallen, denn das sei doch überaus ungewöhnlich ...
nicht einmal einen Fernseher. Und sie müsse sich einmal
vorstellen: Am Ende vererbt der Adomeit an einen von
diesen Kerlen, an diesen Schuster oder Schossau oder diesen anderen. Es bestehe auch die Möglichkeit, daß der
alte Adomeit jemanden von denen adoptiert hat, das ist
heute ganz üblich. Katja sei wie angewurzelt stehengeblieben. Wieso sollte Adomeit jemanden adoptiert haben? Wie komme er denn darauf? Das ist doch völlig

abwegig. Er hatte einen Sohn. Halberstadt: Wieso wohl! Um die Erbschaftssteuer zu drücken. Katja: Jetzt reiche es ihr aber wirklich. Er scheine Adomeit mit sich selbst zu verwechseln. So eine Widerwärtigkeit. Guten Abend! Katja Mohr sei davongegangen und sei geradewegs in Richtung auf den Alten Feuerwachenplatz abgebogen, um Halberstadt abzuschütteln. Auf dem Weg dorthin sei es ihr immer wieder vorgekommen, als beobachte sie jemand. Sie habe nicht genau sagen können, woher sie dieses Gefühl gehabt habe, sie habe sich jedoch mehrfach umgedreht und tatsächlich gedacht, dieser Halberstadt laufe ihr immer noch hinterher. Sie habe aber keinen Halberstadt gesehen. Das kann aber nicht sein, habe sie gedacht, daß sich dieser Halberstadt hinter irgendwelche Hausecken drückt, so peinlich verhält er sich nicht. Vermutlich Einbildung. Da sei sie aber schon wieder stehengeblieben und habe sich umgedreht, weil sie ganz deutlich die Empfindung gehabt habe, es sei jemand hinter ihr. Die Straße habe aber leer dagelegen. Unter einer Laterne in vielleicht hundert Metern Entfernung, am anderen Ende einer Gassenflucht, habe sie Halberstadt über die Kreuzung laufen sehen, in beschwingtem Schritt. Mit einer für ihn typischen, affektierten Bewegung habe er sich eine Zigarre entzündet und den Kopf geschüttelt, als rede er mit sich selbst. Er habe dabei sogar gestikuliert, das mache er zuweilen so. Er sei nur für einen kurzen Moment sichtbar gewesen, dann sei er hinter einem Häuserblock verschwunden. Katja Mohr sei sehr nachdenklich geworden, denn es habe sie einfach nicht die Empfindung verlassen, daß da wer sei. *Benno?* habe sie plötzlich in die Dunkelheit gefragt, sie könne aber gar nicht sagen,

158

warum sie das gefragt habe. Aus irgendeinem Grund sei ihr plötzlich Benno eingefallen. Sie habe alles das übrigens nach kurzer Zeit auf ihre Nervosität geschoben und sei unter schweren Gedanken weiter durch die Gassen gelaufen. Der Gedanke an Benno habe sie aber nicht mehr losgelassen. Sie habe plötzlich eine fast unerträgliche Sehnsucht nach ihm gespürt, obgleich sie ihn den ganzen Tag über völlig vergessen gehabt habe. Ja, das sei seltsam, sie denke nicht oft an ihn, aber wenn sie an ihn denke, dann sei es fast unerträglich. Wieder sei es ihr aufgefallen, daß es für sie absolut unmöglich sei, sich auch nur einen schlüssigen Gedanken über ihn zu machen. Sie sei ja auch immer vollkommen unfähig, über ihn zu reden. Sie könne ihn verteidigen, ja, aber über ihn reden könne sie nicht und habe es noch nie gekonnt. Es sei das Eigenartigste auf der ganzen Welt mit ihr und dem Benno, anders könne sie es nicht sagen. Sie sei plötzlich auch, wie sie so durch die Gassen in Richtung auf den fernen, bunten Festplatz zu gelaufen sei und an Benno gedacht habe, sehr glücklich geworden, allerdings fast zum Zerreißen glücklich, ein Glück, das kaum auszuhalten sei, obgleich sie doch nur hier durch diese Gassen laufe und nichts, aber auch nichts geschehen sei. Die Menschen wollten immer ihr Glück, gründeten Ehen, zeugten Kinder, es gebe da ein Glücksprogramm, und sie habe dieses Glücksprogramm nie verstanden, das haben ihr ihre Eltern immer vorgeworfen. Das Glück findet hier in dieser Gasse statt, gerade eben, ohne Grund, und es ist nicht zu ertragen, es erschlägt. Man muß sich dagegen wehren. Sie habe absurderweise Tränen in sich aufsteigen fühlen, Tränen der Wut und des Glücks, und sie habe krampfhaft versucht, sie zu unterdrücken, indem sie das Gassenschild gelesen habe. Wie heiße denn diese Gasse. Ja, ja, es ist unbedingt wichtig, daß ich jetzt weiß, wie diese Gasse heißt, verdammt noch mal. Sie habe Korngasse geheißen. Korngasse, was für ein Name, ein so eigentümlicher Name, nein, nicht eigentlich eigentümlich ... Sie habe sich plötzlich gegen die Hausmauer lehnen und krampfartig weinen müssen, ohne jeden Grund. Mein Gott, was ist denn mit Ihnen los, habe ein vorbeikommender Wetterauer gefragt. Nichts, habe sie gesagt, es sei nichts. Es sei ... es sei ja nicht zu beschreiben. Bitte? habe der Wetterauer gefragt. Katja habe lachen müssen. Er, der Wetterauer, müsse wirklich entschuldigen, es sei wirklich nichts mit ihr. Nichts, was einer Erklärung bedürfe. Sie sei übrigens eigentlich keiner schlechten Laune. Sie sei gar nicht traurig. Na, das sei aber seltsam, habe der Wetterauer gesagt. Heute seien wirklich alle so seltsam. Nichts für ungut. Er habe nur fragen wollen, wegen der Tränen. Auf Wiedersehen. Katja Mohr habe noch für eine Weile dort an der Hausmauer gelehnt und den Sternenhimmel betrachtet. Sie sei schon wirklich komisch. Wenn der Benno sie jetzt so sehen würde. Sie stehe schon ganz genauso herum, wie der Benno immer herumstehe. Das da oben ist das Siebengestirn. Immerhin, habe sie sich gesagt, habe ich jetzt die unangenehme Begegnung mit diesem Halberstadt vergessen und muß nicht mehr über diese üble Person nachdenken. Nach einer Weile sei sie weitergelaufen. Auf dem Festplatz habe Musik getönt, es sei insgesamt recht laut und ausgelassen dort zugegangen, bunte Lichter hätten geleuchtet, allerdings sei die Luft schon abgekühlt gewesen. Sie habe sich noch einmal umgeschaut und sich davon überzeugt, Halberstadt endgültig abgeschüttelt zu haben. Es seien nun größtenteils junge Leute auf dem Platz gewesen, auf der Bühne habe eine Rockband gestanden und Schlager und Popsongs nachgespielt, über die man sich allgemein lustig gemacht habe. Nur am Rande hätten noch einige Senioren gesessen, ihre Schoppen gegeneinander erhoben und sich ihrerseits über die laute Jugend mit abwinkenden Bewegungen verständigt. Sie habe sich gefragt, was sie jetzt tun soll. Sich allein an einen Tisch zu setzen könne wahrscheinlich nicht lange gutgehen, irgendwer werde sich zu ihr setzen und sie anquatschen, worauf sie aber überhaupt keine Lust habe. In die Pension habe sie aber auch nicht gehen wollen. Vielleicht sei es besser, in diese Wirtschaft zu gehen, in der ihre Großmutter residiere, in die Linde. Dort werde sie zwar auch wieder diesen Halberstadt vorfinden, aber sie könne sich dort in einiger Entfernung an einen Tisch setzen und in ein paar Zeitungen hineinschauen. Die Großmutter hasse sie, weil sie in ihr, Katja, einen dauernden Vorwurf sehe. Ohne ihrer Großmutter eine Unaufrichtigkeit nachweisen zu können, halte sie sie dennoch von Grund auf für unaufrichtig, das geschehe ganz von selbst, sie könne dagegen gar nichts tun, es sei eine bloße Evidenz, es sei nicht mal ein Gedanke. Und die Großmutter spüre das, also hasse sie sie, werde aber natürlich nach außen hin nur um so freundlicher gegen sie. Und sie sei so umtriebig. Die Umtriebigkeit der Oma war auch das erste, was Benno an der Oma aufgefallen war. Daher habe sie, Katja, sich angewöhnt, der Oma gegenüber völlig passiv zu bleiben, um nur in keine ihrer Umtriebigkeiten verstrickt zu werden. Sie lasse sich weder irgendwelche Wertpapiere in irgendwelche Depots legen noch sonst was. Sie wolle mit dem Geld ihrer Großmutter nichts zu tun haben. Im übrigen sei sie der Ansicht, daß die Familien Mohr und Adomeit schon genug Geld hätten. Geld werde sehr bald zum Selbstzweck. Mit Geld könne man sich dauernd beschäftigen, und idiotischerweise habe man dann auch noch die fast metaphysische Gewißheit, man tue dabei etwas unbedingt Sinnvolles und Lebenswichtiges. Allerdings seien alle diese Gedanken, die sie sich hier gerade über das Geld und ihre Großmutter mache, in keiner Weise notwendig, man könne alles das auch anders sehen, und vor allen Dingen gebe es hierbei keinerlei Notwendigkeit, die Dinge überhaupt richtig zu sehen. Warum solle man solche Dinge richtig sehen? Warum überhaupt wollten alle immerfort alles richtig sehen? Jetzt befinde sie sich schon genau wie Benno im Stadium der höheren Begriffsauflösung. Sie sei über diesen Gedanken plötzlich so belustigt gewesen, daß sie habe laut lachen müssen. Bestimmt habe sie sehr idiotisch ausgesehen, wie sie da herumgestanden und gelacht habe, aber es sei ihr absolut gleichgültig gewesen, denn sie werde ja gleich jetzt diesen Platz wieder verlassen und sich in die Linde setzen. Dann sei ihr aus irgendwelchen Gründen das Wort *Asyl* eingefallen, und auch darüber habe sie sogleich lachen müssen, es sei ihr immer so liebenswert vorgekommen, dieses Wort vom *freundlichen Asyl*. Das ist aber sehr schön, daß Sie jetzt wieder lachen, habe der Wetterauer gesagt, dem sie vorhin in der Korngasse begegnet sei. Er habe gerade an einem Stand gestanden und sich eine Portion gesalzene Radi geholt. Radi, ißt man das hier auch, habe sie belustigt gefragt. Nein, habe der Wetterauer gesagt, das sei mehr eine Mode, eine bayrische, wissen Sie. Katja habe entgegnet, sie hätte vorhin in der Korngasse genausogut auch lachen statt weinen können, es habe sich alles mehr aus einem Zufall heraus ergeben, sie würde ihm das nie begreiflich machen können. Der Wetterauer habe ebenfalls gelacht und gesagt, das müsse sie ihm in keiner Weise begreiflich machen. Aber sagen Sie einmal, habe er plötzlich gesagt und gestutzt, woher wissen Sie denn so genau, daß das die Korngasse gewesen ist? Sie sind doch gar nicht von hier. Sie habe die Handflächen gehoben, habe wieder lachen müssen und habe gesagt, auch das sei der bloße Zufall, sie wisse es nicht. Manchmal lese man Straßenschilder, manchmal nicht. Auch dieser Gedanke sei ihr sehr lustig vorgekommen. Der Wetterauer habe ihr nun wieder einen schönen Abend gewünscht und sich abgedreht. Einen Moment, habe sie gesagt. Plötzlich habe sie nämlich Lust gehabt, doch nicht in die Linde zu gehen, sondern vielmehr sogleich irgendein Gespräch zu beginnen, am besten mit diesem Wetterauer, ein völlig unvorhergesehenes Gespräch, über irgendwas. Der Wetterauer habe sie daraufhin mit an seinen Tisch genommen. Sie habe sich jetzt in einer geselligen Runde wiedergefunden, der Wetterauer habe die Umsitzenden vorgestellt, ohne daß Katja Mohr sich habe einen Namen merken können, sie habe nicht sehr deutlich zugehört, es habe auch ein türkisches Mädchen an dem Tisch gesessen. Allerdings sei das Gespräch nicht sehr interessant gewesen, Katja sei alsbald auch wieder in ihre eigenartige Laune verfallen, zudem hätten alle an diesem Tisch untereinander irgendwelche Differenzen gehabt. Besonders

das türkische Mädchen sei zum einen zwar sehr aufgeschlossen gegen sie, den Gast, gewesen, zum anderen
aber habe es verstimmt und fast wütend gewirkt, ohne
daß sie, Katja, sich hätte begreiflich machen können,
warum das so gewesen sei. Der Wetterauer aus der Korngasse sei übrigens, ganz im Gegenteil zu dem freundlichen Eindruck, den er auf sie gemacht habe, einigermaßen aggressiv gegen einige der Anwesenden gewesen.
Dieser Wetterauer habe sich auch gar nicht weiter um
sie, Katja, gekümmert. Sie habe sich überlegt, wieso er
sie eigentlich mit Sie anrede. Dieser Wetterauer könne
nicht viel älter als sie sein, neunzehn oder zwanzig, und
dennoch sage er Sie zu ihr. Möglicherweise sei das hier
so. Irgendwann habe er aber doch etwas länger mit ihr
zu reden begonnen. Alsbald habe sie auch gesagt, er
brauche sie doch nicht mit Sie anreden, hier sage doch
niemand Sie an dem Tisch. Das mache er mit Absicht,
habe ein anderer der Dasitzenden gesagt. Er sieze fremde
Mädchen immer. Das scheine ihm exklusiv. Damit wolle
er Eindruck schinden. Mädchen, was heiße denn Mädchen, das sei aber ein eigenartiges Wort, habe der Wetterauer aus der Korngasse gesagt. Der andere: Aber er
selbst, der Wetterauer, rede doch dauernd von Mädchen.
Einerseits rede er von Mädchen, andererseits sieze er sie,
das sei doch urkomisch und überdies absolut blödsinnig,
hahaha. Der Redner sei offenbar betrunken gewesen, es
habe sich um einen von denen gehandelt, zu dem der
Wetterauer aus der Korngasse eben noch auffällig aggressiv gewesen war. Der Wetterauer habe eine entschuldi-
gende Geste zu Katja gemacht. Das sei ihm etwas peinlich, habe er gesagt. Er hätte sie nicht an diesen Tisch

holen sollen. Sie: Sie habe doch selbst darum gebeten, das sei schon okay. Er: Nein, er hätte sie nicht an diesen Tisch holen sollen. Die seien hier alle betrunken. Und sie kennten sie, Katja, nicht. Das überfordere diese Betrunkenen, sie verstehe ihn doch, oder. Der andere: Haha, du bist ja lustig. Du bist ja der totale Schauspieler. Du drehst wirklich alles so herum, wie du es gerade gebrauchen kannst. Glauben Sie, mein Fräulein, dem hier kein Wort, er unterstellt nämlich allen immer das, was er selber macht. Glauben Sie mir, doch, glauben Sie mir unbedingt. Der Redner habe nun völlig überdreht gelacht, er sei wirklich sehr betrunken gewesen. Das türkische Mädchen habe währenddessen voller Wut zu ihnen herübergestarrt. Ihr seid doch alle wirklich zu peinlich, habe der Wetterauer aus der Korngasse gesagt. Immer diese unerträglichen Launen. Das ist nicht besonders gastfreundlich gegen unseren Gast. Dein Gast, dein Gast, habe der Betrunkene gerufen, möglicherweise seien aber alle an diesem Tisch (bis auf die Türkin) betrunken gewesen. Schon gut, habe Katja gesagt, sie glaube, sie sei nicht am richtigen Platz hier, sie wolle lieber wieder gehen. Sie sei auch sehr müde, ganz plötzlich, wirklich, habe sie gesagt, obgleich sie sich gar nicht müde gefühlt habe. Aber die Situation, die durch sie binnen so kurzer Zeit eskaliert sei, sei ihr sehr unangenehm gewesen, was wisse sie, was unter diesen hier versammelten Wetterauern für Geschichten herrschten. Nein, aber nein, so bleiben Sie doch, habe der Betrunkene gesagt. Und kommen Sie bitte nicht auf den Gedanken, wir seien nicht gastfreundlich. Ein anderer der Anwesenden habe gesagt, Germanen seien niemals gastfreundlich, also seien auch die Wetterauer nicht gastfreundlich. Der Betrunkene: Wieso sind denn Germanen nicht gastfreundlich? Ich bestelle der Dame sofort ein Glas Bier, ich bin überaus gastfreundlich. Der andere: Südländer seien gastfreundlich. Germanen und Normannen dagegen sähen in allen in erster Linie eine Bedrohung. Das komme von den nur vereinzelt in der damaligen Landschaft daliegenden Gehöften, die habe man beschützen wollen. Mehrere Personen an dem Tisch hätten auf diese Ausführung hin sofort losgeprustet, und man habe das türkische Mädchen aufgefordert, eine Stellungnahme dazu abzugeben. Wozu jetzt, habe die Türkin gefragt. Na dazu, ob die Südländer gastfreundlicher seien als die Deutschen. Ja, das glaube sie schon, habe sie gesagt. Die Türken seien gastfreundlicher, sie könne nur von diesen reden. Aber diese Gastfreundlichkeit habe andererseits etwas sehr Anstrengendes. Sie glaube, die Deutschen würden sich nicht wohl bei dieser Gastfreundlichkeit fühlen, zumindest die meisten nicht. Genau, habe der Betrunkene gesagt, die Südländer seien gastfreundlich, aber anstrengend, und der Deutsche ist nicht gastfreundlich … aber ist er anstrengend? Die Türkin habe gesagt, sie finde die Deutschen nicht anstrengend. Im Gegenteil. Hier lasse sich jeder in Ruhe. Sie meine unter den Deutschen jetzt. Die seien sich alle scheißegal. Die Türken seien viel anstrengender. Der Wetterauer aus der Korngasse habe gesagt, das sei doch Quatsch, das könne man überhaupt nicht sagen. Wieso seien die Türken anstrengender? Ein Deutscher würde so etwas niemals sagen. Die Türkin: Ihr sagt ja so manches nicht. Wenn sie in der Türkei bei der Familie ihrer Großeltern sei, dann habe sie spätestens am zweiten Tag Kopfschmerzen. Sie müsse dauernd Süßkram essen, alle wollten sie versorgen, alle fragten sie nach ihren Freundschaften, dauernd werde moralisiert, ihre Eltern machten das nicht mehr, aber ihre Eltern seien auch schon lange in Deutschland. Ein anderer: Er sei mal in Neapel bei einer Familie gewesen, da habe er auch bei jedem Mittagessen sofort Kopfschmerzen bekommen, alle hätten geredet, das Telefon habe ständig geklingelt, und jeder habe dauernd von Sternzeichen geredet, und als er gesagt habe, er sei Zwilling, hätten alle auf eine so wisserische Art und Weise gelacht und ihn prüfend angeschaut, das sei schon überaus widerlich gewesen. Er glaube, Günes habe recht. Die Deutschen seien mißtrauisch, sie wollen ihre Ruhe haben, also lassen sie auch den anderen ihre Ruhe. Wenn ein Deutscher jemanden zu Gast habe, müsse der sehen, wo er bleibe. Da werde meistens gar nicht viel geredet. Die Deutschen reden ohnehin nicht viel. Ein anderer: So ein Blödsinn. Sie reden doch dauernd. Die Deutschen reden genauso viel wie alle anderen. Sie hätten neulich einen Gast aus Polen gehabt, wegen der Austauschstadt, da habe sein Vater unablässig geredet. Der Pole sei ganz verstört darüber gewesen. Er habe kein Wort verstanden, aber sein Vater habe geredet und geredet und habe gar nicht mehr aufhören wollen. Vielleicht hat er ja gedacht, er müsse den Polen unterhalten, aber ich glaube, er hat den Polen nur genervt. Genau, habe das Mädchen mit dem Namen Günes gesagt, so sei es auch in der Türkei. Sie wollten unterhalten und glauben sich höflich dabei, aber sie nerven. Das ist das Kreuz mit jeder Höflichkeit. Die Türken seien immer höflich. Sie reden aus Höflichkeit manchmal einen halben Tag, sie habe das schon erlebt, es sei mitunter kaum auszuhalten. Der Betrunkene habe nun sehr interessiert gefragt, ob sie denn Türkisch könne? Sie: Ja, klar. Ihre Eltern sprechen ja türkisch. Aber sie könne es nicht so gut wie ihre Eltern. Er: Du kannst echt Türkisch? Also er finde das überaus aufregend. Dann sag doch mal was auf türkisch! Die Türkin sei nun verschämt, aber zugleich auch komplimentiert gewesen und habe einen türkischen Satz gesprochen. Es habe sich um einen kurzen Satz gehandelt. Er: Und was heiße das? Die Türkin habe gegrinst. Das könne sie nicht sagen. Er: Aber warum denn nicht? Er möchte jetzt aber schon wissen, was das heiße. Günes habe erregt gelächelt, habe aber nicht den Sprecher angeschaut, sondern vor sich hin auf die Tischkante geblickt und den Satz übersetzt. Der Wetterauer aus der Korngasse sei über dieses Gespräch und diese Übersetzungstätigkeit in immer schlechtere Laune gekommen und habe gesagt, das sei doch alles wirklich zu idiotisch. Türken, Deutsche, was sei das denn für ein Thema? Sie machten wirklich keinen guten Eindruck auf ihren Gast. Das Mädchen mit Namen Günes habe den Wetterauer sofort haßerfüllt und abfällig angeschaut. Eindruck, ja, habe sie gesagt, sie sollen also einen Eindruck machen. Der andere habe wiederum gesagt, sie solle doch noch etwas auf türkisch sagen, das klinge so hübsch. Günes habe sofort wieder gelächelt und habe sich erneut dem betrunkenen Sprecher, der mit ihr anzubändeln versucht habe, zugewandt. Es habe geschienen, als versuche auch sie, nun aus irgendeinem Grund demonstrativ mit dem Betrunkenen zu flirten. Schon gut, habe der Wetterauer aus der Korngasse gesagt, das reiche. Er glaube, habe er zu Katja gesagt, er bringe sie besser nach Hause. Mit denen hier könne man, wie man sehe, zur Zeit kein vernünftiges Wort mehr reden. Als beide nun Anstalten gemacht hätten aufzustehen, habe die Türkin plötzlich sehr freundlich zu Katja Mohr gesagt, nein, sie solle doch noch bleiben, bitte. Das sei alles nicht so gemeint, wirklich. Katja sei erneut sehr überrascht gewesen und habe die Türkin fragend angeschaut. Hör mal, habe sie zu dem Mädchen gesagt, es tue ihr leid, aber sie verstehe von dem, was hier vorgehe, ehrlich gesagt überhaupt nichts. Sie soll es ihr nicht übelnehmen, aber sie interessiere sich eigentlich auch nicht dafür. Sie gehe jetzt lieber, dann hätten sie ihre Ruhe. Der andere habe inzwischen unablässig auf die Türkin eingeschwätzt, sie solle noch etwas auf türkisch sagen, noch irgendeinen Satz, und er habe seinem Nachbarn dabei begeistert auf den Schenkel gehauen und gesagt, das klinge überaus erotisch, wirklich, so was von erotisch klinge das, und wie rot sie dabei werde. Das Mädchen Günes habe aber gar nicht mehr zugehört, und nun sei etwas noch Seltsameres passiert. Das türkische Mädchen habe nämlich urplötzlich damit begonnen, sich mit dem Wetterauer aus der Korngasse zu streiten und ihn wütend anzuschreien. Es sei auch mehrfach der Name Ute gefallen, wobei sie, Katja, überhaupt nicht gewußt habe, um wen es sich bei dieser Ute gehandelt habe, denn es habe kein weiteres Mädchen am Tisch gesessen. Sie sei aus der Streiterei nicht weiter schlau geworden. Die Türkin habe völlig feindselig dagesessen und dem Wetterauer wütend türkische Begriffe an den Kopf geworfen – natürlich habe keiner diese Worte verstanden. Dabei habe sie den Wetterauer immer wieder von oben bis unten sehr abfällig angeschaut und mit ihrer Hand gestikuliert. Der Betrunkene habe begeistert in die Hände geklatscht und gejubelt. Der Wetterauer aus der Korngasse dagegen habe die Augen zusammengekniffen, die Türkin angeschaut und nichts weiter gesagt. Katja Mohr habe sich erhoben und gesagt, sie gehe lieber allein. Er müsse sie nicht begleiten. Der Wetterauer habe die Handflächen erhoben und mit den Schultern gezuckt. Katja sei daraufhin verschwunden. Sie sei geradewegs in die Linde gelaufen und habe dabei sofort wieder sehr deutlich an Benno denken müssen. Benno sei, sagten alle, nicht zu verstehen. Sie habe Benno aber immer verstanden. Sie verstehe nur immer mehr alle anderen nicht. Diese Wetterauer von eben zum Beispiel verstehe sie überhaupt nicht. Das türkische Mädchen habe zwar einen ganz netten Eindruck auf sie gemacht, sie könne allerdings nicht sagen, warum. Und weshalb sei sie so aggressiv gewesen gegen den Wetterauer aus der Korngasse? Aber sie habe diese Gedanken nicht länger fortgeführt, und je näher sie der Linde gekommen sei, desto deutlicher habe ihr Benno vor Augen gestanden, als müsse er gleich vor sie treten. Sie sei sehr verwirrt von dieser Vorstellung gewesen, denn sie habe sie sich nicht erklären können, möglicherweise, habe sie sich gesagt, bin ich schon hysterisch. Es sei noch eine Weile hin und her gegangen an dem Biertisch, wobei Wiesner immer mehr die Rolle dessen eingenommen habe, dem man völlig grundlos irgendwelche Vorwürfe macht. Er wisse gar nicht, was sie, Günes, die Ute angehe. Das werde auf eine ganz falsche Weise dargestellt, übrigens habe er schon längere Zeit nichts mehr mit der Ute zu tun, und in der Tat gebe es auch überhaupt keinen

Grund, sich über dieses Mädchen von eben aufzuregen, er kenne dieses Mädchen nicht, er wisse weder, wer sie sei, noch woher sie komme, sie habe ihn eben auf dem Platz dort am Bierstand angesprochen, als er die Portion Radi geholt habe, er sei ihr vormals nie begegnet. Er würde auch gern einmal wissen, in welcher Position sie, Günes, sich eigentlich befinde, ihn das alles zu fragen. Er tauche hier zufällig mit einem Mädchen auf, mit dem er noch zwei Minuten vorher überhaupt nichts zu tun gehabt habe, und sie mache ihm plötzlich eine Szene durch ihre völlig unbegründete Eifersucht. Was redest du da, du hast doch noch gestern Besuch von der Ute gehabt, habe der Betrunkene mit einem hämischen Gickern eingeworfen. Wiesner: Er solle bloß die Ute in Ruhe lassen, die gehe niemanden etwas an. Es wisse keiner, was zwischen ihm und der Ute sei. Sie habe ihn gestern besucht, ja und, was heiße das? Was bedeutet das, das möchte er jetzt aber genau wissen, habe er den Betrunkenen angefahren. Was bedeute es, daß ihn die Ute gestern besucht habe? Der Betrunkene habe abwehrend die Hände erhoben. Jaja, schon gut, es sei doch nicht so ernst gemeint, ob er denn keinen Spaß verstehe. Wiesner habe sich wieder hingesetzt. Was soll er denn der Ute verbieten, ihn zu besuchen? Die Ute hänge an ihm. Sie wüßten doch, wie schwierig es ist, solche Geschichten zu beenden. Er kenne die Ute schon seit Jahren, mein Gott, so sei das eben mit den Frauen. Der Betrunkene habe nun laut losgelacht und gesagt, es wisse doch jeder, warum die Ute ihn gestern besucht habe. Sie habe ihn deshalb besucht, weil er kurz davor gestanden habe, sich mit dem Köbinger zu prügeln, aus Eifersucht, weil dieser die Ute auf seinem

Motorrad mitgenommen habe. Auf seiner Honda. Günes habe verständnislos zwischen den beiden hin- und hergeblickt. Wer ist denn Köbinger, habe sie gefragt. Wiesner: Laß dir doch bloß alles erzählen von dem da! Na los, laß dir alles erzählen! Hör dir doch alles an und glaub auch noch daran! Hier erzählt doch jeder, was er will. Er komme hierher, bloß um ein Bier zu trinken, und plötzlich finde hier eine Gerichtsverhandlung über ihn statt, das kotze ihn an. Er gehe jetzt. Zur Günes gewandt, habe er gesagt, er verstehe sie überhaupt nicht. Sie, habe sie erwidert, verstehe ihn auch überhaupt nicht. Na, da haben wir es ja, habe er gesagt und sei gegangen. Er habe den Platz verlassen, auf die Uhr geschaut und sei zur Linde gelaufen, weil sich in ihm plötzlich der Gedanke festgesetzt habe, den Südhessen zu suchen. Er habe sich jetzt nämlich daran erinnert, daß der Südhesse vorhin in der Kirchgasse gesagt habe, er gehe in die Linde und warte dort auf ihn. Ja, so sei es gewesen, urplötzlich habe der Südhesse so einen eigenartigen Einfall gehabt und habe völlig euphorisiert gerufen, er gehe in die Linde und warte dort auf ihn. Ach, zu ärgerlich, habe Wiesner auf dem Weg gedacht, es sei aber auch eine zu dumme Begegnung hier eben mit dem Mädchen auf dem Platz gewesen. Er hätte sich es denken können. Aber wie hätte er es anders einrichten sollen? Im Grunde genommen habe ihm diese Katja zwei wunderbare Gelegenheiten gegeben, so unauffällig wie möglich mit ihr ins Gespräch zu kommen. Zum einen in der Korngasse, da hätte sie auch jeder andere sofort angesprochen, denn ein weinendes Mädchen könne man nicht allein in der Gasse herumstehen lassen, das gehört sich nicht und sei daher ideal für eine

Begegnung. Und zum anderen hat sie selbst ihn vorhin aufgefordert, sie am Tisch einzuführen, sollte er da etwa nein sagen? Das hätte ein eigenartiges Licht auf ihn geworfen und wäre grundfalsch gewesen, denn worauf es ankomme, sei, immer so natürlich wie möglich zu erscheinen und nie, auch nicht einmal ansatzweise, zum Vorschein kommen zu lassen, daß man irgendwelche Absichten hege. Und er hege Absichten. Jaja, er gebe sich es ganz deutlich zu, er hege Absichten. Und weiter? Was soll das bedeuten? Wieso soll er denn keine Absichten hegen? Es hege doch jeder Absichten. Sie geben es nur alle nicht zu. Er, Wiesner, gebe es zu. Nein, Wiesner, nein, habe er sich gesagt und sei wieder in eine andere Stimmung verfallen. Das ist alles widerwärtig, was du da denkst. Was sollen das denn für Absichten sein? Ich hege gar keine Absichten. Übrigens bin ich dem Mädchen nur ganz zufällig begegnet vorhin in der Korngasse. Jeder hätte sie angesprochen. Wiesner sei nun in ganz und gar romantische und deshalb notgedrungen eher bildhafte als worthaltige Gedanken gefallen, er habe voller Begeisterung den Sternenhimmel betrachtet. Träumend durch die Gassen laufend, sei er auf den Südhessen gestoßen. Völlig entgeistert habe Wiesner ihn angeschaut. Um ein Haar wäre er an einer Straßenecke gegen ihn gerempelt. Zum Teufel, wo komme der denn her, habe er sich gefragt und dabei einen Ausruf der Überraschung getan. Na, habe der Südhesse gefragt, und bist du deinem Mädchen begegnet? Wiesner, nervös: Welchem Mädchen denn? Der Südhesse: Dem Mädchen, auf das du in der Kirchgasse unter dem Fenster des Verstorbenen gewartet hast. Vielleicht handelt es sich um eine Verwandte des Verstorbenen. Wiesner habe gesagt, soweit er sich erinnere, habe er, der Südhesse, vorhin von einem Mädchen gesprochen, ja. Aber er habe dann wieder so schnell und auf seine eigenartige Weise überraschend das Thema gewechselt, daß er gar nicht dazu gekommen sei, ihm zu widersprechen, denn natürlich habe er nicht auf ein Mädchen gewartet, er stelle sich nämlich nicht in Gassen und warte dort auf Mädchen, so einer sei er nicht. Er habe nur nachdenken wollen, deshalb sei er vorhin durch die Kirchgasse gelaufen, es handle sich bei allem um einen absoluten Zufall. Er finde es aber seltsam, daß *sie beide* sich dauernd begegnen. Das durch Zufall zu erklären würde den Begriff Zufall ein bißchen überstrapazieren. Der Südhesse: Sie begegneten sich vermutlich deshalb ständig, weil sie ganz einfach dieselben Wege und Ziele verfolgten. Wiesner habe den Südhessen nachdenklich angeschaut. Was meint der jetzt mit *Wegen und Zielen?* Sagt der das einfach so daher, oder meint er damit etwas Bestimmtes? Ist er am Ende auch schon dem Mädchen begegnet oder läuft er ihr sogar schon die ganze Zeit hinterher? Aber nein, Wiesner, wieso denn, du läufst dem Mädchen doch gar nicht hinterher, du begegnest ihm doch bloß aus Zufall, dem Mädchen. Ja, dem Mädchen schon, aber dem Südhessen nicht. Und das Idiotische ist, daß ich ihn nicht einmal fragen kann, diesen Scheißsüdhessen, denn wenn ich ihn nach diesem Mädchen frage, mache ich ihn vielleicht erst auf es aufmerksam. Dann wüßte er auch, daß ich Absichten hege, und könnte diese Absichten dem Mädchen bei einer zufälligen Begegnung verraten, dann wäre die ganze Natürlichkeit hin. Verdammt! Und wieso redet dieser Kerl von Wegen und Zielen? Und davon, daß wir dieselben hätten? Wiesner habe sich für einen Augenblick sehr konzentriert und überlegt, was er jetzt am besten tun soll, um eine Begegnung zwischen dem Südhessen und Katja Mohr zu verhindern, zumindest heute abend. Er habe den Südhessen aufgefordert, einen Augenblick zu warten, dann sei er in eine Telefonzelle gegangen und habe bei seinem Freund Bucerius angerufen. Während er telefoniert habe, habe er den in der Gasse herumstehenden Südhessen beobachtet. Der Südhesse habe traurig ausgesehen. Er habe sich nach vorne und hinten bewegt, als würde er sich wiegen, wie ein Jude. Man habe den Eindruck gewinnen können, er schaue meilenweit durch die von ihm betrachteten Häuser hindurch und nehme sie gar nicht wahr, man habe aber auch genausogut den Eindruck gewinnen können, er schaue genau auf die Häuser, auf den Bordstein, die Laterne und werde dadurch nur noch um so trauriger. Dann habe er in die Telefonzelle hineingeschaut und gelächelt. Wiesner habe, telefonierend, ebenfalls gelächelt, sei sich dabei aber sofort so blöde vorgekommen, daß er ein wütendes Gesicht gezogen habe. Übrigens habe er Bucerius genau beschrieben, was der Südhesse dort draußen in der Gasse gerade mache. Jetzt lächelt er auch noch, habe er gesagt. Möglicherweise verfolge der Südhesse in allem einen genauen Plan und wolle ihn tyrannisieren, habe er gedacht. Möglicherweise sei er, Wiesner, auch nur sehr nervös und aufgekratzt infolge des Mädchens. Er habe gar nicht an sie denken dürfen, sofort habe ihn Schwindel erfaßt. Nein, auch Bucerius erzählst du nichts, habe er sich gesagt, während er mit ihm telefoniert habe. Das Mädchen, ja, das Mädchen. Watte habe sich auf sein Ohr gelegt.

Was für eine groteske Szene, habe er sich gesagt. Da stehst du hier in dieser Telefonzelle, vor dir der Idiot in der Gasse, und bekommst einen romantischen Anfall. Hör mal, habe er gesagt, als er aus der Telefonzelle herausgetreten sei, wenn wir hier schon von Wegen und Zielen sprechen, Bucerius sagt, er habe jetzt ein paar Bekannte auf dem Hof, er komme nicht mehr in die Stadt, aber wir könnten zu ihm hinauslaufen, das ist nicht mehr als eine Viertelstunde. Jetzt schaut er, habe Wiesner sich gesagt, mich wieder an, als durchforste er mein ganzes Gesicht nach Gründen, warum ich diesen Vorschlag mache. Der Südhesse habe nach einer Weile gesagt, das sei eine grandiose Idee, wobei er, Wiesner, nun auch wieder nicht gewußt habe, was so grandios an dieser Idee sein soll. Unter der Einschärfung des Gedankens, auch dieses Mädchen bedeute nichts, denn Mädchen bedeuteten gar nichts, es komme in keiner Weise auf sie an, das sei der rechte Umgang damit, habe er mit dem Südhessen den Weg aus der Stadt hinaus angetreten. Der Südhesse sei die ganze Zeit schweigend neben ihm hergelaufen. Auch auf dem Hof sei er völlig schweigend geblieben, er habe seltsamerweise nicht einmal die Leute begrüßt, die dort gewesen seien. Er habe zuerst an einer Scheunenwand herumgestanden und zum Feuer geblickt, später habe er sich dann an das Feuer gesetzt, habe aber die ganze Zeit gar nichts gesagt, und Wiesner hätte nicht einmal behaupten können, daß ihm das sehr unrecht gewesen wäre. Es seien vielleicht fünfzehn Personen da gewesen. Einige Bierkästen hätten herumgestanden, Peter Leimer, ein ehemaliger Schulkamerad, habe sein Auto herangefahren, die Türen geöffnet und sehr laut Musik angemacht. Mit der Zeit seien mehr Leute gekommen, einige Liebespaare, Wiesner habe endlich wieder seine alte, souveräne Rolle einnehmen können und sich in die verschiedensten Gespräche verloren. Er habe auch wieder begeistert von seiner bevorstehenden Reise berichtet. Währenddessen habe der Südhesse die ganze Zeit auf einem Balken gesessen und stumm ins Feuer geblickt. Wiesner habe sich ein wenig über ihn geärgert, denn er habe wieder einen ganz und gar pathetischen Eindruck gemacht, wie er dort, auf seinem Balken sitzend, ins Feuer gestarrt und gar nichts gesagt habe, ganz im Gegensatz zu allen anderen Anwesenden. Und wenn ihn ein Mädchen angesprochen habe, habe er freundlich gelächelt und tatsächlich immer ein kurzes Gespräch mit dem betreffenden Mädchen geführt, nein, es sei nichts, er sitze hier nur, um zu sitzen, er betrachte das Feuer, nichts weiter, das gefalle ihm im Augenblick so. Damit habe er wieder Eindruck geschunden, offenbar habe dieser Südhesse in keinem Augenblick davon ablassen können, Eindruck zu schinden. Allerdings habe Wiesner den Südhessen auch immer wieder vergessen, bis er plötzlich nicht mehr dagewesen sei. Wiesner habe ihn eine Zeitlang gesucht, aber keiner habe sagen können, wo der Südhesse sei und wann er gegangen sei. Mist, habe sich Wiesner gesagt, jetzt hänge er hier fest auf dem Buceriushof, und das Mädchen sei in der Stadt. Mit einem weiteren Bier habe Wiesner diese Gedanken weggespült. Ein kleiner, aggressiver Streit sei entstanden, weil einige Leute Techno hören und dazu tanzen wollten, den anderen dieses aber als nicht kommunikativ genug erschien. Dennoch habe man sich alsbald des Leimerschen Wagens bemächtigt und

Technomusik gespielt, so daß die Scheunenwände gewackelt hätten. Am Feuer hätten einige Liebespaare geknutscht. Bucerius sei in die Stadt gefahren, um Zigaretten zu holen. Für eine Weile sei auch Günes dagewesen, habe Wiesner aber nicht beachtet, sondern getanzt, dann sei sie in Begleitung des Betrunkenen von vorhin wieder weggefahren. Wiesner sei es völlig gleichgütig gewesen. Geschichten wie mit der Günes gebe es zuhauf. Das seien bloß Knutschgeschichten, das dauere ein paar Nächte. Er habe jetzt sogar einigermaßen aggressiv gedacht, die Türkin habe einen hübschen Hintern gehabt, in der Tat. Und sie habe gut geküßt. Ja, wie andere auch. Er habe alle Möglichkeiten, Schluß mit der Türkin. Er habe sich jetzt geändert, er brauche so etwas nicht und er wolle es auch nicht mehr. Die Ute sei ja auch nicht so gewesen. An der Ute habe er ja schon bewiesen, daß er das viel grundlegender sehe, nicht bloß so von einem Geknutsche am Lagerfeuer zum nächsten. Er habe immer etwas gesucht, ja, und jetzt habe er es gefunden, und nur weil er es vorher nie gefunden habe, auch in der Ute nicht, seien alle diese Geschichten zustande gekommen, zum Beispiel die mit der Günes. Naja, habe er sich gesagt, jetzt tu der Günes mal kein Unrecht. Es war ein fairer Vertrag, sie hat keine Probleme damit, ich nicht. Es war ein ... ein Irrtum. Ja, vieles ist ein Irrtum. Als die Günes wieder gegangen sei, habe sie zu ihm geschaut und die Mundwinkel eingezogen mit einer etwas resignierenden Geste. Er habe daraufhin gelächelt, sie habe zurückgelächelt. So löst sich das. Wiesner habe anschließend nur um so befreiter seine Gespräche wiederaufgenommen. Es seien nun auch Jüngere dazugekommen und neben der Scheune herumgehüpft, mit bloßem Oberkörper und mit auffordernden Gesten. Hier und da sei einer von den Tänzern ohne Kontrolle in die das Lagerfeuer Umsitzenden gestolpert, das habe dann immer gleich zu aggressiven Szenen geführt. Andere seien wiederum als Schlichter aufgetreten. Ihm, Wiesner, sei es vorgekommen, als werde die Musik immer lauter. Später sei Kurts Vater auf dem Plan erschienen und habe seinen Sohn gesucht, offenbar, um sich bei diesem zu beschweren. Weil er ihn nicht gefunden habe, habe er sich mit Wiesner besprochen. Die Musik sei zu laut, das höre man bis Oberflorstadt hinüber, er könne sich gar nicht vorstellen, wie ein Autoradio so durchdringend sein könne. Das seien die Subwoover, habe ein Umstehender gesagt. Die hämmern alles weg. So, habe der alte Bucerius zerknirscht gesagt. Zu Wiesner: Und wenn das immer mehr Leute werden, könne man es am Ende nicht kontrollieren, sie sollten ein wenig aufpassen, finde er. Solange sein Sohn nicht da sei, müsse wenigstens er, Wiesner, achtgeben. Er sollte den Leuten auch sagen, daß sie nicht in die Werkstatt gehen sollen. Das könnte teuer werden, die Leute seien betrunken. Und kenne er denn alle diese Leute? Wiesner: Nein, die kommen einfach so. In diesem Augenblick sei Kurt Bucerius zurückgekehrt, und zwar in Begleitung Katja Mohrs. Die Musik sei daraufhin auf den gemeinsamen Einspruch von Wiesner und Bucerius ein wenig leiser geworden. Wiesner sei in die Werkstatt gegangen und habe dort ein Liebespaar angetroffen, das er hinausgeworfen habe. Okay, okay, nur keinen Streß, habe der dort mit seinem Mädchen Angetroffene gesagt. Er mache keinen Streß, habe Wiesner gesagt, er wolle hier lediglich absperren, die Party laufe draußen ab, nicht hier drinnen. Wiesner habe sich zuerst demonstrativ an Bucerius gehalten und noch ein paar Gespräche geführt, bis ihn der Zufall schließlich und endlich an Katja Mohr herangeführt habe. Er habe beglückt wahrgenommen, daß das Mädchen sich völlig automatisch an ihn gehalten habe, denn ihn habe sie bereits gekannt. Sie habe ein bißchen vom alten Adomeit erzählt, und daß ihre Familie sie langweile, deshalb sei sie ganz froh, heute abend noch einmal herausgekommen zu sein, sonst hätte sie die ganze Zeit bei ihrer Oma herumsitzen müssen. Sie habe sich Zigaretten von ihm geschnorrt, habe eine Weile mit ihm herumgestanden, dann habe sie getanzt und hin und wieder zu ihm herübergelächelt. Anschließend habe sie wieder bei ihm gestanden, sie hätten über irgendwelche Sachen gesprochen, und Wiesner sei insgesamt überglücklich gewesen. Ein paarmal habe er das Mädchen sogar gegen die Zudringlichkeiten einiger anderer Gäste verteidigen können, die Katja Mohr aufgefordert hätten, mit ihnen zu tanzen oder Wodka zu trinken *etcetera*. Sie tanze sonst nicht auf Techno, habe sie gesagt, aber heute wolle sie tanzen, es sei ihr so zumute. Es sei so seltsam, hier in diesem Licht des Feuers, der Geruch von Stroh um sie herum, und dazu diese Musik. Ihr Freund tanze nie. Wiesner sei von diesem Satz vernichtet worden wie durch einen gezielten Kopfschuß. Sie habe einen Freund! Er habe sich gefühlt, als müsse sein Kopf platzen. Einen Freund, sie hat einen Freund, habe es in seinem Schädel gehämmert. Wie gut immerhin und was für ein glücklicher Zufall, daß der Südhesse vorhin so überraschend vom Buceriushof verschwunden sei. Laß dir nur nichts

180

anmerken, nur nichts anmerken lassen, habe er sich gesagt. So, sie hat also einen Freund, aber das ist mir doch ganz gleichgültig, denn sie selbst ist mir doch ganz gleichgültig. Ja, denn Frauen seien gleichgültig, und wenn sie es nicht mehr seien, dann sei das bereits der erste Schritt ins Unglück. Ihre Haare scheinen ganz warm zu duften. Und wie diese Augen dich, also mich, anblicken! Und was du jetzt bekommst, Wiesner, habe Wiesner sich gesagt, sind weiche Knie. Aber die darfst du nicht bekommen. Sie ist egal. Alles ist egal. Ja genau, der Südhesse hat es vorhin gesagt, alles ist egal. Und wie es denn mit ihrem Freund sei, ob sie glücklich sei, habe er Katja Mohr im Ton völliger Aufrichtigkeit gefragt. Glücklich, habe Katja Mohr gesagt und habe die Achseln gezuckt. Das wisse sie nicht. Sie wisse nicht, was das heißen soll, glücklich. Vielleicht heiße glücklich sein nur, daß alles in einem schweigt. Wiesner habe ihr Gesicht angeschaut, ihre Lippen, ihren Blick, er sei völlig hin und weg gewesen, dann erst habe er gemerkt, daß ihn ihre Antwort total erschlagen habe. Was für eine Antwort! Glücklich sein heiße, daß alles in einem schweigt. Diese Antwort habe ihm die Socken ausgezogen, sie habe ihm sogar völlig die Stimme verschlagen. Er habe zwar in keiner Weise gewußt, was dieser Satz habe sagen sollen, aber er sei ihm in diesem Augenblick als der poetischste Satz vorgekommen, den ein Mädchen auf dieser Welt nur sprechen könne. Und sie habe ihn zu ihm, Wiesner, gesprochen. Dennoch habe er alle Mühe darauf verwendet, so unbeteiligt und unbetroffen wie möglich zu wirken, und er habe sich gesagt, er sei nicht nur routiniert genug, den rechten Eindruck von Unbeteiligtheit bei ihr zu erzeugen, sondern er müsse sich nicht einmal Mühe dahingehend geben, da sie ohnehin sehr zutraulich gewesen sei. Für ihn, Wiesner, sei es wie der Himmel auf Erden gewesen, das Mädchen habe einfach so Sätze von großer Vertraulichkeit zu ihm gesprochen. Heute unternimmst du gar nichts, habe er sich gesagt, alles werde von selbst geschehen. Vielleicht lehnt sie sich sogar mit ihrem Kopf alsbald an deine Schulter, so ein Abend sei es nämlich, und selbst wenn sie es nicht tut, du bist dennoch glücklich. Sie habe ihren Kopf allerdings nicht gegen seine Schulter gelehnt, und als eine Gruppe von Florstädtern aufgebrochen sei, um in die Stadt zu fahren, habe sie sich diesen angeschlossen, um zu ihrem Gasthof zu kommen. Wiesner sei selig zurückgeblieben. Sag mal, du hast dich aber ganz schön verliebt, kann das sein, habe Bucerius gefragt. Wiesner sei über diese Frage sehr erstaunt gewesen, denn er habe gemeint, seine Haltung diesem Mädchen gegenüber könne nicht auffällig gewesen sein. Er habe lediglich mit den Schultern gezuckt. Mit der Zeit hätten die Leute die Lust am Tanzen verloren und sich über die Musik beschwert, die zu leise sei. Mißstimmung habe sich breitgemacht, einige der unbekannten Gäste hätten Bucerius und seinen Hof als langweilig und lausig bezeichnet. Sie hätten beschlossen, woanders weiterzufeiern, und seien geschlossen, johlend und noch immer mit nackten Oberkörpern abgerückt, hier und da ein Gerät oder einen Schemel umstoßend. Die Musik habe nun wieder gewechselt, aus dem Leimerschen Wagen seien nun ältere, leisere Lieder herausgeklungen, mit Gitarren, Lieder aus einer ganz anderen Zeit. Eine nachdenkliche, geradezu besinnliche Stimmung habe sich breitgemacht, die Leute hätten allesamt nach Abzug der tanzenden Technoleute eine Weile stumm ins Feuer geblickt und dem Knistern zugehört. Selbst die Liebespaare hätten einfach nebeneinander gesessen, die Ellbogen auf den Knien, und geraucht und ins Feuer gestarrt. He Mann, wie lange habe ich keine Janis Joplin mehr gehört, habe jemand gesagt. Janis Joplin sei noch was gewesen, wirklich was. Nicht dieser Mist von heute. Ein anderer: Janis Joplin habe noch was zu sagen gehabt. Wiederum ein anderer: Genau. Diese Gespräche seien im Ton großer Nachdenklichkeit geführt worden, vom einen Rand des Feuers zum nächsten, und man habe die Bierflaschen dabei wie zur endgültigen Verbrüderung aneinandergestoßen. Hier und da sei gerülpst worden. Nach einiger Zeit sei auch plötzlich wieder der Südhesse dagewesen und habe wie vorher auf seinem Balken gesessen und ins Feuer gestarrt. Von Florstadt her habe man den Kirchturm Mitternacht schlagen hören. So, jetzt sei es auch schon wieder Montag, habe einer der Anwesenden gesagt. Man habe ihn erstaunt angeschaut, wie er denn so was Prosaisches sagen könne. Immerhin habe dieser prosaische Satz dazu geführt, daß wieder einige Gespräche in Gang gekommen seien, und nach wenigen Minuten bereits habe man über die Musik und die dadurch in Gang gekommene Stimmung gefeixt. Erneut Bier und Zigaretten. Der Südhesse habe die ganze Zeit unverrückt auf seinem Balken gesessen und gar nichts gemacht. Hin und wieder habe er an seiner Bierflasche getrunken, habe dabei aber immer unverwandt mit halb zusammengekniffenen Augen in die Flammen gestarrt, als beobachte er dort etwas sehr genau, von dem er lieber die Augen nicht lassen sollte, oder als komme er unerhört

verstrickten und sehr weitab liegenden Gedankengängen
nach. Schon die Art, wie er nach seiner Bierflasche gegriffen habe, ohne nach ihr zu schauen, mit einer traumwandlerischen Sicherheit, habe Wiesner bereits wieder zu schaffen gemacht. Er sitzt da am Feuer wie ein Westernheld, habe er sich gedacht. Dann sei der Südhesse aufgestanden, sei zwei Schritte zum Feuer gegangen und habe sich eine Zigarette entzündet. Es wäre eine Form des Beweises gewesen, habe er gesagt. Bitte? habe Wiesner entgegnet. Es wäre um diesen Beweis gegangen, um sonst nichts, habe der Südhesse gesagt. O weh, habe Wiesner sich gedacht, jetzt kommt wieder so eine philosophische Auslassung. Laut: Was wolle er denn beweisen? Der Südhesse: Immer rede man von sich, und immer meine man *das andere*, sei ihm das nie aufgefallen? Immer rede ich von mir, von meinem Ich, und rede doch immer nur von dem anderen. Von dem, das ich nicht bin. Ihr seid alle nicht ihr, sondern immer das andere. Wiesner: Von welchem anderen rede er? Der Südhesse habe ihn angeschaut. Offenbar habe er sich darüber gewundert, nicht verstanden zu werden. Habe ich Hunger, esse ich Brot. Ist mir kalt, gehe ich ans Feuer. Bin ich einsam, suche ich mir eine Frau. Oder ich trinke Bier. Das ist alles. So läuft das. Und am Ende redet ihr alle von eurem Ich, obgleich es für euch nie vorhanden war, weniger noch als das Bier. Weniger als die Mädchen. Es war nie bewiesen, es gibt allerdings einen Beweis. Wiesner habe kein Wort verstanden. Welchen Beweis meine er denn? Wieso er denn plötzlich von den Leuten hier rede? Der Südhesse: Man hätte zum Beispiel eine Pistole nehmen und gegen den eigenen Kopf richten können, das wäre eine Form für

184

den Beweis gewesen. Ob er das nicht verstehe, habe der Südhesse plötzlich sehr aggressiv gefragt. Wiesner: Aber das habe er auch schon gemacht. Einer seiner Onkel sei Jäger, der habe eine Pistole, die habe er, Wiesner, schon zweimal gegen seinen Kopf gerichtet, einmal mit fünfzehn, ein andermal mit siebzehn, immer unter dem Gedankenexperiment, gleich abzudrücken. Beim ersten Mal habe ihm sein Onkel die Waffe aus der Hand genommen und habe gesagt, er spinne wohl, beim zweiten Mal habe er gesagt, wo eine Waffe sei, nehme auch immer irgendwer mit einer Notwendigkeit diese in seine Hand und halte sie an seinen Kopf, aber abgedrückt habe noch keiner, er, der Onkel, übrigens auch nicht. Das sei doch alles eitel, jeder könne eine Waffe an seinen Kopf halten und irgendwas behaupten, wo sei denn da der Beweis? Beweis für was überhaupt? Der Südhesse habe wiederum die Augen zusammengekniffen und in die Flammen geschaut. Auch die anderen hätten nun zugehört. Er wisse, daß das eitel sei, habe der Südhesse nach einer Weile gesagt. Die Geschichte der Menschen bestehe immer daraus, sich diese Waffe an den Kopf zu setzen. Aber das sei noch nicht der Beweis. Es sei nur wieder das andere. Der Beweis sei, die Pistole an den Kopf zu setzen und abzudrücken. Erst das sei der Beweis. Alle hätten den Südhessen schockiert angeschaut. Mit der Zeit sei dann allen aufgefallen, daß sie überhaupt nicht verstanden hätten, wovon der Südhesse gesprochen habe. Genau, abdrükken, habe einer gesagt. Abdrücken, mit der Waffe, das sei der Beweis, genau, habe ein anderer gesagt. Ein dritter: Ach was, jeder wolle mal Schluß machen mit dieser Scheiße. Ein vierter: Solange es hier noch Bier gibt, kann die Scheiße noch nicht so groß sein. Ein anderer: Reden könne jeder. Wiesner: Genau, reden könne jeder. Aber er, der Südhesse, rede ja auch nur, andauernd rede er, und hätte er einmal abgedrückt, würde er jetzt auch nicht reden. Wo ist denn die Waffe, sehe ich ein Loch in deinem Kopf, nein, also! Ein zweiter: Ich häng mich sofort auf. Doch wirklich, ich häng mich sofort auf. Mich macht das Gerede ganz depressiv. Ich habe sowieso eine depressive Phase. Ein anderer: Trink ein Bier. Wißt ihr, habe wieder ein anderer gesagt, das liegt doch nur an der Musik, die wir gehört haben. Wer hat überhaupt diesen Janisjoplinquatsch angemacht, da könne man ja nur depressiv bei werden. Andere: Genau! Bierflaschen seien geöffnet worden. Wieder sei Stille eingekehrt. Wollt ihr Abba hören? Ich habe auch, Moment, hier habe ich auch Roxette. Die anderen: Hauptsache was Partymäßiges. Und während Peter Leimer an seinem Radio herumhantiert habe und alle erwartungsvoll irgendwohin geschaut hätten, sei der Südhesse in ein infernalisches Gelächter ausgebrochen, viel zu hoch und absolut krankhaft, wie Wiesner gedacht habe. Dieses Lachen habe etwa drei oder vier Sekunden gedauert, dann sei es ebenso abrupt wieder abgebrochen. Alle hätten ihn noch viel schockierter angeschaut als vorher. Der Südhesse sei darauf wortlos aufgestanden und gegangen. Er habe kreidebleich ausgesehen. Es sei eine gespenstische Szene gewesen. Wo gehst du denn hin, habe Wiesner ihm nachgerufen. Weg, habe der Südhesse gesagt. Weg, habe Wiesner wiederholt, das sei ja sehr informativ. Was soll das denn heißen, weg? Der Südhesse habe nicht geantwortet und sei vom Hof heruntergelaufen. Wiesner sei völlig verdutzt zurückgeblieben. Was sei denn das für ein Verrückter, habe man gefragt. Der sei ja total depressiv gewesen. Und wie der die ganze Zeit da rumgehockt habe, ohne jede Bewegung, wie eine Statue. Man habe sich ernsthaft überlegt, ob man ein Kommando bilden solle, um dem Südhessen hinterherzugehen. So ein Quatsch, hätten andere entgegnet. Hätte der eine Waffe, hätte er mit ihr rumgefuchtelt bei seinem Auftritt, hundert pro, das sage ich euch. Immerhin hätten sich aus dem Vorfall mit dem Südhessen nun wieder die verschiedensten Gespräche ergeben, die einen hätten angefangen, über ihre Beziehungskrisen zu sprechen, andere hätten insgesamt vom Sinn des Lebens oder des Daseins gesprochen, wieder andere seien ins Haus gegangen, um nach weiteren Bierkästen zu suchen. Am nächsten Morgen habe man sich an all das kaum noch erinnert. Die Überreste der Gesellschaft, eingeschmolzen auf vielleicht acht Leute, hätten teilweise an einem langen Holztisch vor der Scheune gesessen und gefrühstückt, andere hätten aufgeräumt, Kronkorken aufgelesen *etcetera*. Zwei Florstädter, die zum Bäcker gefahren seien, um Croissants zu holen, hätten bei ihrer Rückkehr davon berichtet, den Südhessen in überaus ruhiger Seelenlage angetroffen zu haben, wie er beim Bäcker am Stehtisch Kaffee getrunken habe. Auch das habe zur allgemeinen Entspannung beigetragen, da man ja, wie gesagt, noch in der Nacht hatte ein Kommando bilden wollen aus Sorge um ihn. Geiler Morgen, habe Peter Leimer gesagt und sich mit hochgekrempelten Ärmeln an den Tisch gesetzt. Endlich mal ein bißchen kühler. Man habe sich rundherum wohl gefühlt, und auch Wiesner sei von allem völlig unbelastet gewesen, weder von Gedanken an den Südhessen, noch von

Vorstellungen, die Katja Mohr oder Ute betroffen hätten. Bier und Käse seien auf den Tisch gekommen, es sei ein kräftiges Frühstück geworden, man habe aus Leimers Tabaksbeutel Zigaretten gedreht und geraucht. Altenmünster, geil, habe Peter Leimer gesagt und sei begeistert darüber gewesen, daß er ein Bier mit einem Bügelverschluß getrunken habe, hier am Maimorgen, bei Sonnenschein an einem Holztisch, unter einer frischen Ulme auf dem Buceriushof. Zur gleichen Zeit seien in Florstadt Harald Mohr und Frau Adomeit in großer Eile aus der Gastwirtschaft *Zur Linde* herausgetreten. Auf dem Vorplatz habe der Lastwagen der Bensheimer Mineralwasserfirma gestanden. Beide hätten sich nach links und nach rechts umgeschaut, dann seien sie schnell eingestiegen. Und was ist mit Herrn Halberstadt, habe Harald Mohr gefragt. Nein, habe Frau Adomeit geantwortet, nein nein. Valentin müsse nicht alles wissen. Und was, habe er beim Einsteigen gefragt, habe sie Herrn Halberstadt gesagt? Gesagt, wieso denn gesagt? Sie müsse ihm gar nichts sagen. Hier gehe es um die Familie und um sonst niemanden, und Valentin gehöre nicht zur Familie. Im übrigen rede Valentin zuviel, besonders in diesen Dingen, er sei nämlich überaus eitel. Er habe schon mit diesem Schossauer oder Ossauer gestern abend zuviel geredet. Ich habe überhaupt niemandem etwas gesagt. Und ich hoffe, du hast deiner anstrengenden Tochter auch nichts gesagt. Nein, niemandem, habe Harald Mohr geantwortet. Sie: Was stehen wir hier also herum? Los jetzt, bevor uns noch jemand sieht. Der Lindenwirt habe währenddessen auf der Terrasse gestanden, habe sich am Hinterkopf gekratzt und diesem überaus seltsamen Gespräch zugehört, ohne ihm irgendeine weitere Beachtung zu schenken. Es sei gegen halb zehn gewesen. Schuster habe zu dieser Zeit einen Spaziergang gemacht, der ihn durch die Untere Kirchgasse geführt habe. Dort habe er sich auf eine Bank gesetzt und sehr eigenartige Beobachtungen gemacht. Zuerst habe Frau Mohr an der Haustür gestanden, habe an der Klinke gerüttelt und *Harald, Ha-rald!* gerufen, dann sei ein fremder Mann vorbeigekommen. Beide hätten ein kurzes Gespräch geführt, dem Schuster entnommen habe, daß der Mann Halberstadt sei. Halberstadt sei bald weitergegangen, alsbald auch Frau Mohr. Nach einer Weile sei Halberstadt erneut in die Untere Kirchgasse vor das Adomeitsche Haus getreten. Er habe sich nach links und nach rechts umgeblickt, dann habe er in seine Tasche gegriffen und einen Schlüssel herausgeholt, mit dem er die Haustür aufgeschlossen habe. Er sei in das Haus getreten und habe hinter sich die Tür wieder abgeschlossen. Schuster habe einige Minuten abgewartet, dann sei er ebenfalls eingetreten, denn er habe wissen wollen, was da drinnen vor sich gehe. Unten im Erdgeschoß habe er die Wohnungstür offenstehen sehen. Es habe sich um die Wohnung gehandelt, die Adomeit bis vor einigen Jahren an Dritte vermietet gehabt habe. Er sei eingetreten. Niemand sei dort gewesen. Die Wohnung habe sich in einem völlig leergeräumten Zustand befunden, aber die Verschläge, die in den Winkeln der Zimmer angebracht seien, seien geöffnet gewesen, offenbar hatte Halberstadt nach etwas gesucht. Aber wonach? Über sich habe Schuster Schritte in der Adomeitschen Wohnung gehört. Es habe geklungen, als öffne man dort Schränke und Schreibtischläden. Schuster sei nun die Treppen hinaufgestiegen. Oben habe die Wohnungstür offen gestanden, in der Küche habe Licht gebrannt, der Kühlschrank habe ebenfalls offen gestanden. Halberstadt habe sich in der Stube befunden. Er habe gerade vor dem Fenster gestanden und in ein Canapé hineingebissen, das wohl von der gestrigen Totenfeier übriggeblieben war. Anschließend habe er sich den Mund abgewischt. Schuster sei zurückgetreten, um nicht gesehen zu werden. Halberstadt habe dort am Fenster längere Zeit herumgestanden. Er habe offensichtlich sehr genau, vielleicht aber auch einfach nur aus Langeweile, beobachtet, was unten auf der Straße vor sich gegangen sei. Währenddessen habe er eine Zigarette geraucht. Dann sei er zum Schreibtisch gegangen und habe die Schublade geöffnet. Er habe die einzelnen Schreibhefte und Papiere herausgeholt und vor sich auf den Tisch ausgebreitet. Währenddessen habe er sich in ein Taschentuch geschneuzt. Dann habe er die Papiere gemustert und sich hier und da ein Wort oder eine Zahlenreihe halblaut vorgelesen. Manche Papiere habe er einfach zerrissen und auf den Boden geworfen. Mitunter habe er laut aufgelacht. Dann sei er wieder aufgestanden und erneut in die Küche gelaufen, um sich etwas aus dem Kühlschrank zu holen. Schuster habe von seiner Warte aus betrachten können, wie dieser Halberstadt alle diese Canapés mit Bewegungen, die seinem sonstigen Gehabe in keiner Weise entsprochen hätten und alles andere als *gentlemanlike* gewesen seien, in sich hineingeschlungen habe. Dann habe er in den Papieren Adomeits weitergekramt. Anschließend sei er aufgestanden, sei ziellos durch die Stube gelaufen und schließlich vor der Standuhr Adomeits stehengeblieben. Er habe sie interessiert beobachtet, habe die Augen zusammengekniffen und sich umgeschaut. Plötzlich sei er in ein Lachen ausgebrochen. Zu dumm, wirklich zu dumm, habe er gesagt. Er habe die Glastür der Uhr geöffnet und sie wieder sinnlos zugeworfen. Denselben Vorgang habe er mehrfach wiederholt, bis die Tür einen Sprung bekommen habe. Eieiei, habe Halberstadt gesagt. Dann habe er interessiert an den Seilen und den eichelförmigen Gewichten gezogen, ohne jede Rücksicht auf die Mechanik der Uhr, sondern vielmehr mit einem offensichtlichen Zerstörungswillen, gepaart mit einem kindlichen Interesse an der Apparatur. Dann wieder, nachdem er die Uhr zum Stillstand gebracht und völlig ruiniert habe, habe er das Interesse an ihr verloren und sich erneut dem Schreibtisch zugewandt. Diesmal habe er sich weniger für die darin liegenden Papiere interessiert, sondern dafür, wie die Türen und Schubladen zu öffnen und zu schließen seien, ob der in einer Schale liegende Federhalter funktioniere und die Bleistifte gespitzt seien *etcetera*. Auf dem Schreibtisch habe eine Federwerksuhr gestanden, mit Glockenton. Halberstadt habe den Glockenton erklingen lassen. Etwa eine halbe Minute lang habe er die Uhr immer wieder zurückgedreht und dadurch immer wieder, mit einem abwegigen Interesse, den Glockenton hervorgebracht, dann habe er die Uhr beiseite geworfen und irgend etwas gemurmelt. Anschließend habe er die beiseite auf die Couch geworfene Uhr wieder an sich genommen, habe erneut den Ton produziert, um zu sehen, ob die Uhr trotz seinem Wurf noch funktioniere, und habe sie eingesteckt, es habe sich um eine kleine, kaum faustgroße Uhr gehandelt. Dann wieder habe sich Halberstadt, der offenbar ohne rechte Beschäftigung in der Wohnung gewesen sei (woher habe er überhaupt die Schlüssel gehabt?), den Papieren und Schriften zugewendet. Etwas in diesen Schriften habe offenbar seine Aufmerksamkeit erregt, so daß er einige Papiere aus den betreffenden Heften ausgerissen, gefaltet und eingesteckt habe. Sieh an, sieh an, habe er gesagt. Plötzlich habe das Telefon geklingelt. Halberstadt habe es nachdenklich angeschaut. Dann habe er mit einem Male sogar abgehoben, den Hörer für einen Augenblick gemustert und *Adomeit* gesagt. *Doch, Adomeit*, habe er gesagt, er sei erkältet. Das Gegenüber habe aber offensichtlich gleich wieder aufgehängt, denn Halberstadt habe enttäuscht, sogar entgeistert den Hörer angestarrt und ihn anschließend einfach auf den Tisch gelegt. In diesem Augenblick sei sein Blick auf das Jesuskreuz gefallen, das ihm gegenüber an der Wand hing. Er sei aufgestanden und habe es betrachtet. Es habe sich um das Kreuz gehandelt, das Sebastian Adomeits Vater etwa neunzehnhundertzehn vom Bildschnitzer Neudorf erworben habe. Halberstadt habe das Kreuz sehr nachdenklich betrachtet, es abgenommen, hin und her gedreht und anschließend wieder an die Wand gehängt. Anschließend sei er in die Zimmerecke neben das Fenster gegangen, so daß Schuster ihn nicht mehr habe sehen können. Allerdings habe er nun ein Geräusch gehört. Schuster sei in den Türrahmen getreten, um zu sehen, was gerade passiere. Halberstadt habe dort in der Stubenecke sein Wasser abgeschlagen. Er habe seinen Kopf nach hinten gedreht, habe Schuster völlig ausdruckslos in den Blick genommen und sei fortgefahren, sein Wasser in die Zimmerecke zu lassen. Anschließend habe er sich geordnet und wieder vor das Kreuz gestellt, dieses betrachtend. Er habe gedacht, habe er gesagt, Adomeit sei Atheist gewesen. Er selber sei übrigens Atheist. Er halte das Christentum für Besserwisserei. Offenbar sei sich dieser Adomeit darüber aber nicht im klaren gewesen. Er sei niemals in die Kirche gegangen. Und dennoch habe er hier ein Kreuz hängen. Das sei die schlimmste Form der Halbherzigkeit, oder etwa nicht? Wie heiße er überhaupt? Schuster habe keine Antwort gegeben. Und wie komme er hier überhaupt herein? Na, das sei ja auch egal, die Polizei werde sich darum kümmern. Solche wie ihn, den Unbekannten, gebe es überall. Eindringlinge. Er habe einen Schlüssel? Schuster: Und woher habe er, Halberstadt, seinen Schlüssel? Halberstadt habe aufgelacht. Von der Haushälterin, von wem denn sonst? Er habe ein Papier vom Schreibtisch genommen. Schauen Sie einmal, er hat sogar seine Kirchensteuer bezahlt, bis zuletzt. So ein lächerlicher Kerl. Die Menschen glaubten, etwas zu verstehen, aber sie verstünden nichts. Gar nichts verstünden sie. Weil sie nur ihren eigenartigen Ideen aufsäßen. Weil sie nicht einsehen wollten, aus einem Anachronismus heraus übrigens, was entscheidend sei. Schuster: Was sei denn entscheidend? Halberstadt habe ihn entgeistert angeschaut. Entscheidend sei man selbst. Was denn sonst? Übrigens, habe er das alles eben nicht schon gesagt? Er müsse sich so oft wiederholen. Die Menschen verstünden nicht, denn die Menschen hätten keinen Verstand. Als Kind sei er in den Gottesdienst gegangen, da sei er sogar Meßdiener gewesen. Wie lächerlich. Als Kind, ja. Wie dumm man sei. Wäre die Welt nur nicht so dumm! Finden Sie die Welt nicht auch überaus dumm, habe Halberstadt gefragt und einen ganzen Stoß der Adomeitschen Papiere in den Papierkorb geworfen. Seiner Ansicht nach habe dieser Greis gesponnen. Er habe sich mit Vögeln beschäftigt, wußten Sie das? Ganze Dossiers über Vögel habe er angelegt, aus völlig unklaren Motiven heraus. Halberstadt habe nun den Telefonhörer genommen, bei der Polizei angerufen und einen Einbruch in der Unteren Kirchgasse fünfzehn gemeldet. Dann habe er zum Fenster hinausgeblickt. Rotkehlchen, habe er gesagt, Nachtigallen, als Kind habe er mit einer Steinschleuder auf die Vögel geschossen, er wisse im übrigen bis heute nicht, was das alles für Vögel seien, und er müsse sagen, es sei ihm absolut gleichgültig. Ja wirklich, gleichgültig. Die Vögel machten nur Lärm. Und Dreck. Ekelhaft seien sie, die Vögel. Hm, unschuldig, es ist bestimmt die Unschuld, weswegen die Leute so vernarrt in Vögel seien, denn Vögel hätten so etwas Unschuldiges. Die Leute seien immer in Unschuldiges vernarrt. Die Vögel, die jungen Mädchen, die kleinen Kinder, alles dasselbe. Oh, wie dumm das alles sei. Am wenigsten könne er die Kleinheit ertragen. Alles sei so klein in dieser Welt. Man müsse ein Mikroskop benutzen, um sie zu sehen, alle diese kleinen Menschen. Sie sind bald so klein, die Menschen, daß sie ins Nichts verschwinden, ins Nichts. Wie wenn man etwas immer mehr schrumpft, bis es ganz klein sei, dann noch kleiner, und plötzlich – weg! Der mathematische Punkt des eigenen Ich. Andererseits, er liebe die Menschen, wenn sie als Zahlen erscheinen, ohne Ausdehnung, Material, verstehen Sie, Material, denn was nicht entscheidend ist, was überhaupt gar nicht ist, ist Material. Zahlenkolonnen, das gefalle ihm, das ist vernünftig. Übrigens langweile ihn das alles unendlich, habe Halberstadt gesagt, das Kreuz musternd. Der linke Arm ist doch zu lang, ist Ihnen das nicht aufgefallen? Der linke Arm dieses Christus ist eindeutig zu lang. Das kann ich Ihnen beweisen, habe Halberstadt gesagt und Schuster nun überaus interessiert, ja begeistert angeschaut. Er habe das Kreuz wieder von der Wand genommen, sei mit ihm zum Schreibtisch gelaufen, habe ein kleines Lineal genommen und damit zu messen begonnen, Oberarm plus Unterarm, erst rechts, dann links. Wie ich Ihnen gesagt habe, habe Halberstadt im Triumph gesagt. Mindestens einen halben Zentimeter zu lang ist dieser linke Arm. Dann kürzen Sie ihn doch, habe Schuster gesagt. Gar nicht dumm, wirklich gar nicht dumm, habe Halberstadt gerufen. Aber es handle sich um ein Andenkenstück, so etwas verschandle man nicht, obgleich die Verbesserung ja keine Verschandelung sein könne, das wäre ja widersinnig. Widersinnig, habe Schuster wiederholt. Der arme Mann, habe Halberstadt gesagt, indem er das Kreuz wieder an die Wand gehängt habe. Oh, wie ist das alles so einfach zu durchschauen, er, Halberstadt, habe das alles schon mit fünfundzwanzig Jahren durchschaut gehabt. Viel wichtiger als alles andere ist die Betriebsführung. Schuster: Wie bitte? Halberstadt: Sehen Sie, das verstehen Sie nicht, wenn ich sage, viel wichtiger als alles andere ist die Betriebsführung, denn Sie sind zu dumm, um das zu verstehen, weil Sie nicht denken können, er, Halberstadt, sei es aber absolut überdrüssig, immer alles und vor allem die einfachsten Grundlagen deshalb erklären zu müssen, weil seine Zuhörer zu dumm seien. Am Ende bleibe nur die Zahl und die Naturwissenschaft, denn nichts anderes sei ja auch bei ihm, Halberstadt, übriggeblieben, bei ihm allerdings auf dem Wege des Denkens, aber da die Menschen zu dumm seien, müßten sie es auf anderem Wege lernen. Allerdings handle es sich um eine Utopie. Hm, haha, ja genau. Es sei wirklich überaus einfach, aber eine Utopie. Die Krankenhäuser müßten abgeschafft werden, das sei das erste. Natürlich sei das das erste, denn alles andere sei Unsinn. Und keine moralischen Fragen, nur keine Fragen der Moral. Die Moral ist ein Selbstbedienungsladen. Es sei alles so unglaublich langweilig. Jeder Mensch, der ihm entgegentrete, sei schon erkannt und durchschaut, es sei nur eine Frage der Technik. Am Ende bleibe nichts. Schuster: Nur die Zahl und die Naturwissenschaft. Halberstadt: Genau. Aber auch das sei vollkommen gleichgültig, denn es gehe gar nicht um die Menschen. Zweitausend Jahre habe es geheißen, die Menschen, die Menschen. Aber wo seien sie denn, die Menschen? Ich sage Ihnen, sie brauchen nur drei oder vier Begriffe, und sie haben alles verstanden, und der Preis, den sie dafür zu zahlen haben werden, ist … Schuster: Ist die Langweile. Halberstadt: Sie nenne ich einen rechten Adepten. Sie sind dieser Schuster, habe ich recht? Den anderen, den Schossau, habe ich gestern kennengelernt. Auch so einer. Wissen Sie was? Sie müssen lernen. Ja wirklich, vertrauen Sie mir, ich kann Ihnen etwas beibringen, obgleich es natürlich völlig gleichgültig ist, ob Sie etwas lernen oder nicht, denn es führt ja zu nichts. Halberstadt sei in seiner Belehrung, die offenbar ohne jeden Inhalt gewesen sei, allerdings nicht fortgefahren, sondern habe sich eine weitere Zigarette angezündet und habe sich mit dem Rücken zu ihm, Schuster, an das Fenster gestellt. Er habe dort in der Stubenecke gestanden und wieder sehr interessiert zum Fenster hinausgeschaut. Als Kind habe er Wünsche gehabt, Vorstellungen, ja, in der Tat. Hm. Ja wirklich, er habe so etwas gehabt. Er habe zum Beispiel unbedingt nach Amerika gewollt. Amerika sei ihm besser vorgekommen. Die großen Firmen! Die Betriebsführung! Oder er habe unbedingt einen Segelflieger mit Leintuchsegeln haben wollen. Mit Leintuchsegeln! Mit siebzehn habe er ein Mädchen namens Jutta begehrt, Jutta Morath. Diese Morath sei gewesen wie von einer anderen Welt. Wenn er sie gesehen habe, habe er nicht mehr denken können. Er sei völlig auf den Hund gekommen gewesen. Halberstadt habe gelacht. Oh, es sei von großer Reinheit gewesen, von großer Unschuld. Oder habe er ihr auf den Po gestarrt, vielleicht habe er ihr auf den Po gestarrt, und auf den Busen? Vielleicht sei es das gewesen? Sie habe nämlich damals schon einen Busen gehabt, nicht groß, aber einen Busen. Er habe sie nicht bekommen, nein, haha. Und nach Amerika sei er damals auch nicht gereist. Damals nicht, heute ja. Heute sei es ihm bedeutungslos. Heute sei ihm das alles langweilig bis zum Überdruß. Diese Morath habe er neulich geschieden. Auch so eine aus dem Millionenheer, eine Nummer, eine Sozialversichertennummer von dreiundsechzig Jahren. Dreiundsechzig. Wie von einer anderen Welt. Eine andere Welt, habe Halberstadt gesagt und habe nach wie vor in der Zimmerecke gestanden. Er habe immer abwegiger geredet. Und alle machten sich Theorien zurecht, welche Rolle er, Halberstadt, spiele. Haha, welche Rolle spiele er denn? Er spiele jede beliebige. Er sei über all das hinaus. Vielleicht sei es die Enkelin, vielleicht sei es allein die

Enkelin, sie sei neunzehn, ob sie unschuldig sei, wisse er nicht, haha. Vielleicht sei sie unschuldig, vielleicht nicht. Ihr Freund sei ein komplett Verrückter, habe Halberstadt gesagt, das spreche für ihre Unschuld. Na, da kommt ja die Polizei. Die Unschuld, die gehöre weg, die sei anmaßend. Wieder habe er gelacht. Sie heiße Katja, aber das sei völlig gleichgültig, es langweile ihn. Schuster: Ist Ihnen eigentlich aufgefallen, worin Sie die ganze Zeit herumstehen? Halberstadt habe entgeistert unter sich geschaut und die Füße gehoben. Schuster habe daraufhin die Wohnung verlassen und sich gesagt, daß er noch nie so etwas Ekelhaftes erlebt habe. Unten an der Tür sei er Wachtmeister X begegnet. Schuster habe ihn in den ersten Stock geschickt, dann sei er in die Linde gegangen ... Wiesner habe den Vormittag bis dahin folgendermaßen zugebracht: Er sei gegen Viertel nach zehn Uhr in bester Laune vom Hof seines Freundes aufgebrochen und sei nach Hause gegangen. Sein Vater habe im Garten gestanden und gerade den Mäher angelassen, Wiesner habe sich sofort bereit erklärt, den hinteren Rasen zu mähen. Herr Wiesner habe später gesagt, daß ihn das Verhalten seines Sohnes sehr gewundert habe, denn normalerweise würde sein Sohn niemals auf die Idee kommen, freiwillig irgendeine Arbeit zu machen. Es habe ihn auch gewundert, daß sein Sohn so guter Laune gewesen sei, denn wenn er sonst nach Haus komme, mache er meistens ein Gesicht, als sei ihm irgendwas unangenehm und als fürchte er, irgendwelche Fragen gestellt zu bekommen. Diesmal aber sei er von sich aus sehr gesprächig gewesen. Herr Wiesner habe ihn gefragt, wann er denn heute zum Grillfest kommen werde, und habe gesagt, die Ute habe gestern angerufen, er sollte sie vielleicht zurückrufen. Wiesner habe auf alles das sehr freundlich geantwortet und dann gemäht. Später habe Herr Wiesner vom Balkon aus nachdenklich seinen Sohn beim Mähen betrachtet. Sein Sohn habe auf eine kaum nachvollziehbare Weise glücklich dabei ausgesehen, er habe sogar sehr akkurat gemäht, voller Aufmerksamkeit. Herr Wiesner sei ins Haus gegangen und habe sehr verwundert seiner Frau von der plötzlichen Wandlung ihres Sohnes erzählt ... Der Nachbar X habe nun von seinem Zaun herübergefuchtelt, Wiesner habe den Rasenmäher ausgeschaltet und sei zu X hingegangen. Dieser habe sich darüber beschwert, es sei Feiertag, es sei Pfingstmontag, da könne man nicht mähen. Stimmt, habe Wiesner gesagt, das habe er gar nicht bedacht. Gar nicht bedacht, so eine Unverschämtheit, wenn das jeder machte, habe X gesagt und sich empört wieder entfernt. Wiesner habe eine Weile wie abwesend dort herumgestanden, habe den Rasen betrachtet, dann sei er auf sein Zimmer gegangen und habe im Garten alles stehen- und liegenlassen. Nach einer Weile habe man Geräusche aus seinem Zimmer gehört. Einmal sei Wiesner hinunter in die Küche gegangen und habe einen blauen Abfallsack aus der Schublade geholt. Was machst du denn, habe die Mutter erstaunt gefragt. Er räume auf, habe er gesagt. Was machst du? habe die Mutter entgeistert gefragt. Ich räume auf, ich räume mein Zimmer auf. Warum sie denn frage? Nur so, habe die verblüffte Frau Wiesner gesagt, nur so frage sie. Und sei er denn zum Mittagessen da? Wiesner sei stehengeblieben und habe für einen Moment intensiv nachgedacht. Ja. Das heiße, nein. Nein, er sei zum Mittagessen nicht da. Er räume nur schnell sein

Zimmer auf. Sie: Welchen Grund es denn habe, daß er gerade *jetzt* sein Zimmer aufräume. Ob er denn Besuch erwarte? Ob die Ute komme? Nein, habe Wiesner gesagt, er räume nur deshalb auf, weil es unordentlich sei. Darauf sei er wieder auf sein Zimmer gegangen. Die Mutter habe den Kopf geschüttelt. Was soll das denn alles heißen, habe sie gedacht. Nun sei Herr Wiesner in die Küche gekommen und habe gefragt, wo sein Sohn sei? Er habe nicht zu Ende gemäht. Er sei einfach mittendrin weggegangen. Die Mutter: Er sei auf seinem Zimmer und räume auf. Wie bitte, habe Herr Wiesner gefragt. Die Mutter: Jaja, so sei es, er räume auf. Herr Wiesner: Jetzt verstehe er gar nichts mehr. Die Mutter: Das letzte Mal, als Anton aufgeräumt hat, hat er das Zimmer nachts um vier Uhr aufgeräumt. Einfach so. Damals hat er einen Streit mit der Ute gehabt, und als dieser Steit bereinigt und alles wieder in Ordnung war, hat er aufgeräumt. Das sei ihr, der Mutter, früher auch schon öfter aufgefallen. Wenn Anton über irgend etwas zufrieden oder glücklich sei, räume er auf. Herr Wiesner habe seine Gattin entgeistert angestarrt. Du meinst, immer wenn es ihm gutgeht, räumt er auf? Das ist doch nicht normal. Seine Frau habe ratlos mit den Schultern gezuckt und sei mit der Vorbereitung des Pfingstmontagsessens fortgefahren. Herr Wiesner sei daraufhin zu seinem Sohn auf dessen Zimmer gegangen. Er habe an die Tür geklopft, und nach zwei Sekunden sei Anton Wiesner herausgekommen. Wieso er denn an die Tür klopfe, es sei doch nicht abgeschlossen. Herr Wiesner habe seinen Sohn nachdenklich angeschaut und in diesem Augenblick etwa folgendes überlegt: Wie oft habe es Streit zwischen ihnen gegeben, wenn er mal nicht angeklopft habe! Und nun frage Anton mir nichts dir nichts, wieso er anklopfe. Das könne doch alles gar nicht sein! Wiesner sei nun wieder in sein Zimmer gegangen, sein Vater hinterher. Wiesner habe gerade allerlei Zeug unter seinem Schreibtisch hervorgeholt, eher grob als genau durchgesehen und in den blauen Sack hineingestopft. Herr Wiesner habe gefragt, ob Anton noch weiter mähen wolle oder ob er selbst wieder mähen muß. Nein, es sei Pfingstmontag, habe Anton Wiesner gesagt. Herr Wiesner: Meine er denn, heute könne man nicht mähen? Herr Stamm von gegenüber habe heute schon um acht Uhr morgens gemäht. Aber wenn das jeder machte, habe Anton Wiesner, abwesend und in seinen Müll vertieft, gesagt. Herr Wiesner: Was soll das heißen, wenn das jeder machte? Das störe doch keinen. Es mache doch auch nicht jeder. Seit wann habe er es denn überhaupt mit dem Pfingstmontag? Wie bitte, habe Anton Wiesner gefragt. Er habe überhaupt nichts mit dem Pfingstmontag. Dieser Sohn bringt mich noch zur Verzweiflung, habe Herr Wiesner sich gesagt und das Zimmer verlassen. Wiesner selbst habe in keiner Weise gemerkt, wie befremdlich seine Handlungen und das, was er rede, auf seine Umwelt gewirkt hätten. Vor allen Dingen alte astronomische Berichte habe er weggeworfen, Zeichnungen, aber auch alte Schulpapiere und Playboyhefte, denn Wiesner habe seit der nächtlichen Begegnung mit Katja Mohr ein ganz eigenartiges Gefühl in sich gehabt, dem gegenüber sich ihm sein bisheriges Leben völlig fremd ausgenommen habe. Er habe sein weiteres Leben als ein vollkommen weites und freies Feld vor sich gesehen, mit nur wenigem darin, das aber auf jeden Fall schön sei. Es sei ihm auch sehr befremdlich vorgekommen, nun all die Landkarten und Informationsbroschüren, die sich bei ihm wegen der geplanten Reise angesammelt hätten, zu betrachten, er habe sie aber nicht weggeworfen. Er habe sich allerdings melancholisch bei ihrer Betrachtung gefühlt. So weit und frei, wie das Feld vor ihm sei, habe er auch sein Zimmer und überhaupt alles um sich herum haben wollen. Daher sei er nun auch an die Regale gegangen und habe begonnen, sie auszumisten. Nach einer weiteren Weile aber habe er von seinem Tun einfach wieder abgelassen, habe den halbgefüllten blauen Sack in seinem Zimmer stehenlassen und sei hinausgelaufen, um in die Linde zu gehen, in der auch Schuster gesessen habe. Bald sei Bucerius dazugekommen, auch Benno Götz sei erschienen, und es habe sich ein Gespräch ergeben, in welchem der überaus redselige Wiesner von allen möglichen Dingen erzählt habe. Es sei auch darüber geredet worden, wie man am besten ein Mädchen kennenlerne. Dieses Thema habe sich völlig aus Zufall ergeben. Wiesner habe mit Begeisterung an dem Gespräch teilgenommen. Bucerius habe den Standpunkt vertreten, ein Mädchen lerne man deshalb kennen, weil es zu einem passe. Manche paßten eben zueinander, andere nicht. Der Südhesse habe gefragt, was das heiße, zueinander passen. Na, wenn man eben auf derselben Wellenlänge sei, habe Bucerius gesagt. Wenn man dieselben Interessen habe, Spaß an demselben Kram, das heiße, wenn man dieselbe Musik höre, ähnliche Freunde habe, denselben Sport mache, oder wenn man sich sonst auf irgendeine Weise ähnele, das sei ganz natürlich. Das heiße, habe der Südhesse gefragt, wenn man sich ähnlich sei, komme man in der Gesellschaft, in der man sich befinde, mehr oder minder automatisch einfach zueinander, meine er das? Ja, habe Bucerius gesagt, er glaube schon, daß das so sei. Der Südhesse habe gefolgert, es hänge also gar nicht von dem Willen oder dem Entschluß oder dem Vorsatz des einzelnen ab, sondern es geschehe einfach so? Ja, habe Bucerius gesagt. Wiesner: Ob er denn nie unglücklich verliebt gewesen sei? Das wisse er doch, habe Bucerius geantwortet, freilich sei er schon einmal unglücklich verliebt gewesen. Wer sei das nicht schon mal gewesen? Wiesner: Wenn er unglücklich verliebt gewesen sei, dann heiße das mit Notwendigkeit, daß er sich zwar zu einem Mädchen hingezogen gefühlt habe, daß dieses Mädchen sich aber nicht zu ihm hingezogen gefühlt habe. Bucerius: Klar, was sonst. Das Mädchen habe gar nichts von ihm gewollt. Wiesner: Aber dann könnten sie sich auch nicht auf derselben Wellenlänge befunden haben. Also könne Ähnlichkeit kein Grund sein, warum er was von dem Mädchen gewollt habe. Dieser Schluß ergebe sich mit absoluter Notwendigkeit. *Quod erat demonstrandum.* Bucerius habe seinen Freund sehr verwundert angeschaut. Grund, wieso rede er von einem Grund? Das kenne er doch selbst, man sehe ein Mädchen, und plötzlich sei man ganz hin und weg, das passiere eben. Wiesner sei von seiner Schlußfolgerung hingerissen gewesen und habe Lust gehabt, weiter in irgendwelchen syllogistischen Gedankengängen fortzufahren, die ihm allesamt überaus wissenschaftlich vorgekommen seien. Also, habe er gesagt, wie ist das, wie lernt man ein Mädchen kennen, wenn man es kennenlernen will? Wie man es kennenlerne, habe Bucerius gesagt, keine Ahnung, darüber habe er sich nie Gedanken gemacht. Wiesner: Das könne er ihm nicht weismachen. Er habe sich darüber bestimmt schon jede Menge Gedanken gemacht, und zwar, weil sich jeder darüber Gedanken mache. Bucerius: Nun, wenn man ein Mädchen kennenlernen wolle, dann verhalte man sich ihm gegenüber sehr freundlich. Man lese ihm jeden Wunsch von den Lippen ab. Man signalisiere, daß man es mag. Der Südhesse habe Bucerius interessiert angeschaut, habe aber gelacht. Nein, habe Wiesner gesagt, das sei sogar das Falscheste, das man tun könne. Man müsse das Interesse *des Mädchens* wecken, sein eigenes dürfe man nicht zeigen. Bucerius: Wieso denn das? Das verstehe er nicht. Na, stell dir mal vor, habe Wiesner gesagt, ein Mädchen will was von dir, aber du nicht von ihr. Jetzt zeigt sie dir dauernd, daß sie dich mag. Sie ruft dich an, sagt dir, wie gern sie dich hat *etcetera*. Sehr bald wirst du den Eindruck haben, daß sie dir hinterherläuft. Bucerius: Mädchen, die ihm hinterherlaufen, könne er nicht ertragen. Nichts könne er weniger ertragen als das. Das mache ihm die Mädchen absolut unsympathisch. Aber wovon rede er denn überhaupt, Wiesner wisse das doch alles, davon hätten sie doch schon wirklich oft genug gesprochen. Er habe kein Problem mit Mädchen. Was soll man denn überhaupt darüber nachdenken? Wiesner: Weil er sich dauernd in Widersprüche verstricke. Erst sage er, man müsse dem Mädchen sagen, daß man es sympathisch finde, dann sage er, er möge keine Mädchen, die ihm hinterherliefen und ihm sagten, wie sympathisch sie ihn finden. Bucerius habe den Südhessen angeschaut. Dieser habe gemeint, er könne dazu gar nichts sagen. Er sei total unfähig dazu, Mädchen kennenzulernen. Wiesner habe die Augen ver-

dreht. Dann habe er plötzlich seinen Ausdruck völlig gewechselt. Er sei verstummt, sei aufgestanden und nervös
auf und ab gelaufen. Bucerius und Benno Götz hätten
sich vielsagend angeschaut. Was ist denn jetzt los, habe
Bucerius gefragt. Nach einer Weile habe sich Wiesner
wieder gesetzt und gefragt, wie seien sie denn auf dieses
Thema gekommen, das sei widerlich, er wolle mit solchen Gesprächen nichts zu tun haben, sie seien alle unsinnig. Unsinnig und widerlich. Die drei hätten eine Weile
an ihrem Tisch geschwiegen, Bucerius habe eine Runde
Korn bestellt. Zehn Minuten später sei Wiesner wieder
bei Laune gewesen, er habe sogar noch munterer als vorher gewirkt. Man habe nun über die Frage verhandelt,
ob Delphine intelligent seien oder sogar intelligenter als
der Mensch, es sei hitzig debattiert worden, alle Gäste in
der Wirtschaft bis auf Schuster hätten mit großer Begeisterung an dem Gespräch teilgenommen. Wiesner sei jetzt
glücklich darüber gewesen, daß man nicht mehr über die
Liebe gesprochen habe, und habe es genossen, einerseits
im stillen Winkel seiner Seele sich gewissen Gedanken
und Bildern hinzugeben, andererseits in der Gesellschaft
über völlig beliebige Themen zu reden. Sie hätten in kurzer Zeit ziemlich viele Schoppen getrunken. Der Südhesse
sei bald gegangen. Später sei Wiesners Vetter Georg erschienen und habe alle Insassen der Linde zum Grillfest
eingeladen. Er habe Wiesner gebeten, um halb sechs
Dienst am Grill zu machen. Wiesner habe begeistert zu-
gesagt. Das habe auf den Vetter einen seltsamen Eindruck
gemacht, denn es habe nicht zu Wiesner gepaßt, normalerweise drücke er sich vor solchen Verpflichtungen. Der
Vetter habe auch gewußt, daß Wiesner letztes Jahr das

Grillfest in Wut verlassen und die ganze Veranstaltung als Spießerfestival bezeichnet hatte. Jetzt aber sei Wiesner völlig euphorisch gewesen. Er habe eine totale Lust zu grillen, habe er gesagt, das komme ihm genau recht. Er sei natürlich nur deshalb so begeistert davon gewesen, weil er in diesem Augenblick von allem, was man ihm angetragen hätte, begeistert gewesen wäre. Der Vetter habe auch Schuster und den Wirt eingeladen, dann sei er wieder gegangen. Dann hätten Harald Mohr und Frau Adomeit die Wirtschaft betreten. Frau Adomeit habe Harald Mohr einige sehr wütende Worte an den Kopf geworfen, sie sei offenbar völlig außer sich gewesen und habe sich nur unter Mühe beherrschen können. Anschließend sei sie die Treppe hochgelaufen, um auf ihr Zimmer zu verschwinden. *Halberstadt? Halberstadt!* habe man sie oben noch rufen hören, aber als sie keine Antwort bekommen habe, habe sie ihre Zimmertür zugeworfen. Harald Mohr habe für einen Augenblick wie verloren in der Mitte der Wirtschaft herumgestanden, dann habe er in die Runde geblickt und sei fast erschrocken, weil alle schlagartig zu reden aufgehört und ihn sehr verwundert angeschaut hätten. Entschuldigen Sie, entschuldigen Sie vielmals, wie peinlich, ja wie peinlich, habe er leise gemurmelt. Daß man aber auch ... aber auch so eine Behandlung ... unausdenkbar. Es sei unausdenkbar ... es sei sogar empörend, habe Mohr gesagt, ohne daß das jemand verstanden hätte. Konsterniert habe er anschließend die Wirtschaft wieder verlassen. Frau Adomeit sei alsbald umgezogen wieder heruntergekommen (sie hatte vorher Schwarz getragen) und sei erbost verschwunden. Der Notar Weihnöter habe dazu später erzählt, er habe an diesem Morgen den schon längst erwarteten Besuch von Frau Adomeit und Herrn Mohr bekommen. Verwandte von Verstorbenen machten immer solche Besuche. Glücklicherweise sei seine Haushälterin anwesend gewesen und habe ihm Frau Adomeit und Herrn Mohr gemeldet. Der Notar habe angewiesen, sie ins Büro zu bringen und ihnen Tee oder Kaffee anzubieten. Die Haushälterin habe den beiden Besuchern gesagt, Herr Weihnöter werde gleich zu sprechen sein, er bitte sie, zu warten. Ob sie Tee oder Kaffee möchten? Harald Mohr habe gesagt, sie möchten nichts, sie hätten eben bereits Kaffee getrunken. Frau Adomeit aber habe widersprochen. Natürlich tränken sie einen Kaffee, das sei sehr freundlich. Die Haushälterin habe daraufhin einen Kaffee aufgesetzt, denn es sei keiner gekocht gewesen. Sie wisse, wie sie sich in solchen Situationen zu verhalten habe, nämlich einerseits höflich und verbindlich, andererseits aber ohne Eile. Besuch dieser Art müsse man warten lassen, das zermürbe ihn. Weihnöter erscheine in solchen Fälle immer erst frühestens nach einer Viertelstunde, heute allerdings habe er sich gesagt, er sollte lieber sogar erst nach einer halben Stunde ins Büro gehen. Die Haushälterin habe also Kaffee aufgesetzt, habe ein Tablett angerichtet mit dem Kaffeeservice, mit ein paar Keksen, die sie auf dekorative Weise auf einen Teller gelegt habe, dann habe sie die Zuckerdose mit Würfelzucker aufgefüllt, die Zuckerzange gesucht undsoweiter, und vielleicht nach einer Viertelstunde sei sie mit dem Tablett und dem Kaffee in das Büro zurückgekehrt, in dem die beiden gewartet hätten. Frau Adomeit sei nervös auf und ab gelaufen, habe dann aber ein Gespräch mit der Haushälterin begonnen und sich sogar überschwenglich für die Kekse bedankt. Der Notar sei ein, wie sie, Frau Adomeit, gehört habe, in der Stadt sehr angesehener Mann, er habe sogar einmal die Gemeinderatssitzung geleitet, heiße es. Die Haushälterin: Die Gemeinderatssitzung habe er früher bisweilen geleitet, das sei richtig ... Möchten Sie vielleicht noch etwas Kaffee? Herr Weihnöter habe oben, wenn sie das noch nicht gesagt habe, noch etwas zu erledigen. Was mache er denn, habe Mohr gefragt. Sie warteten schon über eine Viertelstunde. Die Haushälterin: Er habe ein längeres Telefonat zu führen. Ein längeres Telefonat, habe Frau Adomeit wiederholt. Die Haushälterin habe gesagt, es handle sich um ein wichtiges Telefonat. Sie habe natürlich gewußt, daß der Notar überhaupt nicht telefoniere, es habe sich bloß um eine Ausrede gehandelt. Mohr zu seiner Schwiegermutter: Er überlege schon die ganze Zeit, wieso Adomeits Sohn gestern nicht auf die Beerdigung gekommen sei. Er verstehe das nicht. Frau Adomeit: Natürlich kannst du das nicht verstehen. Mohr: Das Verhältnis zwischen Adomeit und seinem Sohn Klaus sei zwar belastet gewesen, aber schließlich sei doch fast jedes Verhältnis belastet. Zu der Schwiegertochter habe er ein besseres Verhältnis gehabt, aber auch die sei nicht zur Beerdigung erschienen. Sie: Klaus sei deshalb nicht zur Beerdigung gekommen, weil sie ihn darum gebeten habe. Ja, ja, er habe richtig verstanden. Sie habe Klaus angerufen und ihn darum gebeten, davon abzusehen, nach Florstadt zu kommen, nicht zur Beerdigung und nicht zum Abendessen in der Kirchgasse. Mohr: Aber warum denn? Sie: Warum wohl. Denk doch einmal nach! Mohr: Er komme bei allem Nachdenken auf kei-

nen Grund. Wieso habe sie denn dem eigenen Sohn verboten, auf die Beerdigung des Vaters zu kommen? Sie:
Das sei nur Vorsicht. Es reicht, wenn er zur Testamentseröffnung kommt. Im übrigen habe sie es ihm nicht verboten. Sie habe es ihm lediglich nahegelegt. Es gehe ihr doch
nur um die Familie. Ihrem Bruder sei es immer um sich
selbst gegangen, ihr selbst dagegen immer nur um die
Familie. Sie habe das schwere Leben gehabt, er nicht. Er
habe sich um nichts zu kümmern brauchen, er habe immer im gemachten Nest gesessen, er, Mohr, habe es doch
gestern abend mit eigenen Augen gesehen, nicht einmal
eine neue Einrichtung habe ihr Bruder in die Wohnung
der Eltern gestellt. Frau Adomeit sei jetzt sichtlich erregt
gewesen. In diesem Augenblick sei endlich der Notar erschienen. Er habe die beiden Besucher herzlich begrüßt,
leider habe er einen sehr wichtigen Telefonanruf erledigen müssen, nun sei er aber gleich für sie da, es dauere
nur noch einen Augenblick. Dann sei er wieder hinausgegangen. Frau Adomeit sei fast explodiert. Sie habe nun
nichts mehr gesagt, habe sich auf einen Stuhl gesetzt, die
Beine übereinandergeschlagen und mit einem Fuß ge-
wippt. Nach einigen Minuten sei der Notar erneut eingetreten. Er habe einen freundlichen, jedoch sehr über-
arbeiteten Gesichtsausdruck gehabt. (Natürlich hatte
Weihnöter an diesem Vormittag überhaupt gar nichts zu
tun gehabt und hatte die ganze Zeit in der ersten Etage
herumgesessen und aus dem Fenster in den Garten und
auf die dort blühenden Pfingstrosen geschaut.) Frau Adomeit habe sich in ihrer Handtasche festgekrallt, als er-
drossele sie einen Schoßhund. Nun, womit könne er dienen, habe Weihnöter gefragt und schwungvoll auf seinem

Schreibtischstuhl Platz genommen, den beiden Gästen gegenüber. Mit Frau Adomeit sei nun eine Veränderung vonstatten gegangen. Sie habe einen Augenblick ihre Knie gemustert und sich gesammelt. Sie heiße, habe sie begonnen, Adomeit, Jeanette Adomeit. Sie sei die Schwester des Verstorbenen. Er drücke ihr sein herzlichstes Beileid aus, habe Weihnöter sehr verständnisvoll gesagt, es handle sich um einen großen Verlust. Um einen großen Verlust, ja, habe Frau Adomeit wiederholt. Es sei ein großer Verlust. Ihr Bruder habe ihr immer sehr nahegestanden. Im Grunde habe ihr sogar niemand so nahegestanden wie ihr Bruder Sebastian. Der Notar müsse wissen, ihr Bruder habe keine Angehörigen gehabt. Sie hätten zeit ihres Lebens immer ein sehr vertrauensvolles Verhältnis miteinander gepflegt. Er könne das alles sehr gut verstehen, habe Weihnöter gesagt, er erlebe das häufig. Aber in welcher Sache suche sie ihn denn eigentlich auf? Ihr Bruder, sei die Dame fortgefahren, sei oftmals leider gar nicht zu verstehen gewesen in seinen Handlungen, sie selbst habe ihn oftmals überhaupt nicht verstanden. Er habe auch nicht gern von seiner Familie gesprochen, aber das sei aus Schüchternheit geschehen, denn er sei sehr schüchtern gewesen. Weihnöter: Finden Sie? Sie: Das finde sie entschieden. Schauen Sie, er hat zum Beispiel, wie oft gesagt wurde, keinen herzlichen Eindruck auf die Leute gemacht, aber er war herzlich, offen und herzlich. Nicht, Harald, so sei es doch gewesen, er sei offen und herzlich gewesen. Harald Mohr habe bestätigt, Adomeit sei offen und herzlich gewesen. Allerdings habe er Adomeit ja gar nicht gekannt. Nun, habe der Notar gesagt und sei aufgestanden, er könne das alles natürlich durchaus begreifen, aber Sie sind doch sicherlich nicht zu mir gekommen, um mir das zu sagen? Worum geht es denn *konkret*? Frau Adomeit habe noch einmal wiederholt, Sebastian sei offen gewesen, aber sei wie gesagt oftmals schwer oder auch gar nicht zu verstehen gewesen. Einerseits sei er offen gewesen, andererseits aber wieder verschlossen … Und in seiner Verschlossenheit, habe Weihnöter ungeduldig gesagt, habe er dann wahrscheinlich irgendwas getan, was zu dem offenen Sebastian Adomeit gar nicht gepaßt habe. Frau Adomeit habe den Notar erstaunt angeschaut. So sei es. Sie hätte es nicht besser ausdrücken können. Sie sehe, er, der Notar, kenne das. Freilich kenne er das, habe Weihnöter gesagt, er erlebe das schließlich oft genug. Frau Adomeit: Manchmal haben wir ja auch gedacht, man müßte ein wenig mehr acht darauf geben, was Sebastian so alles … wie solle sie sagen … er hat in manchen Dingen wenig Erfahrung gehabt. Schauen Sie zum Beispiel auf das Haus, denn Sebastian hat ja ein Haus besessen, das Haus Untere Kirchgasse fünfzehn. Ja, habe Weihnöter gesagt, das wisse er. Weihnöter habe in einigen Papieren herumgekramt, habe dann eines genommen und auf das Papier geblickt. Er habe übrigens ja auch einen Sohn gehabt. Frau Adomeit: Ja, natürlich, das wisse sie, er habe einen Sohn gehabt. Einen sehr netten Sohn, er arbeite bei der Oberhessischen Stromversorgungs AG. Weihnöter: Aber Sie haben doch vorhin behauptet, er habe keine Angehörigen gehabt. Frau Adomeit: Da muß ein Mißverständnis vorliegen. Natürlich hatte er Angehörige. Aber die hätten nie etwas von ihm gewollt. Die hätten ihn vielmehr sogar immer nur ausgenutzt. Auch seine Frau habe ihn nur ausgenutzt.

Weihnöter habe Frau Adomeit erstaunt angeschaut. Sie habe sich jetzt immer mehr verhaspelt. Sie: Er habe manchmal Dinge gemacht, die in keiner Weise durch irgendwas begründet gewesen seien, auch was seinen eigenen Besitz angehe. Gerade was seinen Besitz angehe! Er habe immerhin ein Haus besessen! Das müsse doch zu begreifen sein. Weihnöter: Er wäre nun doch sehr dankbar, wenn sie endlich zum eigentlichen Punkt käme, er habe nicht endlos Zeit. Frau Adomeit: Also gut. Sebastian habe doch alle seine Verträge bei ihm aufsetzen lassen, oder? Weihnöter: Das ist schon möglich. Aber dazu könne er natürlich nichts sagen, er sei Notar. Ob sie etwa deshalb gekommen seien? Sie: Warum dürfe er denn nichts dazu sagen? Es handle sich schließlich um ihren Bruder. Das gehe sie doch etwas an. Er: Nein, das tue ihm leid, das unterliege dem Dienstgeheimnis. Zu beiden gewandt: Sie können doch nicht ernsthaft meinen, daß Sie einfach so Urkunden einsehen können. Sie werden von mir auch nicht erfahren, ob es Urkunden gibt, liebe Frau Adomeit. Wenn Sie in irgendwelche Schriftstücke keinen Einblick haben, dann gehen Sie diese Schriftstücke vermutlich auch nichts an. Gar nichts an? habe Frau Adomeit gesagt. Mich soll das nichts angehen? Mich soll mein eigener Bruder, mich soll überhaupt mein ganzes Elternhaus nichts angehen? Mich, mich soll ... habe Frau Adomeit gerufen. Dann sei sie plötzlich verstummt. Es habe keine zwei Minuten gedauert, da sei sie draußen auf der Straße gewesen und habe zornentbrannt den Lastwagen bestiegen, um zur Pension zurückzufahren. Wiesner sei am Nachmittag so in Aufregung und Euphorie versetzt gewesen, daß er unruhig draußen umhergelaufen sei. Eine seltsame Erwartungshaltung hatte sich seiner bemächtigt. Er sei sich fast sicher gewesen, daß irgend etwas passieren würde, konnte aber freilich nicht sagen, was. Er habe sich gefühlt wie vor einem großen Wetterumschwung, oder vielleicht auch wie früher vor den Sommerferien. Plötzlich sei er der Ute begegnet. Obgleich sie in Eile gewesen sei, habe er ein sehr freundliches, man müsse sogar sagen herzliches Gespräch mit ihr begonnen. Die Sätze seien aus ihm herausgesprudelt, ohne daß er sich irgendwelche Gedanken gemacht hätte. Er habe von der Nacht auf dem Buceriushof erzählt, von dem Lagerfeuer, er habe von all den Leuten berichtet, die dort unangemeldet erschienen seien, abgesehen natürlich von Katja Mohr und Günes, die er beide mit keinem Wort erwähnt habe. Warum bist du denn so begeistert, habe die Ute gefragt. Wieso begeistert, habe er gefragt, er sei doch nicht begeistert. Ja, vielleicht sei er begeistert, aber das liege nur daran, daß er nicht immerfort schweren Gedanken nachhängen könne, und wie sie wisse, habe er die ganzen letzten Tage andauernd schweren Gedanken nachgegangen, aber das sei jetzt vorbei, im übrigen habe er sie schon die ganze Zeit anrufen wollen, aber er sei nicht dazu gekommen. Sie: Und warum hast du mich anrufen wollen? Er: Wieso nicht? Er habe sie anrufen wollen, was soll denn dabei sein? Die Ute habe ihn kritisch angeschaut. Er habe noch einmal bestätigt, daß er sie bestimmt habe anrufen wollen, aber er könne dafür keinen Grund angeben. Ute habe gesagt, sie verstehe ihn nicht. Kein Wunder, habe Wiesner ausgerufen und habe auf eine eigenartige Weise gelacht, er verstehe sich ja selber nicht, und gerade heute verstehe er sich am allerwenigsten. Die Ute habe gesagt, sie wisse nicht, was das zu bedeuten habe. Wiesner habe nun gemerkt, daß er wirklich auf eine eigenartige und unverständliche Weise dahergeredet habe, und er sei froh gewesen, daß die Ute sich in Eile befunden habe und das unsinnige Gespräch gleich wieder habe abbrechen wollen. Sie müsse fort, habe sie gesagt, sie habe eine Verabredung. Jaja, das könne er verstehen, habe Wiesner gesagt, eine Verabredung. Er wolle sie nicht aufhalten. Die Ute habe ihn entgeistert angeschaut. Geradezu schockiert habe sie jetzt gewirkt. Wiesner sei das eigentümlich vorgekommen. Was hat sie denn bloß? Es ist doch eben überhaupt nichts vorgefallen! Oder habe ich irgendwas nicht bemerkt? Nein, habe er sich gesagt, ich habe ihr doch wirklich keinen Anlaß gegeben, sich so aufzuregen, diesmal wirklich nicht. Die Ute aber habe ihn kopfschüttelnd angeschaut, als sei er die fremdeste Person auf der ganzen Welt. Sie habe darauf gewartet, daß er noch etwas sage, er habe aber nichts mehr gesagt, und zwar allein aus dem Grund, weil er nichts mehr zu sagen gehabt habe. Die Ute habe sich darauf auf dem Absatz umgedreht und sei von ihm fortgegangen. Er sei für einen Moment wie vor den Kopf gestoßen stehengeblieben, dann habe er den Vorfall aber schon vergessen gehabt und sich wieder von einem Augenblick auf den anderen irgendwelchen schwärmerischen Gedanken hingegeben, die nicht das geringste mit Ute Berthold zu tun gehabt hätten. Dann habe er bemerkt, daß seine Freundin immer noch da sei. Sie habe nur wenige Schritte von ihm entfernt auf dem Trottoir gestanden und ihn gemustert. Er habe gelächelt. Dann habe er festgestellt, daß sie Tränen in den Augen hatte.

Sie sei noch einmal zu ihm getreten und habe seine Hand genommen. Ihre Hand sei ihm so fremd wie noch nie vorgekommen. Sogar seine eigene Hand sei ihm jetzt fremd erschienen. Er habe sich gewundert, daß sie zu ihm gehöre. Er habe zuerst nicht begriffen, was die Ute gesagt habe. Anton, habe sie gesagt, ich möchte unbedingt, daß du nachher zu dem Grillfest kommst, verstehst du mich? Komm unbedingt nachher zu deinem Vater auf dieses Grillfest, denn ich habe dir etwas zu sagen, es ist wichtig ... Es ist wichtig, was ich dir zu sagen habe, verstehst du das? Sie habe plötzlich fast vor Zorn geschrien, weil sie gemerkt hatte, daß Wiesner abwesend war. Ich bin um fünf Uhr dort, und ich werde dort auf dich warten, aber nicht länger als eine Stunde, verstehst du das? Begreifst du das? Wiesner habe gesagt, aber natürlich begreife er das, was soll er denn daran nicht begreifen, sie komme nachher in den Schrebergarten und habe ihm etwas zu sagen, das verstehe er durchaus. Wiesner habe allerdings nicht begriffen, was das alles soll. Wenn sie ihm etwas zu sagen habe, dann könne, habe er gesagt, sie es doch auch hier und jetzt sagen. Die Ute habe den Kopf geschüttelt und Wiesner dann auf der Straße stehenlassen. Er habe ihr verwundert nachgeblickt. Die nächsten zwei Stunden habe er mit Kurt Bucerius und einigen anderen Leuten verbracht, und zwar auf die für einen Pfingstmontag übliche Weise. Sie seien von einer Wirtschaft zur nächsten und von einem Biertisch zum nächsten gezogen, es sei jede Menge getrunken worden. Um Viertel vor fünf hätten Wiesner und Bucerius den Schrebergarten betreten, sich Bierflaschen genommen und zwei Gartenstühle besetzt. Beide hätten immer wieder ihre Köpfe zusammengesteckt und seien alle paar Minuten in ein Gelächter über irgendwas ausgebrochen. Insbesondere irgendein Bäcker, ein Schulfreund Georgs, sei immer wieder Opfer ihres Spotts geworden, aber auch Wiesners Vater am Grill, weil er im Unterhemd gesteckt und eine Sportkappe getragen habe. Über den Bäcker hätten sie gesagt, es handele sich um einen Menschen, der irgendwann in seinem Leben plötzlich zum Bäcker geworden sei, einfach so, von jetzt auf gleich, der seitdem um vier Uhr in der Früh aufstehe und backe, und zwar allein aus dem Grund, weil alles an ihm schon immer nur darauf ausgerichtet gewesen sei, ein solcher Bäcker zu sein. Am Tag stehe der Bäcker in seiner Bäckerei und verkaufe mit freundlichem Gesicht seine Backwaren, die er gebacken hat. Beide seien wieder in ein höhnisches und begeistertes Gelächter ausgebrochen, denn sie hätten das für sehr witzig gehalten. Er verachte alle diese Berufe, habe Wiesner gesagt und sich demonstrativ eine weitere Bierflasche geöffnet. Diese Menschen seien nichts weiter als ihre Berufe. Es gebe gar keine Menschen hier, es gebe nur Berufe. He, Nichts, habe er plötzlich zu dem Bäcker (der Bäcker habe Bernd Hensel geheißen) hinübergerufen. Hensel habe diesen Ruf entweder nicht auf sich bezogen oder nicht gehört. He, Nichts, hallo, habe Wiesner erneut gerufen. Hensel habe nach wie vor nicht reagiert. Na, das ist ja auch sozusagen logisch, habe Wiesner gesagt, wenn ein Nichts nicht hört. He, hallo Nichts, hallo Nichts Hensel! habe Wiesner gerufen, und Hensel habe nun zu den beiden hinübergeblickt. Wiesner habe dem Bäcker gegenüber einladende Gesten mit seiner Bierflasche gemacht, als solle dieser herüberkommen, um mit ihnen zu trinken oder wenigstens anzustoßen. Tatsächlich habe sich der besagte Bäcker für einen Moment aus seiner Gruppe gelöst und sei zu Wiesner und Bucerius hinzugetreten. Hallo Anton, habe er sehr freundlich gesagt, wie geht es dir, was machst du denn so? Ich habe in der Zeitung von deiner Fahrt gelesen, das hat mich völlig begeistert. Was für ein Abenteuer! Er, Anton, werde damit auf einen Schlag der berühmteste Mann in der ganzen Gegend. Ein genüßlicher Ausdruck habe sich auf Wiesners Gesicht breitgemacht. Er habe jetzt den Bäcker in großem Stil auf den Arm nehmen wollen. Von welcher Reise er denn spreche? Er wisse gar nicht, wovon er im Augenblick spreche. Er wisse ja nicht einmal genau, wer im Augenblick spreche, oder besser gesagt, *was*. Wiederum sei er in sein hochmütiges Gelächter ausgebrochen. Bucerius habe schon einschreiten wollen, um einen Eklat zu vermeiden, denn er habe natürlich gemerkt, daß Wiesner wieder auf das Nichts angespielt habe, auf das Nichts Hensel. Hensel aber habe nichts davon begriffen, er sei nicht einmal ins Zögern geraten, sondern habe ganz selbstverständlich gesagt, na, er rede doch von der Chinareise, auf den Spuren Marco Polos, wie es im Wetterauer Anzeiger gestanden habe. Das sei ein faszinierender Gedanke. Eine Reise in völliger wirtschaftlicher Selbständigkeit, allein finanziert durch Werbeeinnahmen. Das sei für ihn modernes Heldentum. Er hätte nie gedacht, daß ein Florstädter jemals so eine großartige Sache unternehmen würde. Er, Hensel, würde nie den Mut zu so etwas haben, auch nicht die Zeit. Freilich, nicht die Zeit, als Bäcker, habe Wiesner gesagt. Ja, habe Hensel entgegnet, als Bäcker habe man wenig Zeit. Wiesner habe sich geärgert, daß das Gespräch mit dem Bäcker überhaupt nicht so verlaufen sei, wie er es ursprünglich gewollt habe. Hensel habe Wiesner und seinem geplanten Unternehmen noch einige wirklich großartige Komplimente gemacht, dann sei er wieder zu seiner Gruppe gegangen. Tschüs Nichts, habe Wiesner ihm hinterhergerufen, aber Hensel habe nur freundlich gelächelt, ohne irgendwas zu verstehen, und sich dann abgewendet. Wiesner habe eine dunkle Miene gezogen, weil sein ihm so großartig erschienener Gedanke mit dem Hallo Nichts von Hensel auf eine so unerwartete Weise abgebügelt worden sei, zum anderen habe er sich plötzlich an das gestrige Gespräch mit dem Südhessen erinnert. Auch dieser habe von einem Nichts gesprochen, und Wiesner sei nun plötzlich klargeworden, daß er den Einfall mit dem Nichts eigentlich von dem Südhessen gehabt habe. Was habe der Südhesse gestern abend gesagt? Das sei irgendwie ein logisches Problem mit dem Nichts, irgend so etwas habe der Südhesse gestern abend in der Unteren Kirchgasse gesagt. Jetzt verstehe ich, jawohl, habe Wiesner plötzlich ausgerufen, natürlich! Bucerius habe ihn fragend angeschaut. Was verstehst du? Wiesner habe erzählt, wie er gestern abend dem Südhessen in der Unteren Kirchgasse begegnet sei und daß dieser dort auf eine scheinbar nicht verständliche Weise irgendwas gefaselt habe, jetzt sei ihm, Wiesner, aber plötzlich begreiflich geworden, wovon der Kerl die ganze Zeit gesprochen hatte dort in der Unteren Kirchgasse. Ja, natürlich, wie habe er das nicht begreifen können, habe Wiesner gesagt und sich gegen den Kopf geschlagen. Das hängt alles zusammen. Wiesner habe sich nachdenklich in seinen Gartenstuhl zurückfallen lassen und für eine Minute starr vor sich hingeschaut. Ja, habe er gemurmelt, ich begreife ... einiges begreife ich ... einiges zumindest begreife ich, habe er gesagt. Dann sei er in ein ganz komisches Gelächter ausgebrochen, das Bucerius nicht verstanden habe. In diesem Augenblick sei Ute Berthold erschienen. Ihre Verabredung hatte Wiesner ganz vergessen. Ute habe keinerlei Anstalten gemacht, zu ihnen zu kommen, sie habe nicht einmal in ihre Ecke geschaut, sondern sich irgendwelchen anderen Leuten zugewendet und mit ihnen ein Gespräch begonnen. In der Gruppe, in der sie gestanden habe, sei Hanspeter Gruber gewesen. Ute habe wie alle anderen eine Licherflasche in der Hand gehabt und während ihrer Unterhaltung geraucht, unter häufigem Lachen. Ganz natürlich, ganz ungezwungen habe sie dagestanden. Wiesner sei sehr unruhig geworden. Er habe eine Zeitlang mit großen Augen auf seinem Stuhl gesessen, habe dem Gespräch mit Bucerius kaum mehr folgen können und unablässig zur Ute geschaut. Was redet sie denn da drüben, habe er Bucerius nervös gefragt. Bucerius: Woher soll er das denn wissen? Warum, habe Wiesner gefragt, steht sie denn bei diesen Leuten herum, sie hat mit diesen Leuten doch gar nichts zu tun, und besonders mit dem Gruber, mit dem hat sie schon überhaupt nichts zu tun. Wieso lacht sie denn dabei so? Bucerius: Das sei doch alles demonstrativ. Das mache sie mit Absicht. Wiesner: Das sehe er selbst, daß das demonstrativ ist, er sei ja nicht blöde. Wiesner sei nun sehr schlecht gelaunt gewesen. Er habe mit seinen Fingern auf der Stuhllehne herumgetrommelt und immer wieder zu seiner Freundin hinübergestarrt. Plötzlich habe er einen vollkommen anderen Gesichtsausdruck bekommen. Er habe jetzt ausgesehen, als sei ihm irgend etwas eingefallen, irgend etwas sehr Wichtiges, das ihm nicht hätte entfallen dürfen, das ihm aber dennoch zeitweilig entfallen war. Er habe sich auf die Lippe gebissen. Dann habe er alle diese Gedanken abgeschüttelt, erneut Bier getrunken und sich wieder Bucerius zugewendet. Inzwischen seien auch Schossau und Schuster im Garten gewesen. In der Nähe des Grills habe sich ein Gespräch ergeben, an dem der Vetter Georg, Wiesners Vater und noch einige Herren um die vierzig oder fünfzig Jahre beteiligt gewesen seien. Man habe über Adomeit gesprochen. Willi Kuhn habe dunkle Anmerkungen gemacht über den Adomeitschen Besitzstand. Aber der Adomeit habe doch nichts besessen, habe Karl Rühl gesagt. Klar hat der was besessen, habe Willi Kuhn bekräftigt. Das würde ihn aber interessieren, was der alte Adomeit besessen haben soll, habe Rühl entgegnet. Kuhn sei rot im Gesicht gewesen. Ei, das weiß ich doch nicht, habe er empört gerufen, ich kenne doch seine Buchhaltung nicht! Aber Gerüchte habe er gehört. Rühl: Was für Gerüchte? Kuhn: Gerüchte! Na so Gerüchte halt. Rühl: Von wem habe er die denn gehört? Kuhn: Ei, keine Ahnung, woher man halt Gerüchte höre. Was wisse er, woher Gerüchte kommen? Rühl habe lauthals gelacht und Kuhn einen Vogel gezeigt. Hier, wenn ich's euch doch sage, habe Willi Kuhn gerufen und die Faust geschüttelt, er habe mit Sicherheit gehört, daß da was sei mit dem Adomeitschen Besitz. Insgesamt habe man mit diesen Äußerungen natürlich nichts anfangen können, man habe sie für bloße Wichtigtuerei Kuhns gehalten und für leeres Geschwafel. Dann aber habe der alte Wiesner nachdenklich gesagt, auch er habe so was gehört. Aber das müsse schon längere Zeit zurückliegen. Was liege längere Zeit zurück, habe Rühl gefragt. Wiesner habe den Kopf geschüttelt. Die eigentliche Familie Adomeit, die kennen wir ja gar nicht mehr. Wissen wir, wie es vor dem Krieg mit dieser Familie bestellt war? Der Heuserrudi habe von seinem Vater, der fünfundneunzig sei, erzählt bekommen, die Adomeits hätten früher irgendein Grundstück besessen, vor der Stadt, aber die Stadt sei ja damals kleiner gewesen, und was damals vor der Stadt gelegen habe, liege jetzt vielleicht in der Stadt. Der alte Heuser habe es nicht genau sagen können. Der Rudi, der sich für so was interessiere (er sei im Geschichtsverein), ist deshalb ins Stadtarchiv nach Friedberg gefahren, gerade vorgestern, aber er, Wiesner, wisse nicht, ob er was gefunden habe, da müsse man den Rudi mal selbst fragen. Irgendwie habe sich das Gerücht festgesetzt, die Adomeits hätten früher das Grundstück an der Friedberger Straße besessen, das mit dem großen Hof, auf dem irgendwann die Steinwerke Kubelak gebaut worden seien, ihr kennt das doch, dieses riesige Grundstück. Kuhn: Was hatten die Adomeits denn mit der Steinhauerei zu tun? Waren das Steinmetzen? Wiesner: Sie haben das Grundstück doch lediglich verkauft an die Kubelaks, wieso sollten sie da etwas mit dem Steinmetzen zu tun haben? Kuhn, verunsichert: Er habe ja bloß gedacht … weil er was von Steinwerken erzählt habe … so, da haben die also damals dieses Grundstück gehabt! Das sei ja hochinteressant. Wiesner: Aber es sei nur ein Gerücht. Rühl habe gefragt, was denn vorher auf diesem Grundstück gewesen sei. Wiesner habe gesagt, lediglich ein sehr großer Bauernhof, der aber schon damals, glaube er, nicht mehr zur Gänze bewirtschaftet worden sei. Möglicherweise sei er auch in Pacht gewesen. Das Gehöft steht noch, das ist das große Gebäude nach Süden hin, das der junge Kubelak vor einigen Jahren hatte abreißen wollen, ihr erinnert euch, das stand ja groß in der Zeitung. Das Gebäude steht unter Denkmalschutz, eines Tages kamen die Auflagen, für den Kubelak natürlich viel zu teuer, und er wollte sowieso ein moderneres Gebäude für das Büro und den Verkauf. Jetzt hat er eine große Menge Geld hineinstecken müssen. Kuhn: Und das alles hat dem alten Adomeit gehört? Wiesner: Dem alten Adomeit hat das nicht gehört. Aber vielleicht seiner Familie. Der Vater vom Heuser habe einerseits gesagt, es handle sich bei dem ehemaligen Adomeitschen Besitz um ein großes Grundstück außerhalb der Stadt, auf dem jetzt irgendein Betrieb oder eine Firma oder sonst was stehe, dann habe er andererseits irgendwas von den Steinwerken Kubelak gesprochen, aber er sei vergreist, vielleicht oder sogar mit großer Sicherheit bringe der alte Heuser alles durcheinander. Kuhn: Er finde das zuhöchst interessant. Was habe denn der Adomeit mit all diesem Geld gemacht? Rühl sei nun wieder dazwischengefahren und habe Kuhn zurechtgewiesen, er solle endlich ordentlich zuhören, der alte Adomeit habe nichts besessen, sie redeten von Gerüchten. Kuhn habe nun ganz erhitzt dagestanden und fast gekreischt. Gerüchte, was heiße Gerüchte! An Gerüchten sei immer was Wahres, also halte er sich an Gerüchte! Er halte sich an Gerüchte, da er sich nämlich an die Wahrheit halte, da man ohnehin alles nur durch Gerüchte erfahre ... nur durch Gerüchte ... jawohl, so sei es! Der alte Heuser sei doch ein vertrauenswürdiger Mann, ganz und gar vertrauenswürdig. Er glaube unverhohlen, was der alte Heuser sage. Ganz unverhohlen glaube er das, ganz unverhohlen! Willi Kuhn sei offenbar sehr betrunken gewesen. Die Umstehenden seien in Gelächter ausgebrochen, nur Karl Rühl habe nach wie vor auf Kuhn eingeredet. Der alte Heuser ist fünfundneunzig, hörst du, fünfundneunzig, der weiß doch gar nicht mehr, was er erzählt, der kann dir doch alles erzählen. Er hat mir doch gar nichts erzählt, habe Willi Kuhn empört gerufen. Ich habe niemals behauptet, daß mir der alte Heuser was erzählt hat. Das hast du behauptet! Rühl: Das habe ich nie behauptet, das heiße, er wolle sagen … Kuhn: Doch, gerade eben hast du das behauptet, alle sind Zeugen. Ich kenne doch den alten Heuser gar nicht. Der Heuser hat das seinem Sohn erzählt, nicht mir, und der Sohn hat es dem hier, dem Wiesner, erzählt. Was unterstellst du mir die ganze Zeit, habe Willi Kuhn gerufen. Er habe nie irgendein Gespräch mit dem alten Heuser geführt, und er habe das nie behauptet. Keinem sei begreiflich gewesen, wieso Kuhn plötzlich in eine so kasuistische Denkweise verfallen sei, denn in der Tat habe das Gespräch vorher ja lediglich davon gehandelt, was man allgemein auf Gerüchte gebe, und nicht davon, ob der alte Heuser Kuhn etwas erzählt habe oder nicht. Kuhn habe nun immer wieder darauf beharrt, daß er sich nicht unterstellen lasse, etwas gemacht zu haben, was er nicht gemacht habe, nämlich mit dem alten Heuser gesprochen zu haben, den er überdies gar nicht kenne, und Karl Rühl habe währenddessen unablässig auf ihn eingeredet, er solle sich nun wieder abregen und lieber ein Mineralwasser trinken. Drei Minuten später sei alles wieder vergessen gewesen, man habe noch eine Weile zusammengestanden, dann sei Kuhn mißmutig davongegangen und habe sich zu einer anderen Gruppe gestellt, der er nach wenigen Minuten, plötzlich wieder begeistert und in bester Laune, erzählt habe, was Adomeit früher alles besessen habe und daß niemand weiß, was er mit all dem Geld gemacht habe, sogar die Steinwerke Kubelak habe er früher besessen, was er, Kuhn, übrigens bislang noch gar nicht gewußt habe *etcetera*. Die Herren am Grill hätten unterdessen ihr Gespräch fortgeführt. Herr Geibel habe gesagt, auch von Adomeits Schwester habe man gestern nichts über den Besitzstand Adomeits erfahren. Schon vorher habe man ja hier und da vermutet, Adomeit müsse wohlhabender gewesen sein, als es den Eindruck gemacht habe. Aber Frau Adomeit habe sich gestern den ganzen Tag über sehr bedeckt gehalten. Sie habe zu nichts etwas sagen wollen. Er habe das Seine gehabt, sie das Ihre, mehr habe sie nicht gesagt. Rudolf, der ebenfalls gerüchteweise etwas gehört haben wollte, habe sie nach irgendwelchen Grundstücken gefragt und nach der Rolle, die die Adomeits früher in Florstadt gespielt hätten. Nein, wir haben keine Rolle gespielt, habe Frau Adomeit gesagt, im übrigen bleibe sie bei ihrer Haltung. Was ihr Bruder gehabt habe, sei allein seine Sache. Man sei nicht weiter in die Dame gedrungen, die übrigens sehr leide unter dem Verlust ihres Bruders. Beide sollen ja ein sehr herzliches Verhältnis zueinander gehabt haben. Wiesner: Da habe er aber Gegenteiliges gehört. Es habe doch immer geheißen, der alte Adomeit habe mit seiner Familie nichts zu tun haben wollen. Geibel: Nein nein, das sei nur so ein Gerede gewesen, nur ein Gerücht. In

Wahrheit habe Adomeit ein sehr gutes Verhältnis zu seiner Schwester gehabt. Die Schwester habe nur stets die ganze Zeit vermieden, nach Florstadt zu kommen, wegen damals, wegen des Geredes. Wegen was für einem Gerede denn, habe Rühl gefragt. Geibel: Wegen des unehelichen Kindes natürlich. Das habe doch damals jede Menge Gerede gegeben, damals in den fünfziger Jahren. Da habe sie ein Kind bekommen, von wem, wisse er nicht, aber es sei unehelich gewesen, und da habe es Gerede gegeben, und so sei die Schwester damals ins Ausland vertrieben worden. Um so auffälliger sei es, wie sie sich nun in diesen Tagen gegen die Florstädter verhalte, nämlich höflich, ohne irgend etwas nachzutragen. Später ist sie nach Deutschland zurückgekommen (sie war in England), aber nie nach Florstadt. Aber ihr Bruder hat sie zuletzt oft besucht, heißt es. Hat man ihn denn nicht oft auf dem Weg zum Bahnhof gesehen? Da ist er dann wohl immer zu seiner Schwester gefahren, mit der er sehr gut gestanden habe. Geibel habe nun erwartungsvoll zu Schuster und Schossau geblickt, damit sie seine Aussage bestätigen. Schuster habe allerdings gesagt, Sebastian Adomeit habe seine Schwester niemals besucht. Das wäre völlig undenkbar gewesen. Er habe nichts mit ihr zu tun gehabt. Geibel sei sofort indigniert gewesen, habe sich nun nur noch ausschließlich an Wiesner und Rühl gewandt und habe gesagt, soweit er wisse, habe Adomeit ein gutes Verhältnis zu seiner Schwester gehabt und diese oft besucht, so sei es ihm erzählt worden, und er habe keinen Grund, daran zu zweifeln. Der alte Mann war mit Sicherheit nicht so grausam und verhärmt, wie er von manchen dargestellt wurde. Er, Wiesner, hätte sich gestern einmal mit

225

der Schwester unterhalten sollen. Adomeit war wirklich ein anderer, als man hier gedacht hat. Und von Zwist oder Haß keine Spur in dieser Familie. Schuster sei immer unruhiger geworden, aber Geibel habe einfach weitergesprochen. Geibel habe immer detaillierter das Bild eines mißverstandenen Sebastian Adomeits gezeichnet, der überdies auch gar nicht selbst daran schuld gewesen sei, daß man ihn so mißverstanden habe, vielmehr sei allein eine Kette aus unsinnigen Zufällen dafür verantwortlich gewesen. Im übrigen müsse er, Geibel, betonen, daß er selbst immer in sehr gutem nachbarschaftlichen Verhältnis mit dem alten Herrn gelebt habe, Adomeit habe immer freundlich nach ihm und seiner Familie gefragt, er habe sich noch letztes Jahr immer wieder ganz interessiert erkundigt, als sie, die Geibels, das Haus saniert hätten, Adomeit habe sich für all diese Sanierungsarbeiten wirklich sehr interessiert. Er habe keinen Grund gehabt, gegen Adomeit zu sein. Nein, habe Wiesner bestätigt, er auch nicht. Er habe ja auch mit dem Mann gar nichts zu tun gehabt. Ich habe auch nichts mit ihm zu tun gehabt, habe Rühl gesagt. Auch Vetter Georg habe nun eingeworfen, er kenne diesen Adomeit nicht, er habe erst bei seinem Tod von ihm gehört. Und weil nun allen plötzlich klargeworden sei, daß von ihnen überhaupt niemand außer Geibel etwas mit Adomeit zu tun gehabt habe, habe man das Gesprächsthema wieder gewechselt. Anton Wiesner habe unterdessen unablässig darauf gewartet, daß die Ute endlich auf ihn zutrete und ihm sage, was sie ihm auf diesem Grillfest habe sagen wollen. Was könnte sie ihm denn bloß mitteilen wollen? Wiesner habe jetzt zum ersten Mal darüber nachgedacht. Er habe sich die

Szene von vorhin auf der Straße wieder in Erinnerung gerufen und sich gefragt, wieso denn die Ute so schockiert reagiert habe. Ihm sei nun eingefallen, daß sie gerade in dem Augenblick so schockiert gewesen sei, als sie von ihrer Verabredung gesprochen habe. Sie habe das mit der Verabredung übrigens auf eine eigenartige Weise betont. Nun sei es Wiesner rot ins Gesicht geschossen, denn plötzlich habe er begriffen, wieso die Ute vorhin so seltsam reagiert habe. Normalerweise hätte er eifersüchtig werden und fragen müssen, mit wem sie verabredet sei, aber das hatte er nicht getan, er hatte überhaupt nicht daran gedacht, weil er in seinen Gedanken ganz woanders gewesen war. Natürlich, wie habe ich das vorhin nur nicht begreifen können, habe er gerufen. Dann sei er wieder ins Nachdenken verfallen. Alles in seinem Kopf sei sehr undeutlich gewesen, er hätte es gern deutlicher gehabt, aber ihm sei nicht gelungen, es deutlicher zu machen. Er habe an die Ute und an noch vieles andere gedacht, aber es sei gewesen, als liefen bloß Schemen durch seinen Kopf, die er nicht greifen könne. Wiesner habe nun in aller Schärfe nachzudenken versucht. Das einzige, was er deutlich gewußt habe, war, daß er sich noch nie zuvor in einem so eigenartigen Zustand befunden habe. Dann wieder habe er sich mit großem Interesse gefragt, was die Ute ihm wohl mitteilen werde. Er sei völlig gespannt gewesen. Aber Ute Berthold habe keinerlei Anstalten gemacht, zu ihm hinzugehen und ihm endlich die erwartete Mitteilung zu machen, obgleich es schon halb sechs Uhr gewesen sei. Sie habe vielmehr schon eine ganze Weile auf der anderen Seite des Gartens auf einem Stuhl gesessen und in den Himmel und die angrenzenden

Schrebergärten geblickt, ohne in Wiesners Richtung zu schauen. Alsbald sei sie wieder in ein Gespräch hineingezogen worden. Irgendwann habe es Wiesner kaum mehr aushalten können. Bucerius habe gesagt, er soll das alles nicht so kompliziert machen; er soll zu ihr hingehen, sie warte doch nur darauf. Wiesner habe gesagt, er wisse nicht, ob er das tun soll. Also gut, habe Bucerius erwidert, der schon ganz angenervt von dieser Situation gewesen sei, dann bleib halt hier sitzen, mir ist das doch egal. Aber besonders unterhaltsam sei er, Wiesner, im Augenblick nicht, das könne er ihm sagen. Eben zum Beispiel habe er fast eine Viertelstunde auf seinem Stuhl gesessen, ohne ein Wort zu sagen, das habe er, Wiesner selbst, möglicherweise gar nicht bemerkt. Natürlich habe er das bemerkt, habe Wiesner gesagt, wieso soll er das denn nicht bemerkt haben. Er habe nachgedacht. Bucerius: Das habe er gesehen. Er habe über die Ute nachgedacht, oder? Wiesner: Ja, möglicherweise. Möglicherweise habe er über die Ute nachgedacht. Aber er könne darüber nicht reden. So, eine Viertelstunde habe er also dagesessen auf seinem Stuhl ... Da sei er ja schon fast wie der Südhesse, ein zweiter Südhesse geworden. Wiesner habe nervös aufgelacht, sei aber sogleich wieder verstummt. Sein Gesicht habe sich verdüstert. Plötzlich sei er aufgestanden. Was machst du denn, habe Bucerius gefragt. Ich? habe Wiesner gefragt. Bucerius: Ja, natürlich du, wer denn sonst? Da habe sich Wiesner allerdings schon von ihm gelöst und sei losgelaufen, um den Garten seines Vaters zu durchqueren. Tatsächlich habe er auf die Ute zugehen wollen, um sie endlich zu fragen und seine immer größer werdende Neugier zu stillen, aber nun sei innerhalb kur-

zer Zeit mehreres fast gleichzeitig passiert. Kaum nämlich habe sich Wiesner von seinem Gartenstuhl erhoben,
sei sein Vater auf ihn zugetreten und habe ihn gebeten
beziehungsweise aufgefordert, sich für die nächste halbe
Stunde an den Grill zu stellen, es sei schon Viertel vor
sechs. Wiesner habe die Worte seines Vaters zuerst gar
nicht recht bemerkt, so sei er in Gedanken gewesen.
Nicht jetzt, habe er gesagt und sei schon fast an seinem
Vater vorbeigelaufen, ohne das alles richtig wahrzunehmen. Einen Moment, einen Moment, habe sein Vater gerufen. Was soll das denn heißen? Wieso nicht jetzt? Nicht
jetzt, habe Wiesner wiederholt, nicht jetzt, er habe keine
Zeit, es sei jetzt völlig unmöglich. Wieso unmöglich, habe
sein Vater entgeistert erwidert. Was soll bedeuten, er
habe keine Zeit? Er sitze die ganze Zeit da hinten herum,
er habe überhaupt nichts zu tun. Also könne er sich auch
an den Grill stellen. Er habe seinem Vetter doch so groß-
spurig angekündigt, er werde sich heute an den Grill stellen. Anton Wiesner habe ihn völlig verständnislos angeschaut. Dann sei er weitergelaufen. Stehengeblieben,
habe sein Vater gerufen. Wiesner sei nun ganz entgeistert
stehengeblieben und habe seinen Vater gemustert, der
ihm in diesem Augenblick so fremd und so beziehungslos
wie nichts anderes auf der Welt vorgekommen sei. Er
habe mit einem roten und verschwitzten Kopf dagestanden, seltsam klein, und mit der Würstchenzange in der
Hand, die er zum Wenden der Würstchen benutzt habe.
Sehe ich ihm wirklich ähnlich, habe Wiesner nun plötzlich sehr interessiert überlegt. Manche sagen, ich sehe
ihm ähnlich. Er soll früher ganz genau so ausgesehen haben, wie ich jetzt aussehe, nur etwas kleiner. Möglicher-

weise sei dieser Mensch inzwischen noch kleiner geworden, denn nun sei er wirklich sehr klein. Er sei nicht
größer als alle anderen hier, alle diese Herren um die
fünfzig, die offenbar immer kleiner werden. Das ist also
mein Vater, habe er sich gesagt, und dieser Satz sei ihm
überaus bemerkenswert vorgekommen. Er habe auch gar
nicht weiter gehört, was dieser kleine Mann mit dem roten Kopf und der Würstchenzange gesprochen habe ...
er habe viel gesprochen, seltsam viel, Wiesner habe aber
nur den Mund gesehen, aus dem so viel herausgekommen
sei, auch das sei ihm sehr interessant vorgekommen, aber
er habe nichts gehört. Der Mann sei offenbar ziemlich
erregt gewesen, seinem Gesicht nach zu urteilen, aber
warum? Hinter ihm, fünfzehn Meter weiter, habe er die
Ute sitzen sehen, zu der er doch eigentlich habe hingehen
wollen und die diese Szene nun aufmerksam beobachtet
habe. Wie seltsam weit entfernt sie ist, habe Wiesner gedacht. Sie kommt mir schon ganz fremd vor. Was wollte
ich denn nur? Herrje, dieser kleine rote Mann macht
mich ganz wirr. Er sei zu sich gekommen, als Vater Wiesner seinen Sohn bei beiden Schultern genommen und ihn
geschüttelt habe. Bist du betrunken oder was, habe er
gerufen. Nein, wieso, habe Wiesner verwundert gesagt,
ich bin nicht betrunken, vielleicht ein wenig, es sei ja
auch sehr heiß. Er habe seinen Vater mehr als erstaunt
angeschaut, der nun plötzlich wieder um ein ganzes Stück
größer geworden zu sein schien. Was ist denn bloß los
mit dir. Nichts, habe Wiesner gesagt, er wolle ... er habe
doch nur kurz, nur kurz mit der Ute sprechen wollen.
Unsinn, habe der Vater gesagt, das dauert mindestens
wieder eine Stunde, im übrigen wolle die Ute gar nicht

mit ihm reden, sonst wäre sie ja bei ihm, und schließlich könnten sie auch am Grill miteinander reden, also los, hier an den Grill und ruhig jetzt. Wiesner habe nun tatsächlich mit der Grillzange am Grill gestanden. Er habe mehrfach konzentriert ein- und ausgeatmet und sich gefragt, ob er wirklich so sehr betrunken sei. In der Tat sei seine vorübergehende Abwesenheit eher ein nervöser Zustand gewesen, da er sich ja nun schon seit über einem Tag im Zustand völlig überhöhter Reizbarkeit befunden habe. Übrigens hätte er die Grillzange am liebsten gleich wieder hingeworfen und wäre zur Ute gelaufen, aber er habe nicht die Kondition gehabt, um einen Streit mit seinem Vater durchzustehen. Er habe übrigens auch dort am Grill sehr sinnlose und unzusammenhängende Handlungen ausgeführt. Er habe sofort viel zu viele Würstchen auf den Rost gelegt, einfach so und ohne darüber nachzudenken, und habe die Würstchen mit einer krankhaften Aufmerksamkeit hin und her gewendet, immer hin und her, woran er einen eigenartigen Spaß entwickelt habe. Bucerius habe ihm sein Bier gebracht. Weil Wiesner aber so verstiegen in seine Grilltätigkeit gewesen sei, habe Bucerius sich alsbald wieder in seinen Gartenstuhl gesetzt und den Freund beobachtet. Nun sei folgendes passiert (Wiesner sei dadurch mit einem Schlag wieder voll und ganz zu sich gekommen). Das Gatter des Schrebergartens habe sich geöffnet, und Katja Mohr sei eingetreten. Wiesner habe beobachtet, wie sie Bucerius erblickt habe und zu diesem hingelaufen sei. Beide hätten miteinander gesprochen, dann habe Bucerius auf den Grill und auf Wiesner gezeigt, und Katja Mohr habe ihm zugewunken. Wiesner habe zurückgewunken. Es habe nur ein paar Minuten gedauert, dann sei sie an den Grill getreten. Wiesner sei plötzlich hochzufrieden darüber gewesen, am Grill zu stehen, seine Tätigkeit dort sei ihm jetzt sehr wichtig erschienen. Hallo, habe er gesagt, scheinbar hauptsächlich mit dem Wenden der Würstchen beschäftigt. Wie komme sie denn hierher, habe er gefragt. Katja Mohr habe gesagt, sein Freund, der Landwirtssohn, habe gestern abend von dem Grillfest erzählt und habe gemeint, wenn sie wolle und nichts zu tun habe, könne sie gern vorbeikommen, es komme ohnehin jeder. Das stimme, habe Wiesner gesagt und gelacht, hier komme jeder her. Sie habe nun neben ihm gestanden, und Wiesner habe genossen, daß er offenbar der hauptsächliche Bezugspunkt für sie hier im Garten gewesen sei, mehr noch als Bucerius. Du kannst dir ein Bier nehmen, wenn du willst, habe er gesagt, dort neben der Hütte steht ein Waschzuber, da sind kalte Flaschen drin. Gern, habe Katja Mohr erwidert, habe sich eine Flasche geholt, und Wiesner habe sich überlegt, was nun wohl passiere, ob sie wieder zu Bucerius gehe, neben dem ein Stuhl frei gewesen sei, oder ob sie wieder zu ihm komme. Sie sei wieder zu ihm gekommen. Wie sie denn den Tag verbracht habe, habe er gefragt, so teilnahmslos wie möglich. Katja habe gesagt, sie sei in Frankfurt gewesen. Und, habe er gefragt, was habe sie dort gemacht? Nichts weiter, habe sie gesagt. Sie sei ein bißchen am Main entlanggelaufen, und sie habe ein Museum besucht. Wiesner habe sie erwartungsvoll angeschaut, damit sie weitererzähle. Er habe sich bereits im siebten Himmel befunden. Das Museum habe einen kleinen Garten gehabt. Sie habe dort ein Stück Käsekuchen gegessen, denn es sei auch ein

Café in dem Garten gewesen. So, habe Wiesner gesagt. Schade eigentlich. Was sei schade, habe sie gefragt. Schade sei, habe er gesagt, daß, hätte sie heute nacht etwas von ihrem bevorstehenden Ausflug nach Frankfurt in dieses Museum erzählt, Bucerius und er sie hätten begleiten können. Genau, genau, habe Wiesner gedacht, das hast du sehr gut gesagt, nämlich daß ich *und* Bucerius sie hätten begleiten können, das ist nämlich viel unauffälliger als zu sagen, *ich* hätte sie begleiten können. Überhaupt hätten sich, habe er gesagt, bestimmt noch andere gefunden, sie hätten in einer größeren Gruppe dorthin fahren können, und wenn er es recht bedenke, nein, er, Wiesner, hätte gar keine Zeit gehabt, aber mit den anderen hätte sie fahren können, dann hätte sie Gesellschaft gehabt. (Ideal, ideal gesagt! Das ist eine hervorragende Wendung des Gedankens, Wiesner! habe er sich gesagt.) Sie: Ja, das wäre vielleicht wirklich ganz lustig gewesen. Eine Pause sei entstanden. Katja habe sich umgeschaut und den Garten betrachtet. Was hast du denn gesehen in diesem Museum? Sie: In diesem Museum habe sie eine Frau auf einem Panther gesehen. Er: Auf einem Panther? Was mache sie denn auf diesem Panther? Katja Mohr habe aufgelacht. Sie liege auf dem Panther, so in etwa, wie auf einem Diwan (sie habe die Geste nachgemacht). Wiesner habe darauf nichts zu sagen gewußt und habe wieder eine Reihe von Würstchen gewendet. Möchtest du eines? Sie: Bitte? Er: Ein Würstchen, möchtest du vielleicht ein Würstchen? Sie: Nein, vielen Dank. Er: Es gibt auch Steaks. Sie habe wieder in die Runde geblickt. Nein, danke, möchte ich nicht. Wieder sei eine Pause entstanden. Wiesner habe sich plötzlich total peinlich gefühlt und vor Scham zu glühen begonnen. Jetzt sei der Gesprächsfaden gerissen, und jeder Versuch, den Faden wiederaufzunehmen, habe seiner Ansicht nach auf eine verderbliche Art unnatürlich wirken müssen. Du verdirbst es, du verdirbst es, habe er sich gesagt. Katja Mohr aber habe sich gar nicht darum gekümmert, sondern habe plötzlich einfach weitergeredet. Sie habe wieder von Frankfurt erzählt, sie habe noch einige Ausführungen über das Museum gemacht, und es habe geschienen, als gehe sie wirklich davon aus, es müßte Wiesner interessieren, was sie über das Museum erzähle. Es habe Wiesner auch interessiert, aber aus ganz anderen Gründen. Das Gespräch zwischen ihnen sei nun sogar lebhafter geworden, beide hätten gelacht, Wiesner habe jetzt wieder ganz natürlich in dem Gespräch agieren können, und während er seine Sätze gesprochen habe, habe er sich ausgemalt, mit Katja Mohr am Frankfurter Main entlangzulaufen, ein Museum aufzusuchen, durch den dortigen Garten zu schlendern und ein Stück Käsekuchen zu essen. Nach einer Weile und nach einem für Wiesner völlig traumhaften Gespräch habe sich Katja Mohr von ihm gelöst, sei wieder zu Bucerius gegangen und habe sich zu ihm gesetzt. Wiesner, der alles aufmerksam im Auge behalten habe, habe noch eine Weile weitergegrillt, Würstchen ausgegeben, Brötchen dazugelegt, Steaks gewendet, dann sei auch er zu den beiden gegangen. Er habe sich vor beide ins Gras gesetzt und habe wieder Bier getrunken und geraucht. Wieder sei auf ganz natürliche Weise ein Gespräch entstanden. Er habe gar nicht fassen können, wie leicht ihm diese Gespräche mit Katja Mohr gefallen seien. Es seien keinerlei Pausen mehr aufgetreten, alle hätten oft gelacht, Katja habe deutlich mehr mit ihm als mit Bucerius gesprochen, und tatsächlich hätten sich alle für den Abend verabredet. Gegen sieben Uhr sei Katja Mohr wieder gegangen. Wiesner habe sich rückwärts ins Gras fallen lassen und in den blauen Himmel gestarrt. O Mann, Bucerius, habe er gesagt. Er habe plötzlich auf eine nervöse Art lachen müssen, seltsam unkontrolliert, als falle eine riesige Last von ihm ab. Was ist, habe Bucerius gefragt. Wiesner: Ich bin glücklich. Das heißt, ich bin eigentlich gar nicht glücklich. Aber dennoch bin ich glücklich. Verstehst du das? Hahaha, verstehst du das? Bucerius habe ihn fragend angeschaut. Dann habe er finster dreingeblickt. Morgen ist sie weg, habe er gesagt. Wiesner: Was meinst du denn damit? Bucerius: Morgen ist die Katja wieder weg. Weg halt. Sie fährt doch wieder nach Hause. Ob ihm das denn nicht klar sei? Das sei doch alles eine ganz und gar unsinnige Geschichte. Wiesner habe die Arme hinter seinem Kopf verschränkt, immer noch in den Himmel schauend. Morgen, habe er gesagt, wer wisse, was morgen sei? Heute sei heute. Heute sei er glücklich. Was morgen sei, das stehe dort oben (er habe in den Himmel gewiesen), kein Mensch wisse das. Bucerius: Er wisse zumindest was ganz anderes, nämlich daß er, Wiesner, jetzt mit Sicherheit einige Probleme mit der Ute bekommen werde. Wiesner sei aus seiner liegenden Haltung wie ein Federmesser hochgeschnellt. Die Ute! Sie sei nicht mehr auf ihrem Platz dort hinten gewesen. Wiesner habe hektisch über den ganzen Schrebergarten geblickt. Wo ist sie denn, habe er gefragt. Bucerius: Wo soll sie schon sein? Sie ist gegangen, schon vor etwa einer halben Stunde. Was? habe Wiesner gerufen. Bucerius: Sie habe die ganze Zeit dort hinten herumgesessen und habe natürlich alles gesehen. Wiesner: Was denn gesehen? Was hat sie denn gesehen? Bucerius: Sie hat gesehen, wie du dich mit Katja unterhalten hast. Er: Ja und, und was weiter? Er könne sich doch unterhalten, oder? Sie habe sich doch auch die ganze Zeit unterhalten. Bucerius: Ja, schon, das heiße, am Ende habe sie sich mit niemandem mehr unterhalten, die letzte halbe Stunde habe sie nur noch auf diesem Holzstuhl da hinten gesessen und völlig fassungslos zu dir hergeblickt. Wiesner: Aber warum denn? Bucerius: Mann, wirklich, du hättest einmal sehen sollen, wie es ausgesehen hat, als du dich die ganze Zeit mit der Katja unterhalten hast. Du hast nur noch Augen für sie gehabt. Du hast doch gar nichts anderes mehr um dich herum wahrgenommen. Wiesner: Das stimme nicht. Er habe sich auch überhaupt nicht lange mit dem Mädchen unterhalten, vielleicht fünf Minuten, allerhöchstens zehn. Bucerius habe ihm einen Vogel gezeigt. Von wegen zehn Minuten! Eine halbe Stunde habt ihr dort zusammen am Grill gestanden. Wiesner: Wirklich? Eine halbe Stunde ... das ist ... das habe ich gar nicht bemerkt. Bucerius: Eben, das sage er ja. Aber die Ute habe es bemerkt. Sehr genau sogar habe sie bemerkt, was bei ihm gerade abgegangen sei. Wiesner: Aber es sei doch gar nichts abgegangen. Er habe sich doch bloß unterhalten, eine halbe Stunde ... Mein Gott, war es wirklich eine halbe Stunde? Bucerius: Am Ende hat sie angefangen zu weinen, sie hat einfach nicht fassen können, dich so zu sehen, und da ist sie gegangen. So ein Unsinn, habe Wiesner gesagt. Das sei wirklich Unsinn. Verdammt, wieso müssen auch alle gleichzeitig hier erscheinen! Jetzt weiß ich nicht, was die Ute mir hat sagen wollen. Bucerius: Interessiert es dich denn überhaupt? Wiesner: Ach, was weiß ich! Was wisse er, was ihn interessiere, verdammt noch mal! habe er gerufen. Und jetzt kann ich sie wieder anrufen und das alles wieder korrigieren, wie immer, das kotzt mich an. Scheiße, verdammte Scheiße. Wiesner sei aufgesprungen und habe vor Wut gegen den Gartenstuhl getreten. Dann habe er sich schnell umgeblickt, ob jemand seinen Tritt gegen den Stuhl bemerkt habe. Es sei aber inzwischen eine solche Volksmenge in dem Schrebergarten gewesen (wie übrigens auch in den angrenzenden Gärten), daß man mit Sicherheit nicht auf ihn geachtet habe. Hör zu, Bucerius, habe Wiesner gesagt, ich sage dir jetzt etwas. Ich denke von jetzt an nur noch an den Augenblick, verstehst du! Mir ist egal, was morgen ist, mir ist auch egal, was in drei Stunden ist, ich denke ab sofort nur noch an das Hier und Jetzt. Ich werde niemals mehr an das Morgen denken, ich streiche das aus meinem Kopf heraus, ich vernichte diesen Gedanken in mir, verstehst du, denn er hat mir immer nur Unglück gebracht. Ich werde nicht mehr an die Vergangenheit denken, ich werde auch an keine Zukunft denken. Bucerius, ich kann diesen ganzen Unsinn nicht mehr ertragen. Ich möchte endlich mein eigenes Leben führen, verstehst du das! Ich habe keine Lust mehr, nachher bei der Ute anzurufen, um wieder gutes Klima zu machen, ich habe keine Lust, wie ein kleines Hündchen dazusitzen und nachher auf das Treffen mit der Katja zu warten, ich will das alles nicht mehr, ich möchte das aus mir herausbekommen, und ich schließe es jetzt hiermit einfach aus mir aus. Ich tue nichts mehr.

Ich habe keinerlei Verpflichtung. Nichts. Wenn ich morgen sterbe, ist mir das egal, und wenn du jetzt aufspringst und mir deine Bierflasche über den Schädel haust, dann ist es mir auch gleichgültig, denn ich werde auch das genießen, verstehst du, genießen! Ich schwöre hiermit auf den Augenblick. Besiegelt! Beide hätten die Bierflaschen aneinandergestoßen und damit den Wiesnerschen Schwur besiegelt. Daraufhin seien sie gegangen. Bucerius habe gemerkt, daß sich sein Freund in einer vollkommen aufgebrachten und verwirrten Lage befunden habe. Sie seien zwei Stunden durch die Gegend geschweift, Wiesner habe immer neue Vorschläge gemacht, die allesamt sehr schwärmerischer Natur gewesen seien. Einmal habe er an die Horloff laufen, dann in den Taunus fahren wollen, um von dort auf das weite Land zu blicken. Sie seien aber beide nicht mehr fahrtüchtig gewesen. Wiesner habe immer wieder ganz seltsame Sachen von einem Panther erzählt, Bucerius habe überhaupt nicht verstanden, was sein Freund mit diesem Panther gewollt habe. Aber Wiesner habe ohnehin sehr unzusammenhängend geredet. Dann wieder sei Wiesner komplett von dem Wunsch erfüllt gewesen, von *einem möglichst hochgelegenen Punkt* aus den Sonnenuntergang zu sehen. Sie seien auf den Mäuseturm gestiegen und hätten dort auf den Sonnenuntergang gewartet. Auf dem Mäuseturm sei bereits ein Liebespaar gewesen. Da es sich gestört gefühlt habe, sei es alsbald enttäuscht gegangen, um irgendwo unten auf einer Bank weiterzumachen. Der Himmel sei allerdings noch ganz hell gewesen, denn die Uhr habe erst kurz nach acht gezeigt. Wiesner habe eine auffällige Zielstrebigkeit an den Tag gelegt, als er Bucerius schon gegen halb neun wieder angetrieben habe, den Mäuseturm zu verlassen, um zurück in die Stadt zu gehen. Zwar habe Wiesner immer noch hier und da von dem *Augenblick* gesprochen, an den er ab sofort nur noch denken wolle, aber hauptsächlich habe er damit wohl den Augenblick im Sinn gehabt, an dem er Katja Mohr wiedersehen würde, denn er habe nun alle Mühe darauf verwendet, nur ja rechtzeitig zu dem verabredeten Ort zu kommen. Sie seien auf den Alten Feuerwachenplatz gelaufen und hätten sich an einen der Holztische gesetzt. Wie tags zuvor habe dort irgendeine Veranstaltung stattgefunden. Katja Mohr sei allerdings nicht dagewesen. Wiesner sei darüber sehr beunruhigt gewesen. Er sei sogar derart fassungslos gewesen, daß er immer wieder völlig hilflos, ohne sich auf das Gespräch mit Bucerius konzentrieren zu können, nach links und nach rechts geschaut und unablässig an seinen Fingern gekaut habe. Es sei ihm immer deutlicher so vorgekommen, als handle hier ein ganz anderer, den er überhaupt nicht kenne, eine völlig fremde Person, und als habe dieser ganz andere überhaupt schon die ganzen letzten Jahre, vielleicht sogar schon immer hier gehandelt, aber nicht er, Wiesner. Er habe seine Fingernägel unter der Tischplatte in den Arm gekrallt, so tief, daß es zu bluten begonnen habe, allerdings habe er keinen Schmerz gefühlt, eher sogar eine Art von Trost. Er sei in diesem Moment (alles das habe nur einen Moment gedauert) sehr weit von allem weg gewesen, wie durch ein schweres Fieber. Er habe eine unglaublich große Scham in sich gespürt, obgleich er nicht hätte sagen können, warum. Zu dieser Scham habe sich eine völlige Hilflosigkeit und eine totale Handlungsunfähigkeit ge-

sellt, allesamt Zustände, die Wiesner noch nie zuvor an
sich wahrgenommen habe ... In diesem Augenblick habe
Katja Mohr an seinem Tisch gestanden.

III

Als der Antragsteller vorhin unter dem Rhododendron
gestanden habe, habe er für einen längeren Moment das
Gezweig des Strauchs betrachtet. Alles sei harmonisch
gewesen. Keine Fragen, keinerlei Antworten, keine Notwendigkeiten, keine Verbindungen. Alles völlig wortlos.
Für einen Moment sei er sehr glücklich über das Gezweig
des Rhododendronstrauchs gewesen. Darüber habe er
sich gefreut wie ein Kind, er habe sogar die Hände zu-
sammengeklatscht. Mit einem Mal aber sei ihm das, was
ihm gerade eben noch ganz natürlich vorgekommen war,
überaus sentimentalisch erschienen, zumal er sich jetzt
auch erinnert habe, solche Gedankenketten schon tau-
sendmal gesponnen zu haben. Selbst der cartesianische
Satz, daß seine Gedanken ihm keinerlei Notwendigkeiten
auferlegten, sei ihm jetzt abgeschmackt vorgekommen
und ebensowenig notwendig. Daß deine Gedanken den
Dingen keinerlei Notwendigkeiten auferlegen, ist in keiner Hinsicht notwendig. Oder, weiter: Daß es in keinerlei Hinsicht notwendig ist, daß deine Gedanken den Dingen keine Notwendigkeit auferlegen, ist in keinerlei Hinsicht notwendig. Nichts ist notwendig, alles ist notwendig, ein Teil ist notwendig, eine bestimmte Summe, ein
beliebiges Maß. Das hängt von dir, Schossau, ab, das
hängt nicht von dir, Schossau, ab. Möglicherweise hänge
alles nur davon ab, im rechten Moment das rechte Wort
aus sich herauszulöschen, um es nicht in solchen in keinerlei Hinsicht notwendigen Gedankenketten zu verwen-
den. (Der andere Schossau in ihm habe hierbei allerdings
höhnisch aufgelacht.) In diesem Augenblick sei in ihm

der Entschluß gereift, diesen Antrag zu stellen, und er habe sofort den geraden Weg vom Rhododendronstrauch unterhalb der Burg hierher in das örtliche Büro der Allgemeinen Ortskrankenkasse in Friedberg genommen. Übrigens habe sich, um mit dem Antrag fortzufahren, am Dienstagmorgen in aller Frühe etwas ereignet, das einen ungewöhnlichen Eindruck hinterlassen habe. Man müsse sogar sagen, daß einige Niederflorstädter geradezu verstimmt auf dieses Ereignis reagiert hätten. Das Ereignis habe Frau Strobel betroffen, die Haushälterin Sebastian Adomeits. Schossau selbst und alle anderen, die am Morgen desselben Tages im Büro Weihnöters gewesen seien, um der Testamentseröffnung beizuwohnen (oder auch nur einer Mitteilung Adomeits, man habe ja bis zu dem Zeitpunkt nicht gewußt, was sich in dem hinterlegten Brief befunden habe), hätten von dem Geschehen um Frau Strobel erst später erfahren, gegen Mittag. Frau Strobel habe den halben vorigen Tag über in einer Wirtschaft mit dem schlichten Namen Bierstube herumgesessen und dort völlig abwesend getrunken. Sie sei, heiße es, in ihrer Bank mehrfach eingeschlafen, sogar über dem Essen, das sie sich bestellt habe. Man habe einen allgemeinen Hang zur Weinerlichkeit an ihr ausgemacht, sie habe mit feuchten Augen Bier und Schnaps bestellt, den Anwesenden sei das völlig grundlos erschienen, und auch während der Lieder, die man im Radio gehört habe, sei ihr das Wasser in die Augen gestiegen. Am frühen Abend habe man sie mit einem Taxi nach Hause gebracht, ihre Nachbarin habe nachts ein Wimmern aus der Strobelschen Wohnung heraus gehört. Alles das sei in vielfacher Hinsicht am nächsten Morgen unter den Niederflorstädtern, sowohl auf ihren Arbeitsstellen als auch unter den Pensionären in den Wirtschaften, besprochen worden. Es habe ohnehin die Ansicht geherrscht, daß das Verhältnis der alten Frau zu Adomeit abartig gewesen sei, denn zwei solche Personen hätten, so sei die landläufige Ansicht gewesen, gemeinhin nie etwas miteinander zu tun haben dürfen. Adomeit habe die naive Frau an sich gekettet, diese wiederum sei dem arroganten alten Mann hörig gewesen, man wisse freilich nicht, in welcher Hinsicht. Man habe auch gemunkelt, vermutlich habe der alte Adomeit ihr sein Erbe hinterlassen, oder wenigstens einen nicht unbeträchtlichen Teil davon. Dann wieder sei erzählt worden, Adomeit habe ihr mit Sicherheit nichts hinterlassen, weil Adomeit die Frau in ihrer Hörigkeit nur ausgebeutet habe, so wie er alle immer ausgebeutet habe, denn ein Adomeit rücke von seinem Reichtum kein Iota ab und nehme ihn einfach mit ins Grab. Daraus sei wiederum das Gerücht entstanden, Adomeit habe sein Erbe verschenkt, an irgendwen, oder habe es irgendeiner Institution vermacht (dem Jägerbund, den Johannitern). Diese Gerüchte hätten freilich nur für einige Stunden ins Kraut schießen können, und zwar nur solange man noch nichts von dem Termin beim Notar Weihnöter erfahren habe, der für einige Aufklärung, wenn auch zuerst für noch mehr Verwirrung gesorgt habe, aber dazu später. Bei dem Ereignis nun, welches eine solche Mißstimmung ausgelöst habe, habe es sich schlicht und ergreifend darum gehandelt, daß die alte Strobel morgens in ihrer Wohnung, wahrscheinlich sogar noch in der Nacht, einen Schlaganfall erlitten habe. Sie sei nach der Entdeckung durch ihre Nachbarin (diese habe ihren Neffen die Tür

243

zur Strobelschen Wohnung eintreten lassen) mit dem Krankenwagen ins Friedberger Kreiskrankenhaus gebracht worden, in sehr schlechtem Zustand. Grund des Schlaganfalls seien vermutlich ihre panikartigen Anfälle wegen Adomeits Tod und ihre übertriebene Trinkerei am vergangenen Tag gewesen. Die Nachricht darüber habe sich sehr schnell verbreitet, aber von Mitleid sei fast nichts zu hören gewesen. Man habe vielmehr sehr schnell die Theorie gebildet, daß sich dieser Schlaganfall nur wegen Frau Strobels *eigenartiger* Beziehung zu dem verstorbenen Adomeit habe ereignen können. Da man diese Beziehung immer nur als eine einzige Verwirrung und Ekelhaftigkeit habe ansehen können, kurz als etwas, auf das sich eine vernünftige und anständige Frau niemals hätte einlassen dürfen, so habe man natürlich auch in diesem Schlaganfall etwas gesehen, was sich bei einer anständigen Person niemals hätte ereignen können. Dieser Schlaganfall sei eine völlig unstatthafte Sympathie mit dem Verstorbenen, sie wolle ihm nämlich nachsterben. Aber welchen Grund habe sie dazu? Sei sie denn etwas Besonderes? Sie sei doch nur eine Putzfrau! Hätte sie anständig gelebt, hätte sie nicht ein solches Ende gefunden! Dabei habe man allerdings vergessen, daß Frau Strobel bis dahin nie einen Grund geliefert hatte, an ihrer Anständigkeit zu zweifeln. Man habe schließlich ja auch gar nichts über ihr eigentliches Verhältnis zu Adomeit gewußt. Größte Anzüglichkeiten seien an diesem Morgen erzählt worden über die beiden Alten, und alles sei so vonstatten gegangen, daß der eine immer lediglich gesagt habe, er habe das *so und so von einem anderen gehört*, er selbst gebe es nur weiter und trage dafür keinerlei Verantwortung. Es sei kaum zu glauben, aber die unbedarfte Frau Strobel sei so innerhalb weniger Stunden in der Volksmeinung zu einer ebenso arroganten und anmaßenden Person geworden wie Adomeit, und zwar allein aufgrund ihres Schlaganfalls. Es habe sogar den Eindruck erweckt, als *gönne* man ihr diesen Schlaganfall nicht, als nehme sie sich damit zu viel heraus, als komme ihr das nicht zu, gerade ihr nicht. Nun ja, soll Herr Munk am Mittag mit Blick auf diesen Schlaganfall gesagt haben, Dummheit und Stolz wachsen aus demselben Holz. Der Neffe der Nachbarin habe Frau Strobel in der Küche gefunden, sie habe auf dem Boden gelegen mit einer heftigen Wunde am Kopf, da sie an der Tischplatte aufgeschlagen sei. Sie sei völlig starr gewesen, in einer absonderlich verkrampften Haltung, und habe immerfort die gegenüberliegenden Gardinen gemustert. Schon seit Stunden, habe der Neffe gesagt, müsse sie diese Gardinen gemustert haben, denn sie habe sich nicht bewegen können. Das sei der Überlebenswille gewesen, der aus ihrem Blick gesprochen habe, habe der Neffe später behauptet: sie habe sich ganz auf diese Gardinen konzentriert, um abzuwarten, bis sie jemand findet, damit sie überlebt. Das sei natürlich bloß eine verstiegene Theorie des Neffen gewesen (der Neffe sei bekannt für solche eigenartigen Theorien). Der Arzt in Friedberg habe gemeint, die Frau sei völlig demoralisiert und habe seinem Eindruck nach keinen einzigen Funken Überlebenswillen im Leib. Der Neffe der Nachbarin aber habe die Sache mit der Gardine auf eine penetrante Weise überall verbreitet, weil es sich um seinen persönlichen Einfall gehandelt habe, auf den er stolz gewesen sei, und sogar dieses andauernde angebliche Blicken auf die Gardine habe man anschließend sehr hämisch kommentiert und darin ein unangemessen exklusives und absonderliches Verhalten der alten Frau gesehen, die übrigens an diesen Interpretationen völlig schuldlos gewesen sei, denn zu alldem, was man sich über sie erzählt habe, habe es natürlich überhaupt keinen Anlaß gegeben. Es seien sogar Versionen zu hören gewesen, denen zufolge Adomeit bereits von Anfang an, also seit den fünfziger Jahren, als er seine Schwester aus dem Haus hinausgeworfen habe, irgend etwas mit *der Strobel zu schaffen* gehabt habe, freilich habe man sich da nur in Andeutungen ergangen. Zwischen Adomeit und der Strobel sei alles von Anfang an klar gewesen, sei behauptet worden, aber auch hierbei sei man nicht ins Detail gegangen, sondern man habe alles das bei irgendwelchen Redewendungen belassen. Der Neffe der Nachbarin habe sich übrigens auch hierbei hervorgetan und im Laufe des Vormittags immer neue Hinweise, Anspielungen und angebliche Informationen verlauten lassen, sei es, weil er sie seinerseits selbst von irgendwoher gehört habe, sei es, weil er alles einfach erfunden habe, aus keinem anderen Grund als dem der Wichtigtuerei heraus. Alle, die am Morgen bei Weihnöter in der Kanzlei versammelt gewesen seien, hätten von diesem Schlaganfall nichts gewußt. Ein beträchtlicher Teil aller bislang erwähnten Personen habe sich dort beim Notar eingefunden, die Größe der Versammlung habe selbst Weihnöter erstaunt. Man sei aus den unterschiedlichsten Gründen dort erschienen. Frau Jeanette Adomeits Anwesenheit als Schwester des Verstorbenen habe sich von selbst verstanden. Ihr gesamter Anhang sei ebenfalls zugegen gewesen, also die Mohrs und Herr Halberstadt. Auch Katja sei erschienen, wobei sie sich überhaupt nicht für das Testament interessiert habe, sondern ausschließlich für die Versammlung und insbesondere für den Auftritt ihrer Großmutter. Frau Novak sei ebenfalls zugegen gewesen, obwohl man sie vorher massiv davon abzuhalten versucht habe, in der Notariatskanzlei zu erscheinen. Zuerst sei ihr der Termin verschwiegen worden, nachdem sie aber dennoch von ihm erfahren habe, habe es morgens um sechs Uhr einen großen Zank in der Frühstücksstube von Frau Adomeits Pension gegeben. Frau Novak sei so rabiat und beleidigend geworden, daß die gesamte Familie Adomeit und Mohr, Halberstadt eingeschlossen, in größter Verstimmung den Morgenkaffee eingenommen habe und anschließend sehr schweigsam zum Notar gefahren sei, wobei Frau Novak triumphierend auf dem Beifahrersitz gesessen und immer wieder den frischen und gesunden Morgen gelobt habe. Frau Adomeit habe übrigens infolge des frühen Aufstehens Migräne gehabt. Auch Schossau und Schuster seien dagewesen. Frau Strobel sei natürlich nicht erschienen, aber man habe längere Zeit auf sie gewartet, denn sie sei ausdrücklich eingeladen gewesen. Pfarrer Becker habe sich ebenfalls eingefunden, und zwar, weil er aus irgendwelchen Gründen davon ausgegangen sei, das entspreche dem Willen des Verstorbenen. Allerdings sei er, wie die meisten anderen auch, nicht eingeladen gewesen. Eigenartigerweise sei im Lauf der Veranstaltung sogar der Bürgermeister erschienen. Das müsse damit zusammenhängen, daß Frau Adomeit am Vortag einige Stunden zu einem privaten Termin im Rathaus gewesen sei und der Bürgermeister, offensicht-

lich beeindruckt von dem Auftritt einer so weltbewanderten und finanziell offenbar potenten Dame, sie anschlie
ßend gleich zum Abendessen mit den Magistraten
eingeladen habe. Der Bürgermeister habe sich im Verlauf
der Verlesung des Adomeitschen Schreibens meist in der
Nähe von Frau Adomeit aufgehalten, offenbar sei er bereits ganz vernarrt in die Frau gewesen, habe sich das
allerdings nicht anmerken lassen wollen (er sei seit fast
vierzig Jahren mit einer Ostheimer Dachdeckerstochter
verheiratet). Neben all den genannten Personen seien
Herr Rudolf, Herr Munk und das Ehepaar Mulat erschienen, wobei Schossau sich Rudolfs und Munks Anwesenheit hauptsächlich durch deren Neugier erklärt
habe. Rudolf habe eine hochmütige Verachtung für den
Verstorbenen an den Tag gelegt und sehen wollen, was
dabei herauskommt, wenn ein Nichtsnutz wie Adomeit,
der nicht einmal in die Rentenkasse eingezahlt hat, etwas
vererbt. Wahrscheinlich, habe Rudolf gemutmaßt, handle
es sich um einen Schuldenberg. Herr Munk sei einfach
deshalb bei dem Notar erschienen, weil er begierig jede
Information habe aufschnappen wollen, um sich später
im allgemeinen Gespräch an seinem Stammtisch damit
hervortun zu können. (Dafür sei er schon um fünf Uhr
in der Früh aufgestanden, denn er habe morgens Schwierigkeiten mit der Verdauung und brauche eine gewisse
Vorlaufzeit, so nenne das seine Frau, die er mit dem Wetterauer Anzeiger auf dem Klosett verbringe.) Was nun
das Ehepaar Mulat betrifft, so habe sich Schossau überhaupt nicht erklären können, was die beiden veranlaßt
haben könnte, bei diesem Termin zu erscheinen, denn sie
hätten sich für Adomeit nie interessiert. All diese Leute

hätten gegen sieben Uhr vor dem Haus des Notars herumgestanden. Weihnöter habe von oben erschrocken durch sein Fenster geschaut und es gar nicht glauben können. Er habe sogleich seiner Haushälterin, die er sich für den Morgen bestellt hatte, Anweisung gegeben, zusätzliche Stühle ins Eßzimmer zu räumen und dort den Eßtisch an den Rand zu schieben, sein Büro wäre nämlich für diese Menschenmenge zu klein gewesen. Die Haushälterin habe Kaffee gekocht, es sei auch Mineralwasser gereicht worden, nachdem sich die wartende Menge in das Zimmer geschoben habe. Manche hätten den Notar nicht einmal begrüßt, es habe gewirkt, als gingen sie ins Theater. Unverkennbar sei ihnen der Erlebnishunger ins Gesicht geschrieben gewesen. Meine Damen und Herren, habe Weihnöter von der hinteren Tür aus gerufen, meine Damen und Herren, es ist genug Platz da, ich versichere Sie, für jeden wird ein Platz zu finden sein. Da aber natürlich der eine unbedingt neben einem speziellen anderen habe sitzen wollen, sei ein Gerangel entstanden. Schuster, Schossau und Katja Mohr hätten entgeistert an der Zimmerwand gestanden und dem Geschehen zugeschaut. Dort seien sie im Verlauf der nächsten halben Stunde stehengeblieben. Sind wir denn nun vollzählig, habe Weihnöter gefragt. Sowieso, habe Herr Mulat begeistert gerufen und sich vor Freude auf die Schenkel geschlagen. Munk: Nein! Der Geibel fehlt. Ein anderer: Wollte der denn kommen? (Rufe:) Wer ist denn dieser Geibel? Das ist der Nachbar. Kriegt der was? Niemand kriegt hier was! Wo nichts ist, ist auch nichts zu kriegen! Mehrere hätten hierbei begeistert in die Hände geklatscht. Auf den Gesichtern des Ehepaars Mulat habe sich tiefe Befriedigung darüber gezeigt, hergekommen zu sein. Beide hätten mitgeklatscht. Also bleiben Sie doch bei der Sache, meine Damen und Herren, habe Weihnöter gesagt. Ich habe hier eine Anwesenheitsliste, die ich nun verlesen werde. Gemurmel sei entstanden. Was für eine Liste, habe man gerufen. Wie komme es zu dieser Liste? Ob man denn gehen müsse, wenn man nicht auf der Liste stehe? Weihnöter: Ich habe einigen Personen Einladungen zukommen lassen, und ich möchte gern überprüfen, wer davon erschienen ist, meine Damen und Herren, so seien Sie doch für einen Augenblick ruhig. Niemand muß den Raum verlassen, jeder kann bleiben (Beifall), ich möchte nur klarstellen, daß auch die erschienen sind, die erscheinen sollen. (Rufe:) Dann lesen Sie doch die Liste! Herr Weihnöter habe nun vorzulesen begonnen. Frau Jeanette Adomeit sehe ich, ich grüße Sie, es freut mich, Sie zu sehen, wir hatten ja bereits gestern die Ehre. Frau Adomeit habe ihren Kopf gesenkt und den Notar freundlich angeblickt. Frau Mohr, Nichte des Erblassers, anwesend. Herr Adomeit ... Herr Adomeit ist nicht hier, sehe ich. Aber er wollte kommen, ich habe gestern mit ihm gesprochen. Munk: Der ist bestimmt noch unterwegs. Rudolf: Es ist Stau auf der 455. Nun gut, habe Weihnöter gesagt, dann sollten sie vielleicht warten, denn es handle sich um den Sohn, der sei vermutlich nicht ganz unwichtig. Munk: Der kriegt doch ohnehin nichts. Grad der nicht! (Gemurmel.) Weihnöter: Ich bitte, solche Anmerkungen zu unterlassen, das steht hier doch gar nicht zur Sache. Rudolf: Es gibt ja schließlich noch den Pflichtteil. Weihnöter: Das sei jedem bekannt. Aber er begreife das Gespräch hierüber nicht ganz. Er fahre lieber mit der Liste fort. Herr Schuster, guten Morgen, Herr Schossau, ebenfalls anwesend. Frau Strobel ... Ist Frau Strobel hier? (Rufe:) Die Strobel? Aber warum denn die Strobel? Was habe denn die hier zu suchen? Sofort habe man hin und her geredet, einige seien aufgesprungen und hätten mit ihren Händen gestikuliert, um ihrem Gegenüber dies und das über Frau Strobel klarzumachen. Das fehle noch, habe man gerufen, daß die was bekomme! Plötzlich habe es geklingelt, alle seien schlagartig ruhig gewesen. Die Haushälterin habe geöffnet, nun sei ein neuer Pulk von Menschen erschienen. Es seien sechs oder sieben Leute gewesen, die sich untereinander in einem erregten Gespräch befunden hätten, unter anderem Karl Rühl und Willi Kuhn, letzterer mit einem roten Gesicht und einer deutlichen Bierfahne. Frau Rudolf sei daruntergewesen und Frau Rohr, die Frau des Spenglers. Noch mehr Stühle seien hereingebracht worden, Pfarrer Becker, der bislang schweigend auf einem Stuhl neben Frau Novak gesessen habe, sei nachdenklich aufgestanden und habe sich neben Schossau und die Mohrtochter gestellt, zum einen, um seinen Platz zur Verfügung zu stellen (er sei sofort von Frau Rohr eingenommen worden), zum anderen offenbar, um sich von dem ganzen Geschehen zu distanzieren. Was, die Strobel, habe Frau Rohr sofort von ihrem eroberten Platz aus gerufen. Gerade die! So eine Schmarotzerperson! Die habe alles das mit Absicht gemacht, die habe nämlich Weitblick, die Person, solche hätten immer Weitblick! Dieses rufend (übrigens habe keiner gewußt, was es heißen sollte, die Strobel habe *alles das mit Absicht gemacht*, aber es habe auch niemanden gekümmert) – dieses rufend, habe Frau Rohr ihre Handtasche durch die Luft geschwungen, als wollte sie jemanden damit erschlagen. Alles das habe für Schossau den Anschein erweckt, als hätten die Leute schon seit Tagen diesen Augenblick beim Notar Weihnöter kaum erwarten können. Weihnöter sei lauter geworden. Jetzt nehmen Sie alle Platz und seien Sie ruhig, oder wir werden dieses Unternehmen hier ganz schnell abbrechen, und ich werde Sie alle vor die Tür setzen! Sofort sei absolute Ruhe eingekehrt. Ich stelle fest, habe Herr Weihnöter gesagt, Frau Strobel ist nicht anwesend. Weiß jemand, warum? Alle hätten den Kopf geschüttelt und mit den Schultern gezuckt. Herr Pfarrer Becker, Sie sind anwesend, das habe ich schon gesehen, und darüber bin ich sehr froh, denn ich habe gestern versucht, Ihnen diese Einladung zukommen zu lassen, aber Sie sind telefonisch leider nicht zu erreichen gewesen. Sie standen Herrn Adomeit ja vergleichsweise nahe. (Wieder allgemeines Gemurmel.) Also soweit die Liste, ich stelle fest, Herr Adomeit jun. und Frau Strobel fehlen, es ist jetzt, wie Sie hier auf der Uhr sehen, kurz vor halb acht Uhr, ich schlage vor, wir warten noch eine Viertelstunde und fahren dann fort. Daraufhin habe Weihnöter den Raum verlassen. Alle seien aufgestanden. Man habe diese Verzögerung nicht begreifen können. Jemand habe gesagt, wir sind doch alle pünktlich gekommen, worauf sollen wir denn warten? (Ein anderer:) Auf die Strobel sollen wir warten. (Empörung:) Auf die Strobel? Wieso denn gerade auf die? Die habe hiermit doch überhaupt nichts zu schaffen! Andere wiederum seien sehr belustigt über das ganze Geschehen gewesen und in immer bessere Laune gekommen. Es habe ihnen Vergnügen bereitet, daß man nun ausgerechnet auf die geschmähte Person Strobel habe warten müssen, das sei ihnen als die besondere Pointe dieser ganzen Veranstaltung erschienen. Alle hätten durcheinander diskutiert, Zigaretten und Zigarren seien entzündet worden. Es sei auch nicht weiter aufgefallen, daß es erneut geklingelt habe und jetzt unter anderem der Bürgermeister eingetreten sei, der sich sofort zu Frau Adomeit gesellt und sich erkundigt habe, was denn die Ursache dieser ganzen Aufregung sei. Frau Adomeit: Man warte auf Frau Strobel. Der Bürgermeister: Wer ist das denn? Frau Adomeit: Es handle sich um die Haushälterin, Frau Else Strobel, wohnhaft in der Fauerbacher Straße. Fauerbacher Straße zweihundertzwanzig, habe Halberstadt eingeworfen. Aha, habe der Bürgermeister gesagt. Und wieso warte man auf diese Frau Strobel? Da müssen Sie den Notar fragen, habe der betrunkene Willi Kuhn gerufen. Der Bürgermeister: Ja ... er verstehe nicht. Kuhn: Ei, wegen dem Erbe. Am Ende erbt die was und ist gar nicht hier. Das wär doch kurios. Der Bürgermeister: Das ist wohl wahr. Weiß man denn schon etwas? Ist das Testament bereits eröffnet? Willi Kuhn: Nein. Es liege ... er wisse nämlich alles ganz genau ... es liege in einem verschlossenen Briefumschlag, vom alten Adomeit selbst zugeklebt, da drüben in dem Zimmer eingeschlossen im Schreibtisch, der Notar hat es nämlich noch nicht in der Hand gehabt und holt es jetzt vermutlich da drüben. Es sei ein Din A 5-Umschlag. Er wisse alles darüber. Er wisse auch, was drinstehe. Bitte, habe Frau Adomeit nun völlig erstaunt gefragt. Wie kommen Sie denn dazu, das zu wissen? Auch Karl Rühl habe seinen Begleiter erstaunt angeschaut. Wie ich dazu komme, habe Willi Kuhn begeistert gerufen und die Umstehenden mit leuchtenden Augen angeblickt. Nun, ha, wie ich dazu komme, das ist doch ganz einfach … ich komme dazu, das zu wissen, weil … Er habe plötzlich nachdenklich auf den Boden gestarrt. Ich komme deshalb dazu, weil ich … weil ich es mir denken kann. Was denken, habe Rühl gefragt. Denken, denken, ich kann mir denken, was da drinsteht, das kann sich doch jeder denken, oder! Deshalb seid ihr doch alle hier erschienen, weil ihr es euch alle nämlich denken könnt! Es hätten sich nun alle von dem Betrunkenen abgewendet. Wieder habe es geklingelt. Es sei der Sohn des Verstorbenen gewesen. Man habe eine Lücke gemacht, um ihn hindurchzulassen. Der Sohn ist da, hätten einige gerufen. Setzt ihn in die erste Reihe! Wir können jetzt anfangen. Aber Frau Strobel ist noch nicht da. Na und! Wir warten jetzt nicht mehr auf die Strobel, die Viertelstunde ist längst um. Was sei denn hier los, habe der Sohn gefragt, der einige Zeit gebraucht habe, um sich zu orientieren und festzustellen, welche Stimmung im Raum geherrscht habe. Frau Rohr: Wir müssen auf die Strobel warten. Sie sei eingeladen, aber noch nicht hier. Der Sohn: Aber wenn die gute Strobel nicht da ist, dann sollte man sie anrufen. Alle hätten sich erstaunt angeschaut. Ja genau. Man soll sie anrufen. Wo ist denn ein Telefon? In diesem Augenblick sei die Tür des Büros aufgegangen, und der Notar Weihnöter sei herausgekommen. Meine Damen und Herren, habe Herr Weihnöter gesagt, das ist nicht nötig. Ich habe bereits vor zehn Minuten bei der Dame angerufen, es ist aber niemand ans Telefon gegangen. Da man keine zehn Minuten von der Fauerbacher Straße bis hierher braucht, halte ich es für ausgeschlossen, daß die Dame sich auf dem Weg hierher befindet, zumal ich ihr meine Haushälterin bis zur Ecke Hauptstraße entgegengeschickt habe. Wir müssen Frau Strobel leider unter abkömmlich vermerken. (Wieder Rufe:) Eben! (Andere:) Die soll bleiben, wo der Pfeffer wächst. (Allgemeines Gelächter.) Die soll der Schlag treffen! (Erneutes Gelächter.) Erschrocken und beschämt habe der Notar zum Pfarrer Becker geschaut, der nach wie vor am Rand des Zimmers gestanden und regungslos die Menge betrachtet habe. Der Pfarrer habe sich in diesem Augenblick schwere Vorwürfe dafür gemacht, daß er mit den ans Volk gerichteten Worten während des Requiems die hysterische Stimmung gegen den Toten noch angeheizt habe. Ihm sei diese ganze Veranstaltung beim Notar wie eine nachträgliche Demonstration dessen vorgekommen, was Adomeit zeitlebens über die Niederflorstädter behauptet habe. Ruhe, habe Weihnöter gerufen, er bitte um Ruhe und fordere alle Anwesenden auf, wieder Platz zu nehmen. Wieder sei ein Gerangel entstanden, wobei man allerdings dem Sohn und seiner Frau die vordersten Plätze freigelassen habe. Folgende Ordnung sei entstanden: Ganz am Rand der ersten Reihe habe Herr Halberstadt gesessen und den Notar sehr aufmerksam betrachtet. Neben ihm habe Frau Novak gesessen und sehr abschätzig in die Runde geblickt. Ihr zur Rechten habe Frau Rohr Platz genommen, rot wie eine Sportlerin im Gesicht und völlig gespannt. Daneben, traurig und in sich gekehrt, der Sohn des Verstorbenen, der so gewirkt habe, als verstehe er gar nichts, als verstehe er nicht einmal, was es bedeute, daß sein Vater nun tot sei, und als wisse er eigentlich gar nicht, wie man mit so etwas umgehe.

Seine Frau habe zur anderen Seite geblickt. Neben dem Ehepaar habe Herr Mohr gesessen, immer noch schlechter Laune infolge des vorausgegangenen Streites, aber sichtlich um Form bemüht. Er habe die Beine übereinandergeschlagen, die Arme verschränkt und immer wieder seine Haltung auf dem Stuhl korrigiert. Frau Jeanette Adomeit habe neben ihm gesessen, ganz in Schwarz gekleidet, mit einem kleinen Schleier und einem haubenartigen Hut. Ihr Blick auf den Notar und auf alle anderen sei von vollendeter Liebenswürdigkeit gewesen. Am Ende der Reihe habe Frau Mohr Platz genommen. Alle weniger Beteiligten hätten sich dahinter in irgendwelchen Gruppen zusammengefunden und nur schwerlich Ruhe gefunden. Ich komme nun, habe Herr Weihnöter gesagt, zu dem besagten Schreiben. Dieses Schreiben, um das kurz mitzuteilen, ist mir unter folgenden Umständen zugekommen. Der Verstorbene hat es mir zu Beginn der letzten Woche ausgehändigt (ein interessiertes Aha sei durch die hinteren Reihen gegangen, obgleich dazu kein Anlaß bestanden habe), und zwar verschlossen und mit der Anweisung versehen, daß ich dieses Schreiben öffne und vorlese, und zwar der Öffentlichkeit, das heißt, man müsse hier jetzt wohl von Öffentlichkeit sprechen, obgleich Herr Adomeit doch vermutlich nur an einige wenige Verwandte gedacht habe … aber das ist ja auch ganz gleich. Ruhe bitte! Meine Damen und Herren, nun seien Sie doch für einen Moment ruhig! Willi Kuhn sei aufgestanden und habe gerufen, der Notar soll jetzt endlich den Brief aufmachen und vorlesen. Eben, habe Frau Rohr gesagt, eben, das sage sie ja die ganze Zeit. Weihnöter: Nein, ich werde den Anwesenden zuerst mitteilen, was das für ein Brief ist und wie ich in seinen Besitz gekommen bin, denn beispielsweise Herr Adomeit, der Sohn des Verstorbenen, wußte ja bislang überhaupt nichts von diesem Schreiben, und gerade er hat ja wohl ein Recht, alles, was diesen Brief und seine Umstände betrifft, vorab zu erfahren. (Der Angeredete habe hierbei sehr verunsichert in die Runde geschaut.) Der Termin, zu dem wir uns hier eingefunden haben, erklärt sich nun eben daher, daß Herr Adomeit mich angewiesen hat, diesen Brief, aus welchen Gründen auch immer, am zweiten Tag nach der Beerdigung um sieben Uhr früh zu öffnen und vorzulesen. Frau Rudolf: Ja, nun ist aber schon Viertel vor acht. Gemurmel. Weihnöter sei für einen Augenblick sehr nachdenklich geworden, dann habe er verkündet: Ich öffne nun den Brief. Absolute Stille sei eingetreten. Herr Weihnöter habe einen Brieföffner genommen, in den Brief hineingesteckt und ihn aufgeschlitzt. Aus dem Brief habe er ein zweifach zusammengefaltetes Blatt Papier genommen, kariert. Weihnöter habe es betrachtet, dann habe er es entfaltet, es sei nur auf einer Seite beschrieben gewesen. Handschriftlich, habe er gesagt. Handschriftlich, aha, sei sofort in der Menge erwidert worden. Weihnöter habe nun laut vorgelesen. Datum: 19. Mai, also letzten Samstag. Sebastian Adomeit, Untere Kirchgasse, Niederflorstadt, Letzter Wille ... Seht ihr, also doch ein Testament, habe jemand gerufen. Es sei wieder laut geworden. Die hinteren Reihen hätten einander bestätigt, daß es sich wirklich um ein Testament handle. Erst dann sei wieder Ruhe eingekehrt. Ist es ein langer Text, habe Halberstadt gefragt. Weihnöter habe ihn angeschaut: Nein ... wieso? ... es handelt sich nur um einen Satz.

Auch diese Information sei sogleich durch die Reihen gezischt worden, und einige seien bereits darüber enttäuscht gewesen, daß dieser eine Satz vermutlich nicht all die Beleidigungen und nachträglichen Schmähungen und Anfeindungen und also Sensationen enthalten würde, um derentwillen gar nicht wenige hier erschienen seien. Was, nur ein Satz? Alles das bloß wegen eines Satzes? Das kann doch nicht sein, habe Frau Rohr gerufen, daß da nur ein Satz drinsteht! Weihnöter habe sie schweigend angestarrt, dann habe er in den Brief geschaut und habe also folgendes vorgelesen. *Ich vermache im Falle meines Todes das Haus Untere Kirchgasse 15 mitsamt meinem vorhandenen Vermögen meinem Sohn. Ausnahme: Die sich aus dem Vertrag X* (hier sei eine bestimmte Notarsrolle genannt worden) *ergebenden Zahlungen, die ich noch nicht in Anspruch genommen habe, vermache ich mit allen Zinsen und Zinseszinsen meiner Haushälterin Frau Else Strobel, wohnhaft Fauerbacher Straße zweihundertzwanzig, Niederflorstadt.* Wie bitte? Das seien doch zwei Sätze! Was soll das denn heißen? Nicht zu verstehen, das verstehen wir nicht. Weihnöter: In der Tat, das seien zwei Sätze, aber das ist doch auch ganz gleichgültig ... Und während nun hin und her geredet worden sei, was das alles zu bedeuten habe, denn den ersten Satz habe natürlich jeder verstanden, den zweiten aber offenbar niemand, sei Frau Adomeit plötzlich aufgestanden. Sie sei kreidebleich gewesen. Das sei infam, habe sie gestammelt, das sei ... infam! Das könne er ihr nicht antun. Er habe diese Zahlungen doch niemals in Anspruch genommen! Dann sei sie plötzlich verstummt und habe Halberstadt angeschaut. Halberstadt habe die Schultern gehoben. Kann man nichts machen, habe er gesagt. Darauf habe Frau Adomeit sofort den Raum verlassen. Ruhe, Ruhe, habe der Notar gerufen, aber nun sei kein Halten mehr gewesen. Alles habe durcheinandergeschrien. Er habe an die Strobel vererbt, wie vorausgesagt, seht ihr! Aber was, was hat er vererbt? Zahlungen hat er vererbt! Was soll das denn bedeuten, was für Zahlungen? Wieso nicht in Anspruch genommen? Niemand habe etwas verstanden, auch der Bürgermeister sei vor den Kopf gestoßen gewesen und habe nur wahrnehmen können, daß der Dame durch dieses Schreiben offenbar ein großes Ungemach zugestoßen sei. Nein, das habe die Frau Adomeit nicht verdient, habe Frau Rohr gerufen, das sei die Boshaftigkeit des alten Mannes, er sei gegen alle boshaft gewesen, und die eigene Familie habe er gehaßt, dieser Nestbeschmutzer. Sie sei aufgesprungen und habe erregt den Raum verlassen, wie nun auch die meisten anderen. Auch Schossau, Schuster, Katja Mohr und Pfarrer Becker seien aus dem Raum hinausgelaufen, hätten sich in der Diele aufgestellt und sich allesamt ratlos angeschaut. Frau Novak sei an ihnen in Richtung Haustür vorbeigeeilt und habe gesagt, das sei alles überaus widerlich, widerlich. Drinnen im Eßzimmer hätten die Herren Munk, Rudolf, Mulat, Kuhn und Rühl nun den Notar belagert, was das denn alles heißen soll und wieso überhaupt ein solcher Tumult wegen dieses unverständlichen Satzes entstanden sei, aber Herr Weihnöter habe sich auf kein Gespräch mehr eingelassen, sondern habe jedem nur gesagt, das Spektakel sei jetzt vorbei, er habe das Seine getan. Frau Adomeit habe sich unterdessen gefangen und schnell am Arm Valentin Halberstadts die Szene verlassen. Katja Mohr habe dem Tante Lenchen hinterhergerufen, sie begleite sie in die Pension, aber Tante Lenchen sei in großer Aufregung gewesen und habe nur entgegnet, diese Frau Strobel habe ihr schon vorgestern abend unendlich leid getan. Herr und Frau Mohr seien ihr hinterhergelaufen. In der Diele habe nun Willi Kuhn einen völlig unverständlichen Vortrag darüber gehalten, was der zweite Satz dieses Testaments bedeute, der ihm angeblich ganz und gar einleuchte. Er habe aber immer nur den Satz umformuliert und dadurch mit der Zeit völlig verdreht, bis ihm niemand mehr zugehört habe und er von der Haushälterin vor die Tür gesetzt worden sei. Tatsächlich sei nach wenigen Minuten niemand mehr im Weihnöterschen Haus gewesen. Kurt Bucerius sei an diesem Morgen schlecht gelaunt gewesen und habe Kopfschmerzen gehabt. Gegen neun Uhr sei er in die Werkstatt gegangen, habe zu arbeiten begonnen und auf Wiesner gewartet. Er habe sich aber nicht richtig konzentrieren können und immer wieder an die verschiedensten Dinge gedacht. Gegen halb zehn Uhr sei Wiesner immer noch nicht dagewesen. Bucerius habe sich geärgert, denn der Termin an diesem Morgen sei schon seit Tagen verabredet gewesen. Er sei wieder ins Haus gegangen, habe eine Kopfschmerztablette genommen, noch mal Kaffee gekocht und bei den Wiesners angerufen. Wiesners Mutter habe gesagt, sie habe Anton noch nicht gesehen, er sei noch nicht heruntergekommen. Sie habe gefragt, ob sie ihn wecken soll. Bucerius habe nein gesagt. Dann sei er ins Bad gegangen, habe sich das Gesicht unter die Brause gehalten und sich im Spiegel betrachtet. Er habe nicht verstehen können, warum Wiesner sich in letzter Zeit diesen eigenartigen Stimmungen hingebe. Diese Stimmungen seien nicht zu begreifen. Manchmal sei er richtig beängstigt von diesen Stimmungen. Fast nichts von dem, was Wiesner gestern getan habe, sei ihm im nachhinein verständlich erschienen. Allerdings habe er auch lieber überhaupt nicht darüber nachdenken wollen. Er habe seinen Kopf kräftig abgerieben, habe sich Kaffee genommen und sei damit wieder in die Scheune gegangen. Er habe jetzt richtig Lust zum Arbeiten gehabt, auch die Kopfschmerzen seien bereits fast verschwunden gewesen. Das Licht habe auf eine belebende Weise zum Scheunentor hereingestrahlt, der Morgen sei noch nicht allzu heiß gewesen, alles habe eine anregende Wirkung auf ihn gehabt. Später allerdings habe er das Scheunentor geschlossen, weil es draußen heißer geworden sei. Bucerius habe sich die Lampe angemacht, an einen Haken gehängt und sich vor einen der beiden hinten in der Scheunenecke aufgebockten Motoren gesetzt. Dann habe er das Radio angeschaltet, die Musik leise gestellt, sich eine Zigarette angezündet und, nun sehr guter Laune, an einem der beiden Motoren herumzuhantieren begonnen. In der Ecke habe der VW-Bus gestanden, immer noch nicht fahrtauglich, aber Bucerius habe sich über den Bus und über die Reise jetzt keine Gedanken machen wollen. Er sei in eine immer bessere Laune hineingeraten, die Zigarette habe ihm geschmeckt, er habe auch den Geruch des Schmieröls genossen, sogar das Licht der Lampe habe ihm eine angenehme Stimmung verschafft, er habe bei sämtlichen Liedern im Radio mitgesummt. Nach einer Weile habe es geklopft. Es ist auf, habe er gerufen. Unterdessen habe er weitergearbeitet und sei gleich wieder ganz und gar auf seine Tätigkeit konzentriert gewesen, so daß ihm nicht bewußt geworden sei, daß niemand das Tor geöffnet habe. Er habe sogar schon wieder vergessen gehabt, daß überhaupt jemand geklopft habe ... Nach ein paar Minuten habe es wieder geklopft. Bucerius habe nun die Stirn gerunzelt, sich die Hände an seiner Schürze abgeschmiert und sei verwundert zum Tor gelaufen, um es selbst zu öffnen. Das Tageslicht dort draußen sei überaus grell gewesen und habe Bucerius zuerst geblendet. Dann habe er gesehen, daß Wachtmeister Gebhard in einigen Schritten Entfernung herumgestanden habe. Morgen, Kurt, habe der Wachtmeister gesagt. Morgen, Herr Gebhard, habe Bucerius verdutzt erwidert. Was sei denn los, ob er seinen Vater suche? Sein Vater müsse draußen bei der Pappelallee sein, er sei mit dem Traktor hinausgefahren, da könne er ihn antreffen. Worum es denn gehe? Gebhard sei nachdenklich einen Schritt zurückgetreten und habe sich die Dienstmütze gelüftet, offenbar sei ihm heiß in seiner Uniform gewesen. Draußen bei der Allee, so ... habe der Wachtmeister gesagt. Er habe nämlich eben beim Haus geklingelt, aber es habe ihm niemand geöffnet. Bucerius: Es sei ja auch keiner außer ihm da. Sein Vater sei auf dem Feld, und seine Mutter sei im Wäldchen. Der Wachtmeister: Sie sei jetzt schon im Wäldchen? Wieso denn das? Bucerius: Sie bauen da einen Stand auf, sie machen Waffeln ... sie verkaufen heute nachmittag Waffeln. Der Wachtmeister habe ihn zwinkernd angeblickt, offenbar ebenfalls geblendet durch die Sonne. So, Waffeln, habe er gesagt. Dann habe er sich interessiert umgeschaut und das Haus und die Scheune gemustert, als suche er etwas. Er habe übrigens schon von seiner und Wiesners Werkstatt gehört, habe er gesagt. Sein Bruder habe hier sein Auto reparieren lassen, am Zündkabel, glaube er. Bucerius habe die Schultern gehoben. Das sei gut möglich, Zündkabel ... ein Marder vielleicht. Der Wachtmeister: Genau, es habe sich um einen Marder gehandelt. Wie lange habe er diese Werkstatt eigentlich? Bucerius: Ein halbes Jahr. Was sei denn mit der Werkstatt? Stimme etwas nicht? Der Wachtmeister: Und wo befinde sich die Werkstatt? Er habe schon überall geschaut, er sei sogar einmal mit dem Wagen um den Hof herum gefahren ... Bucerius: Hier, direkt hier in der Scheune. Sie stehen direkt davor. *Hm*, habe der Polizist gemacht und habe zum Scheunentor hineingeblickt. Bucerius habe den Polizisten unterdessen gemustert. Der Wachtmeister habe steif gewirkt, offenbar habe er sich unwohl gefühlt hier auf dem Buceriushof, als langjähriger Bekannter und Parteifreund seines Vaters. Bucerius habe jetzt auch gesehen, daß der Polizist die ganze Zeit etwas unter seinem Arm klemmen gehabt habe, eine Klarsichthülle mit irgendeinem Stück Papier darin, offenbar einer Liste oder einer Aufstellung, irgendwelche Namen oder Zahlenkolonnen, geschrieben auf einer uralten Dienstschreibmaschine, auf kariertem Papier ... Bucerius habe nachgedacht ... Der Wachtmeister: Er halte die Sache übrigens für zu weit hergeholt, für in keiner Weise wahrscheinlich, er spreche übrigens nicht nur über den Buceriushof, er rede auch über die anderen Werkstätten. Bucerius: Bitte? Das habe er nicht verstanden. Welche anderen Werkstätten? Gebhard habe ihn mit entwaffnender Offenheit angeschaut (beide immer noch im Scheunentor stehend). Alle anderen Werkstätten, bis auf die Markenwerkstätten. Alle werden gleichzeitig revidiert. Jetzt gerade im Augenblick. In der ganzen Region. Die Hälfte seiner Kollegen sei draußen. Bucerius: Aber wieso denn das? Der Wachtmeister habe die Schultern gehoben. Da müsse er schon die Kripo fragen. Er soll bloß die Werksnummern von Motoren abgleichen. Vielleicht Schieberware, er wisse es nicht. Er sei eben bereits in der Stadener Straße beim Auto-Erwin gewesen, in derselben Sache. Bucerius: Kripo, wegen Motoren? (Eieiei, habe er gedacht, so ein Mist.) Der Wachtmeister: Mit der Kripo ist es immer dasselbe. Da heißt es immer nur, das hat so und so zu geschehen, aber warum das so und so zu geschehen hat, das erfährt man nicht. Aber egal. Er fahre anschließend noch nach Reichelsheim zu zwei Werkstätten, dann ziehe er seine Uniform aus und gehe ins Wäldchen. Also, kurzum, daher die Revision! Könnte er vielleicht auch einmal einen Blick in die Werkstatt werfen, nur einen Blick, nur informell. Informell, habe Bucerius wiederholt. Selbstverständlich. So ein Mist, so ein Mist, habe er gedacht. Und das alles ohne Vorwarnung! Beide seien nun in die Werkstatt getreten, Gebhard habe sich die Mütze abgezogen, um sich den Schweiß von der Stirne zu wischen, und sie sich für einen Moment unter den Arm geklemmt. Dann habe der Polizist die Arme in die Seiten gestemmt und sich interessiert umgeschaut. So, da stellt der Jakob dir also die Scheune für die Werkstatt zur Verfügung. Da müßt ihr wahrscheinlich keine Miete zahlen. Bucerius habe abgewunken. Es sei jetzt erst mal mehr nur ein Hobby, man müsse mal sehen, was sich daraus entwickele. So, habe der Wachtmeister gesagt. Übrigens habe ich gleich gewußt, daß es nicht notwendig ist, hier nachzuschauen, das habe

ich gleich gewußt, oder sieht es hier aus wie bei Auto-
schiebern? Beide hätten gelacht. Und da hinten dieser
Bus, den repariert ihr also gerade? Bucerius: Ja, das
heiße, nein. Der Bus sei von ihnen zusammengeflickt, aus
den verschiedensten Teilen, er gehöre ihnen nämlich
selbst, aber er fahre noch nicht. Sie wollten mit ihm verreisen ... Gebhard: Ja, davon habe ich gehört, ich habe
in der Zeitung darüber gelesen. Der Wachtmeister habe
sich interessiert vor den Bus gestellt, um durch das herun-
tergekurbelte Fenster in das Innere der Fahrerkabine und
auf die Armaturen zu blicken. Bucerius habe sich auf die
Finger gebissen und habe hektisch nachgedacht. Gleich
wird dieser verdammte Polizist seine Aufmerksamkeit
auf die beiden Motoren lenken, die dort hinten mitten im
Lichtschein und auch noch unabgedeckt auf den Böcken
liegen. Dann wird er seine Aufstellung mit den Motor-
nummern nehmen und zu vergleichen beginnen, und natürlich werden sich die Nummern der beiden Motoren
auf dieser Liste finden, und dann wird der liebe Wachtmeister Gebhard ganz schön begossen dastehen. Und ich
noch viel begossener. Aber wo ist denn diese Aufstellung?
Er hat sie doch die ganze Zeit unter dem Arm gehabt,
und jetzt ist sie nicht mehr da! Wo ist sie denn? Bucerius
habe fieberhaft nachgedacht. Beim Eintritt in die Scheune
hat er sie doch noch unter seinem Arm gehabt ... Ja, und
dann? Bucerius habe sich schnell umgeschaut. Plötzlich
habe er die Klarsichthülle gesehen. Sie habe drei Meter
vom Eingang entfernt auf dem alten Schreibtisch gelegen.
Ja, jetzt erinnere er sich. Der Wachtmeister habe sie dort,
offenbar ganz unbewußt, abgelegt, als er sich die Mütze
abgezogen habe, um sich den Schweiß abzuwischen,

gleich nach Eintritt in die Werkstatt. Mit einem Blick auf
die Hülle habe Bucerius festgestellt, daß sich darin tatsächlich eine Liste mit Werksnummern befunden habe,
Werksnummern von Motoren. Bucerius habe einen ölver-
schmierten Klemmblock mit irgendeiner Konstruktions-
zeichnung darübergeschoben und dadurch die Klarsichthülle verdeckt, während der Polizist noch immer den
VW-Bus betrachtet habe. Bucerius: Der Wagen bestehe
komplett aus Teilen vom Schrottplatz, oder zumindest
nahezu. Naja, die Elektronik sei neu ... aber auch die
Motorsteuerung hätten sie vom Schrottplatz. Der Schrottplatz sei eine wahre Fundgrube, man brauche nur etwas
Geduld. Das sei ja die Philosophie dieser Reise, daß sie
alles selbst machen wollen. Alles selbst, so, habe der Polizist gesagt, habe sich von dem Bus nun abgewandt und
habe sich andere Winkel der Werkstatt angeschaut. Er sei
auch zu dem Schreibtisch hingetreten und habe das hinter
dem Tisch stehende Regal mit den Aktenordnern betrachtet. Er habe auch interessiert die Konstruktions-
zeichnung auf dem Klemmblock gemustert. Eine Schaltung, hierbei gehe es um eine Schaltung, habe Bucerius
gesagt. Der Wachtmeister habe erneut *hm* gemacht ... Er
habe nun in den hinteren Winkel der Scheune geblickt,
wo das Licht am hellsten gewesen sei. Daran arbeite ich
gerade, habe Bucerius gesagt. Ich reinige gerade die Zündung. Das seien wohl Motoren, habe der Wachtmeister
gesagt. Ja, klar, habe Bucerius gesagt, das seien Motoren.
Natürlich seien das Motoren, ob er denn irgendwas anderes erwartet hätte in einer Werkstatt? Gebhard habe
ihn angeschaut. Autos, er hätte Autos erwartet, wenn er
ehrlich sein soll. Bucerius habe seine Hände auf die

Schenkelseiten geklatscht und habe gesagt, der Herr Wachtmeister solle sich doch einmal umschauen, hier sei doch gar kein Platz für Autos. Die Autos seien drüben in der anderen Scheune, die Motoren seien hier, so sei das. Hier, da könne er es sehen. Bucerius habe die obere Hälfte einer Tür zum benachbarten Scheunenraum geöffnet, dort habe tatsächlich ein Auto gestanden (allerdings sein eigenes). Wachtmeister Gebhard habe die Hände erhoben und habe gesagt, er habe wirklich keinerlei Ahnung von alldem. Er habe ja nur fragen wollen. Aber wenn denn hier schon mal Motoren seien, dann könnte er ja immerhin mal nach der Nummer schauen. Gerne, habe Bucerius gesagt, er soll nur aufpassen, daß er sich nicht schmutzig mache. Nein, habe Gebhard gesagt und sich über die Motoren gebeugt. Bucerius habe ihm die Baulampe gehalten, so daß der Wachtmeister eine bessere Sicht auf die betreffende Stelle gehabt habe. Plötzlich habe sich der Wachtmeister nachdenklich aufgerichtet und habe um sich geschaut. Suchen Sie was, habe Bucerius gefragt. Ich, äh, habe der Wachtmeister gesagt. Habe ich nicht eben eine … einen Moment! Moment … Das kann doch gar nicht sein. Der Wachtmeister sei daraufhin wieder zu dem VW-Bus gelaufen, dann habe er sich selbst abgetastet, anschließend habe er die Scheune verlassen und sei zu seinem Auto gegangen, um dort nach etwas zu suchen. Dann sei er wieder in die Scheune getreten und habe sich völlig ratlos umgeblickt. Ich bin mir ganz sicher, daß ich eben eine Liste hatte. Hast du sie nicht gesehen? Eine Liste, ein Stück Papier, in einer Klarsichthülle. Kariertes Papier. Bucerius: Was für ein Stück Papier denn? Der Wachtmeister sei auf und ab gelaufen.

Verdammt noch mal, habe er gesagt, das sei nicht möglich. Bucerius: Er verstehe nicht ... Gebe es ein Problem mit den Motoren da hinten? Der Wachtmeister sei stehengeblieben und habe ihn angeschaut. Nein, natürlich nicht. Es sei nur so, daß er ganz offenbar die Liste mit der Aufstellung der Werksnummern nicht bei sich habe. Bucerius: Vermutlich liege sie in seinem Dienstwagen. Der Wachtmeister: Nein, da habe er eben nachgeschaut. Da sei sie nicht. Bucerius: Im Handschuhfach? Der Wachtmeister habe ihn überrascht angeschaut und sei wieder hinausgelaufen. Bucerius sei ihm nachgegangen. Das sei sehr gut möglich, habe der Wachtmeister gesagt, daß er darauf nicht selbst ... Er habe das Handschuhfach heruntergeklappt. In der Tat, hier ... Moment, nein, das ist sie ... nicht, nein. Die Liste sei nicht da. So was aber auch, habe Bucerius gesagt, das sei ja wirklich unangenehm. Der Wachtmeister: Und vor allem sei es unbegreiflich. Wo soll er sie denn liegengelassen haben? Bucerius habe nun getan, als denke er nach, dann habe er gesagt, er habe sie vermutlich beim Auto-Erwin liegenlassen. Gebhard habe mit den Fingern geschnalzt. Das ist es, habe er ausgerufen. Natürlich! Wo denn sonst! Er wisse nämlich genau, daß er die Liste beim Erwin bei sich geführt habe, sie hätten sich nämlich über sie unterhalten, er habe sie ihm gezeigt. Er habe sie dort kurz auf ein ... Regal, glaube er, gelegt, wenn er sich jetzt recht erinnere, ja, und da liege sie jetzt vermutlich immer noch. Bucerius: Das liege alles an der Kripo. Gebhard habe nervös gelacht und gesagt, so sei es. Bucerius: Man schickt die Leute in der Wetterau eben nicht am Wäldchestag los, um irgendwelche Werkstätten zu revidieren. Genau, habe

Gebhard gesagt, die seien alle ortsfremd bei der Kripo, das sei der eigentliche Grund. Hier am Ort werde kaum einer etwas mit verschobenen Motoren zu tun haben, das machten doch nur Idioten, bloß Idioten! Der Wachtmeister habe sich daraufhin verabschiedet und sei vom Hof gefahren. Bucerius habe sich gegen die Scheunenwand sinken lassen und tief durchgeatmet. Dann sei er in die Scheune zurückgelaufen, habe den Klemmblock genommen und die Nummern verglichen. In der Tat hätten sich beide Motoren auf der Liste befunden. Wie ist denn das möglich, habe er sich gefragt? Er sei eine Zeitlang von einem zum anderen Scheunenende gelaufen und habe nachgedacht, sehr undeutlich, unklar, ohne rechten Ansatzpunkt. Dann sei er ins Haus hinübergegangen und habe wieder bei den Wiesners angerufen. Die Mutter habe jetzt gesagt, Anton sei diese Nacht überhaupt nicht zu Hause gewesen. Bucerius sei das sehr eigenartig vorgekommen. Nach dem Telefonat mit Wiesners habe Bucerius sofort bei Y*** in ***heim angerufen und gesagt, daß die Motoren unbedingt abgeholt werden müßten, er könne sie nicht beiseite schaffen, er sei allein. Nein, er wisse nicht, wo der andere sei. Die Polizei revidiere sämtliche Werkstätten. Eine halbe Stunde später, Bucerius' Vater sei noch immer draußen bei der Pappelallee gewesen, sei ein Lieferwagen auf dem Hof erschienen und habe die Motoren geholt. Anschließend habe Bucerius die Liste zurück in die Klarsichthülle gesteckt und sie wieder auf den Schreibtisch in die Scheune gelegt, genau dorthin, wo der Wachtmeister sie vergessen habe. Dann sei er losgelaufen, um Wiesner zu suchen. In der Stadt habe er für einen Moment das Gefühl gehabt, es sei jemand hinter ihm, irgendwer beobachte ihn gerade. Er habe sich umgedreht. In einiger Entfernung habe Ute Berthold gestanden und ihn angeblickt. Dann habe sie gewunken. Es habe geschienen, als winke sie wie aus großer Entfernung zu ihm herüber. Dieses Verhalten sei ihm eigentümlich erschienen. Er sei über die Straße gelaufen (die Begegnung habe vor dem Tengelmann stattgefunden), um die Ute zu begrüßen. Im selben Augenblick sei ihm aber das gestrige Grillfest eingefallen, auf dem Wiesner sich die ganze Zeit mit Katja Mohr unterhalten und die Ute währenddessen fassungslos in einer anderen Ecke des Gartens gesessen habe. Bucerius habe sich peinlich gefühlt. Gleich würde sie sehr unangenehme Dinge über Wiesner sagen oder irgendwelche Fragen stellen. Ute habe ihn allerdings nur angeschaut. Was ist denn, habe er gefragt, warum sagst du denn nichts? Und warum winkst du so eigenartig? So winkt man doch niemandem auf der anderen Straßenseite. Er habe hierbei, um lustig zu sein, ihre Bewegungen nachgemacht. Ute habe auf alles das überhaupt nicht geachtet. Aber was ist denn los, habe er entgeistert gefragt. Was soll schon los sein, habe Ute entgegnet. Sie habe ... sie habe ihn bloß vorbeilaufen sehen, sie habe einfach nur so gewunken ... sie wisse es auch nicht. Sie habe ausgesehen, als stehe sie kurz vor einem Nervenzusammenbruch. Bucerius habe gesagt, er finde es schade, daß sie gestern abend im Garten nicht miteinander gesprochen hätten. Sie: Sie habe gar nicht gemerkt, daß er auch im Garten gewesen sei. Sei er wirklich dagewesen? Dann habe er auch dieses Mädchen gesehen, diese Unbekannte ... Er: Sie heiße Katja. Ute habe jetzt wieder eine ganze Weile gar nichts gesagt. Dann habe sie gesagt, sie habe eben die Fleischposter beim Tengelmann angeschaut, einfach so, sie sei stehengeblieben und habe sich bestimmt eine Viertelstunde die Poster mit dem Fleisch darauf angeschaut, ob er sich das vorstellen könne, das sei doch nicht normal. Er: Nein, das sei sicher nicht normal. Was habe sie Wiesner gestern eigentlich sagen wollen? Sie: Sie habe ihm nur erzählen wollen, daß sie sich mit Günes getroffen habe. Aber das sei ja ganz egal. Es sei ja sowieso alles egal. Bucerius habe noch einige beruhigende Worte gesprochen, das gründe sich alles vielleicht auf einem Mißverständnis *etcetera*, allerdings sei er sich dabei lächerlich vorgekommen und alsbald gegangen, um weiter nach Wiesner zu suchen. Jedoch: Wen er auch immer gefragt habe, es habe sich erwiesen, daß niemand Anton Wiesner im Verlauf der letzten zwölf Stunden gesehen habe. Er sei wie vom Erdboden verschluckt gewesen. Gegen halb eins sei Frau Adomeit im Gastraum der Linde erschienen, habe sich an einen Tisch gesetzt, sehr aufrecht, fast steif, und habe sich einen Tee bestellt. Kuhn, der schon die ganze Zeit betrunken in der Linde gesessen habe, habe selbstverständlich sofort begonnen, der Dame von seinem Tisch aus Aufwartungen zu machen, in der Hoffnung, interessante Neuigkeiten über die Erbschaft und all diese aufregenden Angelegenheiten zu erfahren, aber Frau Adomeit habe das einzig dadurch quittiert, daß sie in keiner Weise darauf reagiert habe. Sie habe sich lediglich mit ihrer Teetasse beschäftigt. Innerhalb einer Viertelstunde seien Herr und Frau Mohr erschienen, dann Frau Novak, übrigens allein, und dann Herr Halberstadt. Sie komme mit, habe Frau Novak gesagt. Frau Adomeit habe sie nicht einmal angeschaut. Sie brauche gar nicht wegschauen, habe Frau Novak gesagt, sie komme sowieso mit. Das lasse sie sich nicht entgehen. Jeanette Adomeit habe sie nun völlig liebenswürdig, geradezu zärtlich angeschaut und gesagt, aber Lene, wenn du möchtest, dann komm doch selbstverständlich mit, ich sehe zwar keinen Grund dazu, und meinst du nicht auch, das könnte dich alles etwas angreifen, die Krankenhausatmosphäre und alles das? Aber wenn es dich nicht angreift (dabei war doch alles heute schon sehr anstrengend, sogar für mich, und ich bin fast zwanzig Jahre jünger als du), dann werden wir dich schon irgendwie transportieren können, im Wagen wird ja vielleicht, wenn wir alle zusammenrücken, genügend Platz sein. Katja kommt nicht mit, habe Herr Mohr eingeworfen. Das hast du mit ihr vermutlich abgesprochen, habe Frau Adomeit zu Frau Novak gesagt. Diese: Aber in keiner Weise! Und selbst wenn Katja mitgekommen wäre, wir haben doch genug Platz im Wagen. Zumal es gestern noch geheißen hat, der Wagen biete Platz für alle, denn das sei doch der Grund, habe es gestern geheißen, warum ihr überhaupt mit diesem Laster gekommen seid. Denn ihr seid ja nicht wegen der Möbel gekommen, diesen Verdacht habt ihr ja bereits zerstreut. Alle hätten hierauf entnervt geguckt. Frau Novak: Und was wollt ihr überhaupt in diesem Krankenhaus da? Frau Adomeit: Ja, aber was willst du denn da? Frau Novak: Ich möchte nur nicht immer sitzengelassen werden. Heute morgen sollte ich schon nicht zu dieser Urteilsverkündung, entschuldige, was rede ich da (haha, wie komme ich denn jetzt auf Urteilsverkündung!), ich meine, ich sollte ja schon heute morgen nicht zu dieser Testamentseröffnung mitgehen ... Frau Adomeit: Aber das hat doch keiner gesagt. Wie kommst du nur immer zu all diesen Vorwürfen? Ich habe dich einfach nur deshalb nicht gefragt, ob du ins Krankenhaus mitkommen willst, weil ich auf völlig natürliche Weise davon ausgegangen bin, daß du daran gar kein Interesse haben kannst. Im übrigen, denke an deine Verdauung. Frau Novak habe sie entrüstet angeschaut. Was werde ihr unterstellt? Immer werde ihr dasselbe unterstellt. Sie verdaue einwandfrei. Aber nun rede doch nicht so laut, habe Frau Adomeit gesagt, es geht doch niemanden etwas an, was mit deinem Klosettgang ist. Frau Novak sei immer zorniger geworden. Es sei nichts mit ihrem Klosettgang! Das sei eine abgebrühte Unverschämtheit, deren Zweck sie ohne weiteres begreife. Im übrigen rede nicht sie, Frau Novak, laut über den Klosettgang, sondern Jeanette Adomeit. Immer verdrehe sie alles. Alle hätten nun geschwiegen. Nun, habe Frau Novak gesagt, wenn wir uns alle so gut verstehen und es ja offenbar keinerlei Differenzen gibt, dann können wir nun also aufbrechen, ich bin ja schon sehr gespannt … im übrigen verstehe ich den Zweck dieses Besuches nicht ganz! Frau Adomeit habe entgegnet, es handle sich immerhin um die Putzfrau, sie meine, um eine langjährige Bekannte, vielleicht sogar, ja, um eine Vertraute ihres Bruders. Immer habe sich ihr Bruder um diese Person so liebevoll (und so uneigennützig) gekümmert, und wen habe denn jetzt diese Frau? Sie habe doch niemanden mehr dort im Krankenhaus! Sich um sie zu kümmern, das schulde sie, Jeanette, ihrem Bruder. So siehst du aus, habe Frau Novak gesagt. Als schuldetest du etwas deinem Bruder! Also so eine Unverschämtheit, habe Frau Adomeit entrüstet gesagt. Diese Vorwürfe sind nicht nur abwegig, sondern auch eine einzige Beleidigung. Sie wolle vermutlich nur deshalb ins Krankenhaus mitkommen, um ihre abwegigen Theorien auch noch der armen alten Dame mit ihrem Schlaganfall aufzutischen. Frau Novak habe abgewunken. Sag du noch mal was gegen den Hitler! Der alleinige Grund, warum dieser Satz zu keiner hellen Empörung geführt habe, sei vermutlich der gewesen, daß ihn in diesem Zusammenhang niemand begriffen habe. Es habe auch nicht lange gedauert, dann sei die gesamte Gruppe aufgebrochen. Ein prächtiges Krankenhaus, habe Harald Mohr ausgerufen, als er an dem Friedberger Kreiskrankenhaus vorbeigefahren sei. Leider habe er keinen Parkplatz gefunden. Er sei einmal vergeblich ums Karree gefahren, dann habe er die Insassen des Lasters aussteigen lassen und habe weiter nach einem Parkplatz gesucht. Dafür sei er noch ein weiteres Mal ums Karree gefahren, wieder vergeblich, um es dann in einer Wohnstraße weiter unterhalb zu probieren. Anschließend sei er die drei Minuten von der besagten Straße zum Kreiskrankenhaus gelaufen (eine Minute davon habe er nervös an einer Ampel verbracht und dabei unwillkürlich die vorbeifahrenden Autos gezählt, er sei auf dreiundfünfzig gekommen) und habe dort die versammelte Familie und Herrn Halberstadt immer noch vor dem Krankenhauseingang angetroffen. Alle hätten lebhaft miteinander debattiert, denn inzwischen sei aus nahezu jedem Thema eine Streitigkeit entstanden. Es sei schlimm mit den Parkplätzen selbst in diesen kleinen Städten heutzutage, habe Frau Mohr gesagt, und Helene Novak habe sofort entgegnet, sie seien genauso Autofahrer wie die anderen, und wenn diese schlimm seien, seien sie selbst auch schlimm. Immer mußt du verallgemeinern, habe Frau Adomeit gesagt, und Frau Novak habe gesagt, sie verallgemeinere überhaupt nicht, sie rede nur von den Mohrs. Übrigens habe sie sich für zwölftausend Mark neue Fenster machen lassen, wegen der Autos, denn sie sei zwar achtzig, aber höre leider immer noch wie früher, und was sie heute höre, sei früher nicht zu hören gewesen, übrigens auch nicht während des Reiches ... sie sage das übrigens nur so. Frau Mohr habe nun den entscheidenden Fehler gemacht, folgendes zu sagen: Das Auto habe Fortschritt für alle gebracht. Frau Novak sei nun nämlich in einen nahezu schreienden Lachkrampf verfallen und habe, nachdem sie halbwegs wieder zur Ruhe gekommen sei, wieder gesagt, sie müßten gegen die Nazis noch mal was sagen. Ihr habt ja mehr zerstört und gelogen als alle Nazis zusammen. Herr Mohr habe aufmerksam das Krankenhaus betrachtet. Schaut mal die schönen Fensterrahmen! Frau Mohr: Was soll denn schön an diesen Fensterrahmen sein, sie sind lila. Herr Mohr: Genau das meine er doch. Sie sind farbig. Sie sind fröhlich. Das ist doch gut. Frau Mohr: Lila ist nicht fröhlich. Lila ist hysterisch. Was soll daran gut sein? Wozu braucht ein Krankenhaus hysterische Fenster? Nun sei ein weiterer Fehler passiert. Herr Mohr habe sich nämlich, aus Unvorsichtigkeit heraus, darauf versteift, daß ein solches lila Fenster fröhlich und also gesund sei, und er habe nun eine Front von drei Frauen gegen sich gehabt, nämlich Jeanette Adomeit, Tante Lenchen und seine eigene Gattin. Besonders der Begriff *gesund* sei angegriffen worden. Wie soll denn eine Farbe gesund sein? Da kann man ja gleich sagen, das ganze Krankenhaus ist gesund, das ist doch alles Unsinn. Das Gespräch sei immer abstruser geworden, aber nach einigen Minuten habe man sich daran erinnert, das Gebäude endlich zu betreten, denn man habe ja ursprünglich Frau Strobel besuchen wollen. Es falle nicht leicht, den Grund anzugeben, aber die gesamte Familie habe, ohne sich darüber zu verständigen, drinnen registriert, daß die lilafarbenen Fenster von innen weiß gestrichen gewesen seien. Im dritten Stock, der Inneren Abteilung, sei Herr Mohr auf die Stationsschwester zugetreten, um zu erfahren, wo Adomeits Putzfrau liege. Die Stationsschwester sei gerade mit einem Stapel Handtücher in irgendein Zimmer verschwunden. Herr Mohr habe unwillkürlich einen Blick in dieses Zimmer geworfen. Ein graues Gesicht habe dort zur Decke gestarrt, ein anderes, er habe gar nicht erkennen können, ob Mann oder Frau, habe ihn angestarrt, mit gelben Augen. Herr Mohr sei zutiefst erschrocken. Er habe auch geradezu zwanghaft auf den Katheterbeutel dieser Person starren müssen. Die Schwester sei jetzt wieder durch die Tür getreten, habe ihn tadelnd angeschaut und den Kopf geschüttelt, und bevor Herr Mohr etwas habe sagen können, habe sie einen herumstehenden Handwagen mit einem Teeautomaten darauf genommen und sei damit verschwunden. Harald, habe Frau Mohr gerufen. Was ist denn bloß los? Du sollst doch nach der Strobel fragen! Zwei Minuten später sei die Stationsschwester wieder mit derselben Teemaschine den Gang zurückgekommen. Herr Mohr sei auf sie zugetreten. Er habe auf ihrem Busen das Schild *Schwester Melanie* gelesen. Sie: Kann ich Ihnen weiterhelfen? Herr Mohr: Ja, sehr freundlich, sie suchen nämlich

Frau Strobel. Sie: Wen? Er: Frau Strobel. Sie: Strobel, Strobel ... ach der Schlaganfall von heute morgen. Hm, sie verstehe ... einen Moment! Schwester Melanie habe den Stationsarzt angerufen. Der Arzt komme gleich, sie könnten allesamt hier Platz nehmen, es ist wohl besser, wenn Sie erst mit dem Arzt sprechen, ich glaube auch nicht, daß Sie alle auf einmal, aber der behandelnde Arzt kommt gleich. Frau Adomeit sei auf Schwester Melanie zugetreten und habe gefragt, wie es der Patientin denn gehe (Harald Mohr habe unterdessen zwanghaft die Sokken der Schwester gemustert). Nun, habe die Stationsschwester gesagt, das könne ihr der Stationsarzt viel besser sagen, also sie hätten natürlich zuerst ihren Kreislauf stabilisiert. Frau Adomeit: Und, ist er denn stabil? Schwester Melanie: Sie hätten ihn stabilisiert. Und natürlich müsse man auf die Diagnose warten. Aber das wird Ihnen der Arzt alles ganz genau sagen können. Sind Sie Angehörige? Frau Adomeit sei einen Schritt näher auf die Schwester zugetreten. Schwester Melanie sei einigermaßen irritiert gewesen. Kann sie sprechen? Kann ... sie sprechen, habe die Schwester wiederholt, äh, das wisse sie nicht, sie habe nicht mit ihr geredet, vielleicht könne sie sprechen. Frau Adomeit: Meinen Sie, sie kann mich verstehen? Schwester Melanie sei zwei Schritte zurückgetreten, um Platz zu bekommen, habe Frau Adomeit erstaunt gemustert und gesagt, das weiß sie doch nicht. Ein Schlaganfall kann ganz verschieden aussehen. Ganz verschiedene Verlaufsformen. In diesem Augenblick sei der Stationsarzt erschienen und habe die Gruppe zum Zimmer Nummer zwölf geführt. Da ist ja schon Besuch, habe er gesagt, als er eingetreten sei. Schossau und Schuster hätten sich im Raum befunden und zur Tür geblickt. Frau Adomeit habe Herrn Halberstadt vor sich her in das Krankenzimmer hineingeschoben, dann habe sie die Tür zu schließen versucht, aber Frau Novak habe sich noch hindurchgezwängt. Zum Eingang hin habe eine korpulente Frau um die sechzig gelegen, mit rotem Gesicht und einem entblößten Bein über der Bettdecke. Sie habe sehr interessiert die Eintretenden gemustert. Ah, Verwandtschaft, habe sie gerufen. Immer kommen Verwandtschaft. Gutgut! (Es habe sich um eine Polin gehandelt.) Die Polin habe schlohweißes Haar gehabt, habe aber überaus gesund ausgesehen. Sie habe munter auf der Seite gelegen und neugierig die Szene am Bett der Strobel verfolgt. (Immer wenn man sie angeschaut habe, habe sie sich allerdings schnell beiseite gedreht, sei in Stöhnlaute verfallen und habe *ach ach* gemacht.) Der Arzt: Hier also ist Frau Strobel. Sie schläft gerade. Frau Strobel habe bewegungslos dagelegen, es habe gar nicht ausgesehen, als schlafe sie, es habe vielmehr geschienen, als sei sie einfach tot. Ihr Gesicht sei nicht bleich gewesen, eher gelb. Auf ihrem Nachttisch habe sich nichts befunden. Der Tisch der Polin dagegen sei übersät gewesen mit Taschentüchern, Schokoladenpapierchen und Illustrierten, obenauf Roy Black. Frau Strobel habe eine Infusion bekommen. Junge Herren am Tisch sitzen ganze Zeit und reden und reden, habe die Polin gesagt. Immer reden. Schwer, alles schwer! Damit habe sie Schossau und Schuster gemeint, die seit über einer halben Stunde auf zwei Stühlen gesessen und sich intensiv unterhalten hätten. Der Arzt habe sich nun mit den Worten verabschiedet, er lasse sie also allein mit der Patientin. Er stehe freilich jederzeit für weitere Fragen zu ihrer Verfügung. Dann sei er gegangen. Frau Adomeit habe natürlich nicht damit gerechnet, daß bereits Besucher anwesend seien, aber sie sei für keinen Augenblick desorientiert gewesen. Vielmehr habe sie zuerst eine Weile mit einem leicht zur Seite geneigten Kopf die Kranke betrachtet. Dabei hätten ihre schönen, unverbrauchten Hände anmutig auf der Fußstange des Bettes geruht. Dann habe sie einen unterwegs am Straßenrand gekauften Strauß Tulpen und Fresien in eine Vase gesteckt, mit Wasser versorgt und auf den Nachttisch gestellt. Frau Strobel habe währenddessen bewußtlos in ihrem Bett gelegen. Was machen wir denn jetzt, habe Herr Halberstadt ungeduldig gefragt. Frau Adomeit habe diese Worte überhaupt nicht zur Kenntnis genommen, sondern habe sich jetzt in der bekannten Liebenswürdigkeit an die beiden Besucher gewendet. Mindestens fünf Minuten habe sie in ihrer ausgesuchten, dabei ganz und gar floskelhaften Weise auf die beiden eingeredet, ohne dabei irgendwas zu sagen. Frau Novak habe bereits boshaft geschaut, habe sich aber zurückgehalten und geschwiegen, vermutlich aus Pietät. Herr Halberstadt habe mit einem perfiden, rein ästhetischen Interesse die Bewußtlose gemustert und sich über sie gebeugt. Sie sei ihm überaus häßlich erschienen, eklig, und Halberstadt habe darüber grinsen müssen. Das ganze eklige Leben, das noch nicht vollständig zur Nummer geworden sei, habe da vor ihm gelegen. Ein Irrtum der Natur, so wie die ganze Natur ein Irrtum sei. Ein überaus dummer Irrtum sogar, und natürlich vollkommen langweilig. Um Schuster habe sich Halberstadt übrigens überhaupt nicht gekümmert, er habe vielmehr so getan, als sei er ihm nie begegnet und schon gar nicht gestern in der Wohnung Adomeits. Er habe Frau Strobel tatsächlich wie ein Ausstellungsstück betrachtet, ohne jede Scham. Im Hintergrund habe die Polin geseufzt. Lebbe schlimm, Lebbe schlimm. Niemand habe auf sie geachtet. Nun sei folgendes passiert. Während Frau Adomeit geredet und geredet habe, sei Frau Strobel langsam zu sich gekommen. Halberstadt habe den Prozeß zuerst gespannt betrachtet, dann habe er gesagt: Sie kommt zu sich. Schaut nur her, sie kommt wirklich zu sich. Sie ist vorhin schon bei Bewußtsein gewesen, habe Schossau gesagt. Hat sie gesprochen, habe sich Frau Adomeit erkundigt. Schossau: Kaum. Und sehr leise. Frau Strobel habe ganz wenig ihre Hand bewegt. Offenbar sei sie sehr erschöpft gewesen. Ihre Augen seien nun bereits zur Hälfte geöffnet gewesen, man habe die Iris gesehen, aber offenbar habe Frau Strobel ihrerseits noch nichts deutlich erkannt. Frau Adomeit habe Halberstadt beiseite gedrängt und sich nun ihrerseits über die Kranke gebeugt. Frau Strobel, habe sie ganz sanft gesagt, Frau Strobel, hören Sie mich? Dabei habe sie der Frau die Hand auf den Arm gelegt. Frau Strobel habe nicht reagiert. So sei es eine Weile gegangen, vielleicht zehn Minuten, Herr Halberstadt sei ungeduldig, fast ärgerlich durch den Raum gelaufen, habe aber immer wieder plötzlich aufgelacht und habe wiederholt, das sei alles zu dumm, man könne es sich nicht dumm genug ausmalen. Valentin, sei still, habe Frau Adomeit gesagt. Nach einer Weile sei der Blick der im Bett liegenden Frau klarer geworden. Können Sie mich verstehen, habe Frau Adomeit gefragt. Die Putzfrau habe genickt. Sie habe aber ihrerseits nur Stammellaute von sich geben können und sei augenscheinlich selbst am meisten darüber verwundert gewesen. Sie hatten einen Schlaganfall, habe Frau Adomeit gesagt, aber jetzt sind Sie über den Berg. Berg, habe die Putzfrau wiederholt und habe Frau Adomeit wieder sehr verständnislos angeschaut. Offenbar habe sie gar nicht gewußt, wen sie vor sich habe. Dann habe sie den Infusionsschlauch und die Manschette um ihr Handgelenk betrachtet, überaus befremdet. Wo sind ...? habe sie gefragt, vielmehr gehaucht, ohne ihre Frage zu beenden. Frau Adomeit sei sogleich ganz interessiert gewesen. Sie habe sich ganz nahe über sie gebeugt. Wo ist was, habe sie gefragt. Wonach fragen Sie, Frau Strobel? Wo ist was? Vertrauen Sie mir! Sagen Sie mir alles! Also, wo sind ...? Frau Strobel: Wo sind ... die Vorhänge? Frau Adomeit: Welche Vorhänge? Die Vorhänge, die Vorhänge, habe Frau Strobel wiederholt, wo sind die Vorhänge? Frau Adomeit sei ganz ratlos gewesen und habe gesagt, sie solle sich nicht aufregen, es sei alles in Ordnung, sie sei im Krankenhaus, alles geschehe zu ihrem Besten. Sie sei etwas nervös gewesen in den letzten Tagen, habe sich zu viel aufgeregt, aber das sei ganz normal, das sei kein Grund zur Beunruhigung. Beunruhigung, habe Frau Strobel wiederholt, ohne den Sinn des Wortes zu begreifen. Ihr Blick habe einem Fragezeichen geglichen. Wieder habe sie von den Vorhängen angefangen. Nach einer Weile habe es Frau Adomeit aufgegeben. Der Rechtsanwalt habe gesagt, alles das sei ein grober Unsinn. Ohne diese blödsinnige medizinische Versorgung wäre diese Person längst tot und das Problem bereinigt. Frau Adomeit habe auf diesen Satz nicht reagiert. Tatsächlich habe Herr Halberstadt jetzt einen Blick voller Ungeduld gehabt. Er habe in der Krankheit der alten Frau nur die ewige Wiederholung des Lebenseinerleis gesehen, und der Gedanke an ewige Wiederholungen habe ihn abgrundtief gelangweilt und angewidert. Krankenhaus = Ort der ewigen Wiederholung. Er habe diese Gleichung geradezu im Schriftbild vor sich gesehen. Voller Überdruß habe er sich erneut über die alte Frau gebeugt, die gerade zur Seite geschaut habe. Mit masochistischer Lust habe er die Falten der greisen Person mit den Augen nachgezeichnet. Die trockenen, eingefallenen Lippen. Die heruntergekommenen Zähne, der dumm aufgesperrte Mund. Die Hautfarbe dieser Person habe ausgesehen wie Erbrochenes. Und jetzt schaut sie mich auch noch an. Und warum reißt sie denn jetzt ihre Augen so auf? Erkennt sie mich etwa wieder? Aber das kann doch gar nicht sein, daß sie mich wiedererkennt! Aber warum sollte sie mich nicht wiedererkennen? Sie hat ja geradezu eine fürchterliche Angst vor mir, hehe. Du dumme Person ... Frau Strobel habe laut geschrien. Sie habe sich emporgebeugt, habe völlig panisch Halberstadt angestarrt und habe *Hilfe!* geschrien. Schuster und Schossau seien sofort auf sie gestürzt. Auch zwei Schwestern seien erschienen. Die Polin sei ganz und gar beeindruckt von der Szene gewesen und habe aufmerksam herübergeschaut. Was ist denn ... so lassen Sie mich doch! habe Halberstadt empört gerufen, als eine der Schwestern ihn wegzuziehen versucht habe. Lächerlich, habe Halberstadt gerufen, das sei alles lächerlich. Tatsächlich habe sich Halberstadt von der Schwester bis zur Zimmertür schieben lassen, dann habe er sich abgedreht und sei gegangen. Heilige Jungfrau Maria, habe die Polin ausgerufen. Auch Frau Adomeit und Frau Novak hätten daraufhin das Zimmer verlassen … Später habe wieder lange Zeit Ruhe im Krankenzimmer geherrscht, von der Kranken, die geschlafen habe, sei nur das leise Atmen zu hören gewesen, die Polin habe in ihren Illustrierten geblättert oder unter Seufzern zum Fenster hinausgeblickt. Nach einer Weile sei die Tür des Krankenhauszimmers erneut aufgegangen, zuerst zögerlich, dann plötzlich mit einem Ruck. Die Polin habe erschrokken zur Tür geblickt und *Jesus Maria!* gerufen, denn die Gestalt, die dort in der Tür gestanden habe wie eine Erscheinung, sei in einem eigenartigen Zustand gewesen, geradezu in einem unfaßbaren. Selbst Schossau habe die Person auf den ersten Blick gar nicht erkannt. Auffällig sei vor allem der bohrende und unbeherrschte Blick gewesen, mit dem der Mann, er sei um die zwanzig gewesen, in das Zimmer hineingestarrt habe, blitzschnell von links nach rechts, wie ein Verbrecher oder ein Flüchtling, der sich einen Überblick verschaffen möchte (die Polin habe den Mann wirklich für einen Verbrecher auf der Flucht gehalten). Dazu habe er etwas Aufbäumendes in seiner ganzen Gestalt gehabt, als sei es für ihn eine Ungeheuerlichkeit, jetzt hier zu stehen, genau hier. Der Mann sei ungekämmt gewesen, Strähnen hätten ihm in der Stirn gelegen, das Kinn habe gebebt, aber nur für einen Augenblick. Er habe mit beiden Händen links und rechts in den Türrahmen gegriffen und sei so, in einer kruzifixartigen Haltung, stehengeblieben. Das Schlimmste an dem Mann sei der Zustand seiner Kleidung gewesen. Er habe eine Jeanshose und ein blaues Hemd angehabt, modisch, aber beides sei über und über beschmutzt gewesen, ebenso wie seine Hände, und zwar mit Dreck und Erde. Auch sein

Gesicht sei beschmutzt gewesen. Alle bis auf die Schlafende hätten die Person (es habe sich um Anton Wiesner gehandelt) angestarrt, eine völlige Stille habe in dem Raum geherrscht, aber nur, weil die Polin zu fassungslos gewesen sei, um lauthals loszuschreien und die Glocke zu läuten. Wiesner habe sich nach einer Weile aus dem Türrahmen nach vorne geschwungen und sei, ohne irgendwen dabei zu beachten, vor das Bett von Frau Strobel getreten, um dort mehrere Minuten regungslos zu verharren. Es habe geschienen, als denke er nach oder als versuche er, sich auf irgendwas zu besinnen. Wird sie sterben, habe er nach einer Weile gefragt, und seine Stimme habe völlig anders geklungen als sonst. Es sei überhaupt nicht die Stimme Anton Wiesners gewesen. Es sei die Stimme eines Menschen gewesen, der in letzter Zeit sehr viel gelitten habe und nun sehr erschöpft sei. Nein, wird sie nicht, habe Schuster gesagt. Ein Schlaganfall, ja, ist das wahr, habe Wiesner gefragt, daß sie einen Schlaganfall ... wirklich einen Schlaganfall? ... ich weiß übrigens überhaupt nicht, was das ist, ein Schlaganfall. Wieder habe er Frau Strobel angestarrt, etwas Erschütterndes habe in seinem Blick gelegen, als falle er im Augenblick einmal senkrecht durch die gesamte Welt. Tatsächlich habe er sich an der Fußschiene des Bettes festhalten müssen und habe zu schwanken begonnen. Heilige Jungfrau, habe die Polin gerufen. Wiesner habe die Polin angeschaut, mit einem geradezu wahnsinnigen Blick. Sich zu Schuster und Schossau umwendend: Jungfrau, sie spricht von der Jungfrau Maria. Ich kann es nicht glauben, sie spricht von der Jungfrau Maria ... Wißt ihr, habe Wiesner gesagt und sich gestikulierend an die beiden Männer gewendet, wißt ihr, wie lächerlich ich das noch gestern gefunden hätte, von der Jungfrau Maria zu reden? Ich hätte es sofort eine *naturwissenschaftliche Unmöglichkeit* genannt, in nichts wäre ich abgerückt von der *naturwissenschaftlichen Unmöglichkeit* der Jungfrau Maria, keinen Millimeter, weil es für mich die absolute Wahrheit gewesen wäre. Ja, ich sage absolut, denn ich hätte jeden, der daran gezweifelt hätte, sofort für verrückt erklärt, nicht nur für dumm, nein, für verrückt, für verblendet. Für unfaßbar hätte ich es gehalten, nicht an die *naturwissenschaftliche Unmöglichkeit* der Jungfrau Maria zu glauben. Aber das ist ganz gleichgültig. Alles ist anders, als es ist. Wiesner habe die Polin nun angeschaut, als möchte er ihr vor Dankbarkeit geradewegs vor die Füße fallen. Sind Sie Polin, habe er gefragt. Die Polin habe Wiesner erstaunt angeschaut. Aus Oppeln, habe sie gesagt. Er sei nun auf sie zugetreten und habe ihr beide Hände geschüttelt. Dabei habe er immer wieder gesagt, aus Oppeln, aus Oppeln kommt sie, das habe ich nicht erwartet. Sehen Sie, ich war heute nacht im Wald, habe er gesagt, ich bin übrigens ganz ohne Vorsatz in ihn hineingelaufen, in den Wald, ich habe nicht gemerkt, wie spät es gewesen ist, ich habe nicht einmal gemerkt, daß es dunkel war, mir schien vielmehr alles überaus hell, aber alles das ist verrückt, sehr verrückt, und ich habe mir dort alles ausgemalt, verstehen Sie, alles, die ganze Welt habe ich mir ausgemalt. Die Polin habe Wiesner verständnislos angeschaut. Ich bin dort hineingelaufen und die ganze Nacht (vermute ich) herumgelaufen, aber ich habe das alles selbst nicht begriffen, es wird mir nun erst im nachhinein deutlich, ja, jetzt. Überhaupt erinnere

285

ich mich jetzt zum ersten Mal ... es ist, als hätte ich unter einem Rausch gestanden, unter irgendeinem Einfluß, der mich von mir selbst weggezogen hat, die ganze Nacht ... als sei gar nicht ich dort im Wald gewesen, verstehen Sie? Die Polin: Nicht im Wald? Wiesner: Doch, doch, schauen Sie, Sie verstehen mich nicht, aber das ist gut, das ist sogar sehr gut. Wieder habe er einen sehr enthusiastischen Gesichtsausdruck bekommen. Er habe dagestanden und hyperventiliert, Schuster habe ihn auf einen Stuhl gezogen. Jetzt erinnere ich mich, habe Wiesner gesagt, komisch, ich habe mich die ganze Zeit nicht daran erinnert, was dort im Wald geschehen ist. Ich bin heute morgen in Staden gewesen, in einer Bäckerei, in einem Stehcafé, wie ein ganz normaler Mensch, als hätte ich nicht dort im Wald ... hm. Später bin ich mit dem Bus gefahren und habe die Landschaft betrachtet. Vielleicht habe ich noch nie die Landschaft betrachtet, noch nie in meinem Leben ... auch wenn das ein eigenartiger Gedanke ist, denn warum sollte ich sie noch nie betrachtet haben, die Landschaft ... Alles schien mir so normal, aber ich hatte mich überhaupt nicht an diese Nacht erinnert, auch dort im Bus nicht. Jetzt fällt sie mir ein. Ich war nämlich in einem Fichtenwald. Genau, und ich habe Streichhölzer in meiner Tasche gefunden, hier, diese Streichhölzer! Wiesner habe seiner vorderen Hosentasche eine Streichholzschachtel entwunden und der Polin wie ein Beweisstück gereicht. Die Polin habe die Schachtel erstaunt hin und her gedreht, denn sie habe nicht gewußt, was das alles zu bedeuten habe. Da lag auch ein Lumpen ... ich habe diesen Lumpen genommen, um einen Stock gewickelt und angezündet, jetzt sehe ich es. Vielleicht habe ich deshalb geglaubt, alles sei so hell gewesen, wegen der Fackel. Plötzlich sei er in ein schallendes Gelächter ausgebrochen und sei wieder von dem Stuhl aufgestanden. Ich weiß jetzt, daß gar nichts ist. Nichts. Und daß alles ist, was es ist, und niemand etwas darüber weiß, weil man nämlich nicht darüber nachdenken kann. Gestern wollte ich noch nach China, ich wollte auf der alten Seidenstraße nach China, aber was wäre dort gewesen? Weiß ich, was dort gewesen wäre? Ich habe es mir ausgemalt, so wie ich mir die ganze Welt ausgemalt habe. Und nun treffe ich Sie hier, und Sie kommen aus Oppeln, und ich kann darin gar keinen Unterschied sehen, verstehen Sie! Wiesner habe immer wirrer gesprochen. Plötzlich sei er wieder auf den Stuhl gesunken und habe zu schluchzen begonnen. Dann, abwesend: Dann hat man mir heute von der alten Strobel erzählt. Sie soll so eigenartig ihre Vorhänge angestarrt haben. Das schien mir das Bedeutsamste an der ganzen Sache. Wie liegt jemand da und starrt stundenlang ein und denselben Vorhang an, der zuerst im Dunkeln liegt, und dann wird es Morgen, und Licht fällt herein, und der Vorhang wird heller und heller, und alles verändert sich, aber immer noch starrt man diesen Vorhang an, das schien mir eigenartig. Gestern noch hätte ich behauptet, wer einen solchen Gedanken denkt, sei verrückt. Obwohl ich immer geglaubt habe, ich sei ganz anders als alle anderen. Ich war immer anders und immer gleich, wie alle. Alle sind anders und gleich. Dann habe ich gedacht: Wieso ein Schlaganfall? Stirbt sie? Ich dachte immer, den Tod gibt es gar nicht. Plötzlich wußte ich, es ist etwas, dieses Sterben, und ich wollte es sehen, und der Gedanke daran hat sich bei mir unmittelbar mit

Frau Strobel verbunden, und also bin ich sofort nach Friedberg gefahren, um sie zu sehen, aber jetzt stirbt sie gar nicht, und ich begegne Ihnen, die Sie aus Oppeln kommen, und das alles ist ganz wunderbar, denn es bestätigt alles, was ich heute nacht gedacht habe. Wie idiotisch war ich die ganze Zeit, wie begriffsstutzig ... auch gestern abend noch war ich so begriffsstutzig wie alle ... wie war ich dumm! Plötzlich habe Wiesner einen Hustenanfall bekommen. Es habe schlimm geklungen. Oh, habe die Polin gesagt. Schossau habe ihn aufgefordert, einen Schluck Wasser zu trinken. Wiesner habe ihn angeschaut, gegrinst und weitergehustet. Schossau sei aufgestanden, habe ein Glas genommen, sei auf das Waschbecken zu getreten und habe Wiesner Leitungswasser gegeben. Wiesner habe es in einem Zug in sich hineingeschüttet. Er sei nun für eine Weile wortlos sitzen geblieben, mit sehr bewegtem Mienenspiel. Dann habe er das Glas genommen und sei selbst zum Waschbecken gegangen. Dabei habe er sich im Spiegel über dem Waschbecken gesehen. Er habe verblüfft in seiner Bewegung innegehalten und sich nachdenklich gemustert. Plötzlich habe er wieder schallend zu lachen begonnen. Haha, ich wußte gar nicht, ich wußte gar nicht, daß ich so aussehe! So sehe ich aus? Hahaha! Schon in Staden, im Stehcafé, muß ich so ausgesehen haben, und dabei habe ich dort in diesem Stehcafé gedacht, ich sei eine völlig normale Erscheinung, völlig gewöhnlich. Also deshalb hat mich dieses Mädchen dort so gemustert, also deshalb. Und ich dachte, sie wollte ... und es schien mir schon so gewöhnlich, das übliche Spiel, ganz das übliche Spiel, du kommst in ein Stehcafé, und da ist ein Mädchen, und das Mädchen schaut dich an, und du schaust das Mädchen an, dort im Stehcafé, hahaha. Dabei war es nur der Dreck in meinem Gesicht, nur der Dreck, hahaha! Wiesner habe eine Weile vor dem Spiegel gestanden und sei aus dem Lachen gar nicht mehr herausgekommen. Auch die Polin habe schallend mitgelacht, ohne freilich irgend etwas zu kapieren. Dann habe sich Wiesner plötzlich zusammengekrümmt und sei aus dem Zimmer hinausgerannt. Schwester Melanie sei sofort ins Zimmer gekommen und habe gefragt, was denn hier los sei. Heilige Jungfrau Maria, habe die Polin gesagt und sich mehrfach bekreuzigt. Soweit diese eigenartige Szene im Krankenhaus. Herr und Frau Mohr seien am frühen Nachmittag mit Frau Adomeit nach Hause abgereist, übrigens nachdem sie mit gemeinsamen Kräften (auch Frau Adomeit habe energisch zugepackt) den Wagen mit Hausrat aus der Unteren Kirchgasse vollgeladen hätten. Halberstadt habe sich die ganze Zeit über indigniert gezeigt und sei am Ort geblieben. Auch Katja habe sich entschlossen, nicht mit ihrer Familie nach Heppenheim zu fahren (sie habe das Ausräumen der Wohnung als Diebstahl bezeichnet), sondern lieber ins Ossenheimer Wäldchen zu gehen, noch eine Nacht in der Pension zu bleiben und morgen den Zug wieder nach Würzburg zu nehmen. Frau Novak sei im übrigen ebenfalls nicht abgereist und habe mit Halberstadt verabredet, erst am nächsten Tag der Familie Mohr und Frau Adomeit nachzureisen. (Vielleicht sollte man auch noch anmerken, daß Adomeits Sohn mitsamt Frau gleich am Morgen nach dem Termin beim Notar ebenfalls wieder abgereist sei, da er nämlich von all dem Geschehenen viel zu betroffen gewesen war.) Am Nachmittag seien die

Diskussionen darüber, was der alte Adomeit denn nun eigentlich besessen habe und was es mit diesem eigenartigen Testament auf sich habe, immer lauter geworden. Zwei Parteien hätten sich gebildet, zum einen die Kubelakfraktion, die der Ansicht gewesen sei, daß die Adomeits früher die Steinwerke bzw. das Grundstück besessen hätten, auf dem dann die Steinwerke Kubelak errichtet worden seien. Bei einigen habe sich unterdessen sogar der Gedanke festgesetzt, die Adomeits seien früher und von alters her eine Steinmetzfamilie gewesen. Unter Adomeits Vater sei die Firma verkauft worden, vielleicht auch erst unter Adomeit selbst, da dieser, faul, wie er gewesen sei, natürlich die Firma nicht habe weiterführen wollen. Einige aus der Kubelakfraktion (besonders Willi Kuhn) hätten also folgende Theorie entwickelt: Die Firma sei für eine große Summe Geldes verkauft worden, und von dieser großen Geldsumme habe Adomeit sein Leben lang gelebt. Möglicherweise habe er die Geldsumme immer unter seinem Kopfkissen gehabt, möglicherweise habe er sie in Papieren angelegt gehabt, sicherlich könne man im Haus in der Unteren Kirchgasse Hinweise darauf finden, wäre es nur zugänglich. Rudi Heuser, der Mann aus dem Geschichtsverein, habe zu den Mutmaßungen das Seine beigetragen, da er nämlich der Ansicht gewesen sei, man könne hier ein Stück alte Dorfgeschichte aufdecken bzw. dem Schlund der Vergangenheit und dem Vergessen entreißen. Heute hätten sie noch die Möglichkeit dazu, später nicht mehr, sagte er. Die andere Fraktion sei der Ansicht gewesen, man müsse nach dem etwaigen ehemaligen Grundbesitz an ganz anderer Stelle suchen, nicht bei den Kubelaks, sondern da, wo man es überhaupt nicht vermute. Es sei auch die Sage gegangen von den riesigen Apfelbaumplantagen, größer noch als die Kirschbaumfelder von Ockstadt. Das sei eine uralte Geschichte, die in Niederflorstadt immer wieder erzählt werde, nämlich die Geschichte von den großen Apfelplantagen, die es im letzten Jahrhundert irgendwo vor dem Dorf gegeben haben soll. Diese Geschichte sei nun auf die Familie Adomeit angewendet worden: Im letzten Jahrhundert hätten die Adomeits jene sagenhaften Apfelbaumplantagen besessen, die sie später verkauft hätten, vermutlich als Bauland an die Gemeinde, dadurch seien die Adomeits reich geworden. Auf diese und ähnliche Weise seien im Verlauf des frühen Nachmittags die verrücktesten Theorien entwickelt worden. Als Schossau gegen drei Uhr auf die Straße getreten sei, sei ihm dort eine Gruppe von Menschen in aufgeregtem Gespräch entgegengekommen. Die Leute hätten sich abwechselnd einander zugewandt, gestikuliert, manchmal seien sie sehr laut geworden. Alle hätten gewirkt, als seien sie zuhöchst gespannt und sehr mit einer bestimmten Sache beschäftigt. Allen voran habe Rudi Heuser Schritt gemacht und sei zielstrebig und fast eilig durch die Gassen marschiert. Die Gruppe habe aus mehr als einer Handvoll Menschen bestanden. Herr Rudolf sei dabeigewesen, der Schreiner Mulat, Herr Rohr, Kuhn und Rühl, auch Munk habe sich in dieser Gruppe befunden, übrigens auch eigenartigerweise Valentin Halberstadt, der gerade sehr angeregt mit dem Stadtverordneten Rudolf über irgendwelche Gemeinderechtsfragen diskutiert habe. Was ist denn hier los, habe Schossau gefragt, wo wollt ihr denn alle hin? Heuser sei entschlossenen Schrittes an ihm vorbeimarschiert und habe Handbewegungen gemacht, ihm zu folgen. Einige der Leute hätten merklich nach Alkohol gerochen. Schossau sei einige Gassen mit der Gruppe mitgelaufen. Plötzlich sei Heuser stehengeblieben und habe gerufen, das sei Stadtgeschichte, das gehöre bewahrt, das müsse erlebbar bleiben. Hm, hätten alle gemacht, dann sei man weitermarschiert. Schossau habe kein Wort verstanden. Er habe Herrn Mulat gefragt, was denn diese ganze Unternehmung bezwecke. Nun, wissen Sie ... habe Mulat gesagt, das müssen Sie so verstehen. Ich habe eigentlich gar nichts damit zu tun. Ich bin nur ganz zufällig in der Linde gewesen, ich glaube sogar, wir sind alle nur ganz zufällig in der Linde gewesen, und dann hieß es plötzlich, man wolle dies und das aufklären, es sei an der Zeit, besonders Heuser meinte, es sei an der Zeit, wobei ihm, Mulat, allerdings nicht klar war, wofür es an der Zeit sei, aber es habe doch alles sehr wichtig geschienen, und plötzlich seien alle aufgestanden und losgelaufen ... Es hat da nämlich vorhin einen Streit gegeben ... Schossau: Worüber denn? Mulat: Nun, infolge der beiden ... Parteiungen. Schossau: Was denn für Parteiungen? Mulat, ihn beiseite nehmend: Rudolf habe sich vorhin ganz fürchterlich mit Kuhn (der völlig betrunken sei) angelegt. Kuhn favorisiere nämlich die Kubelaklösung, und Rudolf habe ihn dafür vor allen lächerlich gemacht. Kuhn habe sich sogar soweit hinreißen lassen, daß er behauptet habe, eine ganze Großfamilie hätte von dem Verkauf des Grundstücks in der Friedberger Straße leben können, wenn sie das Geld angelegt hätte. Aber wer glaubt denn eigentlich, daß dieser Adomeit Geld angelegt habe? Er habe doch Banken verachtet und im Geld die größte Sünde der

Menschheit gesehen, zumindest habe er das doch bei jeder Gelegenheit gesagt. Schossau: So einen Unsinn habe er ja noch nie gehört. Das soll Sebastian Adomeit gesagt haben? Mulat: Zeitlebens. Zumindest Munk zufolge. Schossau: Aha. Mulat: Er, Mulat, finde das wirklich alles sehr interessant. So viel über diesen Adomeit zu erfahren! Ja, schweigsam sei er gewesen, sagt man, aber nach dem Tode hat es sich was mit der Schweigsamkeit. Wir kommen alle vor den Richter, alles gehört in die Öffentlichkeit, keiner hat was zu verschweigen, gell, Rohr, das hat doch deine Frau heute morgen gesagt. Rohr habe ihn mit rotem Gesicht verständnislos angeschaut und dann mit Munk weitergeredet, denn mit diesem habe er sich gerade im Gespräch befunden. Nach einer Weile seien sie vor das Tor der Steinwerke Kubelak auf der Friedberger Straße gelangt. Dann wollen wir doch mal sehen, habe Heuser ausgerufen und geklingelt. Schossau habe die Gruppe stehenlassen und sei weitergelaufen. Die sind alle komplett verrückt, habe er gedacht. Übrigens habe man später auf dem Wäldchestag erfahren, daß die Kubelakfraktion auf der ganzen Linie verloren hatte. Es habe sich in den Büchern der Kubelaks überhaupt kein Hinweis darauf finden lassen, daß die Adomeits dieses Grundstück zu irgendeiner Zeit jemals besessen haben könnten. Alles sei frei erfunden gewesen. Nur Kuhn habe noch für eine Weile an der Kubelaktheorie festgehalten. Eine Weile sei auf dem Wäldchestag auch noch ein anderes Gerücht umhergegangen. Man habe nämlich erzählt, der Pfarrer Becker sei im Friedberger Kreiskrankenhaus gewesen und habe der alten Strobel die letzte Ölung gegeben. Von der ganzen Sache sei sehr detailliert berichtet worden. Die

Strobel soll immer wieder gerufen haben, *ich will nicht sterben, ich will nicht sterben.* Sie sei sehr widerborstig gewesen, habe sogar übelste Beschimpfungen gegen den Herrgott von sich gegeben. Man habe sich gegenseitig in den Versionen übergipfelt. Manche hätten sogar behauptet, Frau Strobel habe die letzte Ölung verweigert. Diese Gerüchte hätten sich aber bald zerschlagen. Noch andere Dinge seien im Wäldchen an diesem Nachmittag über Frau Strobel gemutmaßt worden. Sie habe in Wahrheit immer von der Sozialhilfe gelebt, also schwarz gearbeitet, und sie habe jahrelang ihre Krankenkassenbeiträge nicht gezahlt. Sie sei vor sieben Jahren wegen einer inneren Entzündung im Krankenhaus gewesen und habe ihre Rechnung von damals nie beglichen. Sie sei auch einmal vor Gericht gewesen, vielleicht wegen Diebstahls, vielleicht habe sie auch den alten Adomeit bestohlen. (Die Nachbarin aus der Fauerbacher Straße jedoch habe gemeint, ihrer Erinnerung nach sei Frau Strobel deshalb bei der Gerichtsverhandlung gewesen, weil sie von einem Auto angefahren worden sei.) Eine Frau Denhardt: Ich bin einmal in Riquewihr gewesen, und ratet mal, wem ich da begegnet bin in Riquewihr! Dem Adomeit! Und ratet mal, wer bei ihm gewesen ist! Die Strobel! So haben die nämlich in Wirklichkeit ihre Tage verbracht. Und wie teuer ist es im Elsaß! Ich bin ganz sicher, daß ich damals den Adomeit gesehen habe, und die Strobel bei ihm. Ich könnte schwören, daß es der Adomeit gewesen ist! So, so, sieh mal einer an, hätten die Tischnachbarn gerufen. Schossau habe diesen Tisch bald verlassen ... Im Wäldchen sei es immer voller geworden. Am Eingang zum Wald sei ein kleines, altes Karussell aufgebaut gewesen, daneben eine Schießbude, an der man habe Papierrosen und Fußballwimpel schießen können, andere Preise habe es dort nicht gegeben. Die Jugend habe mit dem Schießbudenbesitzer gefeixt, warum man denn an seiner Bude *nur so eine Scheiße* schießen könne. Dieses Ritual wiederhole sich jedes Jahr, denn man könne an dieser Bude immer nur Papierrosen und Fußballwimpel schießen, dazu noch von in der Wetterau ganz unbeliebten Fußballmannschaften. Der Schießbudenbetreiber lasse sich auch immer auf diese unsägliche Diskussion ein und werde in ihrem Verlauf jedesmal auf das übelste beschimpft. Auch dieses Jahr habe er wieder eine unglückliche Figur abgegeben. Er habe hilflos aus seiner Holzbude zu Schossau herausgeblickt, als dieser an dem Stand vorbeigelaufen sei. Es habe einen Brezelstand gegeben, einen Waffelstand, an dem auch Frau Bucerius mitgewirkt habe, dazu eine Grillbude mit Pommes und Wurst. Weiter hinten im Wäldchen sei die Theke gewesen, der ganze vordere Wald habe voller Tische und Bänke gestanden. Schon ab vier Uhr, wie jedes Jahr, sei das Toilettenhäuschen, ein kleiner, grünlackierter Wagen, völlig überlastet und verschmutzt gewesen, ebenso die danebenstehenden blauen Kabinen, die man seit neuestem dazu räume. Also seien die Wetterauer inzwischen dazu übergegangen, einige zehn Meter nach hinten in den Wald zu laufen und sich dort hinter irgendwelche Bäume zu stellen oder zu hocken. Im Verlauf des späteren Nachmittags und des Abends würde dadurch ein nicht geringer Teil des Waldes unbetretbar geworden sein. Es habe auch eine Bühne gegeben, auf der abwechselnd Volksmusik und leichte Unterhaltungsmusik gespielt worden sei. Mal habe eine Combo dort herumgestanden, mal sei ein Schulchor aufmarschiert, dann eine Feuerwehrkapelle *etcetera*. Schossau habe sich an einen Tisch gesetzt, der näher zum Waldrand gestanden habe und einigermaßen leer gewesen sei, um dort auf Schuster zu warten. Er habe sich einen Apfelwein und eine Brezel bestellt und, ohne an irgend etwas zu denken, die Salzkörner von der Brezel gerieben. Irgendwann habe er Frau Novak winken sehen. Sie habe aber nicht ihm gewunken, sondern jemandem außerhalb des Wäldchens. Dort habe Katja gemeinsam mit Benno gestanden, Hand in Hand. Der Himmel über ihnen sei fast völlig ruhig gewesen, da an diesem Tag der Flugplatz geschlossen gewesen sei. Die Kinder vor dem Wäldchen hätten zwischen den parkenden Autos auf der Wiese ihre Drachen steigen lassen, wie jedes Jahr. Eine Zeitlang sei gar nichts geschehen, die Musik habe pausiert, die Zaunkönige hätten geschmettert, lediglich an der Schießbude sei es zu einer größeren Streiterei gekommen. Irgendein junger Mockstädter habe dem Schießbudenbetreiber vorgeworfen, seine Waffen seien verbogen, man schieße vorbei, man treffe immer nur, wenn man vorbeischieße, und zum Beweis habe er mit einem der Gewehre auf den Schießbudenbesitzer gezielt und gesagt, wenn er jetzt abdrücke, schieße er vorbei, jede Wette. Der zufällig anwesende Wachtmeister Gebhard sei wegen dieses Vorfalls herbeigerufen worden und habe den Mockstädter des Wäldchens verwiesen. Allerdings sei der Schießbudenbesitzer fürchterlich in Rage gewesen und habe sich kaum beruhigen können. Das sei doch bloß ein Volksfest, ein Volksfest, habe er immer wieder gesagt ... Etwa zu dieser Zeit müsse Wiesner zum Flughafen gelangt sein. Er sei ohne jede Absicht dorthin gekommen, er sei einfach nur gelaufen, Fuß vor Fuß, ohne das recht zu bemerken, bis er plötzlich draußen auf einem Feld gestanden habe, ganz in der Nähe der Horloff und des Flughafens. Da schau mal einer an, habe er sich gesagt, da ist ja der Flughafen. Wie still er daliegt. Ja, heute fliegt keiner. Heute macht jeder das, was alle anderen auch machen, nämlich ins Wäldchen gehen. Hm, so sei es immer im Leben, alle machten immer, was alle anderen machten. Was für ein eigenartiger Gedanke. Er verwirrt mir geradezu den Kopf, der Gedanke. Ich muß mich für einen Augenblick hier in das Gras legen, denn ich bin müde ... müde ... aber woher bin ich denn eigentlich so müde? Tatsächlich müsse Anton Wiesner daraufhin für eine Weile eingeschlafen sein, und als er aufgewacht sei, habe er folgendes gedacht: Da ist ja nun also der Flughafen, das ist aber eigenartig. Was bedeutet das, daß da jetzt dieser Flughafen ist? Übrigens war ich vorgestern auch schon hier. Ja, da saß ich in dieser Maschine. Was hatte der Diensthabende gesagt? Wir Flieger müssen zusammenhalten. Hier liegt ja übrigens auch ein Fußball, nein, es ist ein Handball, nein, es ist doch eher ein Fußball, aber einer aus Gummi. Und nun schlage ich eine Flanke, eine Flanke auf niemanden, auch wenn das wiederum sehr eigentümlich ist. Wiesner habe den Ball weit aus dem Feld geschossen, in Richtung auf den Flughafen zu, immer wieder, bis der Ball auf die Startbahn geklatscht sei. Wiesner habe ihn sofort völlig vergessen, denn er habe nun vor dem Tower gestanden, und es sei ihm im Augenblick unglaublich lächerlich erschienen, daß er verschlossen gewesen sei. Nur die äußere Blechtür, eine nie benutzte Vortür, sei geöffnet gewesen. Er habe geradezu einen Ekel vor der Tatsache verspürt, daß der Funkturm verschlossen gewesen sei. Wie peinlich, habe er gedacht. Es ist Wäldchestag, alle sind im Wäldchen, und also ist der Tower verschlossen. Ich fühle mich übrigens wieder müde, woher kommt das nur? Ah ja, die Nacht, ich habe ja heute nacht nicht geschlafen. Wiesner habe die Pistole aus seinem Hosenbund gezogen, habe sie wieder weggesteckt, aber nur, um sie gleich noch einmal hervorzuholen und zu überprüfen, ob sie geladen sei. Tatsächlich, geladen. Eieiei, habe er gedacht. Mit der Waffe in der Hand (er habe sofort vergessen, daß er sie in der Hand gehalten habe) sei Wiesner nun vor dem Tower auf und ab gelaufen und habe die Landschaft und den Himmel betrachtet. Wie schön hier alles ist! So blau und grün und gelb! Eigenartig, das ging mir schon heute morgen so, als ich mit dem Bus gefahren bin. Von oben, von oben ... ja, man muß alles von oben betrachten, sonst verliert man den Überblick. Es ist ja ein geradezu ideales Flugwetter, kein Wölkchen am Himmel. Ideal, geradezu ideal, habe er laut vor sich hingesagt und daraufhin einen Lachanfall bekommen. Übrigens könnte ich die Waffe ja einmal ausprobieren! Er habe die Waffe gehoben, auf das Schloß der Towertür gezielt und abgedrückt. Der Rückstoß habe ihn erstaunt. Anschließend habe er die Waffe sofort fallen lassen und die Türe betrachtet. Das Schloß sei völlig zerfetzt gewesen. Von nun an habe Anton Wiesner eine rege Betriebsamkeit entwickelt. Er sei die Treppen hinaufgestiegen und habe im ersten Stock die Tür eingetreten. So leicht falle einem das, sieh an, habe er sich gesagt. Man muß sich nur einmal überwinden, und sofort falle einem alles ganz leicht. Dann habe er eine Eisenstange genommen und damit das Schloß eines Blechschranks zertrümmert. Anschließend habe er irgendwelche Bücher aus dem Schrank gezogen und sie eine Weile nachdenklich angestarrt. Dann habe er die Eisenstange genommen und auch den Schreibtisch aufgebrochen. Er habe irgendwelche Schlüssel an sich genommen und habe, einem unklaren Antrieb folgend, den ganzen Schreibtisch durchwühlt. In der untersten Etage habe er einige erotische Heftchen gefunden, habe sie abwesend durchgeblättert und dann auf den Schreibtisch geworfen. Anschließend sei er wieder vor den Tower gelaufen und habe dort neben dem Unkraut in den Fugen die Pistole liegen sehen. Warum muß ich denn gerade so lachen? Waren das eben nicht erotische Heftchen? Was für eine peinliche Angelegenheit. Wirf ihnen Brocken hin, wirf ihnen Brocken hin, und sie reißen alle daran, so funktioniert es, so funktioniert es. Plötzlich habe sich seiner eine düstere Stimmung bemächtigt, denn er habe an Katja Mohr gedacht. Vor Wut habe er gegen die Blechtür getreten, so daß diese ins Schloß geschlagen sei. Dann sei er vor dem Hangar gewesen, habe ihn aufgeschlossen und die Tore zurückgeschoben. Als er vor den Flugzeugen gestanden habe, habe er wieder lachen müssen, sogar sehr heftig. Er habe nämlich plötzlich an seine Jugendzeit und seinen Traum vom Fliegen gedacht, und alles sei ihm nicht nur lächerlich, sondern auch sehr fern vorgekommen, sogar überaus fern. Mit einer Hand habe er über den Rumpf der Cessna gestrichen. Früher hast du die Maschinen am Himmel gesehen, und du hast gedacht, du mußt nur da oben sein, nur da oben, und alles ist anders, nämlich besser. Die

Helden deiner Jugend, die Flieger, die Astronauten, hm, das ist wirklich lächerlich, und anschließend, nach den Fliegerheftchen und den Astronautenheftchen, kauft man sich eine Zeitlang ein paar erotische Heftchen, das ist die Abfolge, und später läßt man auch das sein, und wenn man es nicht seinläßt, ist das noch eigenartiger. Die Astronauten kommen vor den Frauen. Was kommt danach? Was kommt danach? Ja, Wiesner, wenn du diese Frage beantworten könntest: Was nämlich danach kommt? Dann habe er von jetzt auf gleich alle diese Fragen und Gedanken vergessen, habe sich auf einen Reifenstapel gesetzt und geraucht. Er habe sich plötzlich sehr wohl gefühlt, denn er sei zum ersten Mal ganz allein auf diesem Flughafen gewesen. Nach einer Weile sei er in die Cessna eingestiegen und habe sie angelassen. Dabei habe er ein Gespräch zwischen sich, dem Piloten, und dem Tower geführt, wie vorgestern. Allerdings habe er die Rolle des Diensthabenden jetzt einfach selbst eingenommen. Er habe das Gespräch möglichst gewöhnlich und allgemein gehalten, das habe ihn am meisten amüsiert. Tower: Tolles Wetter heute. Pilot: Glasklar. Ideales Flugwetter. Tower: Sichtweite Horizont sozusagen. Pilot: Sichtweite Horizont. Verstanden. Over. Ach, Tower? Tower: Kommen Alpha Delta Drei. Pilot: Gut, daß das Flugzeug frei war. Habe es heute gerade gebraucht. Gerade heute, verstehst du. Tower: Verstehe kein Wort, Alpha Delta Drei. Aber wir Flieger müssen zusammenhalten. Over. Pilot: Over. *Danach sei der Kontakt zum Tower abgebrochen.* Dieser Satz, *danach sei der Kontakt zum Tower abgebrochen*, habe Wiesner besonders begeistert, als er ihm eingefallen sei. Er sei aus dem Hangar herausgerollt. Dann sei er auf dem Rollfeld gewesen. Ein Kribbeln habe sich seiner bemächtigt, wie immer beim Start. Er habe Gas gegeben, die Nase hochgezogen, dann sei er in die Luft gestiegen. Zuerst sei er nach Assenheim hinüber geflogen, anschließend bis Usingen, er sei eine Weile einfach kreuz und quer über die Wetterau geflogen, über der sonst keinerlei Flugverkehr geherrscht habe. Dann habe er die Maschine in einer Kehrtwende südlich nach Rosbach gesteuert, nach Rodheim, wieder zurück, dann habe er das Ossenheimer Wäldchen mit den vielen bunten Autos gesehen, ganz klein. Alles sei sehr still gewesen, wie immer beim Fliegen. Trotz des Maschinenlärms völlig still. Wiesner sei sehr glücklich gewesen. So sei er eine Weile geflogen, dann habe er wieder Florstadt angesteuert und sei gelandet. Er habe nun gewußt, daß er die ganze Zeit nur diesen einen Flug habe machen wollen. Absonderlicherweise habe er die Türen der Cessna offenstehen lassen, dafür aber die Hangartore zugeschoben. Alles das sei ihm jedoch sehr logisch vorgekommen. Dann habe er den Flugplatz wieder verlassen ... Im Wäldchen sei unterdessen der immer noch abwesende Pfarrer Becker ins Zentrum des Geredes gerückt. Ein allgemeiner Meinungsumschwung ihm gegenüber habe eingesetzt. Man habe ihn aufgrund seines Verhaltens bei der Testamentseröffnung kritisiert, und weil er gestern nach dem Gottesdienst skandalöserweise nicht auf den Kirchplatz herausgekommen war. Munk habe sich öffentlich darüber beschwert, daß der Pfarrer noch nicht im Wäldchen erschienen sei. Das sei unerhört. Familie Mulat sei unterdessen bemüht gewesen, dem Pfarrer nunmehr seit Stunden den traditionellen Platz am oberen Kopfende des langen Tisches freizuhalten. Schon am Morgen, habe man erzählt, habe der Pfarrer so arrogant dort herumgestanden bei der Testamentseröffnung, immer nur am Rande habe er gestanden, und kein Wort gesagt habe er, er habe getan, als gehöre er gar nicht dazu, als habe er mit den Florstädtern nichts zu tun. Hält der sich jetzt auch für was Besseres? habe man gefragt. Und gestern nach dem Gottesdienst ist er auch nicht herausgekommen auf den Kirchenvorplatz. Warum ist er denn nicht herausgekommen? Er ist doch sonst immer herausgekommen! Aber gestern hat er sich in seiner Sakristei verschanzt und hat mit niemandem sprechen wollen. Frau Rudolf: *Sooo* hoch trägt der die Nase, ich sage es euch, *sooo* hoch! Dabei habe sie ihre Nase in die Luft gereckt. Wer so hoch seine Nase trage, der falle irgendwann einmal auf sie. Frau Rudolf habe diesen Satz aber nicht deutlich artikulieren können, sie sei bereits zu betrunken gewesen und habe auch gerade eine Krakauer im Brötchen gegessen, wobei ihr der Senf auf das Kleid getropft sei. Das habe sie allerdings nicht bemerkt, zu sehr sei sie von dem Gespräch über den Pfarrer eingenommen gewesen. Mehrere Parteien hätten sich alsbald gebildet, die einen hätten darauf beharrt, der Pfarrer sei eine ordentliche, ehrenhafte und korrekte Person, die anderen hätten gemeint, irgendwas stimme mit dem nicht, schon die ganze Zeit nicht, das sei neuerdings aufgefallen, eine dritte Partei habe gesagt, alles, was katholische Pfarrer betreffe, sei sowieso immer zuhöchst zweifelhaft. Dann habe auch noch Breitinger, der mit dem Fahrrad gekommen sei, folgendes berichtet. Er habe ein Gespräch zwischen dem Pfarrer, dem Notar Weihnöter und Schuster

beobachtet, allerdings ohne zu verstehen, worüber sie gesprochen hätten. Sicherlich hätten sie über Adomeit und
das Grundstück gesprochen. Kuhn habe gerufen: Ich
habe es gewußt! Das Grundstück. Es gibt das Grundstück! Man habe jetzt natürlich mit größter Spannung
die Ankunft des Pfarrers im Ossenheimer Wäldchen erwartet ... Wiesner sei über die Felder gelaufen, bis er
irgendwann auf dem Buceriushof gestanden habe. Er
habe für jeden außenstehenden Betrachter jetzt wieder
einen völlig normalen Eindruck gemacht, abgesehen von
dem nur notdürftig von seinen Hosen abgewischten
Dreck. Bucerius' Vater, der nicht im Wäldchen gewesen
sei (er gehe nie dorthin), sondern gerade auf dem Acker
neben dem Hof gestanden habe, habe ihm zugewunken,
Wiesner habe zurückgewunken. Kurt warte schon die
ganze Zeit, habe der Vater gerufen, er sei im Haus. Wo
er denn so lange gewesen sei? Unterwegs, habe Wiesner
gerufen. Unterwegs mit Freunden in Frankfurt. Mit
Freunden, so, habe Bucerius gerufen. Wiesner sei daraufhin ins Haus gegangen und habe über seinen Einfall gelächelt. Das ist wirklich sehr gut, daß ich in Frankfurt gewesen sein soll, habe er gedacht. Wie seltsam übrigens
der Bauer dort auf seinem Feld herumgestanden habe.
Auch das Haus sei ihm sehr fremd vorgekommen. Die
Reihe mit den gewichsten Stiefeln, und es riecht säuerlich
hier, denn sie kochen dauernd Milch ab. Und diese lusti-
gen Kappen, und diese schweren Teppiche, wieso liegen
hier eigentlich diese Teppiche? Liegen die schon immer
hier? Plötzlich habe Wiesner festgestellt, daß es im Haus
der Familie Bucerius völlig anders aussehe als in jedem
anderen ihm bekannten Haus und daß dort völlig andere

Gerüche herrschen. Wiesner sei sehr nachdenklich über der Frage geworden, ob ihm das schon einmal aufgefallen sei, aber er habe keine Antwort darauf finden können. Er sei einen längeren Gang entlanggelaufen, die Tür zum Ehezimmer der Eltern habe offengestanden, viele Kissen hätten in großer Unordnung auf dem Bett gelegen … Er habe für eine Weile in diesem Zimmer herumgestanden, alles das sei ihm natürlich, notwendig und sogar gut und schön erschienen, das unordentliche Bett, der Geruch, die vielen Kissen, überhaupt daß es diesen Raum gebe und er genau so sei, wie er sei, das sei ihm alles für den Buceriushof plötzlich ungeheuer einleuchtend erschienen, als müsse alles aus irgendeiner inneren Notwendigkeit heraus genau so sein, wie es sei. Plötzlich seien ihm die erotischen Heftchen aus dem Tower eingefallen. Diese hätten lediglich nach Druckfarbe gerochen. Die erotischen Heftchen hätten eine völlige Gegenwelt zu diesem Zimmer der Buceriuseltern dargestellt, ein Nichts gegen ein Alles, ein Zufall gegen eine Notwendigkeit, genauso überflüssig wie der ganze Tower, wie dieser ganze Flughafen und überhaupt alle diese Leute, die etwas mit diesem Flughafen zu tun haben … diese ganze Fliegerei ist wirklich überaus dümmlich … als hätten sie alle etwas vergessen, diese Leute dort … etwas vergessen, und zwar etwas, was genau hier in diesem Zimmer enthalten ist … und weil sie es vergessen haben, machen sie diesen ganzen Aufwand. Überall in der ganzen Welt. Wiesner seien diese Gedanken sehr einleuchtend erschienen, obgleich er sie drei Minuten später schon nicht mehr verstanden hätte. Sein Kopf sei in einem Zustand gewesen wie bei einer chemischen Reaktion, die sich immer mehr beschleunige und immer neue Verbindungen hervorbringe, so daß alles in ständiger Veränderung begriffen sei. Freilich sei das Wiesner überhaupt nicht bewußt gewesen. Er sei nur von Sekunde zu Sekunde immer mehr von dem erfaßt gewesen, was ihm wie ein Rausch der Erkenntnis und der Wahrheit vorgekommen sei. Ein Begriff sei in seinem Kopf auf den nächsten gefolgt, und bei Anwendung all dieser Begriffe seien ihm ständig neue Gedanken erschienen, und diese sich rasch heranbildende Kette von ständigen Erleuchtungen habe ihn verblüfft und fasziniert. In diesen Stunden habe sich Wiesner gefühlt, als sitze er an den direkten Quellen der unabänderlichen Wahrheit. Und von Minute zu Minute habe er sich mehr darüber gewundert, wieso er alles das früher nicht gewußt habe, obgleich es doch auf der Hand liege und so offensichtlich sei wie nichts auf der Welt. Dann habe er plötzlich in Kurts Zimmer gestanden. Dieser habe ihn natürlich sofort gefragt, wo er denn bloß die ganze Zeit gewesen sei. Wiesner habe mit den Schultern gezuckt. Er sei in Frankfurt gewesen, mit ein paar Bekannten. Bucerius: Doch nicht die ganze Nacht über? Wiesner: Wieso die ganze Nacht über? Natürlich war ich nicht über Nacht in Frankfurt. Bucerius: Und, wo warst du denn dann? Irgendwo mußt du doch die Nacht verbracht haben. Na, das geht mich ja auch überhaupt nichts an. Wiesner: Ich erzähle dir gern alles. Ich habe viel zu erzählen. (Hierbei habe er auf seltsame Weise gelacht.) Bucerius: Nein, das ist ja wirklich deine Sache. Ich bin auch nur deshalb so nervös und ungehalten, weil heute eine ganze Menge passiert ist, von der du wahrscheinlich noch überhaupt nichts weißt, obgleich du davon wissen solltest. Aber was hast du eigentlich in Frankfurt gemacht? Wiesner: In Frankfurt? Pah, er sei ins Museum gegangen ... Er sei bei der Frau mit dem Panther gewesen, ganz zufällig. Bucerius: Du spinnst ja. Wiesner: Nein, im Ernst. Ich habe die Frau auf dem Panther gesehen, schau, so in etwa liegt sie auf dem Panther, wie auf einem Diwan (Wiesner habe die Geste nachgemacht, genau so, wie Katja sie ihm gestern im Schrebergarten am Würstchengrill vorgemacht habe). Dann sei Wiesner plötzlich nachdenklich geworden, allein aufgrund des Wortes Diwan. Bucerius: Du bist ja völlig abwesend! Komm doch endlich mal zu dir! Hör zu, ich muß dir ein paar Sachen erzählen, die absolut wichtig sind. Sie betreffen ... Wiesner: Ich weiß. Ich weiß. Die alte Strobel. Sie hat stundenlang die Gardinen angestarrt, aber darüber bin ich hinaus, dieses Stadium habe ich hinter mir gelassen, schon längst, verstehst du, haha. Bucerius sei zurückgewichen und habe seinen Freund fassungslos angestarrt. Dann sei er ins Wohnzimmer an den Schrank gegangen, habe Wiesner ein großes Glas Mirabellenschnaps eingeschenkt und sei mit diesem in sein Zimmer zurückgekehrt. Wiesner habe das Glas angestarrt, als sei es für ihn das Fremdeste auf der Welt. Was ist denn das, habe er gefragt. Bucerius: Mirabellenschnaps. Wiesner: Mirabellenschnaps? Was hast du denn damit vor? Bucerius: Den trinkst du jetzt. Wiesner: Ja, aber wieso denn? Bucerius: Weil du ihn gern trinkst. Erinnerst du dich etwa nicht daran, daß du ein absoluter Fan dieses Mirabellenschnapses bist? Du hast doch schon die halbe Flasche davon getrunken. Wiesner habe ihn völlig erstaunt angeschaut. Ich ein absoluter Fan dieses ... dieses Mirabellenschnapses? Bucerius: Du hast die

halbe Flasche davon getrunken, jedesmal fragst du nach
diesem Schnaps, kannst du dich daran nicht erinnern?
Sag es mir! Kannst du dich daran erinnern oder nicht?
Wiesner habe sich nachdenklich auf das Sofa sinken
lassen und Bucerius erneut geradezu fassungslos angeschaut. Nein, habe er gesagt, nein, er könne sich nicht
daran erinnern. Er habe den Schnaps getrunken. Bucerius
habe nun irgendwas von einem Schuppen und Motoren
erzählt. Übrigens habe Wiesner währenddessen in seine
Tasche gegriffen, habe ihr seinen Flugschein entnommen
und ihn langsam und nachdenklich zerrissen, so daß er
gar nicht gemerkt habe, wie Bucerius mit seinem Bericht
innegehalten und ihn eine ganze Weile betrachtet habe.
Wiesner habe seinen Flugschein erst einmal in der Mitte
durchgerissen, dann wieder, und so weiter, bis er eine
ganze Menge ziemlich ordentlicher Fetzchen vor sich auf
dem Tisch liegen gehabt und sie interessiert betrachtet
habe. Ich fliege übrigens nicht mehr, habe Wiesner gesagt. Das ist vorbei. Bucerius sei aufgesprungen. Ob er
ihn denn nicht begreife? Die Polizei sei dagewesen. Wiesner: Die Polizei? Aber keiner hat mich gesehen! Ich habe
den Flug auch nicht angemeldet. Ich wollte nur einmal
fliegen. Schon seit Tagen, weißt du. Aber das ist jetzt
vorbei. Sie können es gar nicht wissen. Ich habe überhaupt keine Spuren hinterlassen ... nur einen Ball. Aber
dieser Ball gehört mir nicht einmal, er war nur ganz zufällig da. Bucerius: Wovon redest du? Was für ein Ball?
Welcher Flug? Wiesner: Übrigens fliege ich nicht mehr,
das habe ich eben schon gesagt. Aber das ist alles ganz
gleichgültig. Das seien völlig unwichtige Fragen, auf die
es überhaupt nicht ankomme. Es komme auf gar nichts

an, und auf alles, das sei schwer zu sagen, sehr schwer
… man könne es sehr klar denken, aber kaum sagen …
man könne es sogar überhaupt nicht sagen. Bucerius:
Dieses Gefasel! Dieses Gefasel! Übrigens, soll ich dir einmal etwas über Katja erzählen? Ich habe sie nämlich vorhin getroffen, beide, Katja und den Südhessen, zusammen, verstehst du? Wiesner: Gern soll er erzählen, er soll
ihm alles erzählen, was er weiß, der Südhesse sei eigentümlich … er verstehe ihn jetzt übrigens besser. Gestern
habe er ihn noch nicht verstanden … gestern habe er
allerdings noch gar nichts verstanden. Bucerius: Katja ist
seine Freundin. Wiesner habe in die Hände geklatscht.
Das ist ja großartig, daß sie seine Freundin ist, großartig,
aber rede nur weiter! Ich verstehe das übrigens nicht. Besonders das mit der Freundin nicht. Das ist geradezu ge-
nial, daß du jetzt sagst, sie sei seine Freundin. Wiesners
Gesicht habe gezuckt. Er habe sich wirklich für alles sehr
interessiert, was den Südhessen und Katja betroffen habe,
das sei ihm zumindest so erschienen, aber sosehr er sich
auch zu konzentrieren versucht habe, er habe fast nichts
begreifen können von dem, was Bucerius ihm habe sagen
wollen. Er sei irgendwann übrigens einfach aufgestanden
und gegangen, ohne es zu merken. Später sei er irgendwelche Wege gelaufen und habe versucht, sich das in Erinnerung zu rufen, was Bucerius erzählt habe. Nur Schemen seien ihm begreiflich gewesen. Dann habe er an die
Waffe gedacht. Wo findet man denn eine solche Waffe,
das ist doch alles zuhöchst … zuhöchst unlogisch. Wiesner sei stehengeblieben und habe scharf nachgedacht. Er
habe nach der Waffe gegriffen. Sie sei nicht dagewesen.
Aber er habe sich nicht darüber gewundert, sondern es

gleich wieder vergessen. Das weiße Tuch sei ihm eingefallen. Wiesner habe in seine Hosentasche gegriffen, aus einem ganz und gar undeutlichen Antrieb heraus, und habe ein weißes Tuch in seiner Hand gehabt. Das hatte ich ja ganz vergessen. Das weiße Tuch ... unter dem Baum. Da war nicht nur diese Waffe, sondern auch ein weißes Tuch, und die Waffe darin eingeschlagen. Was für ein völlig unverständlicher Zufall. Ich muß zu Bucerius zurücklaufen und ihn fragen, was das alles zu bedeuten hat. Aber einen Moment, jetzt fällt mir etwas ein. Wer hat das eigentlich erzählt? ... das hat mir doch jemand gesagt. Wie unverständlich ... Nein, es fällt mir überhaupt kein Sinn ein zu alledem, was Bucerius da geredet hat. Wieso erzählt er mir überhaupt so etwas? Was hat das denn alles mit mir zu tun? Ich muß mich für einen Moment hinsetzen, ich fühle mich schon wieder so schrecklich müde. Wieviel Uhr ist es überhaupt? Und wo bin ich gerade? Na, das ist ja auch gleichgültig. Aber jetzt fällt mir noch etwas weiteres ein. Hat der Südhesse mir nicht diese ganze eigenartige Geschichte selbst erzählt? Und ich dachte, das sei alles Zufall gewesen, nur Zufall. Bestimmt ist es ein Zufall gewesen, ich bilde mir das alles nur ein, das ist der Mirabellenschnaps. Ich sollte dieses Zeug nicht mehr trinken, mir ist ja speiübel. Ist das da vorne nicht Ossenheim? Ist dort heute nicht Wäldchestag? Ja, da sind nun alle. Da ist auch Katja Mohr. Aber ich lege mich hier noch einmal hin, es ist ja Zeit für alles, für alles ... Und während Wiesner dort draußen auf einem Feld unweit der Ossenheimer Gemarkung verwirrt und erschöpft zu Boden gesunken sei, sei der Pfarrer nur wenige hundert Meter entfernt an ihm vorbeigefahren, auf dem

Weg ins Wäldchen und in Begleitung Schusters. Noch immer, obgleich die Sonne schon sehr tief gestanden und man bereits die Lampions entzündet habe, sei der Platz des Pfarrers an dem langen Tisch im Wäldchen freigehalten worden. Man habe sogar einen Pappdeckel organisiert und darauf *Pfarrer* geschrieben, dieses Schild habe man auf seinen Platz gelegt, um ihn für jedermann sichtbar zu reservieren. Endlich sei der Pfarrer eingetroffen und habe seinen Platz eingenommen. Schuster und Schossau hätten sich dazugesetzt. Mit der Zeit seien immer mehr Leute an den Tisch gekommen, so daß nun alle entweder vor ihren Schoppen und Brezeln gesessen oder in erster oder zweiter Reihe hinter dem Tisch gestanden hätten. Einige Minuten lang sei zunächst gar nichts gesprochen worden. Wie geht es denn Frau Strobel? habe schließlich Frau Mulat gerufen. Sie waren doch da, Herr Pfarrer, im Krankenhaus! Pfarrer Becker habe sie verwundert angeschaut. Er sei nicht im Krankenhaus gewesen. Wie sie denn darauf komme? Frau Rohr: Und die Sprachstörungen? Sie hat doch Sprachstörungen. Das ist doch überall erzählt worden! Wie könne man nur so viel trinken! Pfarrer Becker habe die Frau völlig erstaunt angeschaut. Die Frau habe keine Sprachstörungen, habe Schuster gesagt, sie rede ganz normal. Es sei nur ein leichter Schlaganfall gewesen. Sie sei jedoch sehr erschöpft. Es gehe ihr übrigens schon viel besser. Mitleid mit so einer habe ich nicht, habe Frau Rohr gerufen. Dann hätte sie ihn doch heiraten sollen! Erbschleicherin! Kommt, laßt es sein, habe Karl Rühl eingeworfen, es hat doch keinen Zweck. Es geht uns ja nichts an. Der Bürgermeister sei hinzugetreten und habe sehr interessiert dem Gespräch zugehört. Er habe ein zuhöchst befriedigtes Gesicht darüber gemacht, seine Niederflorstädter hier so schön vereint beim Fest zu sehen. Der Wäldchestag sei doch einfach der schönste Tag im ganzen Jahr, habe er gesagt. Das Bild einer vollkommen friedlichen und fröhlichen Gesellschaft steige da vor ihm auf, eine Vision, eine Vision hier im Wäldchen. Mit heiterster Miene habe er sich wieder abgewandt, um seinen politischen Stammtisch aufzusuchen. Sogar Anton Wiesner, der in diesem Augenblick an ihm vorbeigelaufen sei, habe er freudig begrüßt und ihn kurz angeredet. Wiesner habe kein Wort verstanden und sei einfach weitergelaufen. Er habe um sich geblickt, habe aber längere Zeit gebraucht, um etwas zu erkennen. Da hinten habe sein Vater gesessen, gemeinsam mit Herrn Gebhard. Beide hätten zusammen Bier getrunken und ein Gespräch geführt. Anton Wiesner sei das völlig natürlich erschienen. Er habe sich überlegt, in welchem Zusammenhang heute schon einmal von diesem Herrn Gebhard die Rede gewesen sei … Nun, habe er sich gesagt, was kümmert mich das. Übrigens ist mir übel. Er habe nun für einen Moment den Gedanken verfolgt, Ute Berthold zu finden, sie müsse möglicherweise hier irgendwo sein, habe er gedacht, und er habe geglaubt, sich daran zu erinnern, daß er ihr etwas habe sagen wollen. Für einen Augenblick sei er sogar fest davon ausgegangen, daß er ihr habe etwas sagen wollen. Allerdings habe er die Ute nicht finden können, und er habe es auch nicht geschafft, sich daran zu erinnern, was er ihr habe sagen wollen. Er habe den Gedanken anschließend einfach wieder fallenlassen, zumal er jetzt Katja Mohr erblickt habe. In diesem Augenblick habe sich nichts in seiner Seele geregt, er habe keinerlei Sehnsucht oder Glück verspürt, er habe das Mädchen tatsächlich nur mit einem gewissen Interesse erblickt, sonst nichts. Und auch daß der Südhesse neben ihr gesessen habe, sei für ihn in diesem Augenblick völlig bedeutungslos gewesen, er habe sich vielmehr mit ganz anderen Fragen beschäftigt. Übrigens sei es ihm völlig logisch und zwingend notwendig erschienen, daß der Südhesse neben Katja Mohr sitze. Für einen Augenblick habe er lachen müssen, da habe er allerdings auch schon vor Katja gestanden. Sieh an, sieh an, der Chinareisende, habe sie gesagt. Wiesner habe nicht begriffen, wovon sie rede. Er sei auch gleich wieder von dem Tisch fortgelaufen, sei an die Theke gegangen, habe dort in großer Eile mehrere Schnäpse getrunken und sei dann wieder irgendwohin gelaufen, nach da und dort, bis er wieder an dem langen Tisch angekommen sei und erneut Katja Mohr sehr interessiert betrachtet habe, ebenso wie den Pfarrer und wie auch Schossau, Schuster, denn alle hätten sie am selben Tisch gesessen, auch eine alte Frau … Neben ihm habe plötzlich jemand zu schreien begonnen. Wiesner sei das sehr seltsam vorgekommen, daß jemand neben ihm einfach zu schreien beginnt, ohne daß zu verstehen wäre, warum das geschieht. Er habe nämlich gerade neben Willi Kuhn gestanden, der es vor Spannung einfach nicht mehr habe aushalten können und außerdem völlig betrunken gewesen sei. Es sind also doch die Steinwerke Kubelak, Herr Pfarrer, habe er geschrien, die Steinwerke Kubelak, so ist es doch! Pfarrer Becker habe aufgeschaut. Heftige Unruhe sei am Tisch entstanden. Frau Rudolf: Herr Pfarrer, nun lüften Sie doch das Geheimnis! Sie haben doch mit dem Notar gesprochen. Er will nicht, er will nicht, habe Frau Rohr gerufen, ganz und gar zornig. Schuster habe gesagt, es handle sich um das Grundstück, auf dem später der Flughafen gebaut worden sei. Seine Schwester habe das Grundstück damals verkauft. Sie habe Adomeit aber nicht ausbezahlt. Wiesner sei das alles sehr interessant vorgekommen, obwohl er überhaupt nichts begriffen habe. Unwillkürlich habe er sich immer näher an den Tisch herangekämpft, denn dieses Gespräch über ein Grundstück und Adomeit sei ihm plötzlich sehr wichtig erschienen, allerdings habe er bereut, so wenig davon zu verstehen. Wieso sind alle diese Leute so seltsam erregt, habe er sich gefragt. Katja sitzt ganz ruhig da, wie schön sie ist, aber die anderen, diese Frau Rohr, sie sieht aus wie ein Vogel, und diese Frau Rudolf bewegt sich wie ein Nilpferd in Zeitlupe. Überhaupt scheinen die sich alle in Zeitlupe zu bewegen, es ist wie im Theater hier, oder wie bei einer Pantomime, wenn alle versuchen, so ekelhaft und so unnormal wie möglich zu sein. Wie sie die Augen aufreißt, die Frau Rohr. Und die Rudolf ißt dauernd, ja, was ißt sie denn überhaupt? Das ist eine Krakauer, eine Krakauer im Brötchen, mein Gott, mir wird schon wieder ganz speiübel … Es sind doch allesamt Schmarotzer, habe Frau Rohr erregt gerufen. Dabei habe sie Wiesner angerempelt, der das aber nicht bemerkt habe. Er habe vielmehr immer verwunderter Frau Rohr angestarrt. Er habe noch nie etwas so Häßliches gesehen wie diese Frau, sei ihm vorgekommen. Ihm sei so speiübel gewesen, daß er gedacht habe, er müsse sich jeden Moment übergeben. Er habe das eben nicht genau verstanden, habe er gerufen. Wer hat den Flughafen ge-

baut? Er habe übrigens nur einen Ball getreten, einen
Fußball, allerdings sei er aus Gummi gewesen. Zu Frau
Rudolf: Er sei aus Gummi gewesen, mehr ein Kinderball.
Frau Rudolf habe überhaupt nicht zugehört, sie sei viel-
mehr ganz begeistert gewesen wegen des Krawalls um
Adomeit, der jetzt am Tisch geherrscht habe. Als die
Schnapsfrau mit dem Kühleimer vorbeigekommen sei,
habe Wiesner wieder schnell hintereinander mehrere
Schnäpse getrunken, habe allerdings vollkommen vergessen, sie zu bezahlen, denn er sei von dem Gespräch am
Tisch völlig gebannt gewesen … Allerdings sei er von
dem Tisch bald wieder weggegangen. Er habe sich dann
an irgendeinem Tisch befunden, für eine Weile … Hinter
ihm habe jemand gestanden und ihm immer wieder auf
die Schulter geklopft, aber er habe es nicht gemerkt (es
habe sich um die Schnapsfrau gehandelt, die ihr Geld
gewollt habe). Alles habe sich um ihn gedreht, übrigens
sei ihm nach wie vor sehr übel gewesen. Er sei weitergelaufen. Die Frau mit dem Schnapseimer sei ihm gefolgt.
An der Schießbude habe er die Gewehre betrachtet. Eines
davon habe er in die Hand genommen. Das ist ja überhaupt nicht echt, habe er gesagt. Dieses Gewehr ist kein
echtes Gewehr. Ja und, habe der Besitzer gesagt. Natürlich sei das kein echtes Gewehr. Wieso sei das kein echtes
Gewehr, habe Wiesner gefragt. Er habe sich mit dem Gewehr umgedreht, um der Frau mit dem Schnapseimer zu
sagen, daß dieses Gewehr kein echtes Gewehr sei. Die
Frau habe schreiend den Schnapseimer fallen lassen.
Wiesner habe das nicht verstanden und sei weitergelaufen. Ihm sei in diesen Sekunden ganz und gar übel gewesen, noch viel übler als vorher, und er habe auch wieder

diese bleierne Müdigkeit gespürt, durch welche er alles um sich herum kaum noch wahrgenommen habe, wie durch Watte. Alle diese Leute seien ihm so bunt erschienen, zumal im Licht der bunten Lampions. Wie bei einem Karneval habe es ausgesehen, oder wie im Zirkus. Oder wie am Martinstag. Frau Rudolf habe Bewegungen gemacht, als rudere sie durch eine überaus zähe Flüssigkeit, so sei es ihm vorgekommen. Frau Rohr habe in einer Zeitspanne ihren roten Schnabelmund aufgeklappt, die so lange gewährt habe wie eine Ewigkeit. Warum bewegen die sich alle nur so langsam, das ist doch nicht normal, habe sich Wiesner gefragt. Er habe jetzt auf einem Tisch gestanden. Das Gewehr ist nicht echt, habe er gerufen. Alle seien zurückgewichen. Es erzeugt keinen Rückstoß! Es ist nicht echt! Ich kann es beweisen! Wiesner sei daraufhin überwältigt und so lange festgehalten worden, bis die Polizei ihn in Gewahrsam genommen habe. Der Vorfall sei natürlich die Sensation des Wäldchestages gewesen.

Am nächsten Morgen habe er, Schossau, die Schlagzeile im Wetterauer Anzeiger gelesen: *Vermeintlicher Amoklauf am Wäldchestag.* Der Bericht sei fast über die gesamte erste Seite gegangen. Unten am Rand der Seite habe ein weiterer Artikel gestanden, dessen Inhalt er, der antragstellende Schossau, nicht sofort begriffen habe, aufgrund dessen er aber nun hier zur Stellung vorgenannten Antrags erschienen sei. Der Artikel laute:

AOK-Kuren: Existenzen neuen Sinn gegeben.

Andreas Maier

Klausen

Roman
216 Seiten. Gebunden

Klausen, ein unscheinbares Städtchen in Südtirol, wird zum Zentrum eines bedrohlichen Geschehens. Alles beginnt ganz harmlos: In einer Wirtschaft kommt es zu einem Streit zwischen einem Einheimischen und zwei deutschen Touristen. Die Meinungen über diesen Vorfall gehen schnell auseinander. Plötzlich ist von einem Schuß die Rede. Wer das Opfer ist, wer der Täter, darüber gibt es zunächst nur abenteuerliche Spekulationen. Immer hitziger werden die Debatten, der Streit weitet sich aus, es kommt zu einer Reihe von Übergriffen und Gewalttaten in der Stadt. Eine neugegründete Bürgerinitiative schließlich bringt das Faß zum Überlaufen.
Wie eine Verwirrung die nächste stiftet, bis alle Gewißheiten (oder was wir dafür halten) immer wahnhaftere Züge annehmen und schrill auf unser Handeln zurückwirken, das komponiert Andreas Maier zu einer bitterbösen Komödie über dieses vielleicht gar nicht so weltabgelegene Klausen.